Rosemary Rogers
El precio del honor

Editado por Harlequin Ibérica.
Una división de HarperCollins Ibérica, S.A.
Núñez de Balboa, 56
28001 Madrid

© 2010 Rosemary Rogers. Todos los derechos reservados.
EL PRECIO DEL HONOR, N° 134 - 1.5.12
Título original: Scoundrel's Honor
Publicada originalmente por HQN™ Books
Traducido por Sonia Figueroa Martínez

Todos los derechos están reservados incluidos los de reproducción, total o parcial. Esta edición ha sido publicada con permiso de Harlequin Enterprises II BV.
Todos los personajes de este libro son ficticios. Cualquier parecido con alguna persona, viva o muerta, es pura coincidencia.
™ TOP NOVEL es marca registrada por Harlequin Enterprises Ltd.

® y ™ son marcas registradas por Harlequin Enterprises Limited y sus filiales, utilizadas con licencia. Las marcas que lleven ® están registradas en la Oficina Española de Patentes y Marcas y en otros países.

I.S.B.N.: 978-84-9010-963-2
Depósito legal: M-10581-2012

Gracias a todas mis lectoras, tanto a las nuevas como a las que ya me conocían

CAPÍTULO 1

Yabinsk era un pueblo situado en la cuenca del río Volga, cerca de Moscú, y consistía en el típico grupo de casas bajas y resistentes desperdigadas alrededor de una iglesia de madera. En las distantes colinas, por encima del pueblo llano, los habitantes adinerados construían sus mansiones de ladrillo rojo, y los barquitos pesqueros de colores vivos surcaban el serpenteante río.

Justo en el linde del pueblo, junto al estrecho camino que en dirección sur llevaba a Moscú y en dirección norte a San Petersburgo, había una casa de postas de tres pisos con una cuadra anexa. No era un establecimiento que reflejara prosperidad, pero como el tejado estaba en buen estado y los postigos se habían pintado recientemente, lograba parecer respetable. Era una imagen que quedaba respaldada gracias a la meticulosa limpieza que reinaba en el vestíbulo, y al olor a cera abrillantadora y a flores secas que se respiraba en las pequeñas habitaciones de arriba.

Detrás de la cuadra había una casita de cañas y adobe que quedaba casi escondida tras el muro de piedra que dividía la propiedad. Consistía en poco más que una cocina, un saloncito delantero y los dos dormitorios del ático, pero era una construcción lo bastante sólida como para mantener a raya los peores envites de los inviernos rusos, y los delicados muebles de abedul y cedro que contenía habrían sido más propios de los palacios de San Petersburgo.

El difunto Fedor Duscha había sido un maestro artesano muy solicitado por las familias más encumbradas de la nobleza, pero a pesar de que los muebles valían una cantidad más que considerable de rublos, su hija, Emma Linley-Kirov, habría preferido morir de hambre antes que venderlos. Ya había sido lo bastante doloroso tener que convertir el adorado taller de su padre en la casa de postas para poder salir adelante junto con Anya, su hermana pequeña.

Pero en aquel frío día de otoño apenas era consciente del sofá decorado con volutas situado bajo la ventana, ni de la vitrina donde estaba la vajilla inglesa de su madre; después de desgastar aún más la raída alfombra al pasear de un lado a otro del saloncito con nerviosismo y un nudo en el estómago, se alisó el sencillo vestido marrón de cachemira con manos temblorosas y se volvió al fin hacia Diana Stanford, que estaba observándola con preocupación desde el sofá.

Diana era una niñera inglesa, y su mejor amiga a pesar de tener casi diez años más que ella. La madre de Emma se había criado en Inglaterra, y tras su muerte la joven se había sentido reconfortada por la familiaridad que le aportaba la compañía de Diana.

Físicamente hablando, eran muy diferentes: Diana era una típica rosa inglesa de pelo claro y ojos azules que le conferían un engañoso aire de fragilidad, y Emma, por su parte, solía llevar el pelo castaño claro que había heredado de su padre recogido en un moño a la altura de la nuca, y tenía los ojos color avellana. Eran unos ojos que observaban el mundo con determinación férrea, y tendían a intimidar a cualquiera que tuviera intención de aprovecharse de una mujer que se veía obligada a valerse por sí misma.

Dicha obligación era necesaria para conseguir que la casa de postas aportara beneficios y para sacar adelante a su hermana de dieciséis años, pero iba en detrimento de su relación con la gente del pueblo. A casi todos sus convecinos les parecía mal que una mujer dirigiera un negocio, por no hablar del hecho de que criara a una jovencita impresionable. Toda mujer correcta y bien educada debía depender de un hombre, y solo una descocada se atrevería a dejar a un lado las convenciones y a mantener su independencia.

Se mofaban de ella, susurraban a sus espaldas y se aseguraban de que se sintiera incómoda y fuera de lugar en los eventos públicos, pero hasta ese momento lo que pudieran pensar apenas le había preocupado.

—No, no puede ser —fue Diana la que rompió el tenso silencio—. Admito que Anya es terca y en ocasiones impulsiva...

Emma soltó un bufido, y dijo con ironía:

—¿Solo en ocasiones?

Diana esbozó una sonrisa. La belleza de Anya superaba con creces a la de su hermana mayor y tenía en la cabeza una volátil mezcla de fantasías absurdas.

—Pero no es una cabeza hueca, sería incapaz de marcharse de casa con dos desconocidos que no tienen ningún parentesco con ella.

Emma le entregó con renuencia la arrugada nota que había encontrado aquella mañana sobre la cama vacía de su hermana.

—Lo haría si esos desconocidos resultaran ser dos nobles adinerados que le prometieran una carrera en los escenarios de Europa.

Diana leyó la corta misiva, y dijo ceñuda:

—¿Piensa ser actriz?

—Ya sabes que siempre ha soñado con tener una vida glamurosa lejos de Yabinsk.

—Bah, todas las jovencitas tienen la cabeza llena de esas tonterías. Todas las muchachas del pueblo han soñado alguna vez con atraer la atención de un apuesto príncipe que se las lleve lejos —Diana se levantó con lentitud, y el frufrú de su vestido color melocotón quebró el momentáneo silencio—. Tú incluida, Emma Linley-Kirov.

Emma se encogió de hombros. Los sueños de apuestos príncipes y tiernos romances habían muerto junto con su madre.

—Sí, pero la mayoría dejamos atrás esas veleidades junto

con nuestras muñecas. Anya se ha negado a aceptar el hecho de que los cuentos de hadas no existen —se rodeó la cintura con los brazos, y la gélida inquietud que la tenía cautiva hizo que la recorriera un estremecimiento—. La culpa la tengo yo, por no dedicarle la atención necesaria tras la muerte de papá.

—Por el amor de Dios, lo has sacrificado todo con tal de proporcionarle un hogar a tu hermana. Deberías enorgullecerte de todos tus logros.

Emma miró hacia la casa de postas, y comentó con una voz que rezumaba amargura:

—Sí, claro, no hay duda de que mis logros son increíbles.

—Sí que lo son, querida mía —le contestó Diana con firmeza—. Eras poco más que una niña cuando murió tu pobre madre, y te viste obligada a asumir las riendas de la casa y a cuidar a Anya. Y por si fuera poco, después perdiste a tu padre. Cualquier otra habría rechazado asumir semejante carga, o como mínimo habría dependido de la caridad de los demás, pero tú no lo hiciste.

—No, yo estaba decidida a valerme por mí misma a cualquier precio.

—Pues lo has conseguido, y de forma excepcional.

Emma negó con la cabeza. Su amiga era demasiado leal como para mencionar el hecho de que sus logros bastaban apenas para proporcionarle a Anya lo imprescindible, y que solo había conseguido que ambas estuvieran aisladas de la sociedad de la zona.

—A expensas de Anya.

—No digas tonterías, Emma.

Inhaló profundamente, y le costó asimilar el familiar olor de la leña quemada y el pan recién hecho. Desde que había descubierto la desaparición de su hermana, se sentía como si el mundo se hubiera convertido en una extraña pesadilla.

—Me convencí a mí misma de que estaba enseñándole lo importante que es ser autosuficiente, pero a lo mejor estaba comportándome como una egoísta.

Diana le pasó un brazo por los hombros en un gesto de apoyo, y le dijo con firmeza:

—No digas eso, eres la joven más generosa y buena que he conocido en toda mi vida.

Emma se obligó a dejar a un lado la vergüenza que la había impelido a guardar silencio desde que su padre había muerto cuatro años atrás, y admitió con renuencia:

—No, Diana, tendría que haber aceptado la proposición del barón Kostya.

Su amiga bajó el brazo, y retrocedió un paso antes de decir con asombro:

—¿Qué proposición?, ¿te propuso matrimonio?

—No, aunque lo que me ofreció incluía tenerme en su cama.

El recuerdo de la noche en que el barón había ido a visitarla con su tarta preferida de albaricoque y miel estaba grabada a fuego en su mente. Dios, qué estúpidamente ingenua había sido. Cuando él le había asegurado que estaba allí para aligerar las cargas que la abrumaban, ella había supuesto que pensaba invertir dinero en la casa de postas o darle un puesto de doncella a Anya en su mansión con vistas al pueblo, pero ni siquiera se le había pasado por la cabeza que fuera a humillarla exigiéndole que se convirtiera en su amante, ni que pudiera amenazarla con hacerle la vida imposible si no aceptaba.

—Lo que quería era ofrecerme carta blanca, y estaba dispuesto a ser muy generoso.

—Dios del cielo —Diana se llevó una mano a su impresionante busto—. Eso explica su extraño comportamiento, de un día para otro pasó de elogiarte a...

—A tratarme como si fuera una leprosa —no hizo falta que añadiera que la gente del pueblo no había dudado en darle la espalda al ver la cruel actitud del conde.

—¿Por qué no me lo contaste?

Emma tironeó con nerviosismo del desgastado puño de su vestido mientras la recorría una familiar sensación de angustia. El ofrecimiento del barón no solo la había horrorizado, sino que la había herido profundamente. Tiempo atrás, su familia había sido muy respetada en la zona y ella podría haber elegido entre numerosos pretendientes, y el mero hecho de que el barón se atreviera a hacerle un ofrecimiento tan infame revelaba la poca consideración que le tenían.

—No quería hablar de ello, estaba desesperada por evitar más habladurías —admitió, en voz baja.

Diana la miró con comprensión, porque ella conocía de primera mano los sacrificios que tenía que hacer una mujer que debía valerse por sí sola.

—Debo admitir que te habría aconsejado que rechazaras una proposición tan escandalosa, pero como es innegable que se trata de un hombre muy adinerado, seguro que su oferta fue muy generosa.

—Lo bastante generosa como para garantizar que, de haberla aceptado, habría podido centrarme por completo en Anya en vez de en conservar un techo bajo el que guarecernos.

—Sí, supongo que en eso tienes razón, pero es posible que Anya se hubiera dejado engatusar de todos modos.

—Las dos sabemos que habría sido mucho menos probable —Emma indicó el sencillo saloncito con un gesto de la mano antes de añadir—: Además de poseer los pequeños lujos que siempre ha anhelado, yo podría haberme ocupado de ella como es debido. Pasaba demasiado tiempo sola.

Diana le agarró la mano de repente, y la miró con ojos llenos de preocupación.

—Escúchame bien, Emma: tú no tienes la culpa.

—Claro que la tengo. Fui incapaz de sacrificar mi virtud, y Anya está pagando por mi absurdo orgullo.

—La culpa la tienen esos desconocidos malvados que se han aprovechado de una muchachita necia, ¿qué clase de caballero sería capaz de hacer algo así?

El angustioso miedo que atenazaba a Emma dio paso a una oleada de pura furia. Se había alegrado mucho cuando los dos elegantes viajeros habían llegado a la casa de postas, ya que además de pagar con premura la cuenta, eran generosos a la hora de dar propinas, y había empezado a imaginar los regalitos navideños que iba a poder comprar con aquel dinero extra.

Pero en ese momento habría dado todas sus pertenencias a cambio de que no hubieran aparecido jamás en Yabinsk.

—No eran unos verdaderos caballeros.

—¿Crees que eran unos impostores? —le preguntó Diana, perpleja.

—No sé lo que creo, pero tengo claro que debo hacer algo.

—¿El qué?

Esa era la cuestión, ¿no?

Se había quedado tan conmocionada y desconcertada cuando había descubierto la desaparición de Anya, que había sido incapaz de plantearse lo que debía hacer. Al principio le había resultado imposible aceptar el hecho de que su hermana hubiera aceptado irse sin más con unos desconocidos, pero la férrea determinación que la había ayudado a sobrevivir a un desastre tras otro le había permitido dejar a un lado la culpa y centrarse en cómo rescatar a Anya.

—Patya oyó a esos hombres hablando en la cuadra sobre su regreso a San Petersburgo. Al principio no le dio importancia a la conversación, pero me la ha contado cuando he ido a averiguar cuándo se habían ido.

Diana le apretó la mano con una fuerza casi dolorosa, y le preguntó con incredulidad:

—¿Piensas ir tras ellos?

—Por supuesto.

—Por favor, Emma, no te precipites. No puedes viajar sola a San Petersburgo.

—Iré con Yelena —le aseguró, para intentar tranquilizarla. Yelena era una doncella de edad bastante avanzada que trabajaba en la casa de postas—. Si partimos en la diligencia esta misma tarde, llegaremos a San Petersburgo en unos dos días.

—Pero...

—Estoy decidida, y sabes que discutir conmigo es una pérdida de tiempo.

Sus firmes palabras cortaron de raíz el sermón que se avecinaba, y su amiga frunció los labios con desaprobación antes de decir:

—Suponiendo que logres llegar a San Petersburgo sana y salva, ¿cómo piensas encontrar a Anya? San Petersburgo no es un pueblo apacible donde todo el mundo se conoce, podrías buscarla durante semanas sin cruzarte con ella.

Emma esbozó una sonrisa cargada de ironía. Aunque muchos la consideraran una solterona provinciana, no carecía de sentido común, y había sabido desde el momento en que había decidido viajar a San Petersburgo que no iba a toparse con Anya sin más.

—Voy a pedirle ayuda a Herrick Gerhardt.

—¿Gerhardt?, ¿el consejero del emperador?

—Sí. Se rumorea que posee misteriosos poderes que le permiten enterarse de todo lo que ocurre en el imperio, y hay quienes le llaman «Araña» por su habilidad a la hora de tejer redes que capturan incluso al más astuto de los traidores.

Diana retrocedió un poco, y la miró como si creyera que había enloquecido.

—Da igual cómo le llamen, Emma. Herrick Gerhardt es uno de los hombres más poderosos de Rusia. No puedes presentarte sin más en su casa.

—De hecho, sí que puedo.

—Emma...

Ella alzó una mano para interrumpirla.

—No te preocupes. Estaba emparentado con mi madre... tengo entendido que era un primo lejano... y cuando papá murió me envió una carta muy amable en la que me invitaba a acudir a él en caso de que necesitara ayuda.

Al parecer, aquellas palabras no tranquilizaron demasiado a su amiga, porque contestó:

—Es un plan peligroso, no me parece bien.

A la propia Emma tampoco le hacía demasiada gracia, pero por desgracia, no tenía ninguna otra opción.

—Anya es todo lo que me queda en este mundo, no voy a fallarle de nuevo —le dijo, con voz estrangulada por la emoción.

Dimitri Tipova estaba arrodillado junto a un escritorio de caoba, y se sintió agradecido por la luna llena que bañaba el elegante despacho con su luz plateada. Acababa de rebuscar entre los documentos y los diarios que había en los cajones, y en ese momento estaba recorriendo con los dedos los paneles de madera tallada con la esperanza de encontrar algún compartimento secreto.

Todos los caballeros tenían secretos ocultos, ¿no? Y Pytor Burdzecki tenía más que la mayoría.

Estaba tan concentrado en su tarea, que apenas alcanzó a oír las suaves pisadas que se acercaban a la puerta, y fueron sus aguzados instintos los que le llevaron a incorporarse y a situarse junto a la ventana con aspecto relajado; por suerte, la había abierto antes de empezar a registrar el despacho, porque un ladrón de éxito siempre tenía una escapatoria preparada.

Mientras la puerta se abría poco a poco, bajó la mirada para asegurarse de que tanto su chaqueta negra como el chaleco plateado estaban abrochados y tan presentables como cabría esperar, teniendo en cuenta que poco antes estaban tirados en el suelo de un dormitorio. Un observador atento se habría dado cuenta de que el pañuelo que llevaba al cuello se había anudado a toda prisa, habría sospechado que unos dedos femeninos habían despeinado el cabello negro que en ese momento estaba recogido en una coleta, pero con un poco de suerte, la penumbra que reinaba en la habitación bastaría para ocultar tales imperfecciones.

Y en caso de que no fuera así... en fin, era más que capaz de mantener en secreto su presencia en aquella casa de San Petersburgo.

Se llevó la mano al bolsillo de la chaqueta, y agarró la empuñadura perlada de su pistola. Estaba tenso, dispuesto a matar, hasta que vio que quien atravesaba el umbral de la puerta tenía una figura esbelta y claramente femenina.

—¿Pierre? —dijo la mujer, con voz queda.

Dimitri se tragó un suspiro de impaciencia. Había pensado que podría escabullirse antes de que Lana, la joven esposa de Pytor Burdzecki, se diera cuenta de su ausencia. Le había resultado fácil seducir a aquella hermosa mujer de pelo caoba y ojazos azules, le había bastado con hacerse pasar por un diplomático francés de visita en el país y se había asegurado de cruzarse con ella en la ópera o en el Gostiny Dvor, el complejo comercial donde ella solía ir a comprar acompañada de su doncella.

En cuestión de un par de días, Lana había permitido que la acompañara a la cafetería más cercana entre risitas y miradas incitantes. No tenía razón alguna para sospechar que en realidad era el Zar Mendigo, el implacable cabecilla de los bajos fondos, ni que su aparente interés en ella no era más que una treta para entrar en aquella casa palaciega que estaba fuertemente custodiada por soldados.

Soltó la pistola de inmediato, y se acercó a ella con total naturalidad.

—Creía que estabas dormida, *ma belle*.

—¿Qué estás haciendo? —le preguntó, ceñuda, después de recorrer el despacho de su marido con la mirada.

—Me temo que estaba a punto de marcharme.

—¿Te has perdido?

Dimitri dio un paso más hacia ella, lo justo para alcanzar a apartarle un rizo de la cara y colocárselo tras la oreja con ternura. Lana era una mujer vanidosa y egocéntrica, pero inofensiva, y eso era algo que no podía decirse de su marido... ni de él mismo.

—Prefiero marcharme sin que me vea la servidumbre, no quiero que una beldad como tú se convierta en objeto de desagradables murmuraciones —murmuró, en el impecable francés que caracterizaba a los nobles rusos. También hablaba con fluidez ruso e inglés, y entendía varios dialectos germánicos. Su madre había insistido en que el malnacido de su padre le costeara los estudios, así que era un ladrón que tenía una educación excelente.

—Ah —Lana se creyó la mentira sin dudarlo, y batió las pestañas con coquetería—. ¿Debes marcharte tan pronto?

—No es pronto, corro el riesgo de que tu marido me castre si me demoro más.

Ella hizo un mohín, y le agarró de las solapas mientras se apretaba contra él en una clara invitación.

—Pytor nunca regresa a casa antes del amanecer, y a veces ni siquiera se molesta en venir —le besó la barbilla antes de añadir—: Si tenemos suerte, podríamos pasar juntos el día entero.

Dimitri entrecerró sus ojos color whisky antes de contestar:

—Nunca dependo de la suerte, *ma belle*.

—¿Cuándo volveremos a vernos?

—¿Quién sabe cuándo decidirá cruzar de nuevo nuestros caminos el destino?

—Esta noche...

Él la interrumpió sin dudar.

—Será mejor que lo dejemos en manos del destino —le apartó las manos de su maltrecha chaqueta con firmeza, y se las llevó a los labios—. Regresa a la calidez de tu lecho, bajo la almohada encontrarás una pequeña muestra de mi estima.

Tal y como cabía esperar, aquellas palabras acapararon la atención de Lana.

—¿Un regalo?

—*Oui*. Espero que pienses en mí cuando te los pongas.

—¿Cuando me ponga el qué? —sus ojos azules se iluminaron—. ¿De qué se trata? ¿Son unos guantes, pendientes...?

—¿Por qué no vas a averiguarlo por ti misma? —Dimitri sonrió con cinismo al ver que soltaba una risita y se apresuraba a irse del despacho.

A pesar de que estaba casada con un depravado que le doblaba en edad, Lana era poco más que una *jeune fille* en muchos aspectos. No se parecía en nada a las mujeres del mundo de Dimitri, a las que en contadas ocasiones se les permitía tener una infancia.

Mientras la oía alejarse, salió por la ventana y se dejó caer al jardín que había justo debajo. Aún no había acabado de registrar la casa, pero estaba convencido de que Lana había llamado la atención de los vigilantes, y no podía correr el riesgo de que le atraparan.

Cayó con la agilidad de un deportista consumado, y se llevó la mano a la pistola mientras se enderezaba. El instinto que le había mantenido con vida incontables veces se había puesto en alerta.

—Déjate ver —masculló, con voz amenazante.

Una silueta delgada y cubierta con un grueso abrigo emergió de entre las sombras de una fuente de mármol, y una exasperante voz que le resultaba familiar le preguntó en tono burlón:

—¿Qué es lo que le has dejado bajo la almohada?

Dimitri apretó los labios al darse cuenta de que Herrick Gerhardt había oído toda su conversación con Lana, aunque lo cierto era que no le hacía falta merodear debajo de ventanas abiertas para descubrir cualquier información que le interesara. Algunos estaban convencidos de que el consejero del zar Alejandro tenía poderes místicos, pero él no era uno de ellos; al fin y al cabo, sabía de primera mano que los métodos de aquel hombre eran muy mundanos.

—Unos pendientes de diamantes —admitió a regañadientes.

Herrick enarcó una ceja. Era un caballero de ascendencia prusiana de rostro enjuto, densa cabellera plateada, y penetrantes ojos marrones en los que se reflejaba una inteligencia fría e implacable.

—Es un regalo bastante generoso para una mujer con la que te has acostado con el único propósito de registrar el despacho de su marido.

—Puede que Lana sea una ramera superficial con alma de

mercader, pero se merece algo mejor que un marido que le dobla en edad y cuyas perversiones sexuales me estremecen de repugnancia incluso a mí.

Herrick lanzó una mirada elocuente hacia el palacio neoclásico que se alzaba tras Dimitri, y comentó:

—Seguro que la mayoría de los miembros de la alta sociedad opinan que se la ha recompensado con creces.

—Eso se debe a que sus vidas son tan frías y vacías como las criptas que les esperan.

—¿Eres filósofo, Tipova?

—No soy más que un ladrón.

La suave carcajada de Herrick resonó en la gélida brisa de octubre.

—Jamás sería tan necio como para subestimarte. ¿Qué has descubierto?

Dimitri se cruzó de brazos, y su expresión se volvió cauta. Había despertado el interés de Herrick Gerhardt y del duque de Huntley varias semanas atrás, y desde entonces se había convertido muy a su pesar en el arma más secreta de Alejandro Pavlovich contra los traidores que sembraban el descontento. Al emperador de Rusia no se le podía decir que no.

Pero su presencia en la casa de Pytor Burdzecki se debía a motivos personales que no estaba dispuesto a compartir con nadie, así que se limitó a contestar:

—Nada que pueda interesarle a Alejandro Pavlovich.

—Te sorprendería saber lo extensos que son los intereses del zar.

—¿Del zar, o de su consejero de mayor confianza?

—Es exactamente lo mismo.

—¿Por eso has venido?, ¿para averiguar lo que podría llegar a encontrar entre los papeles de Burdzecki?

—De hecho, he venido a hablar contigo.

Dimitri se quedó inmóvil, y entornó los ojos en un gesto de desconfianza.

—¿Cómo sabías que estaría aquí?

—No eres el único caballero capaz de recabar información, Tipova.

—Sí, pero... —Dimitri optó por morderse la lengua, y se limitó a decir—: Da igual, acabaré por sacar a la luz al traidor —señaló con la mano los lechos de flores vacíos y las fuentes de mármol que ya estaban cubiertas para protegerlas del crudo invierno ruso, y añadió—: Si querías hablar conmigo, solo tenías que enviarme un mensaje. No hacía falta merodear en jardines cargados de humedad.

Herrick dejó de sonreír, y su rostro se endureció con la determinación implacable que subyacía bajo su encanto innato.

—No sueles acudir con premura cuando solicito tu presencia.

—No soy un perrito faldero del imperio.

—Pero supongo que eres un ciudadano leal, ¿no?

Dimitri cerró los puños con fuerza. A pesar del considerable poder que poseía, era muy consciente de que a Herrick Gerhardt le bastaría con dar la orden para que le encerraran en la mazmorra más cercana y le hicieran desaparecer.

—¿Estás amenazándome, Gerhardt?

—Discúlpame, Tipova. Has demostrado tu lealtad al zar en más de una ocasión.

—¿Acaso tenía otra opción? ¿Qué es lo que quieres de mí?

—En esta ocasión, creo que podemos beneficiarnos mutuamente.

—No me hacen falta los cofres reales.

—El asunto que quiero tratar contigo es de índole personal, y te ofrezco algo mucho más interesante que simple dinero —Herrick dio un paso a un lado, y lanzó una mirada hacia el carruaje negro que esperaba en el callejón cercano—. ¿Vamos?

Dimitri contempló durante unos segundos aquel rostro impasible, y al final soltó un suspiro y se dio por vencido. Gerhardt no iba a dejarle en paz hasta que se saliera con la suya.

—No sé por qué, pero tengo la sensación de que acabaré arrepintiéndome de esto —refunfuñó en voz baja.

CAPÍTULO 2

Dimitri fue con Herrick hasta el carruaje, y se acomodaron en los mullidos asientos de cuero en silencio. Hubo una ligera sacudida cuando el cochero hizo que los caballos iniciaran la marcha, y mientras empezaban a circular por las calles de San Petersburgo (que seguían muy concurridas a pesar de lo tarde que era) Herrick sacó una botella de un líquido color ámbar.

—¿Te apetece un brandy?

Sirvió dos vasos y le entregó uno de ellos a Dimitri, que tomó un trago con cautela y enarcó las cejas en un gesto de sorpresa al notar la inconfundible fluidez con la que el fuego líquido se le deslizó por la garganta.

—Debes de estar ansioso de obtener mi cooperación, si estás dispuesto a compartir tu bodega privada.

Herrick se reclinó en el asiento, y lo contempló con la mirada velada antes de contestar.

—Como ya te he dicho, creo que nuestro arreglo nos beneficiará a los dos.

Dimitri no pudo evitar una pequeña punzada de curiosidad. Herrick Gerhardt le había consagrado su vida a Alejandro Pavlovich, ¿qué asuntos privados podría tener un hombre así?

—Estoy dispuesto a escuchar de qué se trata este... arreglo.

—Antes de nada, debo aburrirte con la historia de mi familia —Herrick apuró su brandy, y volvió a llenarse el vaso—. No sé si sabes que nací en Prusia, en el seno de una familia respetable pero pobre. Tuve la suerte de viajar a San Petersburgo para completar mis estudios a los diecisiete años, y Alejandro Pavlovich acabó fijándose en mí. Mi primo mayor, por su parte, decidió probar suerte en Inglaterra, y fue allí donde se casó y tuvo varios hijos.

—Fascinante.

—Una de las hijas de mi primo empezó a trabajar como institutriz para una familia rusa, enseñaba inglés a los niños. Al final se casó con un ebanista que vivía en la zona, y tuvo dos hijas antes de morir.

Dimitri empezó a golpetear el vaso con un dedo, y comentó ceñudo:

—Supongo que esta tediosa historia tiene un final, ¿no?

Herrick no prestó ni la más mínima atención a su creciente impaciencia, y siguió con su relato.

—Como iba diciendo, estamos hablando de dos hijas: Emma y Anya Linley-Kirov. Tras la trágica muerte de su padre a manos de un cazador furtivo, Emma convirtió el taller de carpintería en una pequeña casa de postas.

La expresión ceñuda de Dimitri se acentuó aún más. Adoraba a las mujeres, a todas ellas. Era de sobra conocido que maltratar a una mujer que estuviera bajo la protección de Dimitri Tipova era una forma segura de ganarse una brutal paliza o incluso la muerte, pero lo cierto era que prefería evitar a las que tenían más agallas que sentido común, porque al final acababan causando penas y sufrimientos que las afectaban tanto a ellas como a los que las querían.

—¡Qué poco convencional!

Herrick notó su clara desaprobación, y le espetó:

—Su decisión fue admirable, pero por desgracia, su notable valentía no la protegió de los infames caballeros que se hospedaron en su casa de postas durante unos días.

—¿Infames?

—Cuando se marcharon, se llevaron a Anya.

Aquellas palabras captaron por completo la atención de Dimitri, que preguntó con voz tensa:

—¿La hermana?

—Sí.

—¿Cuántos años tiene?

—Acaba de cumplir los dieciséis.

Dimitri apuró su vaso y lo dejó a un lado con movimientos medidos; por un lado, estaba dándole vueltas a aquella inesperada revelación, y por el otro, se dio cuenta de que sus investigaciones personales no eran tan secretas como había creído hasta el momento.

—¿Emma Linley-Kirov está segura de que se la llevaron esos hombres? —preguntó al fin.

—Del todo. Anya dejó una nota en la que explicaba que iba a convertirse en una actriz famosa.

Dimitri mantuvo una expresión impasible, pero le dio un vuelco el corazón al reconocer aquella treta tan familiar. Su propio padre y los compinches de este solían usarla para capturar a jóvenes ingenuas.

—¿Se mencionaba en la nota que los caballeros iban a venir a San Petersburgo?

—Un criado les oyó planear el regreso a la ciudad.

—¿Está segura de que podría reconocerlos si volviera a verlos?

—Sí.

Dimitri miró por la ventanilla con aparente indiferencia. No le sorprendió ver que habían hecho un recorrido por la parte alta de la avenida Nevsky y estaban a punto de llegar de nuevo a la casa palaciega de Pytor Burdzecki, porque siempre era plenamente consciente de lo que le rodeaba.

—¿Qué te ha hecho pensar que me interesaría tu trágica pero común historia?

—No me ha pasado por alto que vigilas muy de cerca tanto al conde Nevskaya como a su círculo de amigos.

Dimitri contempló con mirada ausente el Palacio de

Anichkov. El príncipe Potemkin, el amante favorito de la emperatriz Catalina, había vivido allí en otros tiempos, y Giacomo Quarenghi lo había remodelado recientemente al añadir el gabinete imperial; a diferencia de muchos, él prefería la columnata neoclásica al estilo anterior, que era más opulento... aunque el zar no le había pedido su opinión, claro.

Volvió a centrar su atención en Gerhardt a regañadientes, y admitió:

—Como ya habrás deducido, el conde es mi padre.

Gerhardt esbozó una sonrisa y trazó con la mirada las elegantes líneas de su rostro, prestando especial atención a la aristocrática forma de la nariz y a los eslavos pómulos elevados.

—Resulta difícil pasar por alto el parecido.

Dimitri tensó la mandíbula. Solía usar su considerable atractivo físico en beneficio propio, pero detestaba el parecido que tenía con el hombre que había forzado con brutalidad a una joven indefensa.

—Tenemos un parecido físico, pero no te equivoques, entre nosotros no existe ninguna otra similitud —le dijo, con voz tan gélida como un invierno siberiano.

Herrick asintió antes de comentar:

—Eso también resulta patente, y por eso me llamó la atención que tuvieras al conde bajo vigilancia constante. Era obvio que querías obtener alguna información concreta.

Aquellas palabras no le hicieron ninguna gracia a Dimitri. Era él quien espiaba a los demás, no al revés.

—Tienes la irritante costumbre de meter las narices en mis asuntos.

—Mi trabajo consiste en eso.

—Tienes entre manos un juego peligroso, Gerhardt.

Herrick no se inmutó ante la amenaza velada que se reflejaba en su voz, y se limitó a encogerse de hombros antes de contestar:

—Tú estás muy familiarizado con juegos peligrosos, ¿verdad? Al conde le desagradaría mucho averiguar que su hijo bastardo sospecha que está involucrado en actividades ilegales.

Dimitri se planteó por un instante darse el gusto de lanzarle al cercano río Fontanka, pero decidió no hacerlo; por muy gratificante que pudiera resultarle quebrantar la férrea calma de Herrick, no merecía la pena jugarse el pescuezo por algo así.

Además, en ese momento tenía asuntos más importantes en mente.

—¿Qué quieres de mí?

Herrick se inclinó hacia delante, y dio la impresión de que sus ojos oscuros relucían bajo la luz de la luna.

—Que hables con Emma Linley-Kirov. Estoy convencido de que los dos estáis buscando las mismas respuestas.

—Sabía que iba a arrepentirme de este encuentro.

Emma observó a través de la ventanilla del carruaje un edificio de piedra clara con un pórtico con columnas en el centro y dos alas que se extendían a lo largo del canal. Aunque acababa de llegar a San Petersburgo, dedujo que las habitaciones de los caballeros estaban en uno de los extremos del edificio, porque en aquella zona había un grupito de unos cuantos contemplando el tráfico desde la acera. Al otro lado del edificio había una cafetería con varias mesas, y a pesar de la distancia, se le hizo la boca agua al ver las tentadoras bandejas de pastas que había sobre el mostrador.

—Aquí es —le dijo a su ceñuda doncella, Yelena, una mujer delgada de edad avanzada y pelo canoso ataviada con una capa negra.

Yelena no aprobaba su decisión de encontrarse con Dimitri Tipova, el Zar Mendigo, aunque lo cierto era que también le había parecido mal viajar a San Petersburgo, y aceptar la sorprendentemente cálida acogida de Herrick Gerhardt, e incluso el hecho de que una buena amiga de este, Vanya Petrova, las acogiera en la hermosa mansión que poseía junto al río Fontanka.

A diferencia de ella, Emma sentía una profunda gratitud hacia el hombre que, además de recibirla sin un sola crítica respecto a lo temeraria que era, le había prometido que haría todo lo posible por ayudarla a localizar a Anya.

—No parece un antro de perdición, ¿está segura de que es la dirección correcta? —masculló Yelena al fin.

—He aprendido por las malas que las apariencias engañan a menudo, pero es un lugar bastante público.

La doncella entrelazó sus nudosos dedos en el regazo, y frunció los labios en un gesto de desaprobación antes de contestar:

—Eso espero, no puede encontrarse con un desconocido en privado sin una presentación previa.

Emma no pudo contener una carcajada a pesar de lo nerviosa que estaba.

—Estoy a punto de pedirle ayuda al delincuente más conocido de toda Rusia, y lo que te preocupa es el hecho de que no nos hayan presentado.

—Me preocupan muchas cosas.

Emma la miró contrita, y alargó el brazo para darle unas palmaditas en la mano. Yelena había sido una de las pocas personas que habían estado a su lado a lo largo de los años.

—Perdóname, Yelena. Tengo los nervios destrozados, no era mi intención ofenderte.

La doncella suavizó su expresión, y admitió:

—Esta última semana habría puesto a prueba hasta la paciencia de un santo.

Emma admitió para sus adentros que aquellas palabras reflejaban la pura verdad. No quería ni pensar en lo duro que había sido el trayecto hasta San Petersburgo, ni en lo nerviosa y tensa que se había sentido mientras se dirigía hacia la hermosa casa de Herrick Gerhardt para pedirle ayuda.

Ya tenía bastante con centrarse en los problemas a los que iba a enfrentarse durante aquella jornada.

Cuando el lacayo uniformado abrió la portezuela del elegante carruaje que Vanya había tenido la amabilidad de poner a su disposición, luchó por disimular el miedo que la atenazaba y logró esbozar una sonrisa.

—Quédate aquí, Yelena.

—Pero...

—Ya lo hemos hablado, en el mensaje quedaba claro que debo ir sola; además, si no vuelvo, te necesitaré para que asaltes la fortaleza y me rescates.

La mujer se llevó al pecho una mano temblorosa y murmuró:

—¡Dios del cielo...!

—Estaba bromeando, seguro que todo sale bien —bajó del carruaje con la ayuda del lacayo sin perder ni un momento aquella tensa sonrisa, y mientras iba hacia la puerta de la cafetería susurró—: Por favor, Señor, que todo salga bien.

Entró en el establecimiento, y tal y como se le indicaba en la nota, se sentó en la mesa más cercana a la ventana; por suerte, había optado por un grueso vestido gris oscuro con botones hasta la barbilla que cubría del todo sus prácticas botas de cuero y llegaba hasta el suelo, y se había cubierto su melena de color miel con una bufanda de lana que había tejido su madre. A pesar de la chimenea encendida que había al otro lado de la sala, hacía un poco de frío tan cerca de la puerta.

Recorrió la amplia sala con la mirada mientras intentaba ponerse cómoda en la silla de madera, y se sintió aliviada al ver que muchas de las mesas estaban vacías. Había dos elegantes caballeros jugando al ajedrez junto a la chimenea y un grupo de hombres con atuendos más toscos en la mesa situada a lo largo de la pared opuesta, pero ella estaba sola en aquella esquina.

Su soledad dejó de parecerle tan bien cuando pasó una hora, y después otra. Se preguntó dónde demonios estaba Dimitri Tipova, ¿acaso la había invitado a ir a aquel lugar para comprobar si estaba dispuesta a arriesgar su reputación al acceder a encontrarse con un delincuente? A lo mejor aquello era un mero engaño a sus expensas, o los zares mendigos estaban muy ocupados y les resultaba imposible presentarse a sus citas.

Empezó a golpetear la mesa con un dedo, y la ansiedad fue dando paso a un enfado creciente. Estaba acostumbrada a las faltas de respeto, e incluso a que la ignoraran los que la consideraban inferior, pero no podía permitirse el lujo de perder un día entero por culpa de un juego absurdo. Si Dimitri Tipova no quería ayudarla, al menos debería haber tenido la decencia de mandarle sus excusas.

Estaba a punto de levantarse cuando un hombre corpulento se acercó a la mesa y se sentó junto a ella.

—Vaya, vaya... qué ricura tan apetitosa. Me gustaría saber si eres tan sabrosa como guapa —le dijo, con voz ronca, mientras se acercaba más de la cuenta. Tenía una papada prominente, y en sus redondos ojos azules brillaba la malicia.

Ella alzó la barbilla en un gesto desafiante, y se apartó de aquel voluminoso cuerpo ataviado con un desgastado abrigo verde y gruesas botas de peón.

—Le ruego que se marche.

Los labios del desconocido se curvaron en una sonrisa que rezumaba crueldad.

—A lo mejor no quiero marcharme, puede que esté a punto de llevarte al cuartito del fondo para disfrutar de tus encantos.

Aunque tendría que haberse sentido aterrada, en ese momento su genio estaba a flor de piel y no estaba de humor para aguantar las groserías de aquel tipo, por muy grandote que fuera, así que agarró la taza de café que había pedido para ir pasando el rato y le advirtió:

—Como no me deje en paz, voy a echarle encima este café caliente. Puede que así aprenda a no imponerle su vil presencia a las mujeres que tengan la desdicha de cruzarse en su camino.

El desconocido parpadeó como si aquella amenaza le hubiera dejado estupefacto, y alcanzó a decir:

—Oye...

Apenas había abierto la boca cuando otro hombre se acercó a la mesa, uno más delgado pero de aspecto mucho más siniestro gracias a la cicatriz que le marcaba la mejilla desde la ceja hasta la comisura de la boca. El tipo que estaba importunándola debió de pensar algo parecido, porque palideció de golpe y la frente se le perló de sudor.

—Ve al puerto y encárgate de que descarguen bien el barco que ha llegado esta mañana, Semyon. Ya sabes que al jefe no le gusta que el negocio atraiga más atención de la cuenta.

—Sí, cla... claro.

Después de levantarse a toda prisa, el tipo se despidió con una torpe inclinación y se dirigió hacia la puerta. Emma se levantó también, indignada. La habían ignorado durante horas, y por si fuera poco, había tenido que aguantar los rudos insultos de aquel bruto. Ya estaba harta.

—¿Emma Linley-Kirov? —le preguntó el hombre de la cicatriz.

—¿Quién es usted?

—Josef, vengo a escoltarla.

Emma frunció los labios; al parecer, Dimitri Tipova ni siquiera podía tomarse la molestia de ir a por ella en persona.

—¿Adónde pretende llevarme?

El hombre indicó con un gesto la puerta que había al fondo; a juzgar por su expresión ceñuda, estaba claro que la tarea que le habían encomendado no le entusiasmaba.

—A una sala de arriba, nada más. No se asuste.

—No estoy asustada, sino furiosa. ¿Sabe cuánto tiempo llevo esperando?

La sala entera enmudeció, y Josef la miró atónito antes de contestar con rigidez:

—Dimitri Tipova es un hombre muy ocupado, tiene suerte de que haya accedido a verla.

Ella alzó la barbilla en un gesto que dejaba claro que no estaba dispuesta a dejarse intimidar, y le espetó:

—Sí, claro, ni se imagina lo honrada que me siento por el hecho de que el Zar Mendigo me haya concedido unos minutos de su valioso tiempo.

Él masculló una imprecación, y se limitó a contestar:

—Por aquí —sin más, echó a andar hacia la puerta del fondo.

Emma le siguió con rigidez, más que consciente de las aceradas miradas que la seguían. Josef abrió la puerta y subió un estrecho tramo de escaleras que desembocaba en un rellano; una vez allí, le indicó con un gesto un saloncito donde había un sofá de brocado y dos sillas junto a una chimenea de mármol.

—Espere aquí.

Lo dijo sin molestarse siquiera en mirarla, y se dirigió hacia una puerta que había al otro lado del rellano. Emma dejó a un lado los buenos modales que le habían inculcado, permaneció donde estaba al verle entrar en la otra estancia, y aguzó el oído para intentar oír lo que estaba hablando en voz baja con alguien.

—¿Ya ha llegado?

Supuso que aquella profunda voz masculina pertenecía a Dimitri Tipova, y por alguna extraña razón, al oírla sintió que un desconcertante cosquilleo le recorría la espalda.

—Sí, me temo que sí —murmuró Josef.

—¿A qué viene tanta hostilidad?

—Esa mujer es tan agria, que cortaría la leche.

—Debe de estar preocupada por su hermana.

—Una mujer no se convierte en una arpía mandona por preocupación, es una de esas insoportables que lanzan órdenes a diestro y siniestro y esperan que todos las obedezcan.

—Por supuesto —aquella preciosa voz masculina adquirió cierto tono de resignación—. Tendría que haberme dado cuenta de que Gerhardt iba a reírse a mis expensas endosándome a su prima solterona. Seguro que está sentado tan tranquilo junto a la chimenea, disfrutando de paz y tranquilidad mientras yo tengo que cargar con esa arpía.

Emma se sintió dolida, pero se obligó a fingir que no le importaban aquellos comentarios despectivos con los que estaba tan familiarizada. No había viajado a San Petersburgo para encandilar a los ladrones de la zona.

Sin pensárselo dos veces, fue hasta la habitación donde estaban hablando de ella. Alcanzó a ver que se trataba de un pequeño despacho con estanterías a lo largo de las paredes y una estufa de porcelana flanqueada por dos sofás, pero en ese momento un hombre alto se levantó de detrás de un robusto escritorio de nogal, y la mente se le quedó en blanco.

Era tan absurdamente atractivo, que se limitó a contemplar boquiabierta aquellas facciones bronceadas tan perfectas... la frente ancha que denotaba inteligencia, la nariz aguileña, los labios carnosos y sensuales, los pómulos prominentes, las cinceladas cejas del mismo color negro como el azabache que el pelo sujeto en una coleta a la altura de la nuca... pero fueron sus ojos los que la dejaron sin aliento, unos ojos de un increíble tono dorado que incitaban a caer en la tentación.

Emma no habría sabido decir si eran los ojos del mismísimo diablo o los de un ángel caído, pero tuvo muy claro que aquel hombre era una combinación de poder letal y sensualidad masculina capaz de hacer que las rodillas le flaquearan a cualquier mujer.

Sintió una extraña y cálida excitación en la boca del estómago cuando aquella mirada dorada la recorrió de pies a cabeza, pero fue una sensación efímera que dio paso a una profunda desilusión al verle fruncir los labios en un familiar gesto de desaprobación masculina.

Se dio cuenta de lo ridículo que había sido aquel instante de locura transitoria, ¿qué otra cosa cabía esperar? ¿Acaso había albergado la esperanza de que Dimitri Tipova fuera tan poco convencional como para no juzgarla por el hecho de que fuera una mujer con iniciativa?, ¿había creído que un hombre que se había visto obligado a sobrevivir en un mundo muy duro sería capaz de entender que ella había tenido que hacer lo mismo?

Se obligó a apartar de su mente aquellas cuestiones tan absurdas, y se armó con la gélida compostura que era la única protección con la que contaba.

—Puede que sea una solterona, pero al menos tengo buenos modales —le espetó, sin apartar la mirada de aquellos desconcertantes ojos dorados—. Y eso es algo de lo que carecen tanto su detestable banda de criminales como usted.

A Dimitri tendría que haberle hecho gracia aquella situación. La menuda mujer envuelta en capas de lana apenas le llegaba a la altura de la barbilla y pesaba menos que su perro lobo, y era absurdo que irrumpiera en el despacho y le reprendiera como si fuera un niñito travieso en vez del hombre más peligroso de San Petersburgo.

Pero no era diversión lo que estaba sintiendo al contemplar los rizos color miel que habían escapado de la bufanda y acariciaban aquella piel marfileña, al ver aquellos ojos marrones en los que se reflejaba una fuerza inquebrantable.

Aquella mujer tenía algo que desafiaba a la parte más profunda y primitiva de su ser. Quería cernirse sobre ella hasta lograr que bajara aquella atrevida mirada en un silencioso gesto de derrota, quería decirle sin miramientos que era un tirano impenitente que exigía que se le obedeciera de inmediato, quería apretarla contra su cuerpo hasta que la mirada desafiante desapareciera de aquellos ojos tan hermosos y sus tentadores labios se abrieran en clara invitación...

Josef se cruzó de brazos (por suerte, permanecía ajeno a la tensión que había inundado el ambiente), y masculló:

—Ya te lo he dicho, agria como la leche.

—Puedes retirarte —lo dijo sin apartar la mirada de la expresión llena de testarudez de Emma Linley-Kirov.

—¿Estás seguro?, no hay nada más peligroso que una mujer enfadada.

—Gracias, Josef, creo que ya has hecho más que suficiente

—lo dijo con cierta sequedad, y cuando su amigo salió del despacho, rodeó el escritorio y se apoyó en una de las esquinas del mueble.

Esbozó una sonrisa casi imperceptible al ver que lo recorría con la mirada. Había conjuntado una chaqueta canela hecha a medida con un chaleco de satén color rosa, y llevaba en el cuello un pañuelo impecable y sujeto con un nudo oriental entre cuyos pliegues relucía un diamante del tamaño de un dedal. Estaba claro que aquella mujer esperaba encontrar a un salvaje, en vez de a un caballero sofisticado que no desentonaría en la casa más selecta.

—Se dice que quien escucha a escondidas no suele oír cosas favorables sobre sí mismo.

Alcanzó a vislumbrar la emoción que relampagueó por un instante en aquellos ojos marrones, pero se desvaneció antes de que pudiera descifrarla. Ella alzó la barbilla, y le espetó con clara desaprobación:

—Me resulta indiferente la opinión que pueda tener de mí, señor...

—Dimitri.

—¿Disculpe?

—Tal y como tú misma has dado a entender con tanta delicadeza, no soy un caballero. Tutéame.

Ella frunció los labios, pero no estaba claro si su reacción se debía a que no le parecía bien aquel tratamiento informal o a que le molestaba que le dieran órdenes.

—Si insistes... —accedió al fin, a regañadientes.

—Insisto.

—¿Podemos hablar de mi hermana de una vez?, ya he perdido bastante tiempo hoy.

Dimitri entornó los ojos, se apartó del escritorio de repente, y se acercó sin prisa a la mujer que se atrevía a mirarlo con expresión ceñuda e imperiosa. Sintió una oleada de satisfacción muy masculina al verla retroceder de forma instintiva, aunque su lado civilizado estaba atónito ante la intensa y visceral reacción que despertaba en él aquella mujer menuda y delicada. ¿Qué demonios estaba pasándole?

La hizo retroceder hasta tenerla acorralada contra la estantería, apoyó las manos en los estantes, a ambos lados de sus hombros, y le dijo con voz suave:

—Quizás deberíamos dejar claro cómo va a ser... —fijó su intensa mirada en aquellos labios tentadores antes de añadir—: nuestra relación, Emma.

La piel marfileña de la joven se tiñó de rubor, pero lo miró con expresión desafiante y le espetó:

—No hay relación alguna, sino una mera serie de circunstancias que nos obligan a aunar nuestros recursos de momento.

Él se acercó aún más, pero le tomó desprevenido la atracción que le recorrió como una potente descarga ante aquel cuerpo esbelto. Era inconcebible. Le gustaban las mujeres dulces y vulnerables, las que dependían de su apoyo y su protección, no las arpías solteronas que olían a jabón y a almidón.

—En ese caso, deja que clarifique cómo vamos a aunar nuestros recursos.

Ella se ruborizó aún más al oír aquel tono de voz tan sugerente, y solo alcanzó a preguntar:

—¿Qué quieres decir?

—Si quieres que te ayude, vas a tener que acatar mis normas; si no estás dispuesta a hacerlo, ya puedes marcharte de aquí.

La sala que había convertido recientemente en su despacho privado quedó sumida en un tenso silencio, pero cuando Emma Linley-Kirov le apartó de improviso con un pequeño empujón, se acercó a la ventana y contempló la calle en silencio, Dimitri no tuvo más remedio que admitir que su valentía le parecía admirable. A aquellas alturas, cualquier otra ya habría salido huyendo o se habría desmayado; de hecho, conocía a una única mujer con tantas agallas como ella: su propia madre.

Tomar conciencia de aquella verdad no contribuyó a calmar la potente necesidad que sentía de amansar a aquella solterona rebelde, porque había sido la valentía de su madre la que la había llevado a una muerte temprana.

—De acuerdo —Emma se volvió hacia él, y le miró con expresión impasible—. ¿Cuáles son esas normas tan sacrosantas?

—La primera es que no voy a tolerar a una arpía malgeniada en mi presencia. Si no puedes controlar tu lengua afilada, encontraré la forma de amansarla.

Ella le miró boquiabierta, y se apresuró a protestar:

—¿Qué quiere decir eso de «amansar»? Si crees que voy a tolerar que me golpee un...

Dimitri reaccionó de forma tan fulminante, que no tuvo tiempo de contenerse. Se acercó a ella, tomó su rostro entre las manos, y le cubrió la boca en un beso suave y tentador. Su intención era enseñarle una lección, que aprendiera a controlar aquella lengua afilada, pero su sabor inocente y dulce encendió de golpe su pasión y le endureció el cuerpo. Profundizó aún más el beso, y tensó las manos alrededor de su rostro.

Ella se relajó contra su cuerpo por un instante y abrió los labios en una dulce rendición, pero de repente soltó un gemido ahogado y se echó hacia atrás. Lo miró con una furia que no alcanzaba a ocultar del todo el deseo y el desconcierto que la embargaban, y exclamó:

—¡Eres un...!

Dimitri conocía bien a las mujeres, así que interceptó con toda naturalidad la mano que intentó abofetearle y se la llevó a los labios.

—La segunda norma es que no puedes golpear a tu amo y señor —le resultó imposible contener las ganas de acicatearla aún más.

—¿Amo y señor? —la indignación intensificó aún más los destellos dorados que salpicaban el marrón de sus ojos.

Él le besó los dedos antes de contestar:

—Necesitas mi ayuda con desesperación, y eso significa que estarás en mi poder mientras permanezcas en San Petersburgo.

—No permitiré que se me trate como a una sierva.
—Acatarás todas mis órdenes, y sin rechistar.
—Esto es absurdo —liberó su mano de un tirón, y fue hacia la puerta con la cabeza en alto y la espalda erguida.
—Si sales por esa puerta, puedes tener por seguro que jamás encontrarás a tu hermana.

CAPÍTULO 3

Emma se detuvo en seco al oír aquella amenaza pronunciada con voz suave.

Había dado por hecho que Dimitri Tipova sería un hombre muy distinto. Esperaba encontrar a un bruto maleducado, a un bravucón más acostumbrado a usar los puños que el intelecto, y se había quedado atónita al descubrir que se trataba de un caballero sofisticado y cortés tan hermoso como un ángel y tan desvergonzado como Lucifer.

Y en cuanto a aquel beso... no, era mejor que apartara de su mente el febril recuerdo del que había sido su primer beso.

Se volvió poco a poco hacia él, y se enfrentó sin parpadear a aquella mirada implacable.

—¿Sabes dónde está mi hermana?

—No, pero...

—En ese caso, le pediré ayuda a alguien menos ofensivo.

Permaneció inmóvil al verle acercarse, pero el olor a sándalo y a cálida piel masculina le embriagó los sentidos.

—No hay nadie en toda Rusia que haya dedicado más tiempo y recursos a descubrir los hábitos de los nobles que se aprovechan de menores —le sujetó la barbilla, y posó la mirada en sus labios por un instante antes de volver a mirarla a los ojos—. Por no hablar del hecho de que unas meras palabras mías en los oídos adecuados bastarán para que ni una sola persona en toda la ciudad esté dispuesta a ayudarte.

—Herrick me advirtió de tu arrogancia, pero me cuesta creer que te consideres lo bastante poderoso como para influenciar a todos los habitantes de San Petersburgo.

—Qué ingenua eres. Dime, Emma, ¿cuántos comerciantes estarán dispuestos a hablar contigo cuando se sepa que las mercancías que compran en mis almacenes les costarán el doble? ¿Cuántos criados estarán dispuestos a hablar contigo cuando se sepa que eres una espía de Alejandro Pavlovich, y que estás buscando a traidores a la corona? Y en cuanto a los miembros de la alta sociedad... —soltó una suave carcajada, y le habría encantado saber lo turbada que se sintió al notar la incitante caricia de su aliento en la mejilla—. Incluso suponiendo que estuvieran dispuestos a recibir a una plebeya, te encerrarían en la mazmorra más cercana por osar implicar a un noble en un crimen tan atroz.

Emma apretó los puños. Deseó con todas sus fuerzas poder marcharse de allí y no volver a ver jamás a aquel bruto engreído, pero tenía la impresión de que lo que estaba diciéndole no eran bravuconadas carentes de fundamento. ¿Podía arriesgar la oportunidad de encontrar a Anya por el mero hecho de que aquel hombre parecía capaz de llegar a enloquecerla?

—¿Por qué estás siendo tan cruel?

—No se trata de crueldad, sino de eficiencia. Tú misma has admitido que de momento nos necesitamos mutuamente, y no tengo intención de pasar los próximos días, puede que incluso semanas, aguantando los ataques de una arpía deslenguada. Si te comportas como una dama y haces lo que yo te diga, nos llevaremos bien.

—Así que yo tengo que comportarme como una dama, pero tú tienes la libertad de ser un bruto carente de modales, ¿no?

—Ya veo que al menos eres inteligente —esbozó una sonrisa llena de picardía antes de preguntar—: ¿Trato hecho?

Emma respiró hondo, y por enésima vez en su vida deseó

haber nacido hombre. Sería maravilloso poder derribar de un puñetazo a aquel tipo odioso y arrogante.

—¿Acaso tengo elección? —masculló, ceñuda.

—Por supuesto que sí, puedo llevarte de regreso a tu casa —la miró con una expresión penetrante, como si estuviera instándola a obedecerle.

—No pienso marcharme de San Petersburgo sin mi hermana.

—¿Ni siquiera si te doy mi palabra de que haré todo lo que pueda por encontrarla y llevarla junto a ti?

—¿Por qué debería confiar en la palabra de un...?

No pudo acabar el insulto, porque él la besó con una intensidad que la dejó sin aliento y le aceleró el corazón. Cielo... cielo santo. Se había resignado a convertirse en una solterona tras la muerte de su padre, pero aunque en aquel entonces había lamentado la pérdida de muchas cosas, en especial el hecho de no tener a un compañero con quien compartir las alegrías, los miedos y las cosas mundanas que formaban parte de la vida, no se había dado cuenta de que también podría echar en falta las caricias de un hombre. Gracias a Dimitri, acababa de descubrir lo adictivas que podían llegar a ser.

Arqueó la espalda hacia atrás, luchó por respirar, y alcanzó a susurrar:

—Basta.

Él la contempló en silencio durante unos segundos antes de decir:

—Ya te he advertido que voy a amansar esa lengua tan rebelde que tienes.

Emma se tensó, e intentó convencerse de que el cosquilleo que le recorría los labios y la extraña sensación que la embargaba carecían de importancia. Seguro que se debían a un resfriado incipiente.

—Me cuesta creer que Herrick propiciara este encuentro, ¿sueles atacar a mujeres indefensas?

Las fuertes carcajadas de Dimitri resonaron en el despacho.

—¿Te consideras indefensa?, he contratado a bandidos salvajes y armados que me daban menos miedo que tener que enfrentarme a tu expresión de fría desaprobación.

Ella se volvió hacia los libros encuadernados en cuero que llenaban las estanterías para intentar ocultar su reacción. ¿Qué otra cosa cabía esperar de una mujer en sus circunstancias?, no iba a rescatar a Anya sonriendo como una bobita y batiendo las pestañas.

—Ya me has atacado, no hace falta que también te burles de mí.

Él la instó a que se volviera a mirarle con una delicadeza sorprendente, le rodeó la cintura con el brazo, y murmuró:

—No te he atacado, solo ha sido un beso. No es la primera vez que te besan, ¿verdad?

—Suéltame.

—Eres una mezcla desconcertante de contradicciones —comentó, en voz baja, mientras la contemplaba con ojos intensos y penetrantes—. Te cubres con fuego y azufre, pero bajo esa coraza hay una inocencia cautivadora.

Emma sintió que se le aceleraba el corazón, y se apartó de golpe. Tener cerca a aquel hombre despertaba en ella sensaciones que no entendía.

—No he venido a perder el tiempo con juegos absurdos, sino a hablar de mi hermana.

Hubo un tenso momento en el que temió que volviera a apretarla contra su pecho (aunque lo que más le inquietaba era que no estaba segura de si habría protestado o no), pero al final Dimitri suspiró con resignación y le indicó con un gesto uno de los sofás.

—Siéntate, pediré que nos traigan té.

Ella permaneció en el centro del despacho por pura testarudez, y le espetó:

—No hace falta que finjas ser civilizado por mí.

Dimitri se apoyó en el escritorio, y la luz del atardecer bañó su rostro de facciones cinceladas.

—La mayoría de mis invitados opinan que mis modales son impecables y mi hospitalidad no tiene parangón.

—¿Lo dices en serio?

—Al parecer, tú eres la única persona capaz de despertar mis instintos más primitivos.

—¿Piensas ayudarme, o no?

—Háblame de los caballeros que crees que secuestraron a tu hermana.

Aquellas palabras la tomaron desprevenida, y tardó unos segundos recobrar la compostura.

—Era obvio que pertenecían a la nobleza.

—¿Por qué estás tan segura de eso? Incluso el ladrón de más baja ralea puede emular a los nobles si cuenta con dinero y la preparación adecuada. Yo mismo tengo varios hombres a mis órdenes que podrían asistir a un baile en el Palacio de Invierno sin despertar la más mínima sospecha.

—No estoy convencida de que eran nobles por la ropa fina que llevaban, ni por su dicción elegante.

—Entonces, ¿por qué?

—Por el desdén que mostraban hacia todos los que consideraban inferiores a ellos, y porque daban por hecho que los demás debíamos satisfacer todos sus caprichos.

—Eres muy perceptiva —era obvio que su explicación le había sorprendido.

—No lo suficiente, por lo visto —le contestó ella, con voz teñida de amargura—. Tendría que haberme dado cuenta de que unos caballeros tan elegantes no se habrían hospedado en mi modesta casa de postas si no tuvieran algún propósito ulterior.

—¿Qué explicación te dieron?

—Que querían tener un pabellón de caza en la zona, y estaban buscando alguna finca pequeña que estuviera en venta.

Dimitri asintió como si no le sorprendiera la historia, y le preguntó:

—¿Cómo te dijeron que se llamaban?

—Según ellos eran el barón Fedor Karnechev y su hermano pequeño, Sergei.

—¿Les reconocerías si volvieras a verles?

Emma esbozó una sonrisa fría y amenazante. Cuando encontrara a los hombres que se habían llevado a su hermana, iba a arrancarles el corazón con sus propias manos.

—Sin lugar a dudas.

Dimitri contuvo a duras penas una sonrisa al ver la furia que se reflejó en su rostro, y se limitó a preguntar:

—¿Tu hermana se parece a ti?

—Hay varias similitudes, pero ella tiene el pelo más claro y ojos del color de un cielo de verano. Es muy hermosa.

—No me refería a su aspecto físico, sino a su temperamento.

—¿Qué importa el temperamento que pueda tener?

—Gerhardt me comentó que se fue con sus captores por voluntad propia, porque creía que iba a convertirse en una actriz famosa —deslizó la mirada por su cuerpo menudo, y la centró por unos instantes en aquella barbilla firme que denotaba testarudez—. No creo que tú te dejaras embaucar con tanta facilidad.

Emma se puso un poco nerviosa ante el escrutinio implacable al que la tenía sometida, y contestó:

—Es muy joven y crédula.

—Apuesto a que es una vanidosa y una consentida.

Aquel ataque inesperado la indignó.

—¡No la conoces de nada!

—Sé que una joven que se preocupe lo más mínimo de su familia no se marcharía de casa sin más, ni se dejaría engatusar por el primer hombre que le dedica unos halagos.

El hecho de que tuviera razón no mitigó en nada la furia de Emma. La culpa de lo que había pasado no la tenía su hermana, sino ella, aunque le horrorizaba que Anya se hubiera dejado engañar con tanta facilidad.

—Ya he aguantado más que suficiente —se sentía tan avergonzada, que estuvo a punto de echarse a llorar, pero logró tragarse las lágrimas y fue de nuevo hacia la puerta—. No sé por qué accediste a hablar conmigo, está claro que no tienes ningún interés en ayudarme.

Alcanzó a salir al pasillo, pero unos brazos cálidos y fuertes le rodearon la cintura desde atrás y volvieron a meterla en el despacho.

Dimitri inclinó la cabeza, y le susurró al oído:

—Debes aprender a controlar ese geniecito tuyo, *milaya*.

Dimitri saboreó durante un instante de locura la sensación de tenerla apretada contra su miembro erecto, pero masculló una imprecación y se apresuró a soltarla. Su reacción ante aquella solterona malgeniada era desconcertante, incomprensible.

Ella se volvió como una exhalación, y le fulminó con una mirada llena de furia.

—¿Vas a rescatar a mi hermana, o no?

Dimitri sabía que lo más sensato habría sido dejar que se fuera. Herrick Gerhardt no podía pedirle que asistiera a una mujer exasperante que, además, carecía de la sensatez necesaria para saber apreciar lo valiosa que era la ayuda que él podía prestarle.

Pero en vez de dejarla marchar, se enfrentó a su mirada belicosa con una sonrisa gélida y le dijo:

—Lo primero de todo es averiguar la identidad de los secuestradores.

Ella siguió igual de ceñuda, pero asintió y contestó a regañadientes:

—Puedo describírtelos si quieres.

—Se me ocurre un método más práctico: esta noche vas a venir conmigo.

—¿Adónde?

—Poseo varias casas de juego frecuentadas por los aristócratas de San Petersburgo. Si los caballeros que se hospedaron en tu casa de postas pertenecen a la nobleza y han regresado a la ciudad, acabarán por ir a alguna de ellas.

—¿Piensas llevarme a una casa de juego?

Dimitri estaba disfrutando de lo lindo al verla tan escandalizada, pero se encogió de hombros y dijo con toda naturalidad:

—De hecho, pienso llevarte a varias.

—No lo dirás en serio, ¿verdad?

—¿Acaso esperabas encontrar a tu hermana encerrada en una iglesia cuando decidiste venir a San Petersburgo? A lo mejor creías que estaría esperándote sentada en el salón del trono del Palacio de Invierno.

—Claro que no —protestó, ruborizada.

—En ese caso, ¿a qué viene este arranque de pudor virginal?

Ella vaciló por un instante, pero de repente alzó la barbilla en aquel gesto tan suyo de tenacidad y sus magníficos ojos castaños se endurecieron y se llenaron de determinación.

—Me has tomado desprevenida, eso es todo.

Dimitri masculló una imprecación para sus adentros, y le dio la espalda. La mezcla de vulnerabilidad y de determinación de aquella mujer le desconcertaba, le llegaba muy hondo, y quizás por eso sus siguientes palabras fueron más duras de lo que pretendía.

—Si lo que quieres es capturar a la escoria de la sociedad, debes buscarla en los bajos fondos. ¿Estás dispuesta a hacer lo que sea necesario?

—Sí.

—Ya lo veremos —respiró hondo, y se volvió de nuevo hacia ella—. ¿Dónde te alojas?

—Vanya Petrova ha tenido la amabilidad de ofrecerme su hospitalidad.

Petrova era muy amiga de Herrick, así que a Dimitri no le extrañó que fuera ella la encargada de alojarla. Se limitó a asentir, y comentó:

—Pasaré a buscarte a las nueve de la noche.

—De acuerdo —después de despedirse con una rígida inclinación de cabeza, Emma se dirigió hacia la puerta.

—Emma.

Se detuvo en seco al oírle pronunciar su nombre con voz suave. Cerró los puños, y se obligó a volverse para enfrentarse a aquella mirada penetrante.

—¿Qué?

—Las rígidas solteronas no van a casas de juego. Si quieres evitar llamar la atención, te aconsejo que optes por un vestido en el que no te ahogues con tanta lana —al ver la furia que relampagueó en sus ojos, se alegró de que no hubiera un cuchillo cerca.

—No soy yo quien corre el peligro de que le ahoguen —le espetó, antes de marcharse sin más.

Emma se limitó a mirar por la ventanilla del carruaje sin prestarle la más mínima atención a su doncella, que estaba sermoneándola sobre lo que les pasaba a las mujeres que pasaban tardes enteras en compañía de ladrones. No hacía falta que le recordaran que había sido una necedad ir a hablar con Dimitri Tipova, por no hablar del hecho de que había aceptado aquel plan disparatado de acompañarle a las casas de juego.

Dios, si alguien la reconocía, su reputación quedaría hecha trizas... pero fuera como fuese, estaba dispuesta a visitar un antro de mala muerte tras otro hasta encontrar a los secuestradores de su hermana, así que no tenía sentido darle vueltas a la insensatez que estaba cometiendo.

Intentó distraerse disfrutando de la increíble belleza de aquella ciudad, ya que había pasado los dos últimos días centrada en sus problemas y ni siquiera había notado su magnificencia. Mientras contemplaba los impresionantes palacios que se alzaban a orillas de los estrechos canales, pensó en lo extraño que resultaba que algo tan glorioso hubiera surgido de tanta brutalidad.

Frunció los labios mientras recordaba la historia que había aprendido de pequeña sobre Iván el Terrible y su guardia personal, los *oprichniki*, que habían sometido a los boyardos a una persecución implacable hasta que los tártaros habían atacado Moscú. Iván había ordenado verdaderas masacres para mantenerse en el poder, y se había hundido en la más completa locura antes de morir asesinado a manos de su propio heredero.

Pero a pesar de que Iván había sido un verdadero monstruo, el periodo de caos posterior a su muerte había dejado patente la necesidad de que un soberano fuerte dirigiera el vasto imperio. Fueron los desesperados cosacos, los resueltos *streltsi*, e incluso un grupo de ciudadanos adinerados los que exigieron que el *zemsky sobor* designara a un nuevo zar.

Pedro acabó llegando al trono, aunque su vida ya había quedado marcada por el hecho de que a los diez años había presenciado cómo asesinaban a su familia más cercana; en cualquier caso, los años que había pasado relegado en un remoto pabellón de caza en el río Yauza no habían sido en balde, ya que le habían dado la oportunidad de ser autodidacta.

Había decidido ocupar su tiempo formándose junto a los artesanos de la zona y había adquirido conocimientos en todo tipo de oficios, desde la herrería hasta la carpintería. También tenía amigos con los que jugaba a guerrear y a dirigir batallones, así que mucho antes de tener un ejército ya sabía sitiar una fortaleza hecha a escala y calcular la distancia a la que tenía que colocar al cuerpo de infantería.

Pero la obsesiva fascinación que había empezado a sentir por la navegación era, quizás, lo más destacable. Pedro se había dado cuenta con una notable visión de futuro que su nación debía abrirse al mundo, y después de conquistar una vía hasta el mar Báltico de forma cruel y de lo más expeditiva, había iniciado la construcción de una ciudad que acabaría rivalizando en belleza con Versalles.

El golpeteo de los cascos de los caballos la arrancó de sus pensamientos, y se dio cuenta de que el carruaje estaba cruzando el río Fontanka por el puente Semyonovsky. Se colocó mejor la bufanda al ver lo cerca que estaban de casa de Vanya, y cuando llegaron a la mansión (que era un edificio imponente, con columnas en la balconada y dos enormes leones de jade que custodiaban la puerta doble), bajó del vehículo sin dilación.

Cuando entró en el vestíbulo de mármol pasó por un momento un poco incómodo, ya que varios sirvientes se acercaron de inmediato para prestarle los pequeños servicios a los que estaba acostumbrada una dama, pero ella les indicó que se marcharan. Jamás lograría acostumbrarse a que otras personas le sirvieran.

Permaneció sin saber qué hacer junto a una mesa de palisandro sobre la que había un delicado jarrón chino, y se sintió aliviada al ver llegar a Vanya. Era una mujer de una belleza impactante, pelo plateado, ojos de un pálido tono azul, y un cuerpo alto y curvilíneo que en esa ocasión lucía un vestido de seda color lavanda.

—Al fin llegas, Emma. Empezaba a preocuparme —murmuró.

—Lo siento —se quitó la bufanda, y la dejó a un lado antes de añadir—: Ese hombre exasperante me ha hecho esperar casi dos horas, como si fuera un miembro de la realeza en vez de un vulgar ladrón.

Vanya la tomó de la mano y la condujo hacia la escalinata.

—Dimitri Tipova no me parece nada vulgar. Es pecaminosamente apuesto, ¿verdad?

Emma sintió un sospechoso hormigueo en el estómago, y no tuvo más remedio que admitir:

—Sí, supongo que es bastante atractivo, pero eso no compensa su completa falta de cortesía. Es el hombre más grosero que he conocido en toda mi vida.

Vanya esbozó una sonrisa de lo más misteriosa, y la llevó a un saloncito privado de paredes color esmeralda y molduras doradas. Sobre los muebles color caoba oscuro había cojines de terciopelo dorado, y el suelo de madera estaba cubierto con una alfombra oriental. El ambiente en conjunto era de una intensa sensualidad, y encajaba a la perfección con la dueña de la casa.

—Qué raro, siempre me ha parecido un hombre sorprendentemente cortés —se sentó en el sofá, y tiró de su mano para que se sentara a su lado.

—¿Le conoces bien?

Vanya se inclinó hacia la bandeja que había sobre la mesita, sirvió dos tazas de té en las que añadió también leche y azúcar, y le dio una antes de reclinarse de nuevo contra los cojines.

—Le hizo un gran favor a una de mis amistades, y me considero en deuda con él —le explicó, antes de tomar un pequeño sorbo de té.

Emma procuró moderar sus palabras, porque era demasiado educada como para insultar a un hombre al que su anfitriona tenía en tanta estima.

—No hay duda de que la culpa es mía —tomó un poco de té con la esperanza de que la despejara un poco y las mentiras salieran con más fluidez de sus labios, y añadió—: Ha mencionado que despierto sus instintos más primitivos.

—¿En serio?, qué interesante —la sonrisa de Vanya se ensanchó aún más.

¿Interesante?, a Emma le parecía terriblemente exasperante. ¡Ella no tenía la culpa de la irritante falta de modales de aquel hombre!

—Con un poco de suerte, nuestra asociación durará poco.

—¿Ha accedido a ayudarte a buscar a la pobre Anya?

—Sí.

—Gracias a Dios —Vanya le dio unas palmaditas en el brazo, y le aseguró con firmeza—: Al margen de la opinión que puedas tener de Dimitri, es el caballero que más puede ayudarte.

—Eso me ha dicho él mismo.

La sonrisa de Vanya se desvaneció, y le dio un pequeño apretón en el brazo en un gesto de apoyo.

—Si prefieres que te ayude otra persona, yo puedo encargarme de buscar a alguien adecuado.

Emma estuvo a punto de cometer la cobardía de decirle que sí. Dimitri Tipova era arrogante, provocador, y... peligrosamente atractivo.

Se mordió la lengua a tiempo, y se dijo que estaba siendo una tonta. Si tanto Herrick como Vanya pensaban que él era el más adecuado para ayudarla a rescatar a Anya, sería inexcusable que se comportara como una egoísta y rechazara su ayuda por el mero hecho de que... ¿cuál era la explicación?, ¿que le tenía miedo?

—No, por supuesto que no —contestó, con voz firme—; de hecho, necesito que me ayudes a prepararme para esta noche.

—¿Tienes planes?

—Voy a ir con Dimitri Tipova a varios establecimientos, para ver si reconozco a los hombres que trajeron a Anya a San Petersburgo.

Si Vanya se escandalizó al oír aquello, lo disimuló bien. Se limitó a asentir, como si fuera lo más normal del mundo que una joven inocente permitiera que un ladrón de renombre la llevara a clubes de dudosa reputación.

—Ya veo.

—Tengo que disfrazarme, no puedo correr el riesgo de que me reconozcan. Quién sabe lo que esos granujas podrían llegar a hacerle a Anya si se dieran cuenta de que les he seguido hasta aquí.

—No te preocupes, querida, me aseguraré de que ni tu hermana pueda reconocerte.

Al ver el brillo travieso que apareció en sus ojos, Emma sintió una punzada de inquietud.

CAPÍTULO 4

Por suerte para Dimitri, el jardín rehundido de rosas estaba sumido en las sombras mientras él avanzaba entre las esculturas italianas y las fuentes de mármol; a pesar de tener contactos entre los miembros más encumbrados de la corte rusa, seguía siendo un bastardo, así que tenía que entrar en las casas más selectas por la puerta de servicio.

Justo cuando estaba a punto de llegar a la estrecha puerta que había al fondo del jardín, su intuición le hizo volverse y vio a la escultural mujer que estaba saliendo por una puerta acristalada.

—Hola, Dimitri.

Contuvo una sonrisa al oír el tono imperioso de Vanya Petrova, y se acercó a ella por el sendero empedrado antes de saludarla con una profunda reverencia. Ella era uno de los pocos miembros de la aristocracia a los que admiraba de verdad.

—Estás tan hermosa como siempre, espero que Richard Monroe sea consciente de lo afortunado que es por haber conseguido que le concedas tu mano.

Ella esbozó una cálida sonrisa ante la mención del inglés que había sido su devoto pretendiente durante los últimos veinte años. La ciudad entera se había sorprendido cuando había aceptado al fin su propuesta de matrimonio.

—Creo que lo tiene claro, falta menos de un mes para la boda y aún no ha salido huyendo.

—Si no fuera un soltero empedernido, intentaría conquistarte.

Vanya sonrió al recorrer con la mirada su chaqueta color azul claro, el chaleco gris, y los calzones negros, como si supiera que se había esmerado más que nunca al elegir su atuendo.

—Todos los caballeros son unos solteros empedernidos hasta que encuentran a la mujer ideal.

—No esperaba una respuesta tan convencional de una dama que siempre ha mostrado una originalidad encantadora.

—Voy a ser incluso más predecible al advertirte que confío en que protejas a mi joven e inocente invitada.

—No te preocupes, te prometo que Emma Linley-Kirov no va a apartarse de mi lado.

—Eso no me tranquiliza.

Dimitri frunció el ceño, y contestó con rigidez:

—A pesar de mis muchos pecados, no seduzco a inocentes, en especial cuando esa inocencia tiene una envoltura tan puntillosa —fue incapaz de admitir que había pasado una cantidad inusitada de tiempo pensando en su encuentro con aquella mujer exasperante.

—No te dejes engañar por ese espíritu indómito, Emma ha asumido responsabilidades que habrían hundido a una mujer más débil. Bajo toda esa valentía aparente, es una joven que está aterrada por lo que pueda sucederle a su hermana.

La expresión de Dimitri se endureció. No estaba acostumbrado a que le sermonearan como si fuera un niño, ni el maleante más sanguinario se atrevería a amonestarle.

—Procuraré tenerlo en cuenta.

Se volvieron hacia la casa al oír pasos que se acercaban, y Vanya comentó:

—Ah, aquí está.

Emma salió al jardín, y por un instante la vieron iluminada por la luz de la casa. El pelo le caía suelto sobre los hombros, pero Vanya había tenido la buena idea de ocultar su rostro con un precioso sombrero. La prenda estaba decorada con plumas doradas, tenía un velo con diamantes incrustados que acababa justo por encima de sus sensuales labios, y añadía un provocativo toque de misterio que incitaría a cualquier hombre a querer descubrir lo que se ocultaba debajo; por si fuera poco, Vanya le había puesto una larga capa de terciopelo negro ribeteada con plumas doradas, así que estaba irreconocible.

—Bien hecho, Vanya. Sabía que te encargarías de deshacerte de ese horrible vestido de lana.

Ella soltó una pequeña carcajada antes de contestar con una enigmática sonrisa:

—No tienes ni idea. Buena suerte, querido —volvió a la casa, y se detuvo a besar a Emma en la mejilla antes de entrar por la puerta acristalada.

Dimitri se acercó también a Emma, y le ofreció el brazo antes de decir:

—¿Nos vamos?

Ella vaciló por un instante y libró una batalla silenciosa por sobreponerse al miedo, pero al final, con una valentía que a juicio de Dimitri acabaría por meterla en problemas, le tomó del brazo y dejó que la condujera al carruaje que les esperaba en el callejón.

Después de ayudarla a subir y de colocar los ladrillos calientes a sus pies, se sentó junto a ella y extendió la manta de viaje, porque el aire nocturno era bastante frío. Esperó a que el cochero pusiera al trote a la pareja de caballos negros, y entonces sacó un frasco plateado y dos vasitos de cristal del cajón que había bajo el asiento de cuero; después de servir el fuerte licor, le dio a ella uno de los vasos y alzó el suyo en un brindis.

—*Za vas.*

Emma tomó un sorbito con cautela, y tal y como cabía esperar, empezó a toser en cuanto el líquido le bajó por la garganta.

—Dios mío, ¿qué es esto?

—Coñac —tomó un trago con mucha más apreciación que ella, y paladeó el sabor. Era un coñac caro, y bien envejecido—. Te ayudará a entrar en calor.

Ella frunció el ceño, pero tomó otro sorbo. Quizás pensaba que el alcohol la ayudaría a relajarse.

—¿Está muy lejos tu club?

—No, queda bastante cerca de aquí —volvió a llenarle el vaso, consciente de lo tensa que estaba. Daba la impresión de que estaba dispuesta a salir huyendo de un momento a otro, así que decidió intentar distraerla—. ¿Es la primera vez que vienes a San Petersburgo?

—Es la primera vez que tengo ocasión de salir de mi pueblo. Supongo que eso significa que soy increíblemente provinciana, ¿verdad?

Sus labios se curvaron en una pequeña sonrisa, pero el velo le ocultaba los ojos y le daba un toque de misterio a su expresión.

—No voy a caer en la trampa, Emma Linley-Kirov. ¿Deseas que te indique los edificios más históricos que vayamos encontrando a nuestro paso?

—Eh... sí, gracias, me resultaría muy interesante.

Él se le acercó un poco más, y miró por la ventanilla mientras el carruaje enfilaba por la avenida Nevsky. Poco después apareció ante ellos la impresionante Catedral de Nuestra Señora de Kazán, y mientras contemplaba junto a ella el impresionante edificio, su cúpula y la columnata que daba a paso a un pequeño jardín con una fuente, le dijo con voz suave:

—No sé si sabes que el emperador Pablo quiso que la estructura se asemejara a la de la Basílica de San Pedro de Roma, a pesar de que a los eclesiásticos les indignó que se construyera una réplica de una iglesia católica.

Tal y como esperaba, ella se relajó un poco e incluso se acercó más a la ventanilla. Era obvio que deseaba disfrutar al máximo aquellas vistas espectaculares.

—Mi padre me contó que Alejandro Pavlovich ordenó convertirla en un monumento en conmemoración a la derrota de Napoleón.

—Así es —Dimitri lo dijo con cierta sequedad. El emperador se había asegurado de que su victoria sobre aquel monstruo corso se conmemorara con la debida pompa por toda la ciudad—. El gran Mikhail Kutuzoz está sepultado en la catedral, y las llaves de varias ciudades y fortalezas europeas se guardaron en la sacristía en honor a la victoria de Rusia.

Mientras el carruaje seguía recorriendo San Petersburgo, Dimitri le indicó el Palacio Stroganov. Al igual que gran parte de la ciudad, había sido diseñado por Rastrelli, y el enorme arco de la entrada estaba sujeto por dos columnas corintias. Al girar en dirección este pasaron junto al Almirantazgo y se dirigieron hacia la plaza del Palacio, que era la joya de la corona de la ciudad.

La espléndida fachada del palacio estaba pintada en un tono verde claro y ribeteada en blanco, a lo largo del tejado había enormes estatuas, y en uno de los extremos se alzaba una cúpula acebollada. Junto al palacio estaban los edificios del Hermitage, donde se guardaba la extensa colección de pinturas de la emperatriz Catalina, y el teatro que había construido para ella Giacomo Quarenghi.

Dimitri disimuló una sonrisa mientras ella le hacía un sinfín de preguntas sobre los edificios que iban dejando atrás. Era obvio que estaba encantada con aquel pequeño recorrido. Se había puesto de moda fingir indiferencia ante el mundo, así que resultaba estimulante estar en compañía de una mujer dispuesta a revelar sus emociones.

Ella contempló fascinada la fortaleza de Pedro y Pablo, que estaba situada en la orilla norte del Neva, suspiró maravillada ante la belleza de los jardines de verano, y se estremeció al ver el imponente Castillo Mikhailovsky, la fortaleza que se había construido por orden del demente emperador Pablo y había acabado siendo el escenario de su propio asesinato.

Aunque no estaba dispuesto a reconocerlo, le habría gustado que el recorrido se alargara más, pero poco después cruzaron el puente que llevaba a la parte baja de la avenida Nevsky y enfilaron por una calle estrecha donde predominaban edificios de estructura simple y elegante.

—¿Por qué aminoramos la marcha? —le preguntó ella, sorprendida.

—Prefiero no saltar de un carruaje en marcha si no es absolutamente necesario.

Emma inhaló hondo y fijó la mirada en el edificio que tenían delante. Estaba pintado en un tono amarillo fuerte, tenía una entrada amplia custodiada por dos guardias, y a pesar de que era temprano, un flujo constante de caballeros vestidos con opulencia subían la escalera y mostraban las tarjetas con bordes dorados que acreditaban que eran socios del club.

—¿Esta es una de tus casas de juego?

Por alguna ridícula razón, a Dimitri le ofendió sobremanera que se asombrara tanto.

—¿Esperabas encontrar un tugurio de mala muerte oculto en un callejón oscuro?

Ella apuró el vaso de coñac, y lo dejó a un lado antes de contestar:

—Jamás me había planteado cómo serían las casas de juego, pero está claro que son muy rentables.

—Pecar tiene su recompensa —abrió la portezuela con brusquedad, y la ayudó a bajar.

—Lo dice un pecador impenitente.

—Por supuesto.

Como era el hijo bastardo de un noble, había recibido una buena educación, pero se le había negado que ocupara el puesto que le correspondía en la alta sociedad; por otra parte, era demasiado culto como para que le aceptaran los plebeyos. No encajaba en ningún sitio, así que había aprovechado su férrea fuerza de voluntad para crearse su propio imperio.

Condujo a Emma hacia la escalera, y saludó con la cabeza

a los guardias. El vestíbulo octogonal estaba decorado con un gusto exquisito, y el suelo de baldosas blancas y negras se reflejaba en los espejos de marcos plateados que había a lo largo de las paredes.

Un criado de porte refinado se acercó a ellos al verles entrar, y les saludó con una reverencia.

—Entrégale la capa a Vladimir —Dimitri enarcó las cejas al verla aferrarse a la prenda con fuerza, y se preguntó si temía que el criado se la robara—. Te prometo que te la devolverá.

—De acuerdo —alzó la barbilla al quitársela con decisión, y se la entregó al criado.

Todas las miradas se volvieron hacia ella, y el vestíbulo entero enmudeció.

Lo que impactaba no era el vestido en sí, ya que era una prenda de corte recto engañosamente sencilla que dejaba los hombros al descubierto y tenía un fruncido bajo los senos, sino el brillo del satén dorado que se amoldaba a aquel cuerpo esbelto, y los pequeños diamantes que relucían a lo largo de la baja línea del escote y enfatizaban lo perfecta que era aquella piel marfileña.

Todo eso, sumado a aquella melena sedosa y aquellos labios sensuales y tentadores, bastaba para que todos y cada uno de los hombres que había en el club anhelaran tenerla en su lecho... y Dimitri no era una excepción.

Después de mascullar una imprecación, la agarró del brazo y se la llevó del vestíbulo sin contemplaciones. La condujo por una puerta lateral y la llevó casi a rastras por el corto pasillo hasta hacerla entrar en su despacho, donde podían disfrutar de privacidad. Era una sala sencilla con paredes color crema y el suelo de madera, el escritorio estaba junto a la chimenea y era de madera de cedro, al igual que el resto del mobiliario, y las cortinas tenían un tenue tono rosado.

Cerró de un portazo, y se volvió a mirarla furibundo.

—¿Qué demonios llevas puesto?

Ella se zafó de su mano con un firme tirón, y le espetó:

—Fuiste tú quien insistió en que me pusiera un vestido adecuado.

Era obvio que decirle algo así había sido una locura, admitió él para sus adentros mientras devoraba con la mirada las tentadoras curvas de sus senos.

—Sí, uno adecuado, pero este parece diseñado para crear una revolución.

—No es más revelador que los que lucen las damas más refinadas de San Petersburgo.

—¿Ah, sí? ¿Puedes explicarme entonces por qué ha chocado contra la pared el príncipe Matvey?, ¿o por qué se le ha caído una bandeja llena de copas de champán a uno de mis empleados más eficientes?

—Qué ridiculez, he visto a mujeres con vestidos mucho más atrevidos antes de que me arrastraras hasta aquí de forma tan desconsiderada.

Una vocecilla razonable le advirtió que estaba reaccionando de forma exagerada, pero Dimitri no estaba de humor para atender a razones. Ardía en deseos de arrastrarla a la cama más cercana, su cuerpo entero estaba tenso de pasión.

—Son más atrevidos, pero menos tentadores —lo admitió con voz ronca, y contuvo un gemido de frustración al ver que se humedecía los labios con la lengua en un gesto de nerviosismo.

—Primero te quejas de que mi vestido es demasiado recatado, y ahora de que es demasiado tentador. ¿Nunca te das por satisfecho?

La tentación era demasiado fuerte. Se acercó un poco más a ella, recorrió la elegante línea de sus hombros con los dedos, y su cuerpo se endureció de inmediato con una intensidad casi dolorosa. No era extraño que deseara a una mujer, ya que tenía los apetitos normales de un hombre que gozaba de buena salud, pero tanto aquel deseo abrumador como su reacción posesiva le resultaban completamente nuevos... y no le hacían ni pizca de gracia.

—Por irónico que parezca, estaba satisfecho hasta que una solterona intimidante y demasiado independiente ha acabado con mi pacífica existencia.

Trazó el escote con los dedos, y ella protestó con voz trémula:

—Dimitri...

Se acercó aún más a ella, e inhaló la embriagadora mezcla de su cálido aroma femenino y jabón.

—No sabía que pudiera existir una piel como la tuya, es tan suave y perfecta como la leche fresca.

—Deberíamos estar buscando a los hombres que se llevaron a Anya.

—Dentro de un momento —le rodeó la cintura con el brazo, y le alzó el velo con cuidado; después de contemplar durante unos segundos aquellas facciones pálidas y hermosas, susurró—: Antes tengo que saborearte.

—No...

Él hizo oídos sordos a su protesta y se adueñó de sus labios en un beso ardiente y posesivo. Quería abrazarla hasta que se derritiera de pasión, quería marcarla con sus caricias, su olor y su deseo, quería asegurarse de que todos los hombres que la vieran supieran que era suya, que le pertenecía a él y solo a él.

—Eres tan dulce como las almendras bañadas en miel —le acarició los labios con la lengua hasta que fue abriéndolos poco a poco, y susurró con voz ronca—: Eso es, *moya dusha*, ábrete y déjame entrar.

—El coñac... —gimió mientras se aferraba a él como si luchara por mantenerse en pie.

—No es el coñac lo que hace que te dé vueltas la cabeza y se te acelere el corazón.

Ella se echó un poco hacia atrás para poder fulminarle con la mirada, pero a Dimitri no le pasó desapercibido el estremecimiento de deseo que la recorrió.

—¿Te crees que eres un hombre irresistible?

—Lo irresistible es el deseo que arde entre nosotros —la

corrigió, con voz dura. Había amasado su fortuna gracias a las debilidades de los demás, pero jamás había pensado que él mismo podría convertirse en una víctima—. Siempre creí que esta clase de anhelo no era más que un mito, y ahora no sé si encerrarte en mi mazmorra o enviarte a Siberia —se tragó un gemido al verla humedecerse los labios, y su miembro se endureció aún más. La tensión que le atenazaba era un tormento.

—No digas eso —le ordenó, con voz entrecortada.

—¿Ni siquiera si es la pura verdad?

Ella alzó las manos hasta apoyarlas en su pecho, y en sus ojos marrones se reflejó un miedo inconfundible.

—Aunque esté vestida como una descocada, te aseguro que soy una dama.

—Soy dolorosamente consciente de que eres una dama, Emma Linley-Kirov —le contestó, con una pequeña sonrisa—. Y de momento estás bajo mi protección.

—En ese caso, suéltame.

Él fijó la mirada en aquellos labios capaces de hacer pecar incluso a un santo, y le preguntó:

—¿Es eso lo que deseas?

—Debes hacerlo.

—Maldición —se obligó a apartarse de la cautivadora calidez de su cuerpo, y se pasó las manos por el pelo mientras luchaba por recobrar la compostura—. No tendrías que haber venido a San Petersburgo.

En otras circunstancias, aquel lugar habría deslumbrado a Emma. No esperaba que un antro de pecado pudiera ser una extensa red de salas decoradas en marfil y dorado, un lugar lleno de alfombras color carmesí y columnas de mármol que se alzaban hasta los techos abovedados donde dioses griegos jugaban entre las nubes. No sabía que las enormes arañas de luces bañarían de luz a los elegantes caballeros que circulaban entre las mesas de juego y flirteaban con las mujeres ataviadas con vestidos de atrevidos escotes.

Había dado por hecho que sería un establecimiento oscuro y sórdido, un lugar donde hombres de baja calaña se encorvaban sobre las cartas o lanzaban los dados en alguna esquina, así que estaba claro que Dimitri tenía razón al decir que era una ingenua.

Dimitri...

Le miró de reojo, y una excitación peligrosa le hormigueó en el estómago. A pesar de la ropa elegante que llevaba, el depredador implacable que se escondía bajo aquella fachada de refinamiento era más que patente... aunque su apostura y sus experimentadas caricias no excusaban ni el hecho de que ella se hubiera derretido cuando la había besado ni el deseo que seguía atormentándola.

Se suponía que era una mujer sensata de edad avanzada, no una jovencita tonta que soñaba con que un apuesto príncipe la rescatara de su anodina existencia. Se había resignado a ser una solterona, y aún suponiendo que Dimitri fuera un príncipe en vez del Zar Mendigo, no estaba interesado en convertirla en su princesa; al igual que el barón Kostya, solo la consideraba digna de un rápido revolcón, nada más.

Sintió una extraña punzada de dolor en el corazón, pero antes de que pudiera pararse a pensar en lo que la había causado, les cortó el paso un caballero alto y grueso de pelo canoso ataviado con una chaqueta color burdeos y un chaleco a rayas doradas que no le favorecían lo más mínimo.

—Hola, Tipova —sus ojos ávidos recorrieron el velo que volvía a cubrirla, y acabaron por posarse en su escote—. Ha causado sensación, como siempre.

Dimitri se acercó aún más a ella, y le pasó un brazo por el hombro para protegerla de aquella mirada lasciva antes de contestar.

—Me temo que en esta ocasión no puedo atribuirme el mérito, príncipe Matvey.

—¿Piensa presentarme a su acompañante?

—De hecho, acaba de llegar de Moscú y prefiere mantener el anonimato —esbozó una sonrisa abiertamente posesiva, y le dijo a Emma—: ¿Verdad que sí, *moya dusha*?

Ella se le arrimó todo lo que pudo bajo aquel brazo protector, y se limitó a contestar:

—Sí.

—Vaya, qué misteriosa —comentó el príncipe, antes de humedecerse aquellos labios regordetes con la lengua.

—¿Ha visto al conde Fedor? —le preguntó Dimitri.

—¿A Tarvek? —el príncipe recorrió la concurrida sala con la mirada, y admitió—: Hoy no, pero ayer coincidimos en el Palacio de Invierno.

—Así que ya ha regresado de su viaje, ¿no?

—Sí, tengo entendido que Sergei y él regresaron el domingo pasado. ¿Desea hablar con él por algo en especial?

Emma contuvo el aliento, y observó la fría expresión de Dimitri con desconfianza.

—Soy un hombre de negocios, y tengo costumbre de saber dónde puedo localizar a los que están en deuda conmigo.

—Sí, por supuesto —el príncipe se puso visiblemente nervioso, y tiró del pañuelo que llevaba anudado al cuello como si notara que le apretaba demasiado—. Si me disculpa...

Dimitri sonrió, y se limitó a contestar:

—Sí, por supuesto.

Emma esperó a que el príncipe se perdiera entre el gentío, y entonces intentó apartarse un poco de él.

—Me dijiste que no sabías quién se había llevado a Anya...

—Shhh... —él inclinó la cabeza, y le dijo al oído—: Tuve la sospecha cuando mencionaste sus nombres, porque parecía una extraña coincidencia que los hombres que se alojaron en tu casa de postas afirmaran que eran hermanos y se llamaran Fedor y Sergei, pero fueron lo bastante astutos como para cambiar el título nobiliario, así que no lo sé con certeza. Sería peligroso llegar a conclusiones precipitadas.

—De acuerdo —por mucho que le costara admitirlo, él tenía razón.

Dimitri se echó un poco hacia atrás, y la miró con expresión inescrutable antes de decir:

—Vamos a dar una vuelta por el comedor para asegurarnos de que nuestra presa no se nos ha pasado por alto, y después nos marcharemos.

—¿Cuántos clubes vamos a visitar esta noche?

—Uno ha sido más que suficiente —le contestó, con voz tensa, mientras la conducía hacia una puerta abovedada.

—No te entiendo —admitió, desconcertada.

—Tengo los nervios destrozados —en sus ojos dorados relampagueó una emoción indefinible al mirarla, y añadió—: Voy a dejarte cuanto antes bajo la protección de Vanya.

—Pero...

Le puso un dedo sobre los labios para silenciarla, y le dijo:

—No juegues con fuego a menos que quieras quemarte, Emma.

CAPÍTULO 5

La mansión que el conde Fedor Tarvek compartía con Sergei, su hermano pequeño, no era la mejor de San Petersburgo ni mucho menos. Estaba situada a orillas del Neva y en el pasado había sido una estructura imponente con un elaborado friso tallado sobre la entrada principal y ventanas con vistas a los jardines, pero por desgracia, el tiempo y la dejadez le habían robado su encanto original y su creciente deterioro era evidente.

Mientras avanzaba con sigilo por las salas cavernosas de aquella casa, Dimitri se sintió un poco consternado al ver los suelos medio podridos y el moho que cubría los otrora hermosos muebles, aunque la ausencia de servidumbre le beneficiaba. Prefería invadir la privacidad ajena sin interrupciones.

Estaba tan centrado en registrar los dormitorios del piso de arriba, que estuvo a punto de pasar por alto al hombre que se aproximaba a la casa por el jardín de la cocina, pero al verle enarcó las cejas y se apresuró a bajar la escalera.

Le había encargado a Josef que fuera a vigilar al conde Fedor y a Sergei, ya que el zar iba a pasar revista a las tropas aquella tarde y ellos iban a asistir; a pesar de que los hermanos detestaban en secreto al emperador e incluso intentaban minar su reinado cuando podían, no se atreverían a desobedecerle públicamente si él les exigía su presencia.

Era la oportunidad perfecta para descubrir si los Tarvek ocultaban algún oscuro secreto.

Fue hacia la parte trasera de la cuadra después de salir de la casa por una puerta lateral, y no se sorprendió cuando llegó a los arbustos donde había dejado oculta a su yegua torda y vio junto a ella el caballo de Josef.

Llevaban muchos años trabajando juntos... quizás demasiados, admitió para sus adentros con cierta ironía, al verle doblar la esquina de la cuadra. Los dos estaban llegando a una edad en la que deberían plantearse una ocupación que no incluyera patíbulos ni pelotones de fusilamiento.

—¿Por qué has venido tan pronto?, no es posible que la exhibición haya terminado ya.

—Oleg se ha quedado vigilando a Tarvek y a su hermano, pero he pensado que querrías saber que Vanya Petrova está entre los espectadores.

—¿Sola?

—*Nyet*, acompañada de otra mujer.

Dimitri se tensó, e intentó convencerse de que se le acababa de formar un nudo en la garganta y se le había encogido el corazón por puro enojo; al fin y al cabo, cuando había dejado a Emma Linley-Kirov en casa de Vanya la noche anterior le había ordenado con claridad que procurara que no la vieran en público. Le había dicho que se pondría en contacto con ella cuando decidiera cuál era el siguiente paso a seguir.

—¿Es una mujer con el pelo de color miel y ojos marrones?

—Eso no puede saberlo un simple mortal, porque lleva uno de esos sombreros ridículos que impiden ver lo que hay debajo de la condenada maraña de lazos y plumas, pero apostaría hasta mi último rublo a que es la arpía de Yabinsk.

Dimitri compartía su certeza, porque Emma era lo bastante testaruda como para pasearse delante de las narices de los hombres que estarían dispuestos a asesinarla sin dudarlo.

—Maldita sea, empiezo a creer que ha sido enviada a San

Petersburgo para castigarme por mis numerosos pecados —masculló, mientras desataba del arbusto las riendas de su yegua—. Ven conmigo.

Josef hizo una mueca que torció la cicatriz que le recorría la mejilla. El hecho de que muchos se asustaran al verla le resultaba incluso conveniente, pero Dimitri sabía que se la había hecho al proteger a su hermana de su madre borracha.

—Puedo quedarme y registrar la casa.

—No hace falta. No hay mujeres cautivas en el sótano ni un mapa que indique dónde encontrarlas, pero...

Dejó la frase inacabada a propósito, montó a lomos de la yegua, y se dirigió hacia el estrecho sendero que conducía al linde de la finca. Sabía que la curiosidad de Josef podría más que su renuencia a mezclarse con la nobleza.

Tras mascullar una imprecación, su amigo montó a toda prisa y no tardó en alcanzarle a lomos de su montura.

—¿Qué has averiguado?

Dimitri metió la mano bajo el abrigo de varias capas que cubría su sencillo atuendo y las botas de montar. Llevaba también una gruesa bufanda alrededor de la parte inferior del rostro y un sombrero de castor, así que estaba irreconocible. Incluso la yegua era un animal común y corriente.

Para ser un ladrón con éxito había que saber pasar desapercibido cuando era necesario.

—He encontrado esto en el dormitorio de Tarvek —contestó, antes de darle un papel doblado.

—«Katherine Marie, viernes al mediodía» —Josef le miró ceñudo, y comentó—: Seguro que tiene una cita con la tal Katherine.

—Puede ser, pero vi un mensaje similar en el escritorio de Pytor Burdzecki.

Puso a la yegua al trote al llegar al camino pavimentado que llevaba al Palacio de Invierno, y Josef aceleró también el paso de su montura.

—Katherine es un nombre muy corriente, Dimitri.

Justamente por eso había pensado que la nota de Burdzecki carecía de importancia. Aquel tipo era un libertino que tenía varias amantes a pesar de su edad, por no hablar de los burdeles a los que iba de forma asidua.

—Sí, pero es demasiada casualidad que los dos tengan una cita el mismo día, a la misma hora, y con mujeres que tienen el mismo nombre.

—¿Crees que han secuestrado a la tal Katherine?

—O que planean secuestrarla.

Josef se dio cuenta de inmediato de la importancia que tenían aquellas palabras.

—De ser así podríamos seguirles. Si atrapan a una mujer, tendrán que llevarla a su escondrijo.

Dimitri asintió con expresión ceñuda, y se vio obligado a aminorar la marcha al ver que cada vez había más tráfico.

—Sí, ese era mi plan. Tenemos que tener bien vigilados a los hombres que sospechamos que pueden estar compinchados con mi padre.

Guardaron silencio mientras avanzaban entre elegantes carruajes y pequeños grupos de peatones que luchaban por abrirse paso hasta la plaza del Palacio. El gentío no estaba interesado ni en los ejercicios militares ni en los pobres soldados que tenían que permanecer de pie durante horas a la intemperie mientras se preparaban para el evento, pero las apariciones públicas del zar se habían vuelto cada vez más escasas durante los últimos años, y la ciudad entera quería verle.

—¿Qué es lo que te preocupa?

Dimitri esbozó una sonrisa al oír la perspicaz pregunta de Josef. Estaba claro que llevaban demasiado tiempo trabajando juntos.

—Katherine Marie... el nombre me resulta familiar —resultaba exasperante no poder materializar aquel elusivo recuerdo.

—Es un nombre muy común.

—Sí —sacudió la cabeza en un gesto de frustración, y tomó

una calle lateral que conducía al Jardín de Verano y el Campo de Marte. Conocía un par de truquitos para evitar tanto tráfico—. Por aquí—. Estaba tan centrado en llegar cuanto antes junto a Emma, que tardó un momento en darse cuenta de que Josef iba quedándose cada vez más atrás. Miró por encima del hombro, y le llamó con impaciencia—. ¡Josef!

Su amigo miró a su alrededor con inquietud, porque detestaba ir a los barrios más elegantes de la ciudad. Era comprensible, ya que un solo tropiezo bastaría para que un hombre acabara pudriéndose en la mazmorra más cercana.

—Si quieres que vigilemos a esos nobles, será mejor que vaya a...

—Necesito que me acompañes —le espetó Dimitri con firmeza, antes de volver a fijar su atención en el camino.

—Sabía que esa mujer iba a traernos problemas desde que oí cómo amenazaba con achicharrar a Semyon con una taza de café —refunfuñó, mientras avanzaba hasta ponerse a su altura.

Dimitri frunció el ceño, porque el hecho de que uno de sus propios empleados la hubiera importunado no le hacía ninguna gracia.

—Habría que castrar a Semyon, aunque creo que los azotes que le di bastarán para que aprenda a tratar a una dama.

—¿Qué piensas hacer con ella?

—Esa pregunta me ha tenido en vela durante casi toda la noche —admitió con sequedad.

Josef sacudió la cabeza en un gesto de lástima y resignación, y comentó:

—Un tipo listo haría las maletas y se largaría cuanto antes.

—Tienes toda la razón.

—Pero, aun así, piensas cortejarla.

Dimitri se sintió incómodo al oír aquellas palabras, y quiso negarlas de forma instintiva. Tomaba a mujeres bajo su protección y las amparaba de las crueldades del mundo, pero no las cortejaba... y mucho menos si se trataba de mujeres desobedientes y con tendencia a ponerse en peligro de forma deliberada.

—Pienso asegurarme de que no eche a perder nuestra oportunidad de capturar a esos malnacidos. Se volverán más cautos si la reconocen, y no podremos seguirles la pista.

Josef soltó un bufido, y le preguntó con sorna:

—¿Seguro que no temes que pueda estar en peligro?

Dimitri no contestó, y detuvo a su montura al llegar a la plaza del Palacio. Por encima de las cabezas de los espectadores vio a los soldados desfilando frente al emperador, que estaba montado a caballo y tenía el rostro marcado por líneas de fatiga. Era obvio que las obligaciones inherentes a la corona eran una pesada carga sobre sus hombros. Junto a él estaba Herrick Gerhardt, observando a la multitud con una mirada penetrante a la que no se le escapaba nada.

—¿Dónde las has visto por última vez? —le preguntó a Josef mientras volvía la mirada hacia los carruajes que había en la plaza.

—Cerca de uno de los extremos del Hermitage. Por allí —señaló hacia el otro extremo de la plaza, y le preguntó—: ¿Qué piensas hacer?

Dimitri contuvo a duras penas el impulso de atravesar la zona de la exhibición al galope y echarse a Emma al hombro como un bárbaro; además de ser una idea absurda, atraería demasiado la atención, y precisamente eso era lo que quería evitar.

—Vas a encargarte de que Vanya reciba un mensaje en el que se le ordena que regrese a casa de inmediato.

—¿Y qué harás tú mientras tanto?

—Esperar.

Emma estaba de pie detrás de Vanya, en un discreto segundo plano, intentando concentrarse en el gentío. Había sido ella la que le había preguntado a su anfitriona si habría alguna forma de poder ver al conde Fedor y a su hermano Sergei, y había prometido que se comportaría como una simple doncella que estaba allí a las órdenes de su señora, pero a pesar de que estaba desesperada por averiguar si el conde era en realidad el tal Fedor que se había hospedado en su casa de postas, la belleza que la rodeaba la tenía fascinada.

No podía evitar que su mirada se desviara una y otra vez hacia el Palacio de Invierno, no podía dejar de contemplar aquellas magníficas columnas corintias y las estatuas que parecían observarla desde el tejado; por no hablar del apuesto emperador, que estaba sentado a caballo a menos de un tiro de piedra y resultaba imponente con su atuendo militar. Sus brillantes ojos azules contemplaban a las tropas con cierta nostalgia, como si deseara sumarse a las precisas filas de soldados y alejarse con ellos del gentío que le rodeaba.

Para una mujer que jamás se había alejado más de un kilómetro de su pueblo natal, un pueblo remoto y medio olvidado, era una imagen increíble que no iba a olvidar jamás.

Se dio cuenta de que estaba divagando, y se obligó a centrarse de nuevo en las elegantes mujeres de capas ribeteadas en piel y los caballeros ataviados con sus uniformes militares de gala. Todo el mundo intentaba acercarse lo máximo posible al emperador, y nadie le prestaba la más mínima atención a ella. Tenía el rostro oculto bajo un enorme sombrero marrón, y la capa a juego que llevaba la cubría desde la barbilla hasta la punta de los pies. Para todos aquellos nobles no era más que una sirvienta carente de importancia.

Justo cuando estaba intentando ver mejor a los dos caballeros que estaban cruzando hacia un hombre de mayor edad con el pelo canoso y expresión arrogante, un muchacho harapiento se detuvo junto a Vanya y le puso algo en la mano.

Ella dio un paso hacia delante de forma instintiva para proteger a su anfitriona, pero el pilluelo se alejó en un abrir y cerrar de ojos abriéndose paso con destreza entre el gentío.

—¡Qué extraño! —murmuró Vanya, con la mirada fija en la arrugada nota que tenía en la mano.

—¿De qué se trata?

—Supongo que no vamos a tardar en averiguarlo. ¿Te molestaría mucho que nos marcháramos?

—Por supuesto que no —hizo una mueca cuando una oronda mujer estuvo a punto de derribarla, y admitió—: No creo que pueda reconocer a nadie entre tanta gente.

Vanya le ofreció una sonrisa alentadora mientras se dirigían hacia el carruaje, y le dijo:

—No temas, querida, idearemos otra forma de coincidir con los hombres que buscas.

El viaje de regreso fue bastante rápido gracias a los criados que iban abriendo paso por delante del carruaje, y en cuestión de media hora llegaron a la casa. Vanya bajó del vehículo con la ayuda de un lacayo y Emma fue tras ella, pero en cuanto puso un pie en el suelo, una mano férrea salió de la nada y la agarró del brazo.

Soltó una exclamación ahogada, y al volverse sobresaltada vio a un hombre con el rostro oculto tras una bufanda.

—Me gustaría hablar contigo en privado, Emma Linley-Kirov —masculló, en tono amenazante.

Ella reconoció de inmediato la profunda voz masculina y los intensos ojos dorados de Dimitri Tipova. Se llevó la mano al corazón, que le latía desbocado, y alcanzó a decir:

—Por el amor de Dios, me has dado un susto de muerte.

Aquel hombre exasperante hizo caso omiso de su protesta, y mientras la conducía hacia el jardín de rosas privado de Vanya, dijo por encima del hombro:

—¿Nos disculpas, Vanya?

—¿Acaso tengo elección? —se limitó a contestarle la dama, en tono irónico.

—No, esta vez no.

La había tomado tan desprevenida verle aparecer de repente, que Emma fue con él al jardín sin protestar, pero cuando entraron en una pequeña gruta de piedra y la hizo girar sin contemplaciones para mirarla cara a cara, se zafó de su mano de un tirón y le espetó con altivez:

—Le exijo que abandone esta costumbre de arrastrarme de un lado a otro, caballero.

—¡Me llamo Dimitri! —se quitó furibundo el sombrero y la bufanda, y los lanzó con brusquedad hacia un banco de mármol cercano.

Ella se estremeció al ver la dura expresión que tensaba aquel rostro tan cautivador, pero se mantuvo firme. No estaba dispuesta a dejar entrever lo nerviosa que estaba.

—Me niego a dejar que me intimides.

—Tienes suerte de que no te haya dado unos azotes en las nalgas, estoy deseando hacerlo.

—¿Disculpa?

—Sabía que eras impulsiva y cabezota, que tenías tendencia a seguir tus impulsos y a ignorar los dictados de la razón, pero no sabía que carecieras de sentido común.

—No tengo por qué permanecer aquí y permitir que me insulte un...

Se calló de golpe cuando él le quitó el sombrero y lo dejó caer al suelo.

—¿Crees de verdad que una prenda tan ridícula podría protegerte si encontraras a los secuestradores de tu hermana?

—Pues sí —se echó hacia atrás su espesa mata de pelo castaño, que le caía suelta sobre los hombros, y añadió desafiante—: Nadie me ha prestado ni la más mínima atención.

—Mi empleado te ha reconocido desde el otro extremo de la plaza.

—Seguro que ha reconocido a Vanya Petrova, y ha dado por hecho que era yo quien la acompañaba. Los hombres que busco no esperan verme en San Petersburgo, y mucho menos en compañía de una dama.

—Has corrido un riesgo absurdo —dio un paso hacia ella, y cerró los puños a ambos lados del cuerpo.

—Puedo correr todos los riesgos que quiera, no es de tu incumbencia.

—No seas tonta, Emma. Aunque esos hombres se escondan

entre las filas de la alta sociedad, bajo la ropa elegante y las mansiones enormes no son más que animales. Si deciden que eres una amenaza para ellos, no dudarán en llevarte a la tumba.

A Emma no le hizo ninguna gracia que la sermoneara, pero notó cierto matiz en su voz que atemperó su indignación. Era comprensible que a cualquier caballero con la más mínima decencia le horrorizara que abusaran de muchachas inocentes, pero tras la furia de Dimitri había algo personal y quizás incluso íntimo.

Ladeó un poco la cabeza, y observó con atención las facciones aristocráticas y perfectamente cinceladas de aquel hombre que estaba resultando tener una complejidad turbadora.

—Herrick me aseguró que eras el más adecuado para ayudarme a encontrar a mi hermana, pero no especificó cuál es tu vinculación con esos hombres.

—¿Crees que podría ser cómplice de sus crímenes? —su mirada se oscureció de golpe.

—No, por supuesto que no.

—He confesado que soy un pecador.

Ella posó la mano sobre su brazo de forma instintiva, y contestó con voz firme:

—Puede que seas un pecador, pero no eres malvado.

Dimitri fijó la mirada en los dedos que descansaban sobre su brazo antes de decir:

—No todo el mundo te daría la razón en eso.

Ella le restó importancia a aquella advertencia, porque sabía por experiencia propia que la opinión de los demás no solía tener nada que ver con la realidad.

—Si estuvieras compinchado con ellos, no tendrías tantas ganas de llevarles ante la justicia.

—¿Quién ha hablado de la justicia? —en sus ojos dorados se reflejaba una intensa furia—. Quiero destruirles, que su depravación quede expuesta ante el mundo entero y tengan que huir a la zona más recóndita de Siberia hundidos en la deshonra. Quiero que mueran solos y sumidos en la más completa desesperación.

Emma se estremeció ante el dolor descarnado que se intuía bajo la furia, y le dijo con voz suave:

—Lastimaron a uno de tus seres queridos... ¿quién era?, ¿tu hermana?

Él tensó la mandíbula y dio la impresión de que no iba a contestar, pero se volvió de repente hacia la pequeña ventana desde donde se veía una fuente cercana y confesó:

—Mi madre.

—¿La secuestraron? —le preguntó, con el corazón encogido.

—No hizo falta, era hija de un humilde zapatero —su voz era tan dura y gélida como el invierno siberiano—. El conde Nevskaya entró un día en la zapatería, y le ordenó a su criado que agarrara a mi madre y la llevara a su carruaje.

—¿Se la llevó así, sin más?

—Dejó unas monedas sobre el mostrador como pago.

Emma tragó con dificultad la bilis que amenazaba con subirle por la garganta, y alcanzó a preguntar:

—¿Tu abuelo no intentó impedírselo?

—Eran otros tiempos, y el conde era muy amigo del emperador Pablo —tenía los hombros rígidos, y los puños apretados. Era obvio que aquella conversación había sacado a la luz una herida muy profunda—. Mi abuelo tenía que mantener a varios hijos más, y no podía correr el riesgo de enfadar a un noble.

—¿Cuántos años tenía ella?

—Acababa de cumplir los quince.

Era un caso incluso peor que el de Anya. A la madre de Dimitri se la habían llevado como si fuera un mero objeto que se había comprado con un puñado de monedas.

—¿Adónde la llevó?

—A una casa que tiene cerca de Novgorod. La mantuvo presa allí durante seis meses, hasta que...

Se acercó a él sin apenas darse cuenta, y contempló su rostro tenso antes de preguntar con voz queda:

—¿Hasta que qué?

—Hasta que se dio cuenta de que estaba embarazada, y la echó.

Emma contuvo el aliento al darse cuenta de lo absurdamente ciega que había sido. Tendría que haber sospechado la verdad desde el primer momento al ver sus nobles facciones... o desde la primera vez que él había intentado imponerle su voluntad. Esa clase de arrogancia tenía que ser innata.

—Tú eres ese hijo, ¿verdad?

Se volvió hacia ella poco a poco, y la miró con expresión inescrutable. Estaba claro que le resultaba muy difícil hablar de su pasado, que la herida aún estaba abierta y sangrante.

—Sí.

Ella vaciló por un instante. No quería acrecentar su dolor, pero necesitaba saber lo que había ocurrido.

—¿Tu madre regresó junto a su familia?

—Se negaron a acogerla de nuevo en el seno familiar. Estaba deshonrada a ojos del mundo, y como estaba embarazada, no iban a poder casarla con nadie.

—¡Pero si el conde se la llevó a la fuerza!

Dimitri se apoyó en el fresco que adornaba la pared de la gruta, y contempló su rostro acalorado antes de decir con calma:

—No es posible que seas tan ingenua, Emma.

No, no lo era. A las mujeres se las dejaba indefensas y se les negaba la posibilidad de valerse por sí mismas, así que estaban a merced de los hombres, de la sociedad, e incluso de un destino que las trataba a menudo con una crueldad implacable.

—¿Qué le pasó?

—Lo que suele ocurrirle a la mayoría de mujeres que se ven obligadas a sobrevivir en las calles, entró a trabajar en un burdel después de dar a luz. ¿Te escandaliza?

Era obvio que estaba acostumbrado a que los demás censuraran las decisiones que su madre había tenido que tomar, pero Emma solo sentía compasión y admiración y contestó con total sinceridad.

—Por el contrario, la admiro. Está claro que era una mujer que hizo lo necesario con tal de sobrevivir.

—Por lo que pude averiguar, acabó por resignarse y no tardó en descubrir que su belleza podía ayudarla a ganar el dinero necesario para comprar una modesta casa. Lástima que no se diera por satisfecha.

—¿Qué quieres decir?

—Estaba decidida a que yo recibiera una educación adecuada.

—Es lo que cualquier madre querría para su hijo.

—No le pedí que se sacrificara por mí —sus facciones parecían talladas en granito bajo la luz que entraba por la ventana.

A ella le sorprendió aquella falta de gratitud, era comprensible que una mujer estuviera dispuesta a sacrificarlo todo por sus seres queridos.

—¿Qué pasó, Dimitri?

Su mirada se volvió distante, y tensó la mandíbula mientras recordaba el pasado.

—Una mañana me vistió con mis mejores ropas, las que no tenían agujeros en las rodillas y los codos, y caminamos un buen rato hasta llegar a un espléndido palacio. Jamás olvidaré aquel momento en que subimos los escalones de la entrada y llamamos a la puerta como si fuéramos unos conocidos que iban a ser bien recibidos, estaba aterrado.

Emma sonrió, porque a pesar de que se suponía que era una mujer madura, ella misma había tenido que hacer acopio de todo su valor pocos días antes al llegar a la casa de Herrick Gerhardt.

—¿Cuántos años tenías?

—Ocho, puede que nueve. Edad suficiente para darme cuenta de que estábamos fuera de lugar.

Ella contuvo las ganas de acariciarle el pelo. A pesar de aquel niñito herido que albergaba en lo más hondo de su ser, Dimitri era un hombre peligroso; de hecho, aquella inesperada oleada de ternura la turbó aún más que la potente atracción que sentía hacia él.

—¿Os echaron de allí?

—No. Mi madre estaba decidida a salirse con la suya, y como mi parecido físico con mi padre es más que patente, nos dejaron entrar a su despacho privado —se apartó de la pared, y se paseó con nerviosismo por la gruta hasta detenerse en el centro—. Entendí muy poco de la conversación, más allá del hecho de que mi padre gritó mucho y mi madre se negó a marcharse. Más tarde averigüé que le amenazó con contarle a su esposa que había forzado a una jovencita de apenas quince años si no costeaba mi educación.

La tensión que reinaba en el ambiente era tangible, y Emma midió con prudencia sus siguientes palabras.

—Está claro que la amenaza funcionó.

—Funcionó en el sentido de que me enviaron a una escuela de Moscú, pero a mi padre le enfureció que una simple ramera fuera más lista que él, y se propuso destrozarle la vida.

Emma tuvo la terrible sospecha de que aquella pobre mujer había sufrido mucho por su valentía, y preguntó con voz queda:

—¿Qué le hizo?

—La dejó sin un techo bajo el que cobijarse al hacer que la echaran de su propia casa, y se aseguró de que sus adinerados clientes no volvieran a contratarla. Le resultó cada vez más difícil ganarse la vida, y se vio obligada a alquilar unas habitaciones en los barrios bajos de San Petersburgo —sus ojos dorados se oscurecieron con un dolor que rompía el corazón—. Solo era cuestión de tiempo, al final le rebanaron el pescuezo y la dejaron tirada en el suelo de una callejuela inmunda.

CAPÍTULO 6

Sus palabras aún resonaban en la gruta cuando Dimitri se preguntó qué demonios estaba haciendo. Era la primera vez que le contaba a alguien la trágica historia de su madre. Había un puñado de personas que sabían que había sido una ramera y cómo había muerto, y resultaba innegable el vínculo que le unía al conde, pero había mantenido guardados en lo más hondo los íntimos y sórdidos detalles... hasta que había conocido a Emma Linley-Kirov. Aquella mujer despertaba en él emociones que había intentado olvidar durante años.

Contuvo el aliento cuando unos dedos largos y delicados se le posaron en el brazo. ¿Cuándo se había vuelto adicto al olor del jabón sobre una cálida piel femenina?

—¿Qué fue de ti? —le preguntó ella, con voz suave.

La miró a los ojos, y solo vio en ellos una dulce comprensión. No le sorprendió del todo, porque a pesar de que muchas mujeres se habrían sentido horrorizadas por la actitud de su madre y las decisiones que se había visto obligada a tomar, la expresión de Emma parecía reflejar cierta... admiración.

¿Y por qué no? Era igual de valiente e imprudente que su madre, tenía la misma terca determinación, estaba igual de dispuesta a arriesgar su insensato cuello por sus seres queridos.

Se le retorcieron las entrañas, y le embargó la misma furia ciega que había sentido al enterarse de que había salido a pasearse por San Petersburgo a la vista de todo el mundo.

—Yo estaba lejos, no sabía lo que estaba ocurriendo hasta que me escapé del colegio a los quince años y me enteré de su muerte.

—Debió de ser un golpe demoledor.

—Me puse furioso —la agarró de los hombros, y contempló con ojos relampagueantes aquel rostro frágil y pálido—. Si mi madre no se hubiera enfrentado al conde, a día de hoy aún estaría viva.

Ella no se dejó amilanar, y le preguntó con calma:

—¿La culpaste por dejarte solo?

—La culpé por correr un riesgo estúpido e innecesario —no estaba dispuesto a recordar las noches interminables que había pasado en vela, llorando, cuando había descubierto que su madre había desaparecido de su vida para siempre.

—Ella te quería, estaba dispuesta a hacer lo que fuera con tal de procurarte un buen futuro. Deberías sentirte orgulloso de ella.

Dimitri la sujetó con más fuerza, y le preguntó con aspereza:

—¿Crees que tu querida Anya se sentiría orgullosa al enterarse de que has muerto al intentar rescatarla?

Emma se tensó, y le miró con expresión igual de ceñuda.

—Tengo que buscarla.

—¿Lo haces por ella, o por un deseo egoísta de ser una mártir?

Ella palideció de golpe, y dio la impresión de que su rostro era demasiado pequeño para albergar aquellos ojazos marrones.

—Así que ahora resulta que soy una mártir tediosa además de una solterona amargada, ¿no? Menos mal que tu opinión me trae sin cuidado.

Dimitri soltó un gruñido de pura frustración, y le espetó:

—Lo que opino de ti es que eres una fierecilla testaruda, y que tienes la errónea certeza de que aceptar la ayuda de los demás te convierte en una mujer débil. Regresa a tu casa, Emma. Deja que yo me encargue de buscar a tu hermana —

se inclinó hacia delante, y susurró contra sus labios—: O mejor aún, ven conmigo y yo me encargaré de protegerte.

—Dudo mucho que lo que me ofreces sea protección.

Él se echó un poco hacia atrás, y la recorrió de pies a cabeza con una mirada posesiva antes de contestar:

—Cuando se sepa que eres mía, nadie se atreverá a hacerte daño.

—Exceptuándote a ti.

Dimitri no pudo resistir la tentación de deslizar los labios por su cuello hasta llegar al punto donde el pulso le martilleaba a toda velocidad, y la furia que le acicateaba se desvaneció bajo una llamarada de deseo.

—Te juro que te trataría con un cuidado exquisito, Emma. No te faltaría de nada —le aseguró, con voz ronca.

Ella gimió y se apretó contra su cuerpo, pero se apartó de repente y le miró con recelo; al parecer, su cuerpo era consciente de que le pertenecía a él, pero su mente aún no estaba preparada para rendirse.

—Lo que quiero es encontrar a mi hermana, y regresar con ella a mi pueblo.

—Emma...

—No —se llevó la mano al cuello, y le preguntó—: ¿Crees que tu padre está compinchado con los hombres que la secuestraron?

Dimitri contuvo con un esfuerzo titánico las ganas de tomarla entre sus brazos. Su experiencia con tiernas vírgenes era más que limitada, pero era fácil intuir si una mujer estaba a punto de salir huyendo.

—Sí, su depravada predilección por muchachas jóvenes sigue intacta —admitió, mientras se pasaba una mano por el pelo en un gesto lleno de tensión. El deseo insatisfecho que le atormentaba cuando estaba con aquella exasperante mujer se había convertido en una constante, y eso resultaba preocupante.

—¿Por qué no le mataste cuando descubriste que era el responsable de la muerte de tu madre?

Aquella pregunta tan directa le sorprendió.

—Era un noble poderoso y yo un muchacho sin recursos —le recordó, con voz seca.

—Me cuesta creer que eso te detuviera.

—¿Crees que soy un sanguinario criminal de nacimiento?, a lo mejor das por hecho que todos los bastardos carecemos de moralidad —se sintió satisfecho al ver que se ruborizaba, pero se exasperó al ver que, como de costumbre, no había logrado amilanarla.

—Lo que creo es que querías a tu madre, y habrías removido cielo y tierra para vengar su muerte —le observó en silencio durante unos segundos, y al final le preguntó—: ¿Por qué no lo hiciste?

Su perspicacia le puso un poco nervioso, y admitió con sequedad:

—Porque no me basta con su muerte. Quiero asegurarme de que el conde Nevskaya y sus secuaces sufran públicamente por lo que han hecho.

—¿Cuántas muchachas han sufrido porque te preocupaba más humillar a tu padre que asegurarte de que no siguiera lastimando a jóvenes inocentes?

Por primera vez en toda su vida, Dimitri Tipova se quedó tan impactado que no supo cómo reaccionar. Emma dio media vuelta, y lo dejó allí plantado.

Dimitri dejó su caballo amparado bajo las sombras de una cornisa, y fue hacia el carruaje negro que le esperaba en la esquina de aquella calle tan selecta. Se tapó bien con el grueso abrigo y la bufanda que se había puesto para que no le reconocieran, y lanzó una mirada ceñuda al cielo cargado de nubarrones plomizos.

Aunque San Petersburgo siempre sería su hogar, solía preguntarse si el zar Pedro se había arrepentido de su empeño en crear un imperio en aquella tierra húmeda y gélida, porque había perdido una gran cantidad de súbditos. A los que habían muerto por el frío, las enfermedades y los ataques de los lobos durante la construcción de la ciudad había que sumarles los que había sacrificado para evitar que Carlos XII le arrebatara el trono en su afán de conquistar más tierras, y también las bajas que había habido durante los levantamientos de los cosacos y de Alexei, su propio hijo.

Dejó a un lado aquellas absurdas divagaciones al llegar al carruaje, y miró con disimulo a ambos lados de la desierta calle para asegurarse de que nadie estaba observándole antes de entrar.

Se sentó frente a Josef, que vestía ropa de lana más propia de un trabajador de los puertos que de un hombre que había amasado una pequeña fortuna a lo largo de los años; al ver que mantenía la mirada fija en la ventanilla desde donde se veía a la perfección la casa de Pytor Burdzecki, le preguntó:

—¿Y bien?

Su amigo hizo una mueca, y admitió:

—No se ha movido ni una hoja.

—¿No se sabe nada de los demás?

—No.

Maldición. Les había ordenado a dos docenas de sus matones de mayor confianza que mantuvieran bajo vigilancia las casas de los hombres que, según sus sospechas, estaban involucrados en los depravados entretenimientos de su padre. En las notas que había encontrado se especificaba el mediodía, pero como no quería correr riesgos, les había advertido a sus hombres que se apostaran cerca de las respectivas casas antes del amanecer.

—¿Te has asegurado de que sigan a la servidumbre?

Josef agarró una botella de vodka y un vaso, y masculló:

—No me pagas por ser descuidado —era obvio que la pregunta le había ofendido.

Dimitri tuvo que darle la razón. Josef era sagaz y meticuloso, y gracias a esas cualidades ya era un ladrón de éxito mucho antes de empezar a trabajar para él.

—Perdona, estaba convencido de que atraparíamos a esos malnacidos con las manos en la masa —apretó los puños, y deseó poder descargar la frustración que le atenazaba—. Da la impresión de que van a lograr eludirme de nuevo.

—Los mensajes que encontraste no tenían fecha, a lo mejor se referían al viernes que viene.

—O a un viernes pasado, y he vuelto a llegar tarde.

—Anda, ten —Josef le sirvió un vaso de vodka, y se lo puso en la mano; al ver que lo apuraba de golpe, volvió a llenárselo—. Tómate otro.

—¿Estás intentando emborracharme por alguna razón en concreto?

—Estás de muy mal humor, puede que el alcohol te relaje un poco.

—Claro que estoy de mal humor, me enfurece que me ganen la partida un grupo de viejos pervertidos.

—Esos viejos pervertidos tienen en sus manos suficiente poder como para alterar el curso de la historia, tal y como se ha demostrado demasiadas veces —la voz de Josef reflejaba lo asqueado que se sentía. El zar había intentado llevar a cabo varias reformas durante los primeros años de su reinado, pero muchos de los miembros de la nobleza se habían encargado de impedírselo—. Mantener ocultas a un puñado de jovencitas es muy sencillo cuando se tienen un montón de casas y a los criados les da pavor revelar la verdad —se reclinó en el asiento, y le observó con expresión perspicaz—. Has estado malhumorado desde tu último encuentro con Emma Linley-Kirov.

Dimitri estuvo a punto de negar que aquello fuera cierto, pero se dio cuenta de que era inútil. Todos los que habían tenido la mala suerte de cruzarse en su camino desde que Emma le había dejado plantado en la gruta se habían dado cuenta de que estaba de un humor de mil demonios.

—¡Me culpa del secuestro de su hermana!

Josef se quedó boquiabierto, y preguntó con incredulidad:

—¿Está loca?

Dimitri apuró el vaso de vodka. Había pasado la noche intentando convencerse de que Emma Linley-Kirov era una solterona provinciana demasiado ingenua y estúpida para comprender lo compleja que era su venganza, pero había sido en vano. No había forma de acallar la culpa que le carcomía.

—Es exasperante, testaruda, voluntariosa e increíblemente bella, pero nunca la tacharía de loca.

—Debe de serlo, si te acusa de hacerle daño a jovencitas.

—No dijo que yo fuera capaz de forzar a una cría, sino que al mantenerme al margen había permitido que otros siguieran llevando a cabo sus perversiones.

—¿Qué quiere que hagas?

—Que los mate.

Aquello sorprendió a Josef, que no esperaba que una dulce e inocente doncella albergara un carácter tan sanguinario. Alzó la botella, y bebió un buen trago de vodka antes de decir:

—Si tantas ganas tiene de deshacerse de esos malnacidos, ¿por qué no se encarga ella misma?

Dimitri se tensó de golpe, y le recorrió un escalofrío.

—Por el amor de Dios, ni se te ocurra decir semejante cosa en su presencia. Sería capaz de intentar cometer un asesinato si creyera que así lograría rescatar a su hermana.

—A lo mejor se da cuenta de que deshacerse de las alimañas de la alta sociedad no es tarea fácil.

Dimitri dejó a un lado su vaso vacío, y miró por la ventanilla del carruaje antes de contestar:

—Puede que no sea fácil, pero tampoco es imposible.

—Has dejado que esa mujer te trastoque la sesera.

Dimitri esbozó una sonrisa carente de humor, porque Emma le había trastocado mucho más que la sesera. No había pasado la larga noche en vela, paseándose de un lado a otro de la habitación pensando en ella solo por sus acusaciones. Desde que aquella mujer había irrumpido en su despacho, se pasaba la vida dolorosamente excitado y ardiendo en deseos de llevársela a la cama.

—Al margen de todo, la verdad es que tiene razón. Mi padre ha continuado con sus perversiones gracias a mi deseo de venganza.

Josef masculló lo que opinaba de las solteronas mandonas y la estupidez de los hombres que las dejaban interferir en sus asuntos, y al final le espetó:

—El villano no eres tú, sino el conde. ¿A cuántas mujeres has protegido a lo largo de los años?, solo un cretino arrogante se creería capaz de salvarlas a todas.

Dimitri se volvió a mirarle, y comentó:

—Se te da muy bien impedir que se me suban los humos, Josef.

—Supongo que por eso me has tenido a tu servicio durante tantos años.

—Está claro que no ha sido por tu encanto innato —como estaba claro que en esa ocasión no iban a averiguar el escondrijo donde su padre y sus compinches ocultaban a las jóvenes secuestradas, decidió marcharse—. Regresa a tu casa, viejo amigo.

—¿Qué piensas hacer? —le preguntó, ceñudo, al verle bajar del carruaje.

—Alejandro Pavlovich va a presentar su último retrato en el Hermitage esta tarde.

—Por el amor de Dios, ¿otro más?

Dimitri soltó una carcajada. El zar carecía de muchas de las particularidades de los Romanov, pero era tan jactancioso como su abuela.

—Vanya Petrova asistirá con toda seguridad, y no me cabe duda de que tendrá la osadía de ir acompañada de su misteriosa doncella.

Josef apuró la botella, y comentó con acritud:

—Deberías alegrarte, puede que esa mujer acabe por serte de alguna utilidad. La gente suele estar más dispuesta a hablar con una guapa doncella que con un ladrón.

—¿Alegrarme? —Dimitri apretó los puños, y luchó por controlar la angustia que amenazaba con adueñarse de él—. Como se haya puesto en peligro, la encerraré en mi mazmorra y no la soltaré jamás.

—Tenías razón, Tipova —le dijo Josef, en tono burlón—. No es Emma Linley-Kirov la que está loca, sino tú.

Emma se sintió como si estuviera inmersa en un sueño cuando el elegante carruaje de Vanya atravesó el arco de entrada y se detuvo frente al enorme Palacio de Invierno. ¿Cuántas veces había soñado de niña con viajar a San Petersburgo y encontrar a un príncipe azul, cuando aún era lo bastante ingenua como para creer en cuentos de hadas? ¿Cuántas veces se había imaginado entrando en los majestuosos palacios ataviada con vestidos de satén, y saludando al zar con una reverencia?

Pero la realidad tenía poca similitud con sus sueños, porque estaba vestida con la ropa sencilla propia de una criada y tenía miedo de tropezar y caerse de bruces. La sala donde entraron tenía unas enormes columnas, y el techo abovedado estaba decorado con una elaborada pintura y molduras doradas. Apenas alcanzó a ver el elegante gentío que se dirigía hacia la escalera del Jordán, porque Vanya la sacó de aquel momento de locura transitoria al indicarle con disimulo que fuera hacia un pasillo lateral.

Las doncellas no tenían cabida en los salones de la planta superior.

Intentó convencerse de que no le importaba tener que quedarse allí abajo, y luchó por desprenderse de aquella sensación de irrealidad mientras avanzaba por la laberíntica maraña de pasillos rumbo a la zona de la servidumbre. Aquel viaje a San Petersburgo tenía más de pesadilla que de sueño placentero y, cuanto antes encontrara a Anya y regresara a casa, mejor; además, había empezado a darse cuenta de que a pesar de la belleza externa de la ciudad y la grandeza de la nobleza, justo debajo de la superficie se escondía una podredumbre repugnante. La maldad se ocultaba entre las sombras.

La recorrió un escalofrío, y apretó el paso. Hacía un calor sofocante que debía de ser necesario para las plantas exóticas que había alcanzado a ver en los salones por los que había ido pasando, pero no era nada agradable para los criados que iban de un lado a otro realizando sus tareas. Hizo caso omiso del sudor que le caía por la espalda y siguió el olor a pan horneado hasta llegar a la enorme la cocina, que era un hervidero de actividad.

Fue parándose a charlar con algunas de las doncellas, ya que quería hablar con todos los criados que le fuera posible. Después regresaría al enorme vestíbulo, y encontraría un escondrijo adecuado desde donde poder ver cómo se marchaban los invitados. Si los secuestradores de Anya estaban entre ellos, seguro que les vería.

Pero antes de nada...

Llegó al extremo de la cocina donde había una ventana con vistas a un pequeño recinto con vacas, y se detuvo a contemplar a los animales mientras se comía una tarta de ciruelas y almendras; al cabo de un momento, una doncella se detuvo a su lado con disimulo. Su rostro regordete estaba enmarcado por rizos pelirrojos, y en él se reflejaba una expresión cauta.

—¿Por qué tienes tanto interés en el conde Tarvek? —la muchacha lo dijo en voz baja y sin apartar la mirada de la cocina, como si le aterrara la posibilidad de que alguien más pudiera escucharla.

Emma dejó a un lado la tarta, y procuró disimular la esperanza que se abrió paso en su corazón. Aquella mujer estaba muy nerviosa, y era obvio que la mera mención del conde le inquietaba. Si la presionaba demasiado, corría el riesgo de que huyera.

—Mi hermana pequeña tiene pensado entrar a trabajar para él como cocinera. Ella está ansiosa por encontrar empleo, pero he oído rumores...

—Aconséjale a tu hermana que busque trabajo en otro sitio.

—¿Qué sabes de él?

La mujer volvió a recorrer la cocina con la mirada para asegurarse de que nadie las escuchaba.

—Nada.

—Por favor —posó la mano en su brazo por un instante, y

añadió—: Anya es joven y testaruda, y hará oídos sordos a mis advertencias a menos que pueda darle razones más sólidas. ¿Trabajaste para él?

—No —la muchacha se mordió el labio antes de admitir—: Fue mi prima.

—¿Qué le pasó?

—Nadie lo sabe con certeza. Le dijo a mi tía que le habían ofrecido un puesto de doncella, pero mi tío fue a buscarla al ver que anochecía y aún no había regresado a casa.

—¿Qué fue lo que descubrió?

Reconoció la mezcla de furia e impotencia que se reflejó en el pecoso rostro de la muchacha, porque ella misma había sentido lo mismo infinidad de veces desde el secuestro de Anya.

—Nada, mi prima desapareció sin dejar rastro. El conde le aseguró que no había llegado a su mansión, pero mi tío encontró un lazo suyo en el seto que bordeaba la finca.

—¡Dios del cielo! —Emma se llevó una mano al estómago—. ¿No volvisteis a saber de ella?

—*Nyet*. Y según los rumores, no es la única mujer que ha desaparecido.

—¿Sabes...?

No tuvo ocasión de acabar la frase, porque la doncella le agarró la mano de repente y señaló hacia la ventana con un gesto de la cabeza antes de susurrar:

—Ahí está, el diablo en persona.

Emma miró por la ventana con el aliento contenido, y vio a dos caballeros elegantemente ataviados con chaqué y calzón hechos a medida y botas relucientes (de hecho, habría apostado todo lo que tenía a que aquella ropa costaba más que su modesta casita). Alcanzó a ver bajo los sombreros de copa algunos mechones canosos y un atisbo de rostros surcados de arrugas, pero no se parecían en nada más.

Uno de ellos era bajo y rechoncho, tenía una voluminosa papada, y su chaqué gris marengo no podía ocultar su prominente panza. El otro era alto y delgado, y tenía un perfil autocrático y unos aires de superioridad que la molestaron incluso a aquella distancia.

Centró la mirada en el más bajo, y se le aceleró el corazón al reconocer aquel rostro depravado.

—¿Ese de ahí es Tarvek?

—Sí, ese sucio asesino.

Emma apretó los puños. Las sospechas de Dimitri acababan de confirmarse, el conde Tarvek era el hombre que se había hospedado en su casa de postas y se había llevado a su hermana.

Ya había conseguido el nombre de aquel malnacido, la cuestión era decidir lo que iba a hacer con aquella información.

—¿Quién es el hombre que le acompaña?

—El conde Nevskaya —la doncella se sobresaltó al oírle mascullar una imprecación—. ¿Te pasa algo?

Emma no había podido contenerse al darse cuenta de que tenía ante sus ojos al padre de Dimitri, y se le ocurrió un plan de acción.

—Ahora regreso —murmuró, antes de dirigirse hacia la puerta.

La doncella fue tras ella, y le suplicó en voz baja:

—¡No salgas! Por favor, hazme caso... son hombres muy peligrosos.

—Ni siquiera van a darse cuenta de que estoy cerca —después de despedirse con una sonrisa tranquilizadora, salió de la cocina y fue hacia la puerta trasera.

El conde Tarvek y el padre de Dimitri, dos hombres que sentían una lujuria malsana por muchachas jóvenes... no podía ser una mera casualidad que estuvieran paseando juntos, lejos de los demás invitados.

Les siguió manteniendo una distancia prudencial, porque a pesar de la pésima opinión que tenía Dimitri sobre su inteligencia, no tenía deseo alguno de ponerse en peligro; aun así, tampoco podía dejar pasar aquella oportunidad de averiguar algo más sobre los responsables de la desaparición de su hermana.

Se mantuvo a la sombra de los enormes edificios, y se estremeció mientras el aire jugueteaba con su abrigo de lana. El frío que reinaba en aquella tarde gris y nublada contrastaba con el calor opresivo del interior del palacio... aunque quizás era una reacción instintiva al ver que cada vez iban alejándola más de los demás.

Les siguió con el corazón en un puño, y cuando pasó bajo un arco de piedra estuvo a punto de caer de bruces al ver que se detenían de improviso; por suerte, ninguno de ellos miró por encima del hombro, y pudo ocultarse a toda prisa tras un arbusto.

Mientras permanecían muy juntos, fingiendo que contemplaban el río, Tarvek preguntó en voz baja:

—¿Ha zarpado ya el barco?

El hombre alto y delgado asintió, y Emma contuvo el aliento cuando se volvió a mirar a su compinche y le vio bien de perfil. Dios del cielo, no había duda de que era el padre de Dimitri, el parecido saltaba a la vista; aun así, el padre no tenía ni de lejos la impactante belleza del hijo, porque en sus ojos había una gélida falta de emoción y la sonrisita que curvaba sus labios causaba grima. Era como una serpiente: frío, letal, y estaba dispuesto a atacar sin remordimiento alguno.

—Sí, tal y como estaba previsto. No tardará en llegar a Londres con nuestro delicado cargamento.

Tarvek se frotó las manos en un gesto que ella ya le había visto hacer en la casa de postas (y que en ese momento le resultó repugnante), y contestó:

—Espero que nuestros amigos ingleses hayan conseguido buenas piezas en su última cacería, el último envío que recibimos apenas me resultó tolerable.

Emma no entendía nada, ¿por qué estaban hablando de caza? A lo mejor transportaban animales vivos, pero de ser así, ¿por qué se habían esforzado tanto por hablar tan lejos del resto de invitados?

El padre de Dimitri se encogió de hombros, y comentó:

—La calidad no era óptima, pero nos aportaron buenas ganancias.

—A ti sí, pero mi parte no fue tan grande.

—La mercancía se transporta en mi barco, y es mi tripulación la que protege nuestras inversiones. Se acordó que yo merecía obtener un porcentaje mayor, y además, tú solo aportaste dos de las del último envío.

—Es que a veces no puedo controlar a Sergei.

—Lo lamento, pero eso no es asunto mío.

La gélida voz de Nevskaya la estremeció, y en ese momento entendió lo que pasaba. Contuvo a duras penas una exclamación de horror, y se aferró al arbusto al notar que le flaqueaban las piernas. No transportaban animales, estaban hablando de muchachas... criaturas dulces e indefensas que para ellos tenían el mismo valor que un animal.

Se preguntó a qué se había referido Tarvek al decir que a veces no podía controlar a Sergei, y sintió náuseas solo con imaginárselo.

—Deberías sentirte complacido con mis últimas aportaciones, son las tres hembras más suculentas que he capturado en mi vida —dijo el canalla en cuestión, con una sonrisita llena de vileza—. Lástima que vayan a acabar en manos de alguno de esos zafios ingleses, qué desperdicio. Cualquier hombre dispuesto a vivir en esa isla cargada de humedad es poco más que un salvaje.

La repugnancia que la embargaba dio paso a una oleada de furia. Se preguntó si Anya era una de esas tres mujeres, si en ese mismo momento estaban llevándosela lejos de Rusia, y apretó las manos con impotencia. Si tuviera un arma, no habría dudado en disparar a aquellos dos monstruos por la espalda.

Nevskaya se echó a reír, sin saber lo cerca que tenía a una mujer que estaba planeando su inminente asesinato, y comentó:

—Mientras cumplan con su parte del trato, me da igual que se pudran en esas casas llenas de humedad y de moho.

Estaba tan absorta en sus violentos pensamientos, que no se percató de la sombra que se le acercó por la espalda ni del suave sonido de pasos sobre la grava del camino; de hecho, no se dio cuenta de lo peligrosa que había sido su distracción hasta que una mano le cubrió la boca y un brazo masculino le rodeó la cintura.

CAPÍTULO 7

Dimitri hizo caso omiso del frenético forcejeo de la mujer que tenía fuertemente sujeta entre sus brazos, y la alejó sin contemplaciones de Tarvek y de su padre; por suerte para ella, había que actuar con sigilo, porque de no ser así, la habría lanzado de cabeza al río.

El terror que había sentido al verla escondida tras el arbusto, a escasa distancia de dos de los monstruos más salvajes que merodeaban por las calles de San Petersburgo, había dado paso a una furia ciega. Aquella mujer exasperante parecía decidida a mandarle a la tumba antes de tiempo.

—No te darás por satisfecha hasta que te rebanen este precioso cuello, ¿verdad? —le susurró al oído con aspereza, al doblar la esquina donde esperaban su caballo y su carruaje.

Ella sacudió la cabeza de golpe, y logró librarse de la mano que le cubría la boca.

—¿Cómo te atreves a seguirme?

Dimitri obvió por propia conveniencia el hecho de que no solo había ido a buscarla al palacio, sino que había tenido que recorrer aquel condenado lugar desde el ático hasta el sótano hasta que la había visto por fin escondida tras el arbusto.

No estaba preparado para admitir ante nadie, ni siquiera ante sí mismo, lo desesperado que estaba por encontrarla.

—Qué vanidosa eres, ¿crees que estoy tan encandilado contigo que voy a seguirte como un perrito faldero?

—Lo que creo es que eres el hombre más irritante, arrogante y exasperante que he tenido la desgracia de conocer en toda mi vida.

Él la abrazó con más fuerza, y sintió un perverso placer al sentir cómo se debatía contra su cuerpo. Estaba furioso, no muerto, y la mera cercanía de aquella mujer bastaba para despertar su deseo.

—Ten cuidado, Emma, vas a ruborizarme si sigues adulándome así.

—¿Cómo has logrado encontrarme?

Dimitri se inventó una excusa plausible a toda velocidad.

—Estaba buscando a mi padre, y de repente he visto un precioso trasero que me resultaba muy familiar en un lugar inesperado. Sabía que acabarían por descubrirte, solo era cuestión de tiempo.

—¿Y has decidido venir a rescatarme?

—Es una lamentable costumbre que parezco haber adquirido.

—Puedes perderla cuando quieras —le espetó ella, con voz cortante.

—Ojalá fuera tan fácil —le hizo un gesto afirmativo a su cochero, y el carruaje se acercó a ellos de inmediato.

—Claro que lo es. ¡Suéltame de una vez!

—Aún no he concluido el rescate —la metió sin contemplaciones en el vehículo, y se sentó junto a ella de inmediato antes de cerrar la portezuela.

—¿Qué estás...? —Emma se calló de golpe al ver que el carruaje se ponía en marcha, y le ordenó—: ¡Detén este carruaje ahora mismo!

Él esbozó una sonrisa al oír su imperioso tono de voz, y le dijo con calma:

—Entiendo que estés acostumbrada a dar órdenes en tu remoto reino, Emma Linley-Kirov, pero no soy uno de tus súbditos.

Sus preciosos ojos marrones lanzaron chispas, pero fue lo bastante sensata como para darse cuenta de que él no iba a ceder. Se apretó contra el rincón del asiento como si creyera que aquella insignificante distancia podía atenuar el deseo que crepitaba entre los dos, y le pidió con rigidez:

—Te ruego que me lleves de vuelta al palacio, Dimitri. Vanya se preocupará mucho si no me encuentra.

Él se movió hasta tenerla de frente, y alargó una pierna para evitar cualquier intento de escapatoria. Era tan necia, que la creía capaz de saltar de un carruaje en marcha.

—Me encargaré de que le digan que estás conmigo.

—¿Se supone que eso debería tranquilizarla?

—Es preferible a dejarte a tu libre albedrío, sembrando el caos entre los habitantes de San Petersburgo —la oyó mascullar algo en voz baja que no alcanzó a entender, pero supuso que estaba comparándole con un montón de estiércol o algo así.

Ella se limitó a mirar por la ventanilla en silencio durante un largo momento, y frunció el ceño al ver pasar a toda velocidad las elegantes tiendas del Gostiny Dvor.

—¿Adónde me llevas?

—Solo deseaba hablar contigo en privado.

—¿Por qué?

—¿Qué has oído de la conversación entre Tarvek y mi padre?

—¿Pretendes que te cuente lo que he averiguado después de sermonearme por ser una insensata? —le preguntó, boquiabierta.

—La verdad es que admiro tu inteligencia.

Ella soltó un bufido, y se cruzó de brazos.

—No pienso contarte nada.

Dimitri se inclinó hacia delante, y le susurró al oído:

—Lo harás si realmente deseas encontrar a tu hermana.

Le puso las manos en el pecho para intentar apartarle, pero él notó el estremecimiento que la recorrió y vio su pulso acelerado en el cuello.

—De acuerdo, tú ganas. Tengo la terrible sospecha de que se han llevado a Anya a Inglaterra.

Él se echó hacia atrás de golpe, y la miró con expresión adusta.

—¿Qué has dicho?

A Emma le sorprendió su reacción, y le contó lo que había oído sin apartar la mirada de su rostro.

El carruaje se sumió en un tenso silencio mientras Dimitri le daba vueltas a aquella información tan inesperada. ¿Cuántos años llevaba intentando encontrar algún rastro de las mujeres que caían en manos de su padre y sus compinches? Dios, había pasado un sinfín de horas escondido en gélidos jardines y callejones oscuros mientras intentaba averiguar la verdad, pero lo peor de todo era que había encontrado una prueba vital y ni siquiera se había dado cuenta de lo que tenía en sus manos.

—Dimitri...

Aquella voz suave le arrancó de sus pensamientos, y apretó los puños. Estaba furioso consigo mismo.

—He sido imperdonablemente estúpido. Katherine Marie... tendría que haber reconocido ese nombre.

—¿Quién es?

—No es una persona, Emma. El *Katherine Marie* es el barco de mi padre.

—Dios mío —ella empalideció de golpe, y le temblaron las manos al entrelazarlas en el regazo—. Entonces es cierto, se han llevado a Anya de San Petersburgo.

Dimitri contuvo el desconcertante deseo de tomarla entre sus brazos y consolarla. Él protegía a las mujeres, se acostaba con ellas e incluso ayudaba económicamente a unas cuantas, pero la ternura que le inspiraba Emma Linley-Kirov le ponía nervioso; además, no sabía si ella se lo agradecería o le daría un bofetón, porque era una mujer a la que no le gustaba mostrar su vulnerabilidad ante los demás.

—Eso explicaría muchas cosas —admitió al fin.

Ella respiró hondo, y alzó la barbilla en un gesto que denotaba una testarudez y una determinación que seguro que iban a acabar enloqueciéndolo y provocándole pesadillas.

—¿Como cuáles?

—Tengo a mis órdenes a muchos informadores, y resultaba incomprensible que no lograra averiguar nada más allá de algunos rumores vagos sobre desapariciones de muchachas y algún que otro joven. Di por hecho que se los llevaban de San Petersburgo, pero ni siquiera se me pasó por la cabeza que los llevaran al extranjero en barco.

—No lo entiendo, si... —titubeó antes de seguir, y se puso roja como un tomate—. Si desean a esas jóvenes, ¿por qué las envían a Inglaterra?

Él frunció el ceño, y maldijo a Anya por haber metido a su hermana mayor en un asunto tan sucio. A pesar de su valentía y su tenaz fuerza de voluntad, Emma tenía una inocencia muy difícil de encontrar.

—Déjalo, Emma. Ya has tenido que involucrarte demasiado en este asunto tan sórdido...

—Necesito saberlo.

—Emma.

Ella le puso una mano en el brazo, y le pidió implorante:

—Por favor, Dimitri.

Él fijó la mirada en la ventanilla, y en algún rincón de su mente se dio cuenta de que los viejos palacios iban siendo reemplazados poco a poco por los edificios de diseño clásico por los que se decantaba Carlo Rossi, el arquitecto del zar.

—Creo que les envían las mujeres a un grupo selecto de caballeros ingleses, y que estos a su vez les envían otras —por fin entendía cómo se las había arreglado su padre para deshacerse de las jóvenes de la zona a las que atrapaba.

—No lo entiendo, ¿por qué se toman tantas molestias?

—Al principio no lo hicieron, mi nacimiento es prueba fehaciente de ello —se quitó el sombrero y la bufanda, los lanzó al asiento de enfrente, y se quitó también los guantes—. Pero el zar se ha vuelto muy pío con el paso de los años, y aunque no es tan ingenuo como para creer que puede obligar a los miembros de su corte a renunciar a sus perversiones, ha insistido en que sean más discretos.

—Sigo sin entenderlo.

La tomó de la mano, y no se sorprendió al ver lo fríos que tenía los dedos. ¿Dónde demonios estaban sus guantes y su bufanda? Bobita insensata... era capaz de cargar con la responsabilidad de sacar adelante su casa de postas y ocuparse de su hermana, pero su ineptitud a la hora de cuidar de sí misma resultaba pasmosa.

Estaba claro que necesitaba a alguien que la protegiera, a pesar de lo quisquillosa que era en cuanto a su independencia.

—Imagínate a una inglesa muy joven y asustada a la que traen a escondidas a San Petersburgo. Estaría a un mundo de distancia de su familia y sus amigos, sin dinero y sin saber el idioma... se encontraría a merced de sus captores.

—Y no se atrevería a escapar.

—Exacto.

Ella empezó a mordisquearse el labio con nerviosismo. Era demasiado inteligente como para no darse cuenta del futuro aciago que les esperaba a aquellas mujeres.

—No pueden tenerlas cautivas para siempre.

—No, cuando... —se pasó la mano por la cara en un gesto de impotencia. Detestaba tener que hablar con ella de un tema tan repugnante—. Cuando se cansan de ellas, seguro que las venden a los burdeles de Novgorod o de Moscú.

—Anya... tengo que encontrarla —había empalidecido de golpe, y se tambaleó un poco.

—No sabemos con certeza si va a bordo de ese barco —en cuanto pronunció aquellas palabras vio la mirada decidida que apareció en sus ojos, y sintió una punzada de temor.

—Solo hay una forma de comprobarlo.

Segundos después de que Emma pronunciara aquellas palabras, el carruaje se detuvo frente a una casa de construcción reciente que cualquier caballero se enorgullecería de reconocer como suya.

Estaba construida con piedra de un tono claro, y tenía cinco estructuras acristaladas que sobresalían de la fachada. La central destacaba por el cristal veneciano que se había importado para las ventanas que flanqueaban la puerta doble. Una escalinata conducía a la terraza circundante desde donde podía contemplarse el jardín rehundido que había a ambos lados de la casa, y el muro alto de ladrillos proporcionaba una privacidad difícil de encontrar en aquella gran ciudad.

Dimitri solía sentir una satisfacción enorme al ver aquella casa que había mandado construir, pero en esa ocasión estaba demasiado ocupado tomando a Emma en brazos y bajándola del carruaje; tal y como cabía esperar, a ella no le hizo ninguna gracia semejante tratamiento, y empezó a aporrearle el pecho cuando cruzaron el portón y la llevó escaleras arriba.

—¿Te has vuelto loco? ¡Bájame! —le exigió, ruborizada, mientras seguía golpeándole en vano.

Dimitri cruzó la terraza, y sonrió cuando le abrió la puerta un hombre fornido que tenía la fuerte musculatura de un mozo de carga y las facciones curtidas de un marinero. Rurik no era el típico mayordomo que cabría esperar a pesar de su distinguida mata de pelo plateado, y su aspecto reflejaba a la perfección lo que era: un pirata.

Llevaba uniforme por expreso deseo de Dimitri, que quería evitar que se extendiera el pánico entre los vecinos, pero aun así, no había forma de que pareciera respetable.

—Has atrapado a una verdadera fierecilla, ¿verdad? —le miró con curiosidad, porque era la primera vez que Dimitri llevaba a una mujer a casa.

—No ha sido a propósito —masculló, antes de entrar en el vestíbulo de mármol. Fue de inmediato hacia la enorme escalinata de cedro tallada por entero a mano, y añadió—: Aún no sé qué voy a hacer con ella.

—La mazmorra está vacía en este momento.

Dimitri miró sonriente a la furiosa mujer que tenía entre sus brazos, y comentó:

—Admito que la propuesta es tentadora, pero de momento me contentaré con hablar con ella en privado y sin interrupciones. ¿Podrías encargarte de que nos preparen la cena? Que la mantengan caliente en la cocina hasta que yo lo ordene.

—De acuerdo.

Emma miró a Rurik, y exclamó:

—¡Espere! —al ver que se marchaba sin hacerle caso, miró a Dimitri y le espetó—: Por lo que veo, les has dado instrucciones a tus empleados de que ignoren las súplicas de las pobres incautas a las que secuestras.

Él saboreó la sensación de tenerla entre sus brazos mientras subía a la planta de arriba, y contestó sonriente:

—Rurik no necesita instrucciones, fue un pirata que sembró el terror en los mares hasta que los franceses le capturaron durante la guerra.

—Si le capturaron, ¿qué hace aquí?

—No me parecía bien que aquel impostor francés torturara a ciudadanos rusos —llegó al piso de arriba, y fue hacia el salón principal.

—¿Te colaste en una prisión de Napoleón? —apenas podía creerlo.

—Los hombres a los que uno salva de la guillotina suelen ser de lo más leales, por no hablar del hecho de que su esposa es una de las mejores cocineras del imperio. Cuando se comprometió a trabajar para mí si liberaba a su esposo, no pude resistirme.

Lo dijo en un tono despreocupado para quitarle hierro al asunto, pero a juzgar por la penetrante mirada de aquellos ojos marrones, estaba claro que ella sospechaba el riesgo que había corrido al meterse en la prisión francesa; por suerte, las preguntas que seguro que tenía en la punta de la lengua no llegaron a salir de sus labios, porque en ese momento llegaron al enorme salón y la estancia acaparó toda su atención.

El techo abovedado estaba decorado con rosetones que enmarcaban el cordón de las arañas de cristal, las paredes estaban cubiertas de paneles de satén color esmeralda, y entre las ventanas arqueadas había columnas de mármol. Los muebles los habían creado los mejores artesanos de Rusia, al igual que el suelo de madera con incrustaciones de cerezo y teca. Era una sala que destilaba elegancia y refinamiento.

—¿Dónde estamos, Dimitri? —le preguntó, cuando la sentó en el sofá dorado que había junto a la enorme chimenea de mármol negro.

Él se agachó para encender los troncos, que ya estaban preparados, y soltó una pequeña carcajada al oír su tono de perplejidad.

—En mi casa.

—¿Qué?

Se volvió a mirarla después de incorporarse, y se apoyó en la repisa de la chimenea.

—A pesar de los rumores, no emerjo de las profundidades del infierno cada noche.

Ella indicó con un gesto de la mano las delicadas figuritas de jade que había sobre una mesa de caoba, y comentó:

—Todo esto no encaja con la imagen del Zar Mendigo.

—Tienes razón. Por eso tengo varias residencias en la ciudad, y cada una de ellas tiene una utilidad concreta.

—¿Qué utilidad tiene esta?, ¿es tu burdel privado?

—De ser así, es un completo fracaso.

Ella se echó hacia atrás como si acabara de abofetearla, y le dijo con sequedad:

—Supongo que eso es un insulto en referencia a mi total falta de atractivo, ¿no?

Dimitri la miró ceñudo, y echó a andar hacia ella. ¿Estaba loca? Era la mujer más tentadora, más increíblemente bella que había conocido en toda su vida.

—Al contrario, *moya dusha*, es el mayor de los cumplidos —se sentó junto a ella, y se dio cuenta de lo tensa que estaba.

El dolor que se reflejaba en sus preciosos ojos marrones le rompió el corazón—. Eres la única mujer con excepción de la cocinera que ha pisado esta casa; de hecho, solo un puñado de personas saben de su existencia. Vengo cuando deseo estar a solas.

—En ese caso, ¿por qué me has traído a mí?

Le desabrochó el abrigo con una habilidad nacida de la experiencia, y no se sorprendió cuando se lo quitó y vio que llevaba debajo otro de aquellos dichosos vestidos de lana.

—Esa es una pregunta peliaguda, Emma Linley-Kirov —empezó a desabrocharle la hilera de botones que iba desde la barbilla hasta los senos, y notó cómo se estremecía.

—¿Se puede saber qué estás haciendo?

—Intentando averiguar cómo es posible que creas que me resultas poco atractiva —le recorrió una oleada de deseo cuando apartó la gruesa tela y dejó al descubierto la belleza satinada que se ocultaba debajo.

—Has dicho que soy una solterona de lengua afilada, y una mártir egoísta... —sus recriminaciones dieron paso a un suspiro de placer cuando sintió sus labios en la base del cuello.

—Eres una inocente cautivadora, y he imaginado cientos de veces que te despojaba de tus dichosas prendas de lana.

—Te quejaste cuando me puse un vestido revelador —posó las manos en aquel pecho musculoso, pero no intentó apartarle.

—Pues claro, soy el único que puede disfrutar de tus atributos más íntimos —deslizó los labios por la delicada piel de debajo de la oreja, y siguió desabrochándole el vestido.

—Me parece que disfrutas burlándote de mí.

—Si necesitas que te demuestre cuánto te deseo, lo haré encantado.

—No es eso... —soltó un gritito cuando la echó hacia atrás hasta tenerla tumbada contra los cojines y la cubrió con su cuerpo, y solo alcanzó a decir—: Dios Santo...

Ni el propio Dimitri habría sabido expresarlo mejor.

CAPÍTULO 8

Emma supo que estaba en apuros en cuanto él se adueñó de sus labios en un beso que la estremeció de pies a cabeza. Era consciente de que estaba tumbada contra los cojines y de la sensación de aquel duro cuerpo masculino contra el suyo, y de forma más distante notó la fricción del vestido de lana mientras Dimitri iba quitándoselo poco a poco, pero el miedo que tendría que haberla impulsado a apartarle a un lado había perdido la batalla contra el deseo arrollador que la embargaba.

Se aferró a sus hombros, y se estremeció cuando él le trazó los labios con la lengua para instarla a que los abriera. Obedeció vacilante, y se sobresaltó al ver que le metía la lengua en la boca. Sabía a coñac y a peligro, y aquella excitante combinación le aceleró el corazón.

Él la besó con pasión desatada mientras sus lenguas se unían en una danza hermosa y sensual, y gimió mientras le soltaba el pelo y lo extendía sobre los cojines; a pesar de la ternura con que la tocaba, sus músculos tensos y su respiración entrecortada revelaban la pasión que ardía bajo la superficie.

Emma se apretó contra él y hundió los dedos en sus hombros. No entendía aquella agitación que la atormentaba, no sabía por qué sentía como si su cuerpo estuviera buscando una plenitud que solo Dimitri podía darle.

—Eres tan dulce —murmuró él con voz ronca, mientras trazaba su mandíbula con los labios.

—Esto es una locura —susurró, mientras echaba la cabeza hacia atrás de forma instintiva para ofrecerle su cuello.

—Sí, una locura maravillosa.

Ella se sobresaltó al sentir que sus manos le cubrían los senos, y fue entonces cuando se dio cuenta de que le había bajado el vestido hasta la cintura y la sencilla camisola que llevaba debajo había quedado al descubierto. Sintió que aquellas manos cálidas la marcaban a fuego a través de la fina tela de la prenda, y estuvo a punto de escapársele un grito de placer cuando le cubrió un pezón con la boca. Dios del cielo, la caricia de aquella lengua sumada al roce de la tela húmeda hacía que la atravesaran pequeños dardos de placer.

No sabía que las caricias de un hombre podían dar tanto placer, ni que su cuerpo respondería con un anhelo avasallador capaz de acallar las voces de alarma que le advertían que aquello era una locura.

—Dimitri...

—Eso es, *moya dusha*. Deja que te dé placer —mientras seguía saboreando sus senos, deslizó las manos hacia abajo y empezó a levantarle la falda.

Ella se sentía embriagada por aquella vorágine de sensaciones, como si se hubiera bebido una botella de champán. Gimió cuando él metió las manos debajo de la falda y empezó a acariciarle las pantorrillas, y se sacudió estremecida al notar que aquellos dedos recorrían el borde superior de sus medias.

Aquello era... era increíble.

Cerró los ojos con fuerza, y abrió las piernas de forma instintiva. Notó su miembro endurecido contra la cadera y le oyó respirar jadeante cuando hundió el rostro en la curva de su cuello, pero nada importaba más allá de aquellos dedos tan diestros.

Hundió las manos en su sedoso pelo negro y se arqueó de forma inconsciente para intentar aliviar la tensión que iba acumulándose en su interior, tenía que haber alguna forma de...

—Por favor, Dimitri... —ni ella misma sabía lo que estaba pidiéndole, pero sabía de forma instintiva que él la entendería.

Dimitri pareció leerle el pensamiento, porque fue subiendo los dedos hasta llegar a su húmedo sexo y sofocó su grito extasiado adueñándose de su boca en un beso apasionado.

Sí, no había duda de que la entendía a la perfección.

Se olvidó de que tenía que respirar, y se dejó llevar por completo mientras él la acariciaba. Estaba claro que sabía lo que hacía, porque no tardó en encontrar una pequeña protuberancia donde parecía centrarse el placer.

Siguió atormentándola con aquellas íntimas caricias, con besos cada vez más febriles, y ella fue tensándose más y más mientras seguía aferrándole el pelo y sus caderas se alzaban como por voluntad propia. Estaba luchando por alcanzar una cima que permanecía fuera de su alcance, su cuerpo entero se estremecía como si estuviera febril, y justo cuando pensaba que no iba a poder seguir soportándolo, la presión llegó a su punto álgido y estalló con una fuerza que la sacudió de pies a cabeza.

Se estremeció bajo Dimitri, aturdida por todas aquellas sensaciones desconocidas, y oyó de forma distante las palabras tranquilizadoras que él estaba susurrándole al oído.

¿Cuántas veces se había dicho a sí misma que no se perdía nada por el hecho de mantener a los hombres a distancia?, ¿cuántas veces había intentado convencerse de que no le importaba convertirse en una solterona virginal?

Fue en ese momento cuando se dio cuenta de lo vacías y solitarias que iban a ser las interminables noches que la esperaban en el futuro, y la recorrió un escalofrío.

—Levántate, Dimitri —le puso las manos en el pecho, y le empujó con suavidad.

Él se apartó poco a poco, contempló su rostro acalorado durante unos segundos, y apretó los labios al darse cuenta de lo nerviosa que estaba; después de robarle un último beso, se enderezó y esperó en silencio a que se colocara bien el vestido.

Emma sintió el peso de su penetrante mirada mientras luchaba por abrocharse los botones y se apartaba el pelo de la cara. Él mantenía una rígida compostura, pero lo que la llevó a ir retrocediendo con nerviosismo hasta el extremo del sofá fue el intenso escrutinio al que la tenía sometida.

Dimitri quebró el tenso silencio en el que había quedado sumido el salón cuando se levantó de repente y fue hacia la puerta.

—Quédate aquí.

¿Acaso tenía elección?

Se tapó la cara con las manos al verle salir, y luchó por intentar poner orden a sus emociones. Estaba avergonzada, por supuesto. Se había comportado como una descocada y él tenía todo el derecho del mundo a pensar que no era más que una fulana, pero el arrepentimiento que debería estar sintiendo brillaba por su ausencia; de hecho, había una pequeña parte de su ser que estaba saboreando el recuerdo de todas aquellas caricias como si fueran tesoros que pensaba guardar en lo más profundo del corazón, y eso era incluso más turbador que el hecho de estar a solas en aquella casa tan elegante con un granuja capaz de hacer que se derritiera con una mera sonrisa.

Se obligó a dejar a un lado el desconcierto que sentía, y se escudó tras la gélida compostura que había ido forjando a lo largo de una vida llena de vicisitudes. Cuando regresara a casa, tendría tiempo de sobra para darle vueltas a la reacción que Dimitri despertaba en ella, en ese momento lo único importante era encontrar la forma de ir a Inglaterra para encontrar a su hermana.

Estaba repasando sus limitadas opciones cuando él volvió a entrar en el salón con una enorme bandeja que dejó sobre la mesita que había delante del sofá, y al ver lo que contenía enarcó las cejas sorprendida y se preguntó si la cocinera preparaba una cena tan copiosa todos los días.

Le hizo ruido el estómago al ver la ternera asada, los pepinillos, y las tradicionales tortitas rellenas de arroz y champiñones. Para beber había una botella de *medovukha* elaborada con miel, y de postre varios platos de *syrniki*, una masa frita acompañada de nata agria y mermelada.

—Espero que tengas hambre, porque Irina nos ha preparado un festín —Dimitri se sentó junto a ella, y empezó a llenar dos platos.

—No puedo quedarme a cenar.

—¿Tienes algún compromiso urgente? —le preguntó, antes de obligarla a aceptar el plato.

A ella se le secó la boca al mirarle, y pensó que era absurdo que un hombre fuera tan descabelladamente guapo. Se había quitado la chaqueta y el chaleco, y la fina camisa de batista dejaba entrever su musculoso pecho. Su pelo negro estaba despeinado (en eso era ella la culpable, ya que se había aferrado a él con abandono), una barba incipiente le oscurecía la mandíbula, y sus ojos brillaban como oro líquido bajo la luz de las velas. Parecía más peligroso que nunca... y a la vez estaba más guapo que nunca.

—Vanya estará esperándome.

—Le he enviado un mensaje para avisarle de que su polluela regresará al nido sana y salva.

Su arrogancia la indignó, y sintió que se ruborizaba.

—Supongo que no se te ha ocurrido pensar que no deseo que la ciudad entera se entere de que estoy a solas con un hombre, ¿verdad?

—Has quebrantado todas las normas del decoro desde que te marchaste de tu casa, y ahora resulta que te preocupa tu reputación.

—Me basta y me sobra con ser objeto de burla, no quiero que también se me considere una... —dejó la frase inacabada al ver la furia que se encendió en su mirada.

—¿Una ramera? —le preguntó él, con voz suave.

Emma fijó la mirada en el plato que tenía aferrado con

fuerza, y se sintió culpable por haberle recordado a su madre sin querer; por mucho que pudiera llegar a enfurecerla Dimitri, sentía un profundo respeto por la mujer que había sacrificado la vida por él.

—Suéltame, por favor —le suplicó, con voz queda.

Él soltó un explosivo suspiro y se pasó las manos por el pelo en un gesto lleno de frustración, pero logró controlarse y dijo con voz muy medida:

—No tienes por qué preocuparte, Emma. Vanya se enorgullece de que se la considere la mujer menos convencional de toda la ciudad, y le parecerá bien que hagas lo que sea necesario con tal de encontrar a tu hermana. Y en cuanto a mis empleados, bajarían a las profundidades del infierno antes de revelar mis secretos. Nadie va a reprocharte nada, ni a juzgar lo que tú y yo decidamos hacer en la privacidad de mi hogar.

—Aun así, preferiría...

—¿Por qué te consideras un objeto de burla?

—Como comprenderás, se supone que las jóvenes solteras deben mantenerse en su sitio, y no está bien visto que se entrometan en los asuntos de los hombres y se atrevan a abrir una casa de postas.

—¿Y cómo se supone que debe arreglárselas una joven como Dios manda para ganar tanto su sustento como el de su hermana?

—Podría pedir limosna en las calles, o...

—¿O qué?

—O aceptar un discreto acuerdo con el barón de la zona —al ver la furia asesina que tensó sus elegantes facciones, recordó que estaba hablando con un hombre implacable del que se rumoreaba que les cortaba las manos a sus víctimas.

—Dime cómo se llama.

—¿A quién te refieres?

—Al barón que te insultó —su voz gélida resultaba estremecedora.

—¿Por qué?

—Porque voy a matarle.

Emma sintió que se le encogía el corazón, porque a pesar del dolor que le había causado el barón Kostya, no quería ser la responsable de su muerte.

—¿No te parece que estás siendo un poco hipócrita? Tú mismo parecías deseoso de llevarme a tu lecho.

—Te llevaré adonde quieras, pero solo si el deseo es mutuo. Jamás he pedido sexo a cambio de ayudar a una mujer.

Era obvio que estaba siendo sincero. Estaba convencida de que cualquier mujer caería rendida a sus pies, pero no iba a darle la satisfacción de saber lo irresistible que le parecía. Su arrogancia ya era desmesurada de por sí.

—¿Piensas llevarme a casa de Vanya?

—Cuando acabemos de cenar. No podemos desperdiciar las exquisitas creaciones de Irina —cortó un poco de ternera, y le llevó el tenedor a los labios.

Emma tuvo que ahogar un gemido al saborear la deliciosa carne. No le extrañaba que un hombre corriera el riesgo de colarse en una cárcel francesa con tal de conseguir los servicios de la esposa de Rurik, era una cocinera fantástica... aunque no era tan crédula como para creerse que Dimitri hubiera arriesgado el cuello por esa razón; a pesar de ser un ladrón, su lealtad y su honorabilidad superaban con creces a las de la mayoría de supuestos nobles de alta alcurnia.

El hambre le ganó la partida al sentido común, y acabó dándose por vencida.

—¿Nunca te enseñaron el significado de la palabra «no»? —le preguntó, entre bocado y bocado.

—No me acuerdo, ¿quieres refrescarme la memoria?

—No creo que todo esto se deba a una imperiosa necesidad de cenar acompañado, ¿qué es lo que quieres?

—Jamás dudes de cuánto deseo disfrutar de tu compañía, Emma Linley-Kirov —le dijo, mientras la recorría de arriba abajo con una mirada ardiente.

Emma se estremeció de excitación y anheló sentir las caricias de aquellas manos, la calidez de sus labios... apartó con brusquedad el plato medio vacío, y le preguntó con sequedad:

—¿Seguro que no tienes ningún otro motivo?

—Tenemos que hablar de la conversación que has oído entre Tarvek y mi padre.

Aquellas palabras eran justo lo que ella esperaba; por alguna razón que no alcanzaba a entender, Dimitri se creía con derecho a interferir en su vida.

—Ya te he contado todo lo que les he oído decir, ¿crees que estoy intentando ocultarte información?

—Estoy más interesado en lo que piensas hacer.

—Por lo que parece, en este momento no tengo más remedio que cenar contigo.

Él soltó un sonido cargado de impaciencia, y le agarró la barbilla con suavidad para instarla a que lo mirara a los ojos.

—Lo que más admiro de ti es que nunca disimulas tu inteligencia, *moya dusha*. No intentes hacerlo ahora.

Al oír el tono firme de su voz, Emma se dio cuenta de que aquel zopenco exasperante estaba decidido a sacarle toda la verdad, así que alzó la barbilla y admitió a regañadientes:

—Te dije desde el principio lo que pensaba hacer. Vine a San Petersburgo en busca de mi hermana, y nada ha cambiado.

Él apretó la mandíbula mientras luchaba por controlar su genio, y le preguntó con aspereza:

—No estarás pensando en irte sola a Londres, ¿verdad? Ni siquiera tú puedes ser tan descerebrada.

—¿Y por qué no? Hablo inglés a la perfección, y tengo parientes lejanos con los que puedo contactar en caso de que sea necesario; además, seguro que Vanya conoce a alguien que tenga planeado viajar a Inglaterra o incluso a Europa en las próximas semanas —entrelazó las manos en el regazo, irguió la espalda con rigidez, y añadió—: Estoy dispuesta a trabajar de acompañante, de doncella, o de lo que haga falta.

—¿De lo que haga falta?

—Dentro de lo razonable.

Las rígidas facciones de Dimitri reflejaban la furia y la incredulidad que sentía.

—Eres una mujer inteligente, sabes lo vulnerable que serías viajando con desconocidos —le sujetó la barbilla con más fuerza, y añadió—: ¿Qué harás cuando algún marido aburrido decida que puede usarte a modo de distracción durante el largo viaje?, ¿qué pasa si alguno de los marineros te atrapa cuando estés sola?

Ella se obligó a enfrentarse a su mirada sin amilanarse. Dimitri Tipova era el líder innegable de los bajos fondos de San Petersburgo, pero no tenía ninguna autoridad sobre ella.

—Una mujer siempre está en peligro de que abusen de ella, da igual dónde esté y cuál sea su condición social.

—Si está debidamente protegida, no corre peligro alguno.

—He aprendido a protegerme por mí misma, Dimitri.

—Porque no tenías alternativa —le soltó la barbilla, y le acarició la mejilla—. Yo te ofrezco una.

—¿Cuál es tu alternativa?, ¿qué es lo que me ofreces?

—Que te quedes aquí conmigo.

—¿En calidad de amante?

—Llámalo como quieras —le contestó, mientras trazaba sus labios con la punta de los dedos.

—¿Y qué pasa con mi hermana?

Estaba tan absorto acariciándola, que no se dio cuenta de que los ojos de Emma echaban chispas.

—Enviaré hombres tras el *Katherine Marie* para que la rescaten.

—Dime una cosa: si me niego a convertirme en tu amante, ¿dejarás que mi hermana se convierta en otra víctima más de tu padre?

Él masculló una imprecación, y se inclinó hacia delante hasta que estuvieron frente a frente.

—Ya te he dicho que no ofrezco mi ayuda a cambio de sexo; al margen de que estés o no en mi lecho, pienso capturar el barco de mi padre y traerlo de vuelta a Rusia para que la depravación de todos esos hombres salga a la luz.

Ella sintió un cosquilleo en el estómago cuando su aliento le acarició los labios; en algún rincón de su mente, era consciente de lo peligroso que era provocar a aquel hombre, pero le dolía y la enfurecía que se negara a aceptar el hecho de que necesitaba participar en el rescate de su propia hermana.

—Y así podrás obtener la venganza que tanto deseas, ¿verdad? —le espetó, con tono acusador.

—Por supuesto.

—¿Y qué pasará con mi hermana?

—Se la llevará de vuelta a su casa, al igual que a las demás víctimas —hundió las manos en su pelo, y deslizó los labios por su cuello.

—Dimitri...

—Dime, *milaya*.

—¿Qué estás haciendo?

Él le salpicó de tiernos besos la base del cuello, justo donde el pulso le latía acelerado, y susurró:

—Me ha ofendido que des a entender que solo lograré convencerte de que compartas mi lecho mediante chantaje.

Emma encogió los dedos de los pies mientras su cuerpo entero ardía de deseo, y le puso las manos en el pecho para intentar apartarlo. La explosiva reacción que Dimitri Tipova generaba en su interior era un peligro, pero no sabía cómo combatirlo.

—No voy a permitir que me distraigas.

—Si crees que solo quiero distraerte, eres más ingenua de lo que creía —susurró contra su piel.

—No, Dimitri —se echó hacia atrás para evitar el tormento de aquellas caricias, y dijo con firmeza—: Ya es hora de que regrese a casa de Vanya.

—No hemos acabado nuestra conversación.

—¿Estábamos manteniendo un conversación? No me había dado cuenta, a mí me ha dado la impresión de que te limitabas a darme órdenes y a dar por hecho que voy a obedecerte.

—Recuerda que también te he hecho una propuesta.

Emma sintió que el corazón le martilleaba en el pecho; a pesar de su inocencia, se había dado cuenta de forma instintiva de la maestría de sus caricias y estaba convencida de que Dimitri sería un amante excitante, diestro y arrollador, la clase de amante por el que las mujeres estarían dispuestas a sacrificarlo todo... maridos, riquezas, posición social.

También sería enérgico y autoritario, porque estaba convencido de que siempre sabía lo que les convenía a los que estaban bajo su protección; además, seguro que le exigía que renunciara a la independencia que tanto le había costado lograr, y ese era un sacrificio que no estaba dispuesta a hacer... porque no tardaría en cansarse de ella y abandonarla, y entonces se quedaría sola y luchando por recomponer su destrozada existencia. Ya la habían abandonado demasiadas veces, no podía arriesgarse a sufrir otra pérdida.

Le apartó con un firme empujón antes de que pudiera reaccionar, y se apresuró a ponerse en pie.

—Es la misma propuesta que ya rechacé cuando me la hizo otro caballero que también prometió protegerme...

—¡No me compares con ese malnacido!

—Pues no me insultes tratándome como si fuera una bobalicona inútil que necesita depender de un hombre para salir adelante —agarró su abrigo y fue a toda prisa hacia la puerta, porque por muy humillante que le resultara admitirlo, su fuerza de voluntad se esfumaba cuando le tenía cerca. Aquel hombre era capaz de hacerle perder la cabeza con una sola caricia—. Soy más que capaz de cuidar tanto de mi hermana como de mí misma.

Justo cuando estaba a punto de llegar a la puerta, él se interpuso en su camino y la agarró de los hombros.

—¿Adónde crees que vas? —le preguntó, ceñudo.

—A casa de Vanya —echó la cabeza hacia atrás, y se obligó a sostenerle la mirada con firmeza—. Iré andando si hace falta.

La sujetó con más fuerza mientras luchaba por no perder los estribos, y al final le espetó con aspereza:

—No seas tonta, mi carruaje te llevará.
—Gracias.

Antes de que pudiera reaccionar, la apretó contra su pecho y la besó con pasión desatada.

—Voy a permitirte que huyas de mí ahora, *moya dusha*, pero ten por seguro que acabarás siendo mi amante.... y no porque necesites mi ayuda, ni porque yo te obligue a compartir mi lecho.

—Entonces, ¿por qué? —el beso la había dejado tan aturdida, que le costaba pensar.

—Porque he saboreado tu pasión, y sé que me deseas —bajó la mano por su espalda, y la apretó de forma deliberada contra su erección—. Desesperadamente.

—Dios mío, tu vanidad es pasmosa —tenía la boca seca, y el corazón le martilleaba en el pecho.

—Tan pasmosa como tus ridículos intentos de fingir que no anhelas estar entre mis brazos.

El hecho de que aquellas palabras reflejaran la pura verdad le dio la fuerza necesaria para apartarse de él y salir del salón; por mucho que le deseara, no era tonta... bueno, no del todo.

—Adiós, Dimitri Tipova —murmuró.
—*À bientôt* —le contestó él, con voz burlona.

Cuando iba rumbo a la casa de Vanya en el carruaje de Dimitri, se dio cuenta de que él no se había despedido con un adiós rotundo, sino que le había advertido que volvería a verla con un «hasta pronto».

El carruaje de Vanya llegó al puerto de San Petersburgo, y se dirigió hacia el final de un muelle donde un estilizado navío de madera se mecía sobre olas coronadas de espuma blanca. El invierno se acercaba con paso firme, y aunque en poco tiempo solo los marineros más avezados se atreverían a enfrentarse a las gélidas y bravías aguas del Báltico, de momento el puerto era un hervidero de actividad. Marineros, comerciantes, estibadores y pasajeros se abrían paso entre los cargamentos de mercancías.

Emma se sintió aliviada cuando dejaron atrás a gran parte del gentío y el carruaje se detuvo cerca del extremo del muelle. Subir a bordo de un barco y zarpar rumbo a un destino tan lejano ya era duro de por sí sin la preocupación añadida de tener que abrirse paso entre una multitud.

Se humedeció los labios, y contempló el barco a través de la ventanilla.

Tres noches atrás, después de cenar en casa de Dimitri, le había contado a Vanya todo lo que había averiguado sobre su hermana, incluyendo el hecho de que seguramente se la habían llevado a Inglaterra. Vanya le había reiterado su apoyo, pero se había mostrado sorprendentemente reacia a ayudarla a encontrar la forma de ir tras el barco del conde Nevskaya. Por eso había sido toda una sorpresa que el día anterior se presentara en sus aposentos y le dijera que le había reservado un pasaje en un barco que iba a zarpar rumbo a Londres.

Ella había sentido un alivio enorme, pero también el miedo normal ante lo desconocido; a pesar de su aparente valentía, no era ajena a los peligros que iban a acecharla cuando estuviera lejos de la protección de Vanya y de Herrick Gerhardt; además, tenía la extraña sensación de que estaban ocultándole algo.

Por no hablar del insistente dolor que le atravesaba el corazón... había intentado convencerse de que no era más que una reacción normal por el hecho de estar a punto de marcharse tan lejos de casa, pero sabía que no estaba siendo sincera consigo misma. Estaba claro que aquel dolor estaba directamente relacionado con el insufrible Dimitri Tipova.

Se apresuró a apartarle de sus pensamientos, y al volverse de nuevo hacia Vanya logró esbozar una sonrisa.

—No sé cómo darte las gracias, Vanya —se inclinó hacia delante, y la tomó de la mano antes de añadir—: Me has tratado con una generosidad extraordinaria. Tardaré en poder pagarte todo lo que has hecho por mí, pero...

—No digas tonterías. No eres la única a la que le preocupa lo que pueda pasarle a esas muchachas, y si tuviera unos años menos iría contigo a Inglaterra. No me cabe duda de que harás todo lo que sea necesario para rescatar a tu hermana y a las demás.

Emma sintió una gran satisfacción al oír aquellas palabras, porque por fin había alguien que valoraba positivamente su determinación. Volvió a echarse hacia atrás, y se alisó un poco la gruesa capa de lana que llevaba puesta.

—Gracias.

—Pero quiero que me prometas que tendrás mucho cuidado y regresarás cuanto antes, Herrick Gerhardt se pondrá furioso conmigo cuando se entere de que te he ayudado a salir del país.

Emma ocultó un pequeño estremecimiento de temor. Debía ser fuerte por Anya, no tenía otra alternativa.

—Te lo prometo.

—Aquí tienes la carta de presentación que te prometí. Le he mandado otra a Leonida, así que lo más probable es que haya alguien esperándote en los muelles de Londres, pero en caso de que te encuentres en algún apuro, presenta esta en la embajada rusa para solicitar ayuda.

Emma se metió el sobre en el bolsillo con manos temblorosas. Vanya estaba ataviada con un vestido de merino en un tono azul verdoso y un chal de piel, y aunque a primera vista parecía una dama de alta sociedad como cualquier otra, inútil y ociosa, en realidad era una mujer inteligente y compasiva capaz de tomar las riendas cuando la situación lo exigía. No quería decepcionarla.

—Es mucho más de lo que esperaba —sintió unas ganas absurdas de echarse a llorar, y se mordió el labio para contenerse—. No sé qué decir.

Vanya se inclinó hacia delante y le dio unas palmaditas tranquilizadoras en la rodilla, que estaba oculta bajo varias capas de lana marrón.

—No siempre tienes que valerte por ti misma, Emma. Aceptar la ayuda de los demás no implica debilidad.

A Emma le sorprendieron aquellas palabras, y admitió:

—Estoy acostumbrada a cuidarme sola.

—Yo también lo estaba, pero he descubierto que al abrirle mi corazón a otra persona mi independencia no se ha visto tan amenazada como esperaba —dio la impresión de que quería añadir algo más, pero en ese momento vieron por la ventanilla que se acercaba un corpulento marinero, y volvió a reclinarse en su asiento—. Creo que este joven viene a ayudarte con el equipaje y a llevarte al barco.

Emma respiró hondo, y procuró hacer caso omiso del miedo y los nervios que se le arremolinaban en la boca del estómago.

—Nunca olvidaré lo que has hecho por mí, Vanya.

—Mmm... no sé si eso es algo positivo.

—¿Qué quieres decir?

—Solo quiero que sepas que he intentado hacer lo mejor para ti.

—Sí, por supuesto, ya lo sé. Eres una amiga maravillosa —al ver que el cochero abría la portezuela, bajó con su ayuda sin darse tiempo a pensárselo dos veces, e inhaló el frío aire matinal.

—Sé valiente, *mon enfant* —le dijo Vanya, con voz suave.

CAPÍTULO 9

Dimitri no prestó la menor atención al suave vaivén del suelo mientras revisaba las cartas náuticas que su segundo de a bordo había extendido sobre la mesa.

No era la primera vez que navegaba en su clíper de Baltimore, a veces sentía la necesidad de escapar de las responsabilidades que conllevaba ser el Zar Mendigo. Había pocas cosas más estimulantes que surcar las aguas envuelto en silencio, sabiendo que sus deberes y obligaciones quedaban atrás.

Pero no había hecho una inversión tan grande solo por los días de libertad que solo se permitía en contadas ocasiones. Era un hombre de negocios ante todo. Aquel barco se había construido en las Américas para ser el más veloz, la tripulación estaba formada por los mejores marineros de toda Inglaterra, y ya le había aportado una pequeña fortuna transportando a diplomáticos, nobles, e incluso comerciantes adinerados que preferían viajar de forma confidencial. En resumen: era perfecto para el plan que tenía entre manos.

Esbozó una sonrisa al oír el sonido de pasos que se acercaban, y esperó a que el marinero de pelo negro y rostro curtido se detuviera frente a él antes de preguntarle:

—¿Ya ha subido a bordo la pasajera?

Andrew Simmons se metió las manos en los bolsillos de su abrigo de lana antes de contestar ceñudo:

—Está sana y salva en su camarote, tal y como usted ordenó.

—No hace falta que me recuerdes constantemente que no te parece bien tener a una mujer a bordo.

—Todos los hombres de mar sabemos que da mala suerte.

Aunque debía de pesar unos quince kilos menos que el robusto marinero, Dimitri dio un paso al frente y rozó con los dedos el mango de la daga que llevaba a la cintura.

—Voy a hacerte una advertencia que quiero que traslades al resto de la tripulación, Andrew —le dijo, con voz suave y letal.

El marinero empalideció de forma visible, y se apresuró a contestar:

—Sí, señor.

—Emma Linley-Kirov es una invitada de honor a bordo de este barco, y si descubro que algún miembro de mi tripulación no la ha tratado con el máximo respeto, dicho miembro será lanzado por la borda para que se lo coman los peces. ¿Está claro?

—Sí —tenía la frente perlada de sudor a pesar del frío.

—Perfecto. No quiero que haya malentendidos.

—No los habrá, señor.

—En ese caso, creo que estamos listos para zarpar.

—De inmediato —se marchó de forma tan apresurada hacia la proa del barco, que trastabilló y estuvo a punto de caer de bruces.

Dimitri le siguió con la mirada mientras iba recobrando la calma. Su amenaza era muy real, él mismo se encargaría de castigar a cualquiera que osara ofender a Emma.

Se negó a plantearse por qué seguía teniendo ganas de darle una paliza a Simmons, y dio media vuelta antes de dirigirse hacia los camarotes del nivel inferior. Su enfado fue transformándose en una sensación de anticipación creciente con cada paso que daba.

Los últimos tres días habían sido un infierno. Aunque trataba con ladrones y granujas, sus negocios conllevaban unas responsabilidades enormes. Antes de salir del país había tenido que asegurarse de que sus negocios funcionaban sin trabas, y le había atormentado la preocupación constante de que a Emma se le ocurriera escabullirse antes de que él lo tuviera todo listo. Aquella mujer era tan impredecible como testaruda.

Pero lo más perturbador de todo era que había pasado las noches en vela, paseándose de un lado a otro de su dormitorio, con el cuerpo ardiendo de deseo y desesperado por tenerla entre sus brazos.

Aceleró el paso y se quitó el grueso abrigo a toda prisa al llegar a su camarote, que estaba construido siguiendo las estilizadas líneas del barco. Había una mesa con sillas bajo el ojo de buey, un arcón con cajones sujeto a la pared, y una amplia cama sobre la que lanzó el abrigo. Se detuvo el tiempo justo para colocarse bien la chaqueta, y abrió sin más dilación la puerta que comunicaba con el camarote contiguo.

Se quedó inmóvil y su mirada se centró de forma infalible en Emma, que estaba mirando por el ojo de buey mientras San Petersburgo iba desapareciendo tras la niebla. Sería capaz de sentir la presencia de aquella mujer incluso estando ciego.

El camarote tenía un diseño similar al suyo, pero como estaba ideado para que lo ocupara un criado, era un poco más pequeño; en cualquier caso, eso era irrelevante, porque Emma tenía que estar junto a él, en su cama... y cuanto antes.

Echó a andar hacia ella, y sintió una oleada de deseo a pesar de aquel horrible vestido marrón. Sabía de primera mano lo que se ocultaba bajo todas aquellas capas de lana.

—No me digas que ya te ha entrado la añoranza.

Ella soltó una exclamación ahogada, y se volvió como una exhalación. Le miró con incredulidad, y al final alcanzó a decir:

—¡Dimitri!

—Sí, soy yo —se detuvo frente a ella, y deslizó un dedo por su mejilla pálida.

Ella abrió los labios, pero tardó unos segundos en poder articular palabra.

—¿Qué haces aquí?

—Te advertí que tenía intención de perseguir al *Katherine Marie*.

—No, me dijiste que enviarías a alguno de tus hombres en su busca.

Él empezó a quitarle las horquillas del pelo, e inhaló hondo su cálido aroma mientras aquellos rizos color miel le caían sobre los hombros. Era la mujer más hermosa que había visto en toda su vida, y seguiría siéndolo aunque estuviera vestida con harapos.

—Es que en ese momento tenía la esperanza de que una mujer cálida y cautivadora me mantuviera distraído.

Ella se estremeció, pero en sus ojos marrones relampagueó un furia predecible.

—¿Quieres que crea que has elegido el mismo barco que yo por pura coincidencia?

—No es tan difícil de entender —le pasó los dedos por el pelo, y sus cuerpos se mecieron al unísono mientras el barco salía del puerto y se dirigía a mar abierto—. Este es el único barco con dirección a Inglaterra que acepta pasajeros.

—Y el camarote que comunica con el mío era el único disponible, ¿verdad?

—Eso resulta más difícil de explicar —admitió, sonriente.

—Sí, me lo imagino, aunque la verdad es que da igual.

—¿Ah, sí?

—Me limitaré a pedirle al capitán que me asigne otro.

—¿Crees que hay un sinfín de camarotes disponibles en un barco tan pequeño?

—Por supuesto que no, pero seguro que algún pasajero está dispuesto a cambiármelo por el suyo.

Su ingenuidad le pareció encantadora.

—Yo no estaría tan seguro.

—Tu arrogancia es asombrosa, Dimitri Tipova —le espetó,

antes de poner las manos sobre su pecho para mantenerle a raya—. Puede que controles San Petersburgo, pero no tienes autoridad a bordo de este barco.

Él le pasó un brazo por la cintura, y se tragó un gemido al apretarla contra su cuerpo. Encajaban a la perfección.

—Deberías aprender a no subestimarme, *moya dusha*.

—¿Qué quieres decir?

—Que el capitán hará oídos sordos a tus súplicas.

—Es imposible que lo sepas con certeza, a menos que...

—¿Qué?

—Que le hayas sobornado.

—No ha habido soborno alguno, pero como le pago el sueldo, cabe esperar que se ponga de mi parte... aunque la verdad es que siempre ha sentido debilidad por las mujeres hermosas, así que será mejor que no le pongamos en la tesitura de tener que elegir.

En la distancia se oían los gritos de los marineros y el sonido de botas recorriendo la cubierta, pero él solo era consciente de las emociones que se reflejaban en aquel hermoso rostro.

—¿Tú le pagas el sueldo?

—Pago el sueldo de toda la tripulación.

—¿Por qué?

—Ya sabes por qué, Emma.

—Este barco es tuyo —empalideció de golpe al darse cuenta de que estaba a merced de aquel hombre por completo.

Dimitri sintió una extraña punzada en el corazón al ver aquel rostro pálido y vulnerable, al ver la aprensión que oscurecía aquellos ojos marrones, y apretó la mandíbula ante la mera idea de que ella le temiera. No entendía su propia reacción, ¿por qué le dolía esa posibilidad? A aquella mujer testaruda le hacía falta aprender lo peligroso que era su comportamiento imprudente, ¿no?

Dejó a un lado aquel momento de debilidad, y afianzó su determinación.

—Sí, lo es.

—Esto es una locura, Dimitri.

—Mi padre no es el único que tiene una flota privada, aunque la mía es mucho más extensa y tiene un diseño muy superior; con un poco de suerte, llegaremos a Londres antes que el *Katherine Marie*.

—Si pretendías impresionarme, no lo has logrado ni de lejos.

Dimitri se tragó un suspiro al oír su voz tajante. ¿Cuántas mujeres se habían arrodillado a sus pies para agradecerle entre lágrimas la ayuda que les había prestado?, ¿cuántas se habían ofrecido a darle lo que les pidiera a cambio de que las ayudara?

—Empiezo a resignarme a que muestres una total falta de gratitud ante mis increíbles logros, pero podrías ofrecerme algunas merecidas palabras de agradecimiento de vez en cuando.

Ella dio un respingo como si la hubiera abofeteado, y le espetó:

—¿Qué es lo que tengo que agradecerte? ¿Que me hayas engañado?, ¿que te hayas valido de artimañas para traerme a este barco? —se detuvo de golpe, y sus ojos reflejaron un profundo dolor—. Oh, Dios mío...

—¿Qué pasa ahora?

—Vanya sabía que este barco era tuyo.

Lo fulminó con la mirada, como si él tuviera la culpa de que Vanya no le hubiera contado la verdad... y tenía razón en pensarlo. Había sido él quien había insistido en que nadie debía enterarse de que iba a zarpar tras el barco de su padre, y mucho menos de que Emma iba a acompañarle. No podía correr el riesgo de que el conde Nevskaya se enterara de que sus pecados estaban a punto de salir a la luz.

—Ella ha participado en el engaño, ¿cómo ha podido traicionar mi confianza? Creía que era mi amiga.

Dimitri le agarró el pelo, y tiró con suavidad de aquellos mechones satinados para que echara la cabeza hacia atrás. Contempló aquellos ojos llenos de furia y aquellos labios tentadores durante unos segundos antes de decirle con aspereza:

—Está decidida a protegerte precisamente por eso, porque es tu amiga.

Estaba cansado de luchar con ella. La quería en su cama, quería tenerla bajo su cuerpo y colocarse entre sus piernas, quería hundirse en ella con embestidas profundas e intensas que acabarían por llevarles al paraíso.

Ella pareció notar la súbita tensión que inundó el ambiente, porque respiró hondo y el pulso le latió visiblemente acelerado en la base del cuello.

—¿Quiere protegerme dejándome a merced de un ladrón?

—Así que estás a mi merced, ¿no? —fue incapaz de resistir la tentación de besarle aquel pulso tan revelador—. Mmm... qué idea tan sugerente.

—Dimitri...

—Dime, *milaya*.

—Te exijo que este barco regrese a San Petersburgo de inmediato.

—¿Crees que estás en disposición de exigir? —la mordisqueó con suavidad, y sonrió contra su piel al sentir que se estremecía de placer.

—Te lo digo en serio, Dimitri. Si no me llevas de regreso a San Petersburgo, voy a...

—¿Qué piensas hacer?, ¿regresar a nado?

Ella arqueó la espalda en un claro intento de escapar de sus labios antes de decir:

—No te burles de mí, jamás perdonaré a Vanya.

Él se echó un poco hacia atrás, y contempló su rostro enfurruñado mientras desabrochaba de forma subrepticia los botones traseros del vestido. Necesitaba tocar aquella piel cálida y satinada.

—Vanya es mayor que tú, y tiene mucha más experiencia. Tomó su decisión pensando en tu bien, solo quería protegerte.

—Puedo protegerme yo sola.

Le exasperaba sobremanera que se negara con tanta testarudez a admitir que le necesitaba. ¿Por qué tenía que ser tan condenadamente independiente?

Empezó a bajarle el vestido, y le dijo con aspereza:

—¿Ah, sí? Acabas de admitir que estás a merced de un granuja sin escrúpulos, y tú eres la única responsable.

Estaba tan centrada en la discusión, que no se dio cuenta de que estaba desnudándola ni cuando tuvo el vestido a sus pies.

—Confié en Vanya —masculló, indignada.

—Has dependido de la suerte desde que llegaste a San Petersburgo —devoró su cuerpo con la mirada, y añadió—: De no ser por la generosidad de Herrick Gerhardt y Vanya, seguro que a estas horas estarías cautiva junto a tu hermana en el barco de mi padre o ya te habrían vendido a algún burdel.

—Y en vez de eso, estoy atrapada contigo.

Se sintió insultado al oír aquello y decidió demostrarle que, por mucho que despotricara y se quejara, en realidad estaba deseosa de estar «atrapada» con él.

La apretó contra su cuerpo, y empezó a desatarle los lazos que le cerraban la enagua.

—Podría haberme asegurado de que permanecieras en San Petersburgo, podría haberte mandado de vuelta a tu pueblo —le espetó, mientras deslizaba los dedos por sus hombros.

Ella contuvo el aliento, y apretó las manos contra su pecho mientras sus mejillas se teñían de rojo.

—Me han traído a este barco con engaños.

—¿Quieres rescatar a tu hermana?

—Por supuesto.

—En ese caso, deja a un lado tu ridículo orgullo, acepta el hecho de que tendrás más posibilidades de llevarla de vuelta a casa sana y salva si cuentas con mi ayuda.

—No es una cuestión de orgullo.

—¿En serio?

—No me hace ninguna gracia que me manipulen, Dimitri.

Y a él no le hacía ninguna gracia desear a aquella mujer con una pasión arrolladora que le atormentaba a todas horas. Lo más sensato habría sido dejarla en San Petersburgo y concentrarse en capturar el *Katherine Marie* para destruir al fin a su padre.

Masculló una imprecación, la alzó en brazos, y la llevó hacia la puerta que comunicaba con su camarote.

—No habría que manipularte si fueras razonable.

—¿Qué estás haciendo? —le preguntó, atónita.

—Estoy llevándote a mi camarote.

—Tengo uno propio.

Miró ceñudo el rostro que le había tenido en vela noches enteras y se había colado en sus pensamientos en los momentos más inconvenientes. No la había dejado en San Petersburgo porque no podía soportar la idea de estar alejado de ella. Irritante, pero cierto.

—Tu puesto está junto a mí, me perteneces.

Ella estampó la mano en su pecho, y le contestó con indignación:

—No puedes decidir sin más que te pertenezco, Dimitri Tipova. No soy una pertenencia que puedes agarrar cuando te apetezca y dejar a un lado cuando te hartes de mí, sino una persona.

—¿Cómo demonios se supone que voy a hartarme de ti? —la tumbó en la cama, y luchó por quitarse la chaqueta y el abrigo con manos que parecían inusitadamente torpes. El pañuelo del cuello y la camisa de lino siguieron la misma suerte—. Por mucho que lo intente, no consigo arrancarte de mis pensamientos.

Ella se echó hacia atrás los mechones de pelo que le habían caído sobre el rostro, y en sus ojos se reflejó una mezcla de excitación y de cautela al ver que se sentaba en la cama y empezaba a quitarse las botas.

—¿Y me culpas a mí de eso?

Dimitri deslizó una mano por su pie y su pantorrilla, y al

ir subiendo la fina enagua fue descubriendo la pierna enfundada en una media blanca de seda. Sus prendas íntimas eran tan sencillas y recatadas como cabía esperar, pero por alguna extraña razón, solo con verlas sintió un deseo visceral.

Había disfrutado de los encantos de las cortesanas más experimentadas de Rusia y Europa, pero a pesar de que habían sido entretenimientos muy agradables, jamás habían despertado en él aquella pasión desatada. Nunca antes había sentido aquella desesperación por tener a una mujer entre sus brazos... una desesperación tan grande, que estaba dispuesto a secuestrarla con tal de hacerla suya.

—Claro que te culpo a ti —soltó un gemido gutural cuando alcanzó con los dedos el borde superior de la media y acarició la piel sedosa del muslo. Su erección era casi dolorosa.

—¿Por qué?

La pasión que oscureció aquellos ojos marrones le impactó con una fuerza brutal, y le hizo perder el control. Desgarró la enagua de arriba abajo con un simple tirón, y quedó tan embelesado con la belleza de su cuerpo esbelto y perfecto, que apenas la oyó murmurar algo por lo bajo.

Se quedó sin aliento mientras devoraba con la mirada sus senos, su estrecha cintura y los rizos color miel que ocultaban su sexo, pero alcanzó a decir con voz ronca:

—Por atreverte a desafiarme.

—Lo único que he hecho es intentar rescatar a mi hermana —dio la impresión de que perdía el hilo de lo que estaba diciendo al ver que se tumbaba a su lado, pero al cabo de un instante añadió—: Eres tú el que te empeñas en interferir a pesar de que te he pedido que me dejes en paz.

Él tomó su ruborizado rostro entre las manos, empezó a recorrerlo con los labios, y susurró contra su piel:

—¿Es eso lo que deseas, Emma? ¿Que te deje en paz?

—Sí.

Él soltó una carcajada ronca ante aquella obvia mentira, porque en ese momento estaba acariciándole el pecho de forma instintiva y arqueándose contra él en una clara invitación.

—No te creo.

—He... —su voz dio paso a un suspiro trémulo al sentir que aquellos labios se deslizaban por la curva de su cuello, que iban descendiendo hacia sus senos dejando un reguero de besos a su paso—. Oh, Dios...

—Dime otra vez lo que deseas —susurró, antes de empezar a trazar círculos con la lengua alrededor de un pezón.

Ella soltó una exclamación de placer, y hundió los dedos en su pelo mientras se apretaba anhelante contra su cuerpo.

—Dimitri...

—¿Quieres que me detenga?

—¡No! Dios, no.

Dimitri sintió un alivio aplastante. Si ella le hubiera rechazado, habría sido capaz de lanzarse por la borda.

Soltó un gemido gutural mientras le succionaba el pezón y acababa de desnudarla. Se sintió embriagado por su sabor, por aquella mezcla de jabón y dulce inocencia. Masculló una imprecación mientras luchaba por quitarse el resto de la ropa, tenía las manos temblorosas y no entendía aquella súbita torpeza. En San Petersburgo tenía fama de ser un amante diestro y experimentado dispuesto a pasar horas dándole placer a una mujer.

Cuando acabó de desnudarse por fin, se tumbó junto a ella y deslizó las manos por su espalda antes de atraerla contra su cuerpo. Ella se tensó por un instante al notar su erección contra el estómago, pero soltó un suave gemido de capitulación, le hundió las manos en el pelo, y le hizo bajar la cabeza hasta sus senos.

Él obedeció encantado aquella exigencia muda. Se adueñó de un pezón con la boca, y la atormentó con dientes y lengua hasta tenerla retorciéndose de placer contra su cuerpo. Deslizó las manos por sus nalgas y sus muslos, la instó a que le pasara una pierna por encima de la cadera, y le recorrió un torrente de puro deseo cuando su miembro erecto se deslizó contra su húmedo sexo.

Sentir el contacto de aquella piel cálida y sedosa le arrebató el aliento y le estremeció de pies a cabeza. Le cubrió el otro pecho con la boca, lo saboreó enardecido, y gimió con voz gutural:

—Mi dulce Emma... te necesito.

—Dimitri, por favor...

Él soltó una carcajada ronca, posó una mano en la parte posterior de su muslo, y la instó con suavidad a que alzara más la pierna.

—Confía en mí.

—Eso nunca —a pesar de sus palabras, gimió extasiada al sentir sus dedos en la entrepierna.

Dimitri apretó la mandíbula mientras luchaba por mantener algo de cordura, la desesperación que sentía por estar dentro de aquella mujer era indescriptible. Era tan suave, tan delicada, tan inocente...

Inocente.

Se le hizo un nudo en el estómago. Lo que sabía sobre las vírgenes era poco menos que nada, pero aún conservaba la suficiente cordura para saber que debía ir con cuidado para no lastimarla.

Deslizó un dedo entre los delicados pliegues, y al encontrar la pequeña protuberancia que buscaba empezó a acariciarla con suavidad mientras se adueñaba de su boca en un beso profundo y apasionado.

Ella se arqueó contra su cuerpo, y bajó las manos por su espalda de forma instintiva; a pesar de lo inocente que era, estaba claro que su cuerpo estaba ansioso por aprender... casi tanto como él estaba por enseñarle.

La puso de espaldas con un movimiento fluido, se colocó entre sus piernas sin dejar de acariciarla, y al oírla gemir liberó sus labios y empezó a salpicarle el cuello de besos febriles.

Masculló una imprecación mientras luchaba por mantener

un ápice de control, su cuerpo entero temblaba por el esfuerzo que estaba haciendo por controlar el anhelo de hundirse en ella y aliviar aquel deseo enloquecedor. ¿Qué diablos le había hecho aquella mujer? El corazón le martilleaba en el pecho, tenía la respiración entrecortada, y su miembro estaba tan duro, que temía correrse en cuanto empezara a penetrarla.

Se echó un poco hacia atrás y contempló cautivado aquel rostro enmarcado por la hermosa melena color miel, aquella piel pálida y aterciopelada, aquellas largas pestañas que rozaban las mejillas ruborizadas, aquellos labios rosados entreabiertos en una sensual invitación.

Era tan hermosa... un sentimiento de posesión visceral e irrefrenable se adueñó de su corazón, y se colocó en posición antes de empezar a penetrarla de forma lenta pero firme. Se obligó a detenerse al notar que se ponía tensa de repente, y siguió acariciándola mientras le daba tiempo a acostumbrarse a aquella invasión. Esperó hasta que notó que relajaba los músculos, hasta que le aferró con más fuerza los hombros para instarle a que siguiera, y entonces atravesó la fina membrana que revelaba su virginidad.

Apretó los dientes extasiado ante las exquisitas sensaciones que sacudían su cuerpo. Era gloriosa, una mujer tentadora y espléndida que llevaba demasiado tiempo negando sus propios deseos.

—Emma, mi dulce Emma... —susurró, con voz ronca. Echó las caderas hacia atrás con suavidad, y volvió a hundirse de nuevo en su cuerpo.

—Sí... —gimió ella, sollozante. Estaba tan enloquecida de deseo, que le hundió las uñas en la espalda.

Aquella pequeña punzada de dolor fue como un chispazo que hizo volar por los aires lo poco que quedaba de su autocontrol. Soltó un gemido al rendirse enfebrecido ante aquella pasión arrolladora, y se dejó arrastrar por aquel ritmo pagano tan antiguo y poderoso como el mar que les mecía.

CAPÍTULO 10

Emma se estremeció mientras el barco de Dimitri se adentraba silencioso en el río Támesis a través de su estuario, que estaba situado en la costa oriental de Inglaterra.

La tarde era gris y fría, pero el puerto estaba abarrotado de barcos que competían por ser los primeros en descargar sus mercancías. Había fardos de té, seda, fruta y tabaco apilados en los muelles, y tanto los comerciantes de especias como los molenderos de pimienta ofrecían sus servicios entre el gentío formado por marineros, estibadores, y pasajeros.

Todo ello contribuía a crear un ambiente caótico y pintoresco que la habría fascinado en otras circunstancias. ¿Cuántas veces había soñado despierta con viajar a tierras lejanas?, ¿cuántas veces le había pedido a su padre que le leyera historias junto a la chimenea para poder imaginar que estaba lejos de su pueblecito natal?

Pero en ese momento no sentía el entusiasmo que cabría esperar al contemplar el bullicioso puerto ni al ver la enorme ciudad que se alzaba en la distancia, lo único que le importaba era la posibilidad de que su hermana estuviera cerca de allí.

Se aferró con más fuerza a la barandilla de proa y se inclinó hacia delante, ajena a la fría brisa que jugueteaba con su grueso abrigo de lana y con la bufanda gris que le cubría la cabeza.

Durante los últimos días había olvidado demasiado a menudo el motivo de aquel viaje a Inglaterra. La culpa era de Dimitri, por supuesto; además de pasar las noches seduciéndola con ardientes besos y enloquecedoras caricias, de día también había acaparado su atención contándole anécdotas de su infancia, anécdotas que revelaban más de lo que él pensaba sobre su verdadera personalidad.

Era un hombre leal, protector y generoso con aquellos a los que tomaba bajo su protección, pero que guardaba su corazón con celo y mantenía a los demás a distancia. Siempre sentiría la necesidad de llevar las riendas de cualquier relación, porque quería asegurarse de que nadie sobrepasara los límites que él marcara... y eso la incluía a ella.

Fue como si sus pensamientos hubieran hecho que se materializara, porque de pronto apareció junto a ella y le dijo ceñudo:

—Hace bastante frío, deberías regresar al camarote.

Emma se tragó un suspiro, y sintió un hormigueo de excitación al ver cómo se apoyaba en la barandilla. Su reacción ante él no solo se debía a la elegante belleza de su rostro bronceado y a sus impactantes ojos ambarinos, ni a la cincelada perfección del cuerpo masculino que se ocultaba bajo la chaqueta de color jade hecha a medida y los calzones en un tono beige, sino a la intensa sensualidad y el puro poder masculino intrínsecos en él.

Esbozó una sonrisa distante para intentar ocultar cuánto le afectaba su presencia. No se arrepentía de las noches que había pasado entre sus brazos, porque si el futuro que le esperaba era vivir como una solterona aislada en un pueblecito remoto, al menos podría disfrutar de aquellos cálidos recuerdos en los años venideros; aun así, no podía permitir que continuara aquella locura.

Tenía que centrarse en encontrar a su hermana, y además, no estaba dispuesta a convertirse en objeto de murmuraciones y comentarios burlones durante su estancia en Londres. Una cosa era que los empleados de confianza de Dimitri supieran que era su amante, y otra muy distinta que unos desconocidos cotillearan sobre su insólito comportamiento.

—No seas tonto, no quiero perderme la llegada al puerto.

Era obvio que la frialdad de su voz no le complació lo más mínimo, porque su expresión ceñuda se acentuó aún más.

—No merece la pena que te arriesgues a enfermar por verlo. Es un sitio sucio e infestado de ratas, como cualquier otro puerto del mundo.

—No todos somos viajeros curtidos incapaces de saber apreciar la llegada a una nueva ciudad, a un sitio al que jamás se soñó con poder ir —a pesar de que estaba tiritando, añadió—: Además, no hace más frío que en San Petersburgo.

Dimitri masculló una imprecación ahogada, le agarró los brazos, y la hizo girar para que le mirara a la cara.

—Londres no te interesa lo más mínimo, Emma. Lo que pasa es que tienes la esperanza de que tu hermana esté en los muelles, esperando a que la rescates.

Le resultaba de lo más irritante que aquel hombre pudiera adivinarle el pensamiento con tanta facilidad, y le espetó son voz seca:

—Aunque te cueste creerlo, no soy tonta de remate. Pero no pienso esconderme sabiendo que Anya me necesita.

Él subió las manos por sus brazos en un gesto íntimo y posesivo antes de contestar:

—En breve sabré si el *Katherine Marie* ya ha llegado a puerto, pero hasta entonces prefiero que nadie sepa que estamos en Londres.

Emma se obligó a zafarse de sus manos y a retroceder un paso, no podía pensar con claridad cuando él la tocaba.

—Nadie va a reconocerme.

Él apretó la mandíbula, pero se contentó con cruzarse de brazos y observarla con una expresión penetrante.

—No estés tan convencida de eso, te aseguro que puede haber miradas vigilantes en los lugares más insospechados.

Ella no se molestó en discutírselo. No era de extrañar que

Dimitri supiera dónde podía acechar el peligro, era uno de los beneficios de ser un consumado ladrón.

—¿Piensas permanecer a bordo hasta que encontremos al *Katherine Marie*?

—No. Le he pedido ayuda a un conocido, estará esperándonos cuando caiga la noche.

—¿Existe algún lugar en el mundo donde no tengas conocidos dispuestos a prestarte ayuda?

—Mi influencia se extiende mucho más allá de Rusia... te aconsejo que lo tengas en cuenta.

Al oír aquellas palabras, Emma sintió que un premonitorio escalofrío le recorría la espalda.

—¿Es una amenaza?

—Yo tampoco soy tonto, Emma. Por mucho que te advierta que seas cauta, te pondrías en peligro sin dudarlo si creyeras que con ello puedes ayudar a tu hermana, pero pienso asegurarme de que no cometas una temeridad.

El barco se balanceó en ese momento cuando le pasó cerca un navío más grande, y el súbito movimiento la lanzó a sus brazos. Él la sujetó con fuerza, y por un instante se sintió embriagada por el aroma de aquel hombre que le había enseñado el significado del éxtasis. A pesar de que su mente había decidido que él ya no era su amante, su cuerpo reaccionó de inmediato al estar apretado contra sus fuertes músculos.

Inhaló con fuerza mientras se apresuraba a apartarse de él. No entendía qué le pasaba, ¿cómo podía ser tan débil?

Se agarró a la barandilla, y al ver su sonrisa petulante se indignó aún más y le fulminó con la mirada.

—¿Cuántas veces debo recordarte que no eres mi guardián? Lo que yo haga no es asunto tuyo.

Él le puso una mano en la mejilla, y la contempló con una mirada pecaminosamente tentadora.

—Soy tu amante, y como tal tengo derecho a protegerte de todo peligro, incluso de tu propia testarudez.

—No soy ni seré jamás una mujer indefensa e incapaz de tomar sus propias decisiones, Dimitri. Y tú no eres mi amante.

—¿No?

—No.

—¿Acaso he imaginado las noches que has pasado en mis brazos? ¿Han sido imaginaciones mías el sabor de tus labios, los suaves gemidos que salen de tu boca cuando te penetro, los...?

Ella le tapó la boca con la mano a toda prisa, y miró ruborizada a su alrededor para asegurarse de que nadie estuviera oyéndoles.

—Cállate, podría oírte alguien.

Él se le acercó un poco más, y le susurró al oído:

—No niegues jamás que soy tu amante.

Emma se estremeció, y cerró los puños para contener el impulso de desatarle la cinta de cuero que le sujetaba el pelo en una coleta y pasar los dedos por aquella sedosa cabellera.

—Por favor, Dimitri... lo que ha sucedido entre nosotros es una locura que debe terminar.

—Es demasiado tarde para arrepentimientos —le contestó con voz suave, mientras le acariciaba la fría mejilla con el pulgar.

—No hablo de arrepentimientos, sino de recobrar la cordura —apartarle la mano le costó más esfuerzo del que estaba dispuesta a admitir—. No he venido a Inglaterra a disfrutar de una aventura intrascendente, sino a rescatar a mi hermana —vio cómo se endurecían sus hermosas facciones al oír aquello, pero no estaba dispuesta a dejarse amilanar.

—Supongo que estás intentando enojarme de forma deliberada, ¿verdad?

—¿Por qué habrías de enojarte? No soy la primera mujer con la que te acuestas, ni seré la última. Creía que te sentirías aliviado al ver que no soy tan necia como para intentar aferrarme a ti.

—Y prefieres echarme de tu cama y afirmar que lo que

hay entre nosotros es intrascendente, ¿no? —su voz era tan fría como el viento invernal.

Una pequeña y traidora parte de su ser quería creer que se sentía dolido por su rechazo, que la idea de no volver a acostarse con ella le consternaba... pero era una mujer realista.

Seguro que a Dimitri le había parecido divertido enseñarle las artes amatorias a una solterona para aguantar el tedioso viaje, ya que no tenía otros entretenimientos a mano. Aunque en su apasionada seducción había habido mucha destreza, la ausencia de emoción había sido significativa, así que solo estaba herido en su orgullo.

—Estoy convencida de que entre tus amistades inglesas habrá alguna mujer dispuesta a ocupar mi lugar —le espetó, con voz gélida.

Él frunció el ceño como si le hubieran ofendido sus palabras, pero antes de que pudiera contestar, oyeron el grito de advertencia de un miembro de la tripulación. Se volvieron a mirar, y vieron que un bote de remos se acercaba al barco.

—Ve abajo, Emma —como ella permaneció donde estaba con terquedad, la tomó de las manos y le pidió con voz suave—: Por favor, *moya dusha*.

Ella le sostuvo la mirada durante un largo momento. Le resultaba frustrante que insistiera en intentar protegerla, no le gustaba que le dieran órdenes como si fuera una niñita sin sesera; aun así, en ese momento le vio hacerle un gesto al grupo de marineros que estaban esperando sus órdenes, y se dio cuenta de que estaba dispuesto a hacer que el bote de remos diera media vuelta. Era obvio que no iba a permitir que los desconocidos subieran a bordo mientras ella permaneciera en cubierta.

Después de lanzarle una mirada furibunda que presagiaba una terrible venganza, dio media vuelta y se dirigió hacia la escalera que bajaba a los camarotes.

La cuestión no radicaba en que no apreciara que Dimitri se preocupara por ella; de hecho, hacía tanto tiempo desde la última vez que alguien se había planteado si había que protegerla, que no podía negar la traicionera calidez que le inundaba el corazón.

Por suerte, era lo bastante sensata para entender lo peligroso que sería socavar la independencia que tanto le había costado obtener. Dimitri era una presencia pasajera en su vida. Cuando rescatara a Anya, regresarían juntas a Yabinsk y tendría que volver a asumir sus responsabilidades sola; además, tenía la dolorosa sospecha de que quería convertirla en una mujer indefensa que dependiera por completo de él, así que se rebelaba de forma instintiva. Jamás podría convertirse en alguien así.

En vez de quedarse en el camarote que había compartido con él, lo cruzó y fue al otro más pequeño. No quería que la distrajeran los recuerdos de aquellos días, no quería recordar cómo se había sentado en el tocador empotrado y él le había cepillado el pelo, ni cómo había reído encantada mientras la bañaba poco a poco y a conciencia en la tina de cobre, ni cómo la había alzado en sus fuertes brazos y la había llevado a la cama.

Se obligó a centrarse en Anya mientras se paseaba de un lado a otro, rezando para que estuviera cerca e indemne. Oyó llegar a Dimitri antes de lo que esperaba, y al verle entrar en el estrecho camarote con el rostro inexpresivo le preguntó sin preámbulos:

—¿Ha sucedido algo?

—El *Katherine Marie* ha llegado al puerto esta mañana.

Le sorprendió que lo dijera sin inflexión alguna en la voz. En un principio habían creído que podrían adelantar al barco del padre de Dimitri, que era más pesado, pero a los pocos días de zarpar una tormenta les había desviado de su curso y había dañado el mástil, así que había estado claro que iban a llegar más tarde de lo planeado por culpa del retraso.

Lo principal en ese momento era saber que el *Katherine Marie* había logrado llegar a puerto, y que no se habían equivocado al pensar que se dirigía hacia allí.

—Entonces… mi hermana está aquí —dijo, con un alivio inmenso.

—Eso parece.

—Gracias a Dios —al ver la frustración que se reflejaba en sus ojos, le preguntó desconcertada—: ¿Qué pasa?

—Huntley apostó guardias en el puerto, pero la tripulación de mi padre ha logrado descargar la mercancía y burlar la vigilancia. Tu hermana podría estar en cualquier parte.

La breve llamarada de esperanza empezó a apagarse. Buscar a un puñado de jóvenes en Londres iba a ser una ardua tarea que podía durar días e incluso semanas, y eso suponiendo que no las hubieran sacado de la ciudad.

—No han tenido tiempo de ir muy lejos, ¿no?

Pareció notar su creciente nerviosismo, porque se acercó a ella de inmediato y le tomó las manos.

—Vamos a encontrar a Anya, te lo aseguro.

La firme presión de sus manos y su cálida voz bastaron para disipar sus temores, y se sintió turbada al darse cuenta de lo profundamente que la afectaba aquel hombre. Era como si… no, ni siquiera iba a planteárselo. Dimitri Tipova había demostrado que podía seducir su cuerpo, pero no estaba dispuesta a permitirle que le robara el corazón.

Alzó la barbilla con esfuerzo, y se obligó a mirarle a los ojos.

—Has mencionado a un tal Huntley, ¿te refieres al duque?

—Sí, ¿le conoces?

Ella se tragó una respuesta cortante, ¿creía de verdad que una solterona procedente de un pueblecito ruso contaba con un duque entre sus amistades? Era una idea absurda, incluso teniendo en cuenta que su madre era inglesa.

—Por supuesto que no. Vanya me comentó que le había mandado una carta a la duquesa de Huntley para pedirle que me ayudara —sintió una punzada de dolor, y añadió con voz queda—: Supongo que fue otro engaño.

—Seguro que mandó esa carta, y Leonida está dispuesta a proporcionarte toda la ayuda que necesites sin haberlo consultado siquiera con su marido —sus labios se curvaron en una misteriosa sonrisa, y añadió—: Es tan cabezota y rebelde como tú.

—¿Cómo conociste a un duque inglés?

—Le presté un pequeño servicio a la duquesa hace unas semanas.

Emma se puso tensa, y sintió que una extraña sensación le constreñía el corazón; a juzgar por cómo hablaba de la duquesa, daba la impresión de que la conocía íntimamente.

—¿Qué clase de servicio?

—Me temo que se trata de un asunto privado del que no puedo hablar.

—Ya veo —se soltó de sus manos de golpe, y le fulminó con la mirada.

A él pareció desconcertarle su reacción, pero al cabo de un momento su sonrisa se ensanchó aún más.

—Vaya, vaya... ¿estás celosa, Emma Linley-Kirov?

Ella le lanzó una mirada llena de desdén. Era tan arrogante, que creía que estaba celosa en vez de... ¿de qué? ¿Furiosa?, ¿indignada? Preocupada. Eso.

—En absoluto, lo que pasa es que me preocupa que esté distraída y no pueda servirme de ayuda.

Él soltó una carcajada, y le rozó los labios con los suyos antes de decir:

—Prepara tus pertenencias, hay que iniciar la búsqueda cuanto antes. No podemos esperar a que anochezca.

Ella se sintió acalorada por culpa de aquel beso fugaz, y se apresuró a ir al camarote principal en un intento de ocultar su reacción.

—¿Por dónde piensas empezar? —le preguntó, mientras sacaba su bolsa de viaje de debajo de la cama y la llenaba con sus escasas pertenencias.

Él apoyó el hombro contra la pared. Al ver cómo la observaba, Emma tuvo la impresión de que lamentaba que el viaje hubiera llegado a su fin, pero se apresuró a quitarse de la mente esa idea tan peligrosa.

—Haré que mis hombres visiten los clubes de la zona.

Se incorporó al oír aquello, y le preguntó sorprendida:

—¿Crees que mi hermana podría estar tan cerca?

—No, pero los tripulantes del *Katherine Marie* estarán deseosos de saciar tanto su sed como otros apetitos después de un viaje tan largo, y espero que con el incentivo adecuado estén dispuestos a revelar dónde está la mercancía.

—¿Y qué piensas hacer tú?

—¿Yo?

—Si algo he aprendido de ti, es que siempre tienes un plan para sacar ventaja de las situaciones que se te presenten.

Sus ojos dorados se oscurecieron de repente, y antes de que Emma pudiera reaccionar, se acercó a ella y la abrazó.

—Espero que hayas aprendido muchas más cosas de mí, aparte de mi tendencia a urdir planes.

Ella se estremeció al oír su seductor tono de voz, pero con una determinación que la sorprendió posó las manos sobre su pecho en un claro gesto de rechazo.

—Ya sé que no soportas perder, Dimitri, pero no soy un reto.

—No, lo que eres es un tesoro... mi tesoro —la recorrió con la mirada de arriba abajo antes de añadir—: Y guardo con celo lo que me pertenece.

Emma se apartó de él, y siguió recogiendo sus cosas como si no notara el peso de su mirada.

—¿Qué piensas hacer cuando lleguemos a Londres? —le preguntó, en un claro intento de cambiar el tema de conversación.

Tras un tenso silencio, él soltó un suspiro de pura irritación y le contestó:

—Voy a pedirle a Huntley que me introduzca en los círculos de la alta sociedad.

—¿Qué? —soltó las medias que estaba doblando, y le miró sorprendida.

—Sería imposible buscar a tu hermana por toda la ciudad, debo intentar que sea ella la que venga a nosotros.

—¿Y quieres lograrlo codeándote con la alta sociedad?

—Lo que quiero es que se corra la voz de que soy un caballero adinerado que está de visita en el país, y que estoy dispuesto a pagar una gran suma de dinero para satisfacer mi predilección por muchachas jóvenes.

—¿Crees que los hombres que tienen cautiva a Anya contactarán contigo?

—Sí, si ofrezco el incentivo adecuado.

—Pero podrían tardar días en hacerlo.

Él asintió, y su rígida expresión se tiñó de pesar.

—Lo siento, Emma, pero debemos ser pacientes.

Ella apretó la mandíbula, ¿cómo podía pedirle tal cosa? Llevaba semanas siendo paciente, pero estaba harta de aquella sensación de impotencia. En ese momento tuvo ganas de ponerse a despotricar a voz en grito, de soltar imprecaciones por su frustrante incapacidad de encontrar a su hermana, pero se contuvo y se limitó a decir:

—¿Y qué pasa conmigo?

—Tú vas a ser mi esposa.

—¿Qué? ¿Te has vuelto loco? —el corazón le había dado un doloroso vuelco al oír aquellas palabras.

—He pensado que querrías participar en la búsqueda.

—Claro que quiero, pero... —se detuvo de golpe, y se humedeció los labios con nerviosismo.

—¿Pero qué?

—Podría hacerme pasar por criada; de hecho, sería preferible que pudiera pasar desapercibida.

Se sorprendió al ver la súbita furia que apareció en sus ojos, pero antes de que pudiera reaccionar, él le arrebató las medias y las echó a un lado antes de tomar su rostro entre las manos.

—Jamás podrías pasar desapercibida —le espetó, con voz acerada—. Escúchame bien, Emma: no vas a ir a ninguna parte sin mí.

—La decisión no está en tus manos.

—No seas tonta, se le abrirán muchas más puertas a la esposa de un aristócrata ruso que a una simple criada.

Aquello era cierto. Podía recorrer los bajos fondos de Londres en calidad de criada, pero no tendría acceso a los elegantes salones que frecuentaban los caballeros que comerciaban con jovencitas; aun así, la idea de hacerse pasar por la esposa de Dimitri le resultaba muy turbadora.

—Incluso suponiendo que me prestara a algo tan absurdo, nadie se creería que soy una dama refinada.

—No seas modesta, Emma; fuera cual fuese la ocupación de tu padre, salta a la vista que has recibido una buena educación —trazó su trémulo labio inferior con el pulgar, y añadió—: Cuando estés vestida con la ropa adecuada, nadie sospechará que estás interpretando un papel.

—Por desgracia, carezco de tu talento interpretativo.

—De acuerdo, quédate en el barco si así lo prefieres —su voz se tornó incitante y sensual cuando añadió—: Prometo venir a verte todas las noches para resguardarte del frío.

Ella se aferró a su solapa al notar que le flaqueaban las piernas, pero alcanzó a decir:

—Ni hablar.

—En ese caso, será mejor que nos pongamos en marcha. Huntley está esperándonos —la arrogante sonrisa que no se molestó en disimular reflejó lo satisfecho que se sentía de sí mismo.

CAPÍTULO 11

Al igual que la mayoría de casas de juego, el Club Bacchus era una mezcla de opulencia y depravación. Era un edificio de tres plantas situado en un callejón sin salida cercano a Brook Street, y oculto tras un muro alto custodiado por dos fornidos vigilantes. El pequeño vestíbulo conducía a un tramo de escalones de mármol, y al subirlos se llegaba a un enorme salón donde destacaban los espejos que cubrían las paredes desde el suelo hasta el techo. La luz de las arañas que colgaban del techo se reflejaba en ellos, e iluminaba con una intensidad casi deslumbrante la docena de mesas diseminadas por el suelo de mármol italiano. La mayoría ya estaban ocupadas por caballeros, y al ver la expresión tensa de sus rostros, Dimitri supo de inmediato que eran adictos al juego.

Los empleados de sus clubes tenían órdenes de prohibirle el paso a esa clase de hombres, porque siempre causaban problemas a sus establecimientos (por no hablar de a sus respectivas familias, claro), pero el Club Bacchus era conocido por la disipación de su clientela. En aquel lugar se ofrecían todo tipo de servicios, por muy pecaminosos que fueran.

Bajo el olor a rosbif y humo de tabaco subyacía el inconfundible hedor de la desesperación, pero Dimitri ocultó la repugnancia que sentía bajo una expresión de fría arrogancia al ver acercarse al tipo menudo que parecía estar al cargo.

El hombre se detuvo ante el acompañante de Dimitri, y le saludó con una profunda reverencia antes de decir con voz obsequiosa:

—Qué honor, Su Señoría. ¿Me permite que le ofrezca algo de beber?

Stefan, duque de Huntley, estaba recorriendo el salón con la mirada con mal disimulado desagrado, y parecía ajeno al revuelo que estaba causando su presencia... aunque no era de extrañar, porque estaba acostumbrado desde niño a ser el centro de atención.

Resultaba muy injusto que un caballero que había nacido en el seno de una familia rica y poderosa tuviera también la suerte de ser tan apuesto. Era un hombre alto y de excepcional forma física que había heredado las cinceladas facciones de su madre, que procedía de Rusia, y como a todo eso se le sumaban además su pelo oscuro y sus impactantes ojos azules, estaba acostumbrado a ser el centro de atención, aunque era un hombre que guardaba con celo su privacidad.

Huntley se había visto obligado a perseguir por toda Rusia a Leonida, su testaruda esposa, y había sido entonces cuando Dimitri le había conocido; de hecho, gracias a su ayuda habían logrado atrapar al villano que intentaba chantajear a la madre de Leonida.

—Un coñac —murmuró el duque, en respuesta a la pregunta del encargado del club.

—De inmediato —el tipo le hizo un gesto a un camarero para indicarle que se acercara, y le susurró algo al oído antes de volver a centrarse en el ilustre recién llegado.

A Dimitri no le extrañó que el pobre hombre estuviera tan ansioso. Stefan no ocultaba el desagrado que sentía tanto por la alta sociedad londinense como por los numerosos clubes que ansiaban tenerle como miembro; si el Club Bacchus lograra tenerlo como cliente, obtendría una imagen de respetabilidad de la que carecía hasta el momento.

—Podemos ofrecerle cualquier entretenimiento que desee,

Su Señoría. Se ha dispuesto un ligero refrigerio en la sala de dados, y hay mesas de billar al fondo del pasillo. Las peleas de gallos no empezarán hasta más tarde, pero si desea disfrutar de una encantadora compañía, puede subir a las habitaciones y elegir entre el apetecible surtido que ofrecemos, que está a su entera disposición.

—Eso es todo, puede retirarse —le dijo Stefan, con voz altiva.

—Por supuesto.

El tipo estuvo a punto de rozar el suelo con la nariz al hacer otra profunda reverencia y se fue así, caminando hacia atrás; después de ver cómo se alejaba, Huntley se volvió hacia Dimitri y le dijo en voz baja:

—Ya te advertí que este lugar era un antro sórdido y lleno de réprobos.

Dimitri no era tan escrupuloso como él, y contestó con una carcajada:

—¿Acaso esperas que un violador de jovencitas pase sus veladas gozando de paz y tranquilidad en White's o leyendo el periódico vespertino?

—Tienes razón —la expresión de Huntley se endureció; en cuanto se había enterado de la razón de la presencia de Dimitri en Londres, se había ofrecido a ayudar—. ¿Por dónde quieres empezar?

Dimitri lanzó una mirada hacia la escalera curva que subía a las habitaciones, y contestó con calma:

—Tú circula entre los jugadores, enseguida vuelvo.

Su amigo siguió la dirección de su mirada, y al ver a la rubia voluptuosa de provocativa sonrisa que estaba apoyada en la barandilla de hierro forjado, enarcó una ceja y dijo con sarcasmo:

—No sé si a tu esposa le parecería bien semejante *tête-à-tête*.

Dimitri apretó los puños. «Esposa»... casi todos los hombres se estremecían de miedo al oír aquella palabra. ¿Quién querría atarse de por vida a una sola mujer, que seguro que se creería con derecho a sermonearle hasta la saciedad?

Pero no era miedo lo que le hacía estremecerse cuando pensaba en Emma Linley-Kirov, sino una emoción a la que no quería ponerle nombre.

—En ese caso, será mejor que no se entere —ya había tenido una fuerte discusión con ella cuando se había visto obligada a quedarse en la mansión de los Huntley, preparándose para su presentación en sociedad.

—Las mujeres siempre consiguen averiguar esas cosas —le advirtió Huntley en tono burlón.

—No hay nada que averiguar, solo voy a hacer unas preguntas —por muy duque que fuera su amigo, él se había ganado a pulso su reputación de granuja despiadado, así que le espetó con sequedad—: Emma no se enterará de nada, a menos que hables más de la cuenta.

—Lo que tú digas —en sus ojos azules chispeaba un claro brillo de diversión.

—¿Te hace gracia algo?

—La verdad es que sí.

Dimitri se tragó un comentario cortante, y suspiró con resignación. Semanas antes, se había divertido de lo lindo a costa de Huntley al ver cómo le sacaba de quicio Leonida, así que resultaba comprensible que su amigo estuviera disfrutando a su vez al ver el desconcierto que sentía cuando tenía cerca a Emma.

—Eres muy vengativo, Huntley.

—Y tú te mereces lo que te ha deparado el destino, era inevitable.

—Estamos perdiendo el tiempo.

—Haré algunas preguntas con discreción para ver si averiguo algo, pero prefiero no permanecer aquí más tiempo del necesario.

—Me daré prisa.

—Sabia decisión.

Dimitri hizo caso omiso de aquel comentario burlón, y se dirigió hacia la escalera. Iba a interrogar a las rameras, no tenía intención alguna de hacer uso de sus servicios... aunque Emma no tendría derecho a quejarse si lo hiciera. Había sido ella la que había dado por terminada su relación, como si la pasión que ardía entre ellos fuera una nimiedad que podía quedar relegada al olvido de un plumazo.

Quizás sería conveniente que se viera obligada a darse cuenta de que era un hombre al que no le hacía falta suplicar para tener compañía femenina, que siempre había mujeres deseosas de disfrutar de su seducción.

Se obligó a dejar a un lado su irritación y a centrarse en la tarea que tenía entre manos, ya lidiaría más tarde con Emma Linley-Kirov.

Subió la escalera, y llegó a un salón con sofás en un chillón color carmesí. De las paredes colgaban ordinarios retratos de mujeres desnudas, pero el centro de atención se suponía que eran las que estaban sentadas en los sillones, apoyadas con languidez contra los cojines en distintos grados de desnudez.

Él las recorrió con la mirada, pero no prestó atención alguna ni a los voluptuosos cuerpos cubiertos apenas por finas gasas ni al súbito interés que apareció en aquellos rostros maquillados.

—Vaya, vaya... ¿qué tenemos aquí?

La rubia que momentos antes estaba apoyada en la barandilla se le acercó con paso insinuante, y se humedeció los labios mientras le recorría con la mirada. Dio la impresión de que estaba muy impresionada por cómo se amoldaba la chaqueta granate a sus anchos hombros, por cómo enfatizaban los calzones de satén negro la fuerza musculosa de sus largas piernas... aunque quizás lo que le había llamado la atención eran la esmeralda de su alfiler de pañuelo y el diamante que llevaba en la oreja; en cualquier caso, esbozó una sonrisa incitante y añadió:

—Hola, guapo.

Una morena se apresuró a acercarse también, y exclamó:

—Eh, Edwina, que me toca a mí —se colocó junto a él, y sacó pecho todo lo que pudo para que se viera bien.

—Nunca te ha importado compartir —le espetó la rubia.
—¡A callar!

Las dos se apresuraron a retroceder al oír aquella orden, que había salido de labios de una imperiosa pelirroja que caminaba hacia ellos. Estaba peinada con un recogido alto, y el vestido de satén color jade que llevaba enfatizaba sus exuberantes curvas.

—El caballero decidirá con cuál de las dos se queda —miró a Dimitri, y le preguntó—: ¿Desea catarlas a las dos antes de decidirse por una?

—Eso no será necesario. Prefiero que me conceda unos momentos a solas con usted, señora...

El rostro de la mujer se endureció un poco, y le contestó con cierta suspicacia:

—Pickford. ¿Seguro que no prefiere a alguna de estas muchachas más jóvenes?

—No, en esta ocasión no —intentó poner todo el encanto posible en su sonrisa.

Ella le contempló en silencio durante un largo momento, y supo ver el peligro letal que se ocultaba tras aquellas facciones masculinas tan perfectas. Era una mujer de mundo, así que no le costó darse cuenta de que el hombre que tenía delante podía llegar a ser muy peligroso.

—De acuerdo —dijo al fin.

Le condujo bajo la mirada curiosa de las demás hacia un largo pasillo, abrió la última puerta, y le hizo entrar en una salita. Los muebles eran macizos, y las cortinas de algodón a cuadros parecían fuera de lugar en un burdel.

Dimitri se sintió un poco culpable. Aquel era el espacio personal de aquella mujer, su hogar, y él era un intruso indeseado.

—Por aquí —le dijo ella con rigidez mientras le indicaba con un gesto que la siguiera hacia una puerta.

—Podemos quedarnos aquí mismo.

La mujer se volvió a mirarle, y le preguntó con suspicacia:

—¿Qué es lo que quiere de mí?

—Información, nada más.

—Esa es una mercancía peligrosa.

—Le aseguro que lo que me diga no saldrá de estas paredes.

—¿Por qué habría de confiar en su palabra?

—Porque mi madre se dedicaba a lo mismo que usted.

La señora Pickford se quedó pasmada ante aquella confesión tan inesperada, y su suspicacia fue dando paso a una comprensión mutua.

—¿Qué quiere saber?

—Varias muchachas han sido traídas a la fuerza desde San Petersburgo. Mi objetivo es encontrarlas y llevarlas de vuelta a casa.

—Si le han dicho que están aquí, le han engañado. En este club solo hay jóvenes inglesas como Dios manda, y todas están aquí por voluntad propia.

Al ver lo indignada que estaba, Dimitri se apresuró a alzar una mano en son de paz.

—Tranquilícese, señora Pickford. No sospecho que esté involucrada en la trata de esclavas, pero es una mujer de mundo.

Aquellas palabras la calmaron, y esbozó una pequeña sonrisa.

—Supongo que eso es una forma fina de decirlo.

—Es muy posible que haya oído rumores sobre caballeros que prefieren a muchachas muy jóvenes.

—Los caballeros así prefieren mantener en secreto sus gustos —la sonrisa se había desvanecido de sus labios.

—Aun así, ese tipo de asuntos tienen tendencia a saberse entre los que se dedican a este negocio.

—Si es cierto que su madre trabajaba en esto, debería saber que las que no aprenden a mantener la boca cerrada acaban flotando en el Támesis. Por mucho que el magistrado de Bow Street diga que ha conseguido que las calles sean seguras, los nobles siguen teniendo libertad para hacer lo que les plazca con la gente humilde.

Dimitri entendía sus temores... de hecho, sabía mejor que nadie lo que les sucedía a las rameras que hablaban más de la cuenta, lo había vivido en carne propia con su madre.

—Ya le he dicho que nadie sabrá jamás que hemos hablado, le doy mi palabra —al ver que se servía un whisky con manos temblorosas y se lo bebía de un trago, añadió con voz suave—: Señora Pickford, salta a la vista que es muy protectora con las jóvenes que tiene a su cargo.

—Alguien tiene que mantener a raya a esas bobitas, no tienen ni pizca de sentido común.

—Exacto —le sostuvo la mirada, y añadió con firmeza—: Por eso sabrá entender mi deseo de proteger a todas las personas que considero que están bajo mi responsabilidad.

Tras un tenso momento de silencio en el que dio la impresión de que iba a negarse a ayudarle, la mujer hizo acopio de valor y le dijo:

—Lo único que puedo contarle son rumores.

—Con eso me basta.

—Se dice que lord Sanderson tiene un interés malsano tanto en niñas como en niños.

—¿Vive en Londres?

—Sí, posee una casa en Mayfair.

Dimitri tomó nota mental de aquella información. No esperaba encontrar a las muchachas en una elegante mansión de uno de los barrios más exclusivos de la ciudad, pero era posible que pudiera encontrar allí alguna pista útil.

—¿Qué me dice de sus amistades?, ¿con quién se relaciona?

—Con el señor Timmons y sir Jergens.

Al ver que fruncía la nariz en un claro gesto de desagrado, le preguntó:

—¿Comparten sus gustos?

—Eso se comenta.

—¿Hay algún lugar en concreto donde pueden dar rienda suelta a sus fantasías?

—Se rumorea que hay... —se interrumpió sobresaltada al oír el chasquido de un tronco en la chimenea.

Dimitri le tomó las manos para intentar calmarla, y le preguntó con voz suave:

—¿El qué?

—Subastas secretas en las que a los invitados que pueden permitirse pagar el precio de la entrada se les ofrecen las chicas —en sus ojos se reflejaba una mezcla de rabia e impotencia.

A Dimitri no solía sorprenderle la depravación que podían llegar a alcanzar algunos hombres, pero eso no significaba que no ansiara pegarles un tiro en el corazón y dejar que murieran desangrados en alguna callejuela inmunda.

—¿Sabe dónde se celebran esas subastas?

—Siempre se cambia de sitio —soltó una carcajada llena de amargura, y añadió—: No quieren correr el riesgo de que les atrapen, son muy astutos.

—No lo suficiente —se sacó varias monedas del bolsillo interior de la chaqueta, y se las puso en la mano—. En pago por su tiempo —estaba ansioso por regresar a casa de los Huntley y ver a Emma, así que se dispuso a marcharse sin más demora.

—Señor...

Su voz le detuvo a escasa distancia de la puerta, y se volvió a mirarla con expresión interrogante.

—Dígame.

Ella se le acercó, y le sorprendió al darle un fuerte abrazo.

—Me han dado los suficientes golpes en la vida como para saber que la mayoría de hombres no valen nada, pero creo que usted es una excepción.

—Ojalá todo el mundo compartiera su opinión, señora Pickford —le contestó, con una sonrisa llena de ironía.

Emma se contempló atónita en el espejo de cuerpo entero. Había protestado con vehemencia cuando Leonida, duquesa de Huntley, había insistido en darle algunos de sus vestidos y en ordenarle a su doncella personal que se encargara de hacerles los arreglos necesarios, pero aquella beldad de rizos dorados y ojos azules (ojos que se parecían sobremanera a los del zar Alejandro) había aducido que una modista tardaría días e incluso semanas en prepararle un vestuario adecuado.

Y en cuanto a su empeño de hacerse pasar por criada... en fin, Stefan y Leonida habían aunado fuerzas y lo habían descartado de forma cortés pero tajante.

Se había sentido apabullada cuando había entrado junto a Dimitri en el vestíbulo de aquella mansión. Ni siquiera la hermosa casa de Vanya la había preparado para la doble escalinata que ascendía en una elegante curva hacia un descansillo con pilares de mármol, ni para la araña veneciana que derramaba su luz sobre la colección de estatuas griegas.

Aquella entrada tan imponente era una simple muestra del lujo que reinaba en la enorme mansión, y ella no había tardado en cejar en su intento de calcular el valor aproximado de los óleos que colgaban de las paredes y los objetos de arte que había por todas partes.

Y había sido entonces cuando Dimitri le había presentado a los duques de Huntley... Stefan, que tenía el pelo oscuro y un rostro delgado y aristocrático capaz de dejar sin aliento a cualquier mujer, y en cuyos penetrantes ojos azules se reflejaba una aguda inteligencia. Y a su lado estaba Leonida, que a primera vista le había parecido tan gélida y hermosa como la tundra en invierno.

De no ser por Dimitri, que se había acercado un poco más a ella y le había pasado la mano por la espalda en un gesto tranquilizador, habría huido aterrada de allí, pero al cabo de un instante los duques la habían sorprendido al acercarse a saludarla sonrientes; además de darle la bienvenida con calidez, le habían asegurado que harían todo lo posible por ayudarla a rescatar a Anya.

Leonida se la había llevado a sus habitaciones, había llamado a su doncella, y habían estado tomándole las medidas y probándole ropa durante horas; Dimitri y Stefan, por su parte, se habían esfumado.

En ese momento estaba mirándose en el espejo, y apenas podía creer la transformación que Leonida había logrado. El vestido de noche era de crepé con lentejuelas drapeado sobre una base de satén plateado. El corpiño dejaba los hombros al descubierto, y tenía pequeñas mangas farol y un lazo de terciopelo plateado atado bajo los senos. Llevaba la melena recogida en un peinado alto, y tenía las mejillas sonrosadas... la verdad era que nunca antes se había visto tan elegante, parecía una dama de verdad.

Se llevó la mano a uno de los botones con incrustaciones de diamantes, y dijo con indecisión:

—Es precioso, pero...

Leonida la instó a que se girara, y le dijo con voz firme:

—Nada de peros, estás deslumbrante.

Emma estaba convencida de que aquello era una exageración. Desde la muerte de su madre apenas había tenido tiempo para cuidar de su aspecto, pero eso era inconsecuente. Tenía preocupaciones mucho más importantes entre manos.

—Es el vestido, nada más —contestó, con voz queda.

—¿Cómo es posible que no te des cuenta de que tienes una belleza extraordinaria?

Se sintió un poco incómoda ante su empeño en hacerle creer aquello, porque ella solo se consideraba pasablemente atractiva, y empezó a pasearse de un lado a otro. Le encantaba la habitación que le habían asignado, había sido amor a primera vista, pero en ese momento estaba demasiado agitada para apreciar en su justa medida el precioso tono ámbar de las paredes, la alfombra persa, la cama con dosel, y los muebles tapizados en cretona.

Se dijo que su inquietud se debía a lo lejos que estaba de casa y al hecho de estar alojada en la mansión de un duque inglés, que cualquier mujer en su lugar sentiría lo mismo, pero una vocecilla traidora susurró en el fondo de su mente que estaba así por culpa de Dimitri Tipova, porque no sabía cómo iba a reaccionar cuando llegara y se enterara de que ella había insistido en tener habitaciones separadas.

Se enfadó consigo misma por permitir que aquel hombre exasperante volviera a adueñarse de sus pensamientos, y se obligó a centrarse en su conversación con Leonida. Se volvió hacia ella, y admitió:

—Anya siempre ha sido la beldad de la familia.

—Seguro que porque tú estabas dispuesta a ocultar tu belleza y dejar que ella destacara.

Emma nunca se había parado a pensar en los sacrificios que había tenido que hacer, ni se había dejado arrastrar por la amargura y la autocompasión; en su opinión, había sido muy afortunada en comparación con muchos otros.

—Hay quien me considera una solterona tiránica y malgeniada.

Leonida esbozó una sonrisa, y comentó:

—Nadie va a confundirte con una solterona al verte vestida así.

—Leonida tiene toda la razón, *moya dusha*. No habrá hombre que no desee poseerte en cuanto te vea.

Emma sintió que le daba un brinco el corazón al oír aquella voz profunda, y al volverse hacia la puerta vio entrar a Dimitri. La elegante chaqueta color rubí y el chaleco negro que llevaba no podían ocultar su potente masculinidad.

—Dimitri —su voz era apenas un susurro.

—No hace falta que me des las gracias por mi colaboración, Dimitri —dijo Leonida, con una sonrisa de oreja a oreja—. Ha sido un placer ayudar a Emma, es mi huésped y me alegro de tenerla en mi casa.

Dimitri no apartó la mirada de Emma al contestar:

—Deseo hablar con ella en privado.

Leonida le pasó el brazo por los hombros a su nueva amiga en un gesto que dejaba claro que estaba dispuesta a plantarle cara por muy peligroso que fuera, y preguntó con toda tranquilidad:

—¿Quieres que te deje a solas con él?

—Sí, no te preocupes —logró decirlo con voz firme a pesar de lo nerviosa que estaba. No temía que él pudiera hacerle daño, al menos desde un punto de vista físico, pero eso no disminuía el peligro.

—Si me necesitas, estaré en mis aposentos, al otro extremo del pasillo —Leonida fue hacia la puerta, pero se detuvo junto a Dimitri y le ordenó—: Ten cuidado.

—Su advertencia llega demasiado tarde, Su Señoría —le dijo él, con una pequeña sonrisa.

Ella soltó una carcajada, y se limitó a contestar:

—Me alegro.

—Y yo que creía que el vengativo era tu marido.

—Somos almas gemelas. Es un regalo que muy pocos consiguen, y Stefan y yo tardamos en saberlo valorar por pura cabezonería —miró a Emma con una expresión ilegible, y añadió—: Espero que vosotros seáis más sensatos —salió de la habitación con una críptica sonrisa, y cerró la puerta a su espalda.

Emma tragó con dificultad al quedarse a solas con él, y se estremeció al ver que la recorría con la mirada de pies a cabeza. Le relampagueó en la mente un recuerdo en el que le vio tumbado sobre su cuerpo, con los dedos hundidos en su pelo mientras hacían el amor con pasión desatada.

—¿Deseas algo?

—Sí, a ti.

Al ver que se acercaba, retrocedió de forma instintiva hasta que topó contra la pared. El corazón le latía a toda velocidad.

—Detente, Dimitri.

Él estampó las manos contra la pared, a ambos lados de sus hombros, y le preguntó ceñudo:

—¿Por qué has exigido que tengamos habitaciones separadas?

—Ya te dije antes de bajar del barco que nuestra...

—¿Aventura?

Por alguna razón, fue incapaz de pronunciar la palabra. Era como si negándose a darles nombre a las intensas sensaciones que crepitaban entre ellos pudiera lograr que se desvanecieran.

—Ya te dije que se había acabado.

—Y yo no estuve de acuerdo —sus ojos se oscurecieron, y hundió el rostro en la curva de su cuello—. Mmm... te he echado de menos —susurró, antes de deslizar los labios por la delicada piel de debajo de la oreja.

Ella le puso las manos en el pecho, y se aferró a las solapas de su chaqueta.

—Has sido tú quien ha decidido que debía permanecer aquí, he perdido el día entero adquiriendo un vestuario completo —intentó recordar todas las razones por las que debería abofetear el rostro de aquel hombre, por las que no tendría que estar derritiéndose bajo sus caricias.

—No ha sido una pérdida de tiempo —se echó un poco hacia atrás para poder mirarla de pies a cabeza, y añadió—: Estás... arrebatadora, aunque preferiría que no mostraras tanto. Supongo que la idea de vestirte con algo tan revelador ha sido de Leonida, ¿verdad? —sin darle tiempo a contestar, siguió con sus delicadas caricias y empezó a dejar un reguero de besos a lo largo de su clavícula.

Ella cerró los ojos, y luchó contra el anhelo de apretarse contra él.

—Tenemos que bajar a cenar, Dimitri —alcanzó a decir, con voz queda. Los pezones se le tensaron cuando él llegó a la altura de su escote y su cálido aliento le bañó la piel.

—Huntley está embobado con su esposa, lo más probable es que la cena se retrase.

Ella se estremeció, y de sus labios escapó un suave gemido de rendición. ¿A quién intentaba engañar? Aunque su cabeza estuviera convencida de que no era buena idea acostarse con Dimitri, su cuerpo entero ardía de deseo.

Él le rodeó la cintura con los brazos al darse cuenta de su

capitulación, y la atrajo contra su cuerpo musculoso mientras seguía recorriendo las curvas de sus senos con los labios.

Emma respiró jadeante mientras se aferraba a sus hombros con manos temblorosas. Se olvidó de que estaba decidida a mantenerle a distancia, y de que se suponía que debían bajar a cenar con los duques en menos de una hora. Lo único que le importaba era...

Se puso rígida al notar un inconfundible olor a perfume, y se puso furiosa. ¡Maldito sinvergüenza! Le había asegurado que pensaba dedicar el día a buscar a los posibles compradores de su hermana, pero llegaba a casa apestando al perfume de otra mujer.

Apretó los dientes, y le dio un empujón que estuvo a punto de hacerle caer de espaldas. Fue hacia la puerta hecha una furia, y la abrió de golpe.

—Sal de aquí.

—¿Qué sucede, *moya dusha*? —tenía el rostro acalorado, y su rostro ceñudo reflejaba la frustración que sentía.

—Eres un bastardo —le espetó, con la frente en alto.

—Muy cierto, pero eso lo sabías desde el principio. ¿Por qué estás tan enfadada?

—No vuelvas a besarme jamás apestando a otra mujer.

CAPÍTULO 12

El largo y formal salón de baile estaba tan ornamentado como cabía esperar. Las columnas de mármol con capiteles dorados flanqueaban hornacinas que contenían estatuas griegas, y el techo abovedado estaba decorado con un impresionante fresco.

Un cuarteto de cuerda intentaba hacerse oír por encima del bullicio del gentío en uno de los extremos, pero los elegantes aristócratas estaban centrados en pavonearse los unos ante los otros y apenas prestaban atención al entretenimiento... a menos que uno considerara que el escándalo y la seducción eran «entretenimiento», claro.

Dimitri no estaba de humor para pensar en lo absurda que era la sociedad londinense, ni lo irónico que resultaba que se hiciera pasar por uno de los aristócratas que tanto despreciaba. Estaba apoyado en una columna de mármol, mirando furibundo a través del salón a la mujer de pelo color miel que estaba rodeada de admiradores.

No era de extrañar que estuvieran tan deseosos de estar junto a ella, porque deslumbraba con una luz propia que eclipsaba incluso a las beldades inglesas más reputadas. Su belleza fascinante no tenía nada que ver con el vestido esmeralda bordado con perlas que lucía, sino con la tersa perfección de su piel y el misterioso brillo de sus ojos marrones.

Masculló una imprecación en voz baja al ver que un caballero demasiado atrevido ladeaba un poco la cabeza para poder tener una vista perfecta de su escote. La necesidad visceral de ir hacia allí como una exhalación, de dejar claro públicamente que aquella testaruda mujer era suya, fue como un puñetazo en el estómago; por desgracia, corría el riesgo de que ella le abofeteara si se atrevía a acercarse.

—No sé si lo sabes, Tipova, pero me costó un esfuerzo considerable conseguir invitaciones para esta fiesta en particular —le dijo Huntley, al detenerse a su lado—. Tendrías que estar aprovechando que Sanderson está aquí, en vez de pasar la velada mirando ceñudo a tu supuesta esposa desde una esquina.

—Eres un duque, todas las puertas están abiertas para ti —le contestó, sin apartar la mirada de Emma.

—Para mí, pero no para mi desconocido acompañante ruso que aún debe demostrarle a los miembros de la alta sociedad londinense que no es un salvaje que vive entre lobos y roe huesos.

Dimitri soltó un bufido burlón, consciente de que la mayoría de ingleses creían que Rusia era una tierra de salvajes. Aquellos presuntuosos engreídos estaban dispuestos a aceptar la ayuda de los rusos para vencer a Napoleón, pero no les parecían lo bastante civilizados como para pisar un salón inglés.

—Son unos zopencos pomposos.

—¿Quieres que te presente a Sanderson?

—No.

El duque frunció el ceño, y señaló hacia el gentío antes de decir:

—Si me has obligado a asistir a esta fiesta repugnante como castigo...

—Serénate, Huntley.

Por muy desorientado que estuviera en lo concerniente a Emma Linley-Kirov, era perfectamente capaz de planear la forma de atrapar a lord Sanderson. Por eso le había pedido a Huntley que consiguiera invitaciones para la fiesta de sir Jergens, y también por eso estaba merodeando entre las sombras en vez de ocupar el puesto que le correspondía junto a Emma... o mejor aún, de llevarla de vuelta al barco para poder pasar unas horas a solas con ella.

—Tú mismo me dijiste que nunca has ocultado la animadversión que sientes hacia Sanderson. Resultaría sospechoso que me lo presentaras y yo empezara a hacerle preguntas sobre sus asuntos privados.

—Haz lo que quieras, Tipova.

—Siempre lo hago.

Dimitri se tensó al ver que Sanderson se dirigía hacia la puerta acristalada que daba a la terraza; justo cuando estaba a punto de ir tras él, se volvió hacia Huntley de nuevo.

—Huntley...

—¿Qué?

—Mi capacidad interpretativa es inigualable, pero mataré a quien se atreva a tratar a Emma con demasiado atrevimiento —su mirada era acerada, y en su voz se reflejaba una frialdad letal—. Te aconsejo que te mantengas cerca de ella, para asegurarte de que no ocurra nada que me obligue a demostrar lo salvaje que puede llegar a ser este ruso —esperaba una sonrisa burlona a modo de respuesta, así que se sintió aliviado al ver que su amigo asentía con comprensión.

—No te preocupes, Tipova, nadie va a importunarla.

Después de lanzar una última mirada hacia ella, atravesó el salón con aparente despreocupación. La chaqueta negra y el chaleco plateado se ajustaban a la perfección a su cuerpo, pero no prestó la menor atención ni a las sonrisas claramente incitantes de las mujeres ni a las miradas llenas de suspicacia de los hombres. Su atención estaba centrada por completo en el hombre que acababa de salir por la puerta acristalada.

Al salir fuera escudriñó la terraza envuelta en sombras, y esbozó la sonrisa gélida de un depredador al ver a su presa. El rechoncho Sanderson estaba apoyado en la balaustrada de piedra, y bajó la mirada hacia el jardín antes de verter el contenido de su copa sobre las plantas.

—Es obvio que no soy el único al que le desagrada el champán de mala calidad —cruzó la terraza hacia él, y se sacó un frasco del bolsillo interior de la chaqueta—. Permítame.

El rostro orondo de prominente papada y larga narizota que ya estaba enrojeciéndose bajo el frío nocturno se volvió hacia él, y aquellos ojos hundidos se fijaron por un instante en el diamante del tamaño de un huevo de codorniz que adornaba su alfiler de corbata antes de centrarse en el frasco que le ofrecía.

—¿Qué es?

—El mejor vodka que se puede encontrar en todo Londres.

Sanderson agarró el frasco, y tomó un buen trago antes de devolvérselo.

—Supongo que usted es el cosaco, ¿no? —comentó, con una sonrisa burlona.

—Sí, soy ruso —lo dijo con frialdad, y le recorrió con una mirada altiva. Sanderson llevaba una chaqueta color burdeos que parecía a punto de rasgarse al intentar abarcar su abultada panza, y sus zapatos estaban visiblemente desgastados.

La sonrisita burlona se desvaneció, y Sanderson carraspeó con nerviosismo antes de preguntar:

—¿Qué le trae a Inglaterra?

—Huntley me invitó a venir durante su estancia en San Petersburgo. Me aseguró que aquí encontraría multitud de entretenimientos, pero por desgracia...

—¿Qué?

Dimitri se apoyó con naturalidad en la balaustrada, y fingió que ahogaba un bostezo. Estaba cebando el anzuelo para que su presa cayera en la trampa.

—Me he dado cuenta de que el pío duque y yo tenemos conceptos muy distintos de lo que resulta entretenido. Si deseara pasar los días en aburridos clubes de caballeros y las veladas acompañando a mi esposa de un salón de baile a otro, habría permanecido en Rusia.

Sanderson se le acercó un poco, y en sus ojos marrones apareció un brillo de interés.

—Le compadezco, Huntley siempre ha sido un santurrón insoportable.

Dimitri contuvo una sonrisa; tal y como esperaba, aquel hombre envidiaba a Huntley.

—Sí, es una lástima —se colocó bien el puño de la chaqueta, asegurándose de que el rubí de su anillo se viera bien bajo la luz de la luna, y añadió—: Un caballero tiene a su alcance un abanico tan amplio de posibilidades, que es poco menos que pecaminoso renunciar a disfrutar de todos los placeres disponibles.

Le lanzó una mirada de soslayo, y le vio humedecerse los labios. Su rostro se había tensado con una expresión de pura codicia.

—Tales placeres suelen ser muy caros —comentó Sanderson.

—¿De qué sirve poseer dinero si no se utiliza para disfrutar de la vida?

—Da la impresión de que somos caballeros con opiniones muy similares.

—¿Ah, sí?

—Si lo desea, podría mostrarle dónde disfrutar de ese tipo de entretenimientos que jamás contarían con la aprobación de Huntley.

Dimitri ocultó la satisfacción que sintió. Era un jugador avezado, y sabía lo importante que era no mostrar demasiado interés.

—Es un ofrecimiento muy generoso, pero me extraña que quiera hacer de guía de un extranjero al que no conoce de nada —lo dijo con fingida cautela, porque resultaría sospechoso que no le extrañara semejante ofrecimiento.

—Lo consideraré mi deber de caballero inglés —le contestó Sanderson, con una sonrisa meliflua.

—¿Por qué?

—No quiero que regrese a Rusia creyendo que todos los ingleses somos tan pomposos y aburridos como Huntley, debemos preservar nuestra reputación.

—¿Y qué más? —Dimitri se cruzó de brazos, y le miró con expresión ilegible.

—¿Qué quiere decir?

—Discúlpeme, pero soy un hombre muy desconfiado y prefiero que todas las cartas estén sobre la mesa.

La sonrisa de Sanderson se ensanchó. Era obvio que le complacía que Dimitri aceptara con naturalidad que su ofrecimiento tenía un precio.

—De acuerdo —se le acercó un poco más, y bajó la voz para que no le oyeran los invitados que paseaban por la terraza—. Creo que podemos ayudarnos mutuamente.

Dimitri apretó los dientes mientras contenía las ganas de retorcerle el pescuezo hasta que confesara la verdad; por desgracia, no sabía con certeza si Sanderson estaba compinchado con su padre y estaba implicado en el secuestro de las jóvenes, así que de momento no le quedaba más opción que conservar la paciencia y esperar a ver si aquel hombre le conducía a la verdad.

—Le escucho.

Sanderson miró con nerviosismo hacia la luz que salía a través de las puertas acristaladas y bañaba parte de la terraza. Su cautela era comprensible; al fin y al cabo, era mejor llevar a cabo las malas acciones bajo el amparo de las sombras.

—Usted desea que su visita a Londres sea memorable, y yo conozco varios establecimientos donde un caballero puede satisfacer todas sus necesidades.

—¿Todas?

—Todas.

Dimitri fingió que se lo pensaba durante unos segundos, y al final preguntó:

—¿Qué es lo que pide a cambio?

—Comparto su predilección por la aventura, pero al igual que muchos otros caballeros, mis finanzas no están en su mejor momento.

—Entiendo. Correré con los gastos de los dos, por supuesto.

Sanderson soltó una risita llena de malicia que daba grima, y dijo sonriente:

—¿Cuándo desea empezar?

Emma era la principal asombrada al verse convertida en objeto de fascinación de la elegante nobleza londinense; en un principio, creía que iban a descubrir de inmediato que era una impostora, pero sus temores habían resultado ser infundados y estaba rodeada de caballeros que competían por acaparar su atención.

Era consciente de que parte de aquel interés se debía a que había llegado en compañía de los duques de Huntley... y del brazo de Dimitri, que parecía aterrar a los nobles británicos con aquella belleza salvaje y el peligro que se vislumbraba en sus ojos dorados.

Era lo bastante mujer para admitir que, de no estar tan desesperada por descubrir alguna pista sobre su hermana, habría disfrutado de la velada, pero por desgracia, tuvo que contentarse con permanecer junto a Leonida con una sonrisa forzada mientras Dimitri seguía a Sanderson hacia la terraza con disimulo. Él le había contado lo que había averiguado en el burdel, pero se había negado de forma tajante a permitirle participar en la búsqueda de Anya... y por eso estaba decidida a actuar por su cuenta.

Se acercó un poco más a Leonida, y le susurró al oído:

—Ha llegado el momento.

La duquesa la apartó de los demás con disimulo, y le pidió con preocupación:

—Ten cuidado, por favor.

Emma ocultó una sonrisa. Se había enterado de que Leonida había huido desesperada a San Petersburgo y que en el viaje había tenido que enfrentarse a un secuestro y había corrido peligro de muerte, así que no era la más adecuada para sermonearla sobre la necesidad de ser cuidadosa.

—Solo voy a hacerle unas cuantas preguntas a la servidumbre, te juro que seré discreta.

—Y rápida —Leonida lanzó una breve mirada hacia su marido, que estaba de pie junto a una columna con una expresión gélida capaz de disuadir a cualquiera que quisiera acercarse a hablar con él—. Si Stefan se da cuenta de tu ausencia, saldrá en tu busca, y sé por experiencia propia que es difícil darle esquinazo; por no hablar de Dimitri, me estremezco solo con pensar en lo que diría si se enterara de que voy a permitirte que te escabullas.

Emma sintió que un escalofrío le recorría la espalda; si Dimitri se enteraba de que estaba buscando a Anya por su cuenta, la llevaría a rastras al barco y la enviaría de vuelta a Rusia sin pensárselo dos veces.

—Regresaré en un abrir y cerrar de ojos, no te preocupes.

Se abrió paso hacia la puerta que había en el otro extremo del salón sin hacer caso de quienes intentaban llamarle la atención, y al salir al pasillo fue dejando atrás la algarabía de los invitados mientras iba revisando las salas que encontraba a su paso. Al ver la opulencia reinante... los muebles de palisandro, las pinturas de vivos colores que decoraban los techos... se le formó un nudo en el estómago ante la posibilidad de que sir Jergens hubiera podido permitirse una mansión así gracias al tráfico de seres humanos.

Estaba llegando a la parte posterior de la casa cuando vio a una doncella atizando el fuego en un saloncito, y se detuvo en la puerta para rasgarse el bajo de la falda antes de acercarse a ella.

—Disculpa...

La doncella se apresuró a ponerse en pie, y se limpió las manos en el delantal. Tenía el rostro regordete, y de la cofia blanca escapaban varios mechones de pelo castaño.

—¿Qué desea, señora? —le preguntó, mientras hacía una pequeña reverencia.

—Un torpe patán me ha pisado el vestido, y se me ha rasgado el bajo de la falda. ¿Podrías ayudarme?

—Por supuesto. Sígame, por favor.

La condujo hacia un asiento que había junto a la ventana, y sacó una cesta de costura que había oculta en un rincón.

—¿Es un destrozo muy grande? —le preguntó Emma.

La doncella se arrodilló en la alfombra, y sacó aguja e hilo de la cesta antes de contestar:

—No, se lo arreglaré en un momento.

—Ya sé que no entra en tus obligaciones, eh...

—Maggie.

—Maggie, pero mi doncella tuvo que regresar a San Petersburgo por cuestiones familiares y aún no he contratado a nadie en su lugar.

—Es un placer ayudarla.

Emma esperó a que empezara a coser antes de decir:

—Se me acaba de ocurrir una cosa... quizás tú puedas ayudarme.

—¿En qué?

—Voy a necesitar una doncella durante el resto de mi estancia aquí, y aunque estoy convencida de que una joven inglesa estaría cualificada para el puesto, debo admitir que preferiría a una rusa. ¿Sabes dónde puedo encontrar a alguien adecuado?

Era obvio que aquellas palabras habían alarmado a la joven, pero a lo mejor era una simple reacción instintiva ante el hecho de que una supuesta aristócrata estuviera haciéndole preguntas.

—La mayoría de las agencias de servicios domésticos de la ciudad solo ofrecen personal inglés y francés, y se me ha ocurrido que a lo mejor conoces a alguna muchacha que pueda servirme.

—Eh...

—¿Acaso he dicho alguna inconveniencia?

Maggie bajó la cabeza de golpe, y se limitó a decir:

—No —daba la impresión de que estaba deseando acabar de coserle el vestido cuanto antes.

—Estoy dispuesta a pagarte por tu cooperación, Maggie.

—Lo siento, señora, pero no conozco a ninguna extranjera.

Emma se mordió el labio mientras la veía coser con hombros rígidos y manos temblorosas, y no supo si seguir presionándola al ver lo aterrada que estaba.

—¿Crees que alguna amiga tuya podría recomendarme a alguien? —le preguntó al fin.

La doncella se puso de pie a toda prisa, y dijo con voz atropellada:

—Ya está, como nueva.

—Maggie...

—Debo seguir con mis tareas —sin más, dio media vuelta y fue hacia la puerta como una exhalación.

—¡Espera!

Fue tras ella, mortificada por su falta de tacto, y no se sorprendió cuando salió al pasillo y no vio ni rastro de ella. Estaba claro que Maggie sabía algo, pero ¿el qué?, ¿y cómo iba a obligar a la pobre a confesar?

Diez minutos después, mientras recorría el laberinto de habitaciones y pasillos que configuraban la zona de la servidumbre, se detuvo y se tomó un momento para mirar bien a su alrededor. Los criados con los que se cruzaba la miraban con curiosidad y estaba claro que su presencia allí iba a generar murmuraciones, justo lo que quería evitar.

No tuvo más remedio que admitir que había metido la pata y decidió regresar al salón, pero al dar media vuelta se topó con un hombre corpulento de complexión oscura que parecía haber surgido de la nada. Su apariencia la sorprendió, porque llevaba una especie de pañuelo alrededor de la cabeza y una túnica también blanca sujeta con un cinto negro.

¿Quién era aquel hombre? Y más importante aún, ¿por qué estaba merodeando por la casa?

Abrió los labios para gritar de forma instintiva, pero antes de que pudiera hacerlo, él le tapó la boca con la mano y le rodeó la cintura con un brazo para poder alzarla y llevarla hacia una puerta cercana.

Ella empezó a debatirse, presa del miedo. Pesaba mucho menos que él y apenas le llegaba a la altura del hombro, pero eso no le impidió arañar la mano que le cubría la boca y patalear intentando golpearle.

Aquel bruto masculló una imprecación ahogada cuando logró darle en la rodilla, pero abrió la puerta con un pie y la llevó por un pasillo y un estrecho tramo de escaleras hasta llegar a un jardín de rosas de aspecto abandonado.

Emma cejó en su intento inútil de luchar con él. Aquel hombre era demasiado fuerte, su única esperanza estribaba en conservar las fuerzas y rogar para que se le presentara la oportunidad de escapar cuando la soltara.

Se estremeció al notar el frío aire nocturno, porque la fina tela del vestido no ofrecía protección alguna. Los inviernos ingleses no podían compararse a los de Rusia, pero aun así, no hacía un tiempo adecuado para estar a la intemperie sin un mero abrigo.

El desconocido la condujo hacia una gruta que había en el centro del jardín, la dejó en el suelo con brusquedad, y la hizo entrar en aquel lugar donde reinaba la oscuridad.

Ella trastabilló, desorientada, y estuvo a punto de caer de rodillas, pero una mano firme la sujetó del brazo con un cuidado que la sorprendió y la ayudó a permanecer en pie. Alcanzó a notar un intenso y agradable olor a especias exóticas y cálida piel masculina, y de repente aquella mano la soltó y la luz de una vela se abrió paso en la oscuridad.

Parpadeó ante el súbito cambio, y cuando sus ojos se habituaron a la luz, contempló al hombre que tenía delante. Su primera impresión fue que era tan exóticamente masculino como su aroma. A pesar de que estaba ataviado con una chaqueta negra en la que colgaba una leontina de oro y calzón blanco de satén, su apuesto rostro de facciones cinceladas y el tono dorado de su piel revelaban que era extranjero. Su pelo, oscuro como el cielo de medianoche y muy corto, enfatizaba tanto su frente ancha como los ojos negros en los que se reflejaba una aguda inteligencia.

Sintió que la recorría un estremecimiento. Aquel desconocido exudaba el exótico y letal encanto del desierto... días bajo el sol abrasador, noches frescas en un oasis entre los brazos de un hombre...

Él la observó en silencio durante un largo y perturbador momento antes de decirle algo en un idioma extranjero al hombre de la túnica, que había permanecido tras ella y se marchó en cuanto oyó aquellas palabras.

Cuando se quedaron a solas, el apuesto desconocido dejó la vela a un lado y se acercó a ella.

—Le ruego que me disculpe —murmuró, con una voz profunda que dejaba sin aliento—. Le he pedido a mi criado que la trajera ante mí, pero me temo que ha interpretado mi orden de forma demasiado literal.

Emma se humedeció los labios con nerviosismo. No se dejó engañar por aquella actitud cortés, estaba convencida de que aquel hombre le había ordenado al criado que usara cualquier método necesario para llevarla a aquella gruta.

—Sí, eso parece —entrelazó las manos para disimular cuánto le temblaban, y miró a su alrededor.

La gruta de mármol tenía las paredes decoradas con escenas pastorales, y había bancos bajo las ventanas. Parecía sorprendentemente amplia, pero su impresión era que el desconocido parecía dominar todo el espacio.

—¿Quién es usted? —le preguntó al fin.

—Un extranjero que está de visita en este país, al igual que usted —le contestó, con una reverencia.

A Emma no le pasó desapercibido el hecho de que aquellas palabras no revelaban información alguna, y le espetó:

—¿Y cree que eso le da derecho a ordenar que me lleven de un lado a otro como si fuera un trasto?

—Ya le he pedido disculpas —la sonrisa que esbozó al oírla acentuó aún más su exótica belleza.

—Pero no se ha presentado, ni me ha explicado por qué me ha traído a este gélido jardín.

—Creo que de momento será conveniente que ocultemos nuestras respectivas identidades... Emma.

—¿Cómo sabe que...?

—En Londres acechan más peligros de los que usted cree.

Ella se estremeció al oír aquello, y se preguntó si estaba enterado de por qué estaba en la ciudad. A lo mejor estaba compinchado con los secuestradores de su hermana.

—¿Me está amenazando?

—Estoy advirtiéndole que sea cuidadosa —posó la mano en su barbilla, y la instó con suavidad a que la alzara un poco—. Sería una tragedia que le pasara algo malo.

Emma contuvo las ganas de forcejear al notar la calidez de aquella mano y la caricia de su aliento en la mejilla; gracias a Dimitri Tipova, sabía reconocer a un depredador cuando uno la tenía acorralada.

—¿Qué es lo que quiere de mí?

—Había pensado que podríamos ayudarnos mutuamente, pero ahora que la tengo cerca, no sé si es una buena idea —su voz se enronqueció un poco, y posó la mirada en sus labios—. Es muy hermosa.

—Deténgase, se lo ruego.

Él hizo caso omiso de su trémula súplica, y trazó con los dedos las delicadas líneas de su rostro.

—Qué piel tan exquisita, qué pelo tan sedoso... y ojos del mismo color que mi gato adorado. Fascinante.

Al verle bajar la cabeza, se apresuró a ponerle las manos en el pecho para detenerle y sintió que se ruborizaba.

—No. Gritaré, se lo aseguro.

Él sonrió con pesar y se echó hacia atrás, pero en sus ojos oscuros relampagueó la promesa de que aquel beso solo se había aplazado.

—No tiene nada que temer de mí, solo deseo que sepa que no está sola en su búsqueda.

Emma sintió que se le paraba el corazón al oír aquello, y le preguntó:

—¿Mi búsqueda?

Él hizo ademán de contestar, pero de repente miró ceñudo hacia la puerta de la gruta.

—Alguien se acerca —la agarró de los hombros, y le dijo con expresión sombría—: Si desea que la ayude, no le hable a nadie de este encuentro.

—¿Por qué no?

—Porque al igual que el escorpión, prefiero permanecer en las sombras hasta que llegue el momento de atacar a mis enemigos.

Emma contempló en silencio aquel rostro moreno que revelaba un orgullo innato. Era obvio que estaba acostumbrado a dar órdenes y a que le obedecieran, aunque el hecho de que un hombre gozara de una posición de poder no implicaba que fuera de fiar. Ejemplo de ello eran los secuestradores de su hermana, que se suponía que eran nobles; aun así, algo en su interior le aseguraba que era digno de confianza.

—¿Cómo contacto con usted en caso necesario?

Él la miró con satisfacción, y antes de que pudiera impedírselo, le robó un beso breve y posesivo antes de susurrar:

—No se preocupe, estaré cerca en todo momento.

Aquellas palabras no acabaron de tranquilizar a Emma, que se estremeció al verle marcharse con sigilo y desaparecer entre las sombras del jardín; al cabo de un momento, salió también y fue hacia la casa. No sabía cómo reaccionar ante el hecho de que un hombre así estuviera vigilándola, aunque si realmente podía ayudarla a rescatar a su hermana, podía acechar entre las sombras todo lo que quisiera.

En vez de entrar a la casa por la puerta de servicio por donde la habían sacado al jardín, fue a toda prisa hacia la terraza que había en el extremo opuesto. Subió la escalera con rapidez y se dirigió hacia la puerta acristalada, pero se detuvo de golpe cuando Dimitri se interpuso en su camino.

—¿Se puede saber qué estás haciendo aquí fuera? —le preguntó, ceñudo.

Emma le miró sobresaltada. Tenía los nervios de punta, no estaba lista para lidiar con otro machito dominante. ¿Qué había hecho ella para tener que aguantar a hombres tan exasperantes?

—Ne... necesitaba un poco de aire fresco.

—¿Aire fresco?

—Sí.

—¿No será que querías escuchar a escondidas mi conversación con lord Sanderson? —le preguntó él, con suspicacia.

Se sintió aliviada al darse cuenta de que creía que le había seguido a la terraza. No era tan tonta como para revelarle el encuentro con el desconocido, sobre todo porque estaba convencida de que él lo usaría como pretexto para mantenerla encerrada en la mansión de los Huntley... o peor aún, para enviarla de vuelta al barco; además, existía la posibilidad de que el desconocido llegara a serle útil en el futuro.

—Mi presencia en la terraza no se debe a ninguna razón encubierta, Dimitri. He dado un breve paseo por el jardín, y estaba regresando al salón.

—¿Sola?, ¿dónde está Leonida?

—Seguro que en compañía de su encantador esposo.

—Ah —su expresión se suavizó, y se acercó un poco más para rodearle la cintura con los brazos—. ¿Estabas celosa, *milaya*? ¿Deseabas tener a tu lado a un caballero encantador, inteligente, y de lo más apuesto?

Ella se estremeció, y su cuerpo entero se tensó de deseo. Bajo la luz de la luna, despeinado por la brisa y con los ojos oscurecidos de deseo, tenía un aspecto salvaje y tentador.

La aterró la intensidad de sus propios sentimientos, el anhelo abrumador de que la tomara en brazos y la llevara hacia las sombras del jardín, y se obligó a retroceder y a enfrentarse a su mirada ardiente con la frente en alto en actitud desafiante.

No estaba dispuesta a permitir que la manipulara nadie... ni Dimitri Tipova, ni el desconocido de la gruta. Esbozó una sonrisa burlona, y admitió:

—Sí, pero por desgracia, aún no he conocido a un hombre así.

CAPÍTULO 13

Dimitri era incapaz de centrarse en la conversación que estaba manteniendo con Huntley sobre las implicaciones políticas del reciente Congreso de Verona. Su falta de atención no se debía a que fuera ajeno al peligro inherente de la inestabilidad que reinaba en España y la propuesta de intervención de Francia (Alejandro Pavlovich se había ofrecido a enviar ciento cincuenta mil soldados al Piemonte para sofocar el levantamiento de los jacobinos, y ese mero hecho revelaba que el peligro de que estallara una guerra era muy real), pero las riñas entre Metternich, Wellington y Chateaubriand le parecían algo muy distante en aquella tarde invernal.

Tenía la mirada fija en el jardín escalonado, que alcanzaba a verse en todo su esplendor gracias a la hilera de ventanales que iban desde el suelo hasta el techo, y las nubes grises que encapotaban el cielo reflejaban a la perfección lo malhumorado que estaba.

Huntley se levantó del escritorio de nogal al notar su inatención y lo tenso que estaba, y cruzó el suelo de mármol blanco de la biblioteca antes de preguntar:

—¿Cómo va la cacería?

—Avanza con lentitud.

Dimitri hizo una mueca de desagrado al pensar en los despreciables entretenimientos que había tenido que aguantar en los últimos días. Había presenciado tanto una pelea de perros como combates de boxeo con pugilistas ebrios, había ido a garitos de juego de mala muerte y a burdeles donde se satisfacían todo tipo de perversiones, pero en ninguno de aquellos sitios se ofrecían el tipo de jovencitas que le había pedido a lord Sanderson.

—Espero poder convencer a mi presa de que me confíe sus secretos esta misma noche.

—Solo han pasado dos semanas, no puedes esperar milagros.

La risa carente de humor de Dimitri resonó en la elegante biblioteca, que era lo bastante grande como para dar cabida a un batallón.

—No, pero te aseguro que Emma sí que los espera.

—Es comprensible, salta a la vista que está muy preocupada por su hermana.

Dimitri apretó los puños. Entendía a la perfección la preocupación de Emma, sabía mejor que nadie cuánto la atormentaba la ausencia de su hermana y que estaba decidida a rescatarla a cualquier precio, pero se sentía frustrado por las barreras impenetrables tras las que se había parapetado desde que estaban en Londres.

—Entiendo su impaciencia, pero no puedo permitir que sus emociones la lleven a cometer alguna imprudencia. Intentará tomar el asunto en sus manos si cree que soy incapaz de rescatar a Anya.

—Si me hubieras preguntado a mí, te habría advertido de los peligros que entraña involucrarse con una mujer obstinada.

—No me hacen falta advertencias, estoy más que familiarizado con tales peligros. ¿Estás seguro de que Leonida la tiene bien vigilada?

—¿Por qué lo preguntas?

Dimitri dio media vuelta con brusquedad, y fue hacia una de las estanterías con paso rígido antes de admitir:

—Creo que Emma está ocultándome algo.

—Es una mujer, Dimitri. Está en su naturaleza desconcertarnos y despertar nuestra suspicacia.

—No todas las mujeres son así —lo dijo con total convicción. ¿A cuántas mujeres había tomado bajo su protección a lo largo de los años?, ¿cuántas habían permitido encantadas que las protegiera de las crueles injusticias que las amenazaban?—. Algunas entienden la necesidad de depender de un hombre y dejar que sea él quien tome las decisiones, y no luchan a toda hora por ser independientes.

—Si tú lo dices... —Huntley tuvo la delicadeza de intentar ocultar la diversión que sentía al verle tan desconcertado—. ¿Por qué crees que te oculta algo?

Dimitri siguió paseándose de un lado otro, ceñudo y lleno de frustración. Al principio había creído que la extraña actitud furtiva de Emma se debía a que estaba enfadada porque él le había prohibido salir en busca de su hermana, y le había parecido comprensible que quisiera castigarle por ello. Pero con el paso de los días no había tenido más remedio que admitir que no era una mujer dada a guardar rencores. Si estuviera enfadada con él le abofetearía, no se limitaría a estar enfurruñada a sus espaldas.

Estaba claro que tenía algo en mente, algo que quería ocultarle.

—Me lanza miradas de culpabilidad cuando cree que no me doy cuenta —murmuró, consciente de que lo que estaba diciendo sonaba absurdo—. Y da pequeños respingos cuando entro en una habitación de improviso, como si la sobresaltara mi presencia.

Huntley esbozó una sonrisa, y se acercó a él antes de decir:

—¿Se te ha ocurrido pensar que se pone nerviosa en tu presencia por la misma razón que te tiene paseándote de un lado a otro como una fiera enjaulada?, ¿que está turbada por la misma razón por la que tú aterrorizas con esa mirada furibunda a todo el que tiene la mala suerte de cruzase en tu camino?

A Dimitri no le hacía ninguna gracia que el duque se divirtiera a sus expensas, pero le preguntó ceñudo:

—¿Cuál es esa razón?

—El deseo.

—Eso no es de tu incumbencia —le espetó, con una aspereza que contenía una clara advertencia.

—No estoy ciego, Tipova. Es obvio que habéis tenido relaciones íntimas. Quizás podríais recobrar la compostura y concentraros en lo que os ha traído a Londres si volvieras a llevarla a tu lecho.

Dimitri se echó a reír ante lo absurdo de aquellas palabras. ¿Acaso creía que él había elegido por voluntad propia aquel celibato forzoso? Dios, habría preferido que le emplumaran con alquitrán antes de pasar otra noche más solo en su cama.

—No fue mía la decisión de tener habitaciones separadas.

—Ah —Huntley le miró con conmiseración.

Parecía quedar implícito que Emma había decidido no seguir compartiendo su lecho porque era un torpe en tales menesteres, pero como no tenía necesidad alguna de alardear de su maestría, Dimitri se centró en hacerle entender a su amigo lo frágil que era ella en realidad bajo aquella fachada de fortaleza inquebrantable.

—Emma se ha visto obligada a asumir responsabilidades que habrían hundido a la mayoría de mujeres.

—Sí, ya me lo imaginaba.

—Tuvo que tomar decisiones poco convencionales tras la muerte de su padre, y a raíz de eso se convirtió en el blanco de habladurías maliciosas. Se sentiría muy herida si Leonida pensara que no es toda una dama.

—Tanto mi esposa como yo le tenemos mucho afecto, seríamos incapaces de menospreciarla —era obvio que le había ofendido la mera insinuación.

—Quizás podríais convencerla vosotros de su valía, yo no lo he conseguido.

Huntley observó su expresión velada durante unos segundos antes de comentar:

—No sé por qué, pero tengo la impresión de que ni siquiera lo has intentado.

Dimitri se tragó un suspiro ante la molesta perspicacia de su amigo, y se obligó a confesar:

—Emma era virgen antes de convertirse en mi amante.

—Pero no la...

—¿Que si la forcé? No, claro que no, pero ella está convencida de que la seduje. Se dijo a sí misma que me aproveché de su inocencia, porque así se quedaba con la conciencia tranquila.

—¿Y ahora?

Dimitri tardó un largo momento en contestar. ¿Qué diablos quería Huntley?, ¿que confesara que su relación con Emma había ido mucho más allá de un corto revolcón para saciar su deseo? ¿Que admitiera que necesitaba que no se limitara a ser una amante reacia?

—Ahora quiero que acepte compartir mi lecho porque es ahí donde desea estar, no porque yo la seduzca —admitió, en voz baja.

Huntley le dio una palmada en la espalda antes de decir:

—El orgullo es un frío compañero, Tipova. Te lo dice por experiencia propia un hombre que ha cometido una buena cantidad de errores.

Dimitri fue hacia la puerta, porque no quería seguir hablando de Emma ni de aquellas desconcertantes emociones que no le daban tregua.

—Sanderson ya debe de estar esperándome.

Arriba, en el saloncito privado de la duquesa de Huntley, dicha dama y su invitada parecían estar posando para un retrato.

Leonida estaba sentada en un asiento de brocado, ataviada con un vestido lila que combinaba a la perfección con su belleza rubia; al otro lado del saloncito de techo abovedado y paredes decoradas con murales estaba Emma, con un vestido a rayas azules y plateadas y una pelliza de terciopelo azul con grandes botones de plata, mirando por la ventana.

Ellas no eran conscientes de la bella estampa que formaban. Emma tenía la mirada fija en Dimitri, que estaba cruzando el jardín trasero en dirección a la puerta que daba al callejón, y a pesar de la distancia se dio cuenta de lo guapo que estaba. El abrigo con capa que llevaba realzaba la anchura de sus hombros, y su rostro bronceado de belleza salvaje estaba bañado por una luz tenue.

No pudo contener una oleada de deseo al verle, pero la enfurecía que él volviera a salir en busca de su hermana mientras ella se veía obligada a quedarse en casa, esperando a que regresara como un perro adiestrado.

—Si el té no te apetece, puedo pedir que te traigan otra cosa.

Se volvió al oír el comentario de Leonida, y dejó su taza de Wedgwood sobre la mesa antes de decir:

—¿Arsénico?

—No merece la pena morir por un hombre.

—No te lo he pedido para mí, te lo aseguro.

Leonida se echó a reír, y comentó sonriente:

—Me caes muy bien, Emma Linley-Kirov.

—¿Por qué se molestó en traerme a Londres si pensaba olvidarse de mi existencia? —masculló, enfurruñada. Se acercó a la chimenea, y jugueteó distraída con las figuritas de jade que había sobre la repisa.

—A juzgar por las miradas ardientes que te lanza, no ha podido olvidarse de tu existencia ni por un momento.

Emma no pudo contener un estremecimiento. Era más que consciente de las miradas ardientes que le lanzaba Dimitri, el aire parecía arder en llamas cada vez que le tenía cerca.

Para ser sinceros, ella había pasado más de una noche en vela, anhelando sus caricias, pero había decidido poner fin a la aventura; además, dicha decisión se había afianzado cuando se había dado cuenta de que le sería imposible ocultarle sus secretos a Dimitri Tipova si compartía el lecho con él. ¿Cuánto tardaría en averiguar aquel hombre incorregible que ella estaba investigando por su cuenta, y que se suponía que un desconocido estaba vigilándola?

Por muy fuerte que fuera la tentación, debía tener muy presente que él tenía sus propios motivos para estar en Londres, y que estaría dispuesto a sacrificarlas tanto a Anya como a ella con tal de conseguir sus propósitos.

—Puede que desee tenerme en su lecho, pero se niega a dejarme participar en la búsqueda de mi hermana —dijo, con voz llena de amargura—. Se niega a admitir que yo pueda tener algún valor más allá de mi cuerpo.

—La estupidez de los hombres resulta lamentable.

—Supongo que no incluyes a tu esposo en esa valoración tan negativa del sexo opuesto.

—Por supuesto que sí, me costó mucho adiestrar a Stefan. Antes era tan arrogante e insensible como Dimitri, y al igual que él, era incapaz de aceptar el hecho de que una mujer puede tomar sus propias decisiones.

—¿Crees de verdad que alguna mujer podría llegar a adiestrar a Dimitri Tipova?

—No me preguntarías eso si conocieras a Edmond, el hermano de Stefan —Leonida dejó a un lado su taza, y se puso de pie antes de añadir—: La pobre Brianna sufrió un verdadero tormento antes de casarse con él, pero ahora está loca de felicidad.

Emma sintió que el corazón se le constreñía con una emoción peligrosamente parecida a la envidia. Sería una necia si creyera que lo suyo con Dimitri era algo más que una aventura pasajera. Lo que le deparaba el destino era una pequeña casa de postas en Yabinsk, y tener la ilusión de aspirar a algo más era una temeridad que acabaría por dejarla con el corazón roto.

—Ya basta de hablar de Dimitri Tipova. Estoy aquí para rescatar a Anya, nada más.

Leonida no se tomó a mal su tono áspero, y le contestó con calma:

—Por supuesto, dime en qué puedo ayudarte.

Emma respiró hondo para intentar recobrar la compostura, y al cabo de unos segundos dijo con voz más serena:

—Tu doncella ha tenido la amabilidad de hacer algunas pesquisas, y se ha enterado de que lady Sanderson suele ir a pasear por Green Park a última hora de la mañana.

—En ese caso, será mejor que nos pongamos en marcha.

Emma salió tras ella del saloncito y la siguió por el largo pasillo; mientras bajaban la escalinata de mármol, comentó:

—No hace falta que me acompañes, Leonida. Ya has hecho más que suficiente por mí.

—No digas tonterías —se detuvo en el vestíbulo, y una doncella se apresuró a entregarle una capa beige ribeteada en piel y un sombrero a juego—. Voy a ir contigo, y no se hable más.

—No puedo permitir que te pongas en peligro —le dijo, mientras se ponía a toda prisa unos guantes y un precioso sombrero decorado con lazos azules de terciopelo.

—¿Qué tiene de peligroso salir a pasear por Green Park con dos fornidos lacayos?

A juzgar por su expresión decidida, estaba claro que no iba a dar su brazo a torcer, así que Emma soltó un suspiro de resignación y comentó:

—Eres muy testaruda.

Leonida se echó a reír, y admitió:

—Eso me han dicho.

Tras una breve espera, uno de los lacayos detuvo frente a la puerta un carruaje negro con el emblema del duque de Huntley pintado en el lateral, y poco después estaban sentadas en los asientos de cuero con mantas sobre las piernas y ladrillos calientes bajo los pies.

Emma se puso a mirar por la ventanilla de forma instintiva, y suspiró admirada cuando enfilaron por Park Lane. Contempló con interés Grosvenor House, una mansión palaciega con el exterior de estuco y salientes de dos pisos que se alzaba, grandiosa y altiva, con vistas a Hyde Park. Londonderry House era menos llamativa, ya que el diseño original de Stewart destacaba por su simplicidad. En ese momento, estaban sometiéndola a importantes reformas.

Leonida comentó que era lady Londonderry la que estaba pagando las obras, ya que quería tener un escenario adecuado para sus famosos diamantes, y añadió:

—Londres no es una ciudad tan elegante como San Petersburgo, pero tiene su propio encanto, ¿verdad?

—Sí, es tal y como me la describía mi madre.

—Ah, sí, Dimitri mencionó que era inglesa.

Emma asintió, y sintió un dolor agridulce al recordar cómo solía sentarla en su regazo y hablarle de su tierra natal.

—Ella solía hablarme de la tierra que dejó atrás cuando se marchó a Rusia por su trabajo de niñera. Yo tenía muchas ganas de venir a conocerla, aunque no en estas circunstancias.

—¿Piensas ponerte en contacto con tus parientes mientras estás aquí?

Emma no había querido contactar con ellos tras la muerte de su padre, porque no quería parecer una patética huérfana en busca de limosna... y siendo sincera, la verdad era que en el fondo había sentido el temor de que sus parientes no la consideraran una tutora apropiada para Anya, y no había querido correr el riesgo de que se la arrebataran.

Sabía que había sido muy egoísta... y a juzgar por lo que había pasado en los últimos tiempos, muy estúpida.

Si hubiera dejado que Anya se fuera a vivir con una familia tradicional, a un hogar estable con una madre que podía dedicarle tiempo a sus hijos, a lo mejor habría madurado y habría dejado atrás su necesidad de llamar la atención.

—Puede que lo haga cuando Anya esté a salvo —se negaba a plantearse siquiera la posibilidad de no llegar a encontrarla—. Sería agradable conocerles, llevamos mucho tiempo solas.

—No estás sola, Emma —Leonida se inclinó hacia delante, y le agarró la mano—. No volverás a estarlo nunca más.

Aquella cálida muestra de afecto derritió un poco el gélido temor que tenía anudado en el estómago. Resultaba irónico, ¿cuántas veces había oído a los humildes habitantes de su pueblo quejarse del frío desdén y el egoísmo de los aristócratas? Y aun así, a ella no la habían ayudado en nada sus vecinos, mientras que aquella mujer que había nacido entre lujos y riquezas no había dudado en ofrecerle su amistad y abrirle su casa.

—Gracias —le contestó, con una voz que rezumaba sinceridad.

El carruaje se detuvo en ese momento, y los lacayos se apresuraron a abrir la puerta y bajar el estribo.

—Ya estamos aquí —Leonida le guiñó el ojo en un gesto de complicidad antes de que los lacayos las ayudaran a bajar con un cuidado exquisito.

Entraron en el parque con los fornidos lacayos siguiéndolas a una discreta distancia, y Emma se quedó sorprendida a ver la gran cantidad de gente elegantemente vestida que paseaba por la enorme zona verde.

—¡Cielos! No sabía que era un parque tan grande, ¿cómo vamos a encontrar a lady Sanderson?

—No te preocupes, las damas refinadas solo frecuentan unos cuantos caminos —la tomó del brazo, y la condujo hacia una hilera de árboles—. Por aquí.

—¿Adónde vamos?

—Al Queen's Walk, es un camino que discurre junto al lago.

Caminaron en silencio, disfrutando de aquella sensación de paz que era tan difícil de encontrar en una ciudad; al cabo de unos minutos, Leonida se volvió a mirarla, y le llamó la atención la pequeña sonrisa que curvaba sus labios.

—¿En qué estás pensando?

Emma respiró hondo, consciente de la historia que la rodeaba; por muy bella que fuera San Petersburgo, aún no tenía los siglos de historias y recuerdos que envolvían a Londres en un manto de misterio.

—Mi madre me contó que Green Park se creó por orden del rey Carlos II, pero que un día, mientras paseaba entre ciervos y templos junto a su reina, esta le descubrió ofreciéndole un ramillete a otra dama, y a partir de entonces no se permitió que en él crecieran más flores.

Leonida se echó a reír, y comentó:

—Quién sabe si es cierto o no. Lo que puedo decir con certeza es que los templos fueron destruyéndose con el paso del tiempo durante las celebraciones, por no hablar del accidente con fuegos artificiales que provocó un terrible incendio. Aunque no me quejo, la naturaleza pura y libre de la mano del ser humano tiene mucho encanto —se inclinó un poco hacia ella, y le susurró al oído—: Creo que la mujer de la capa color burdeos y el perro que está ladrando es lady Sanderson.

Emma miró con disimulo a la mujer en cuestión, que estaba intentando sujetar la correa de un perrito muy revoltoso, y se quedó atónita. ¿Cómo era posible que aquella mujer rechoncha ataviada con una estridente capa de terciopelo y sombrero a juego fuera una dama de la alta sociedad? Parecía la mujer de un carnicero... tenía las mejillas regordetas y rubicundas, y un flácido moño en la nuca del que colgaban varios rizos castaños.

—¿Lo dices en serio?

—Se rumorea que tenía una cuantiosa dote, aunque lord Sanderson no ha tardado en dilapidar esa fortuna. ¿Cómo piensas propiciar un encuentro?

—No tengo ni idea.

Mientras iban hacia ella, lady Sanderson se detuvo porque la correa se había enredado en un arbusto, y Emma tuvo una idea al ver que se enderezaba y las miraba con asombro.

—¡Qué perrito tan mono! —dijo, sonriente, mientras le daba un apretón en el brazo a Leonida para que le siguiera el juego—. ¿Verdad que es precioso, Su Señoría?

—Realmente precioso —Leonida contuvo a duras penas una mueca al ver que el animal se revolcaba en un charco de barro, y preguntó—: ¿Dónde lo encontró?

Los anodinos ojos marrones de la mujer se abrieron como platos. Era obvio que estaba aterrada y atónita ante el hecho de que la elusiva duquesa de Huntley le dirigiera la palabra.

—Su Señoría, es un ver... —se interrumpió de golpe, y luchó por recobrar la compostura—. Lancelot fue un regalo de mi padre.

Leonida esbozó una sonrisa cortés, y se limitó a decir:

—Usted es lady Sanderson, ¿verdad?

—Sí. Sí, lo soy.

—¿Sanderson? —Emma ladeó la cabeza en actitud pensativa—. No sé por qué, pero ese apellido me resulta familiar... ah, sí, su marido ha tenido la gentileza de ofrecerse a enseñarle la ciudad a Dimitri.

Aunque la mujer esbozó una rígida sonrisa, Emma había alcanzado a vislumbrar el odio que había relampagueado en sus ojos ante la mención de su marido, y sintió que la recorría un escalofrío de conmiseración; a pesar de lo difícil que había sido su vida, al menos no la habían casado con un hombre que le causaba repugnancia. El dinero, las fiestas exclusivas y las mansiones en Mayfair no compensaban el hecho de tener que soportar semejante tortura.

—¿Ah, sí?

—Sí, creo que también están tratando varios asuntos de negocios.

Lady Sanderson la miró con perplejidad, y contestó:

—¿Negocios? Creo que se equivoca.

Emma soltó una risita. Se sentía mal por engañar a aquella pobre mujer, pero no tenía otra opción.

—Puede ser, Dimitri siempre está regañándome porque no comprendo bien lo que se me dice —hizo una pausa deliberada antes de añadir—: Aun así, estoy convencida de que me comentó que lord Sanderson está buscando un comprador para una propiedad que desea vender.

—Eso es imposible. La finca familiar de mi marido está vinculada al título, a pesar de sus esfuerzos por alterar el testamento. No tiene autoridad para disponer de ella.

—Tengo la impresión de que lo que quiere vender no forma parte de la finca; por lo que Dimitri me dijo, me pareció entender que se trataba de una casa o un edificio que apenas se utiliza.

Su hermana y las demás tenían que estar en algún lugar de Londres, y si Sanderson era tan estúpido como Dimitri decía, lo más probable era que las hubiera ocultado en un lugar que le resultara conveniente, en vez de optar por un escondrijo que no le señalara de forma directa en caso de salir a la luz.

—A lo mejor se trata de una tienda —soltó otra risita, y añadió—: ¿Lo ve?, se me da fatal recordar lo que me dicen.

—Mi padre posee varios almacenes en Cutler Street, pero le aseguro que no están en venta —era obvio que la conversación la había puesto nerviosa. Hizo una torpe reverencia a modo de despedida, y dijo aturullada—: Si me disculpan, debo irme a bañar a Lancelot —agarró al perro, y se marchó a una velocidad sorprendente en alguien de su considerable gordura.

La siguieron en silencio con la mirada, y Emma comentó al fin:

—Tiene bastante prisa.

—Sí, ya me he dado cuenta —Leonida se colocó delante de ella, le agarró las manos, y la miró con obvia preocupación—. Emma...

—¿Qué?

—Estoy dispuesta a hacer todo lo posible por ayudarte a encontrar a tu hermana, pero no puedes ir a los almacenes de Cutler Street sin protección —le apretó las manos, y añadió con insistencia—: ¿Entiendes lo que te estoy diciendo?

Emma le ofreció una disculpa silenciosa a la mujer que la

había tratado con tanta generosidad, y contestó con una sonrisa forzada:

—Por supuesto.

Para cuando el carruaje se detuvo en la oscura y estrecha calle, el instinto que Dimitri había desarrollado y afinado en los bajos fondos de San Petersburgo estaba en alerta total. Los grandes edificios deshabitados y las redes de callejuelas eran un refugio perfecto para los criminales... y el lugar ideal para una trampa.

Se movió con disimulo en el asiento de cuero al meter la mano en el bolsillo del abrigo, y sus dedos se cerraron con familiaridad alrededor de la empuñadura de la pistola cargada que llevaba allí. También llevaba dos cuchillos enfundados, uno en la base de la espalda y otro dentro de una bota. Si Sanderson era lo bastante estúpido como para tomarle por el típico aristócrata pusilánime, iba a llevarse una desagradable sorpresa.

—¿Está seguro de que esta es la dirección correcta?

Curvó los labios en una mueca despectiva, amparado por la oscuridad, al verle tomar un buen trago de una botella de brandy. En un vecindario como aquel había que mantenerse alerta, era una necedad embotarse la mente con alcohol.

—Del todo —le contestó Sanderson, con voz socarrona, antes de abrir la portezuela y bajar del carruaje.

Dimitri se mostró mucho más cauto al bajar. Siguió la dirección de la mirada de Sanderson, y escudriñó las sombras sin soltar la pistola que tenía en el bolsillo; aquel tipo era lo bastante estúpido como para dejar que le rebanasen el pescuezo, pero él no iba a ser una presa tan fácil.

Después de mirar a su alrededor, volvió a fijar la mirada en el edificio de ladrillo desnudo, y observó con atención las ventanas para asegurarse de que no había nada que pudiera indicar un peligro inminente.

—He visitado multitud de burdeles, y ninguno de ellos parecía un almacén con peste a tabaco —comentó, con voz despectiva—. Me estremezco solo con imaginar el tipo de mujer que ofrece sus servicios en un lugar así.

Sanderson tomó un último trago de brandy antes de lanzar la botella a un lado, y se tambaleó bajo el envite del viento.

—Esto no es un hotel, Tipova —le contestó, arrastrando las palabras.

Dimitri hizo una mueca de desagrado, porque le aborrecía que un hombre fuera incapaz de aguantar bien la bebida.

—Sí, ya lo había deducido —comentó con sequedad—. Me prometió que esta noche tendría oportunidad de saborear una pichoncita inocente, y no me gusta que me engañen.

—Tenga paciencia —le dijo, mientras abría una pesada puerta de madera.

—La paciencia no va a transformar este edificio decrépito en un establecimiento digno de mi presencia, ni me proporcionará la clase de mujer con la que esperaba saciar mi apetito.

Sanderson entró en el edificio, y se apartó a un lado para dejarle pasar antes de volver a cerrar la puerta; cuando encendió una lámpara de gas, la tenue luz reveló justo lo que cabía esperar: una sala enorme llena de cajas que se habían descargado recientemente en los muelles de las Indias Orientales. Lo único que faltaba era el guardia que debería estar custodiando aquellas mercancías tan valiosas.

—Ahí es donde se equivoca, Tipova.

—¿Qué quiere decir? —le preguntó, mientras le seguía con cautela entre los montones de cajas.

—Antes de nada, debe jurar que guardará el secreto.

Dimitri soltó un bufido burlón ante tan ridícula teatralidad, y se detuvo de golpe.

—Puede que algunos caballeros disfruten con esta fingida atmósfera de misterio, pero a mí me desagrada.

Una oleada de furia se abrió paso en su interior. Había desperdiciado noches interminables siguiendo a aquel zoquete por todo Londres... noches que podría haber pasado con Emma, en las que podría haber conseguido que ella volviera a ocupar el lugar que le correspondía en su lecho. ¿Y para qué?, ¿para que le ofrecieran vagas promesas de una remesa de jovencitas?

—No soy tan tonto como para dejar que me conduzcan a una trampa tan evidente —añadió, con voz acerada.

—No es ninguna trampa, se lo aseguro —a Sanderson parecían sorprenderle sus sospechas.

—Entonces ¿qué hacemos aquí?

El tipo esbozó una sonrisa ladina antes de contestar:

—No es el único al que le gustan las jovencitas. Cuanto más tiernas, mejor, ¿eh?

—Sin duda.

—Por desgracia, hay gente que no sabe apreciar nuestras tendencias, y por ello debemos ocultarnos entre las sombras.

—Es comprensible —Dimitri sofocó la breve llamarada de esperanza que se encendió en su interior. Sanderson llevaba días insinuando que podía conseguir muchachas jóvenes—. Es mejor no atraer atención indeseada.

—Exacto —se inclinó un poco hacia él, y el muy tonto ni siquiera se dio cuenta de que la lámpara que llevaba en la mano se acercó demasiado a una caja—. Por eso transportamos jóvenes desde Rusia, y las sacamos a subasta.

Dimitri se tensó al oír aquello, y le preguntó con rigidez:

—¿Son rusas?

—Sí. Qué extraña coincidencia, ¿verdad?

—Sí, de lo más extraña —tenía la voz ronca, y se le había secado la boca. ¿Mujeres rusas?, ¿estaba a punto de destruir por fin al conde Nevskaya y a sus compinches? Le parecía imposible, después de tantos años de esfuerzos inútiles—. ¿Las van a subastar esta noche?

—De hecho, la subasta se celebrará mañana, pero estoy seguro de que podremos convencer a mis socios de que le dejen elegir el primero si hace una buena oferta.

—¿Las mujeres están aquí, en este almacén?

—Sí. ¿Quiere verlas?

—Más de lo que se imagina.

CAPÍTULO 14

Ajeno a la tensión que atenazaba a su acompañante, Sanderson le condujo a través de una serie de puertas cerradas antes de bajar unos escalones de piedra que daban a un estrecho túnel.

A Dimitri no le extrañó su existencia, ya que estaba muy familiarizado con aquella clase de pasadizos secretos. Cualquier hombre que importara mercancías sabía que era vital tener un almacén público donde los agentes pudieran inspeccionar la mercancía que se había transportado de forma legal, y otro lugar para la mercancía que quería mantenerse a salvo de miradas indiscretas (él mismo tenía varios diseminados por todo San Petersburgo).

—Sígame —le susurró Sanderson, mientras le precedía por el húmedo túnel. Su sombrero de copa quedaba a escasos centímetros de las vigas de madera del techo, y sus botas chapoteaban al encontrar algún charco esporádico.

Dimitri era consciente de que podría estar adentrándose en una trampa, así que no bajó la guardia y comentó con fingida displicencia:

—Debo admitir que siento curiosidad por saber cómo han logrado adquirir jóvenes rusas.

—Es un intercambio muy provechoso. Nosotros enviamos vírgenes inglesas a Rusia, y a cambio recibimos las frutas rusas más sabrosas.

Dimitri ocultó una mueca de repugnancia. Estaba convencido de que Sanderson solo estaba enterado de una parte mínima del negocio, porque el conde Nevskaya jamás cometería la estupidez de revelarle más información de la cuenta a un bufón bocazas como aquel.

Solo cabía esperar que esa información bastara para que Alejandro Pavlovich enjuiciara al conde.

—¡Qué idea tan astuta! Supongo que tienen algún socio en Rusia, para no tener que viajar hasta allí.

—Sí, por supuesto, pero juramos mantener nuestras identidades en secreto.

—Entiendo que se requiera cierta cautela, pero entre amigos no hay necesidad de tanto secretismo, ¿no?

—El conde Nevskaya no le daría la razón en eso, está obsesionado con ocultar su participación en el negocio —como estaba medio ebrio, ni siquiera se dio cuenta de que había revelado un nombre clave—. Se rumorea que tiene un enemigo acérrimo que ha jurado destruirle, supongo que por eso se ha vuelto un poco asustadizo.

—Claro —Dimitri esbozó una sonrisa gélida que reflejaba la satisfacción que sentía.

Justo cuando estaban a escasos pasos de la puerta de madera que había al final del túnel, Sanderson se volvió hacia él y le dijo:

—Un momento, por favor.

—¿Por qué nos detenemos? —le preguntó, impaciente.

—Discúlpeme, Tipova, pero debo asegurarme de que ha traído dinero. Nos vemos obligados a contratar a peligrosos rufianes para que las jóvenes conserven su inocencia durante el largo viaje, y no les complacerá lo más mínimo que un caballero quiera desvirgar a una doncella sin pagar por ese placer.

—He venido preparado —Dimitri se sacó un fajo de billetes doblados del bolsillo del abrigo, y sacó la otra mano lo justo para dejarle ver la empuñadura marfileña de la pistola—. Muy preparado.

—Ya lo veo —Sanderson empalideció, y aporreó la puerta con una mano temblorosa—. Soy Sanderson, Valik. Abre la puerta.

La puerta se entreabrió un poco, y una voz masculina con un fuerte acento ruso exigió:

—Antes de nada quiero ver el dinero.

Las mejillas de Sanderson se tiñeron de rojo; por muy corto de entendederas que fuera, era consciente de que estaban dejándole en evidencia.

—No te tomes atribuciones que no te pertenecen, Valik —dijo, con voz amenazante—. Las mujeres son propiedad mía, y puedo hacer lo que me plazca con ellas.

—Tengo el deber de proteger la inversión de mi patrón.

—Hazte a un lado si no quieres que te mande a la prisión de Newgate para que te pudras allí.

Después de soltar una sarta de improperios en ruso, el hombre abrió la puerta a regañadientes y se apartó a un lado.

—Trae a las mujeres —le ordenó Sanderson, al entrar con actitud altiva.

Dimitri se escudó tras su cuerpo rechoncho para poder entrar en aquella oscura guarida sin llamar la atención. Un breve barrido con la mirada le bastó para confirmar que no había nadie más que el ruso, pero su tensión no se desvaneció... había algo en aquellas marcadas facciones, en aquellos ojos donde se reflejaba una aguda inteligencia, que le resultaba familiar. Era un tipo fornido vestido con ropa tosca, y tenía una pistola en la mano.

Al ver que se acercaba a Sanderson con actitud belicosa, se sacó su propia pistola del bolsillo con sigilo y se preparó para atacar.

—Quiero el dinero por adelantado... —el ruso se detuvo en seco al verle por encima del hombro de Sanderson, y reaccionó con la velocidad de un rayo. Alzó la pistola, y le apuntó al corazón—. ¡Tipova!

Sanderson soltó un chillido cuando Dimitri le apartó a un

lado de un empujón y apuntó a la cabeza del ruso. De joven, cuando luchaba por sobrevivir en las calles, había aprendido que un disparo al corazón no siempre era mortal, pero uno a la cabeza era definitivo.

—¡Por el amor de Dios!, ¿a qué viene esto? —exclamó Sanderson, atónito.

—Estúpido malnacido —masculló el ruso, sin apartar la mirada de Dimitri.

—¿Qué estás haciendo?

—Intentando evitar que acabemos en prisión... a menos que hayas intentado traicionar al conde de forma deliberada.

Sanderson retrocedió un poco mientras se retorcía las manos con nerviosismo, y se apresuró a contestar:

—No digas tonterías, debe de tratarse de una confusión...

—De eso nada. Tu supuesto noble ruso es Dimitri Tipova, el zar de los ladrones de San Petersburgo y enemigo jurado del conde.

Como era obvio que la farsa había llegado a su fin, Dimitri siguió empuñando la pistola con mano firme mientras intentaba idear algún plan de escapatoria que no incluyera un ataúd.

—¿Su enemigo jurado?, cuánta teatralidad —quería acicatear al ruso para ver si perdía la calma y cometía algún error.

—¡Dios del cielo, tenemos que hacer algo! —exclamó Sanderson, horrorizado.

—Ve a por las muchachas, encárgate de sacarlas de Inglaterra —la calma de Valik contrastaba con el nerviosismo de su compinche.

Como estaba claro cuál de los dos era el más peligroso, Dimitri siguió apuntando al ruso a pesar de que le enfurecía que Sanderson se le escapara.

—¿Ahora?

—Pues claro, idiota —le espetó el ruso con aspereza.

—Pero no hay razón alguna para dejarse arrastrar por el pánico, deshazte de él y podremos celebrar la subasta tal y como estaba planeado. A todos nos interesa obtener beneficios antes de proceder al envío de la mercancía.

Dimitri soltó una carcajada, y comentó con tono burlón:

—Mi padre debe de estar muy desesperado si se ha asociado con semejante bufón.

El ruso hizo una mueca, y admitió:

—Le advertí al conde que sus socios ingleses eran unos necios que iban a echar a perder el negocio.

La codicia envalentonó a Sanderson, que dio un paso al frente y dijo con indignación:

—¿Cómo te atreves a hablar así de tus superiores? Te ordeno que mates a este traidor y te deshagas del cadáver, Valik. Yo me encargaré de que la subasta se realice tal y como estaba previsto. ¿Está claro?

El rostro del ruso se encendió de ira, y en sus ojos apareció un odio letal.

—Lo que está claro es que eres un zopenco que va a hundirnos a todos, ¿crees que Tipova no le ha contado a nadie que sospecha que estás involucrado en la venta de jóvenes?

—¿A quién quieres que se lo haya...? ¡Maldición! —Sanderson se sacó del bolsillo un pañuelo de encaje, y se secó el sudor que le perlaba el labio superior—. El duque de Huntley... estoy perdido.

—Huntley no es el único que lo sabe, el primer ministro también está al corriente —admitió Dimitri, con una fría sonrisa. Había conocido al caballero en cuestión escasos días después de su llegada a Londres, gracias a la insistencia de Huntley.

—¿Liverpool? —Sanderson se puso macilento, y dejó a un lado la lámpara de gas mientras se tambaleaba.

—Para serle sincero, me sorprendió que se mostrara tan deseoso de arrestarle, pero entonces me di cuenta de que un juicio público serviría para demostrarle a la población que los nobles no están por encima de la ley. Sería una forma ideal de apaciguar el descontento reinante. Puede que su mezquina existencia acabe por servir para algo, Sanderson.

—Oh, Dios mío... Liverpool me detesta desde que estudiábamos juntos en Oxford, es una lástima que los conspiradores de Cato Street no lograran asesinar a ese santurrón —estaba claro que no sabía que, de haber asesinado a los miembros del gabinete, los radicales habrían derrocado al gobierno en pleno y se habrían deshecho de los nobles como él—. ¿Qué demonios voy a hacer?

—Vas a llevarte a las mujeres de aquí, y a encontrar la forma de sacarlas del país —le ordenó Valik.

—¡No puedo!

El ruso sopesó sus limitadas opciones durante un tenso momento, y les tomó por sorpresa al sacarse una pistola del bolsillo del abrigo y entregársela a Sanderson.

—Ten.

—¿Se puede saber qué demonios estás haciendo? —le preguntó Sanderson, desconcertado, mientras apuntaba con torpeza a Dimitri.

—Estoy intentando mantener mi pescuezo lejos del patíbulo —Valik fue retrocediendo hacia la puerta que se adentraba aún más en los túneles, y añadió con firmeza—: Yo me encargo de las mujeres.

Dimitri apretó los dientes al ver que los dedos de Sanderson se tensaban alrededor de la pistola. Seguro que aquel zoquete tenía una puntería pésima, pero con lo mal que iban las cosas de momento, no sería de extrañar que consiguiera matarle por accidente.

—¿Y qué pasa conmigo? —gimoteó Sanderson, aterrado.

—Vas a tener que deshacerte del problema que tú mismo has causado —la sonrisa de Valik destilaba crueldad.

—¡No, espera!

El ruso desapareció entre las sombras, y dejó a su espalda un tenso silencio.

Dimitri avanzó un poco con disimulo. Si conseguía distraer a Sanderson, quizás pudiera desarmarle antes de que tuviera tiempo de disparar.

—Vaya, Sanderson, me da la impresión de que le han dejado solo y va a tener que asumir las culpas de los demás.

—No voy a... —alzó la pistola con nerviosismo al darse cuenta de que estaba aproximándose poco a poco, y exclamó—: ¡Quieto!

—Yo podría ayudarle.

—¿Me toma por idiota?

—No tengo ningún interés ni en usted ni en su falta de inteligencia, vine a Inglaterra con la única intención de destruir al conde Nevskaya. Si coopera conmigo, intercederé en su defensa ante Alejandro Pavlovich.

—¿Qué quiere que haga?

—Que venga a Rusia conmigo.

—¿Para qué?

Dimitri avanzó un paso más. Aún estaba demasiado lejos para atacar, pero iba acercándose a su presa.

—Quiero que confiese todo lo que sabe sobre la implicación del conde en la trata de esclavos.

—¡Nunca hemos tenido nada que ver con esclavos!

Dimitri no pudo ocultar la repugnancia que sintió ante una aseveración tan ridícula, y le espetó en tono burlón:

—¿He ofendido su delicada sensibilidad?, ¿cómo prefiere describir su sórdido negocio? Al fin y al cabo, se trata de secuestrar a criaturas indefensas y venderlas a depravados.

—¡No son más que plebeyas, solo sirven para trabajar de rameras!

Dimitri se tensó y estuvo a punto de apretar el gatillo. Tenía una puntería letal, y le bastaría un solo disparo para convertir a aquel malnacido en un cadáver.

Respiró hondo, y procuró tranquilizarse. La única forma de acabar con el tráfico de jóvenes rusas era sacar a la luz la perfidia de su padre y conseguir su ruina a ojos de la sociedad, y para conseguirlo necesitaba a Sanderson con vida.

—Dudo mucho que los ciudadanos de Inglaterra le den la razón; de hecho, con lo caldeados que están los ánimos, lo más probable es que haya una revuelta si no les satisface el castigo que se le imponga. ¿Ha presenciado alguna vez un linchamiento?, es una muerte muy desagradable.

Sanderson estaba temblando de pies a cabeza, y tenía el rostro cubierto de sudor.

—¿Qué gano yo si accedo a ir a Rusia?

—Si confiesa ante el zar, puede que él esté dispuesto a ofrecerle asilo en el país.

—¿Y vivir como un salvaje en algún pueblucho helado, lejos de una sociedad decente? ¡Jamás! —a juzgar por su reacción, daba la impresión de que Dimitri había amenazado con castrarle.

—¿Prefiere ser objeto de escarnio mientras le llevan a prisión frente a una muchedumbre?

—No —estaba tan horrorizado, que trastabilló hacia atrás y tensó la mano con la que empuñaba la pistola.

Dimitri se lanzó hacia un lado mientras el estruendo de un disparo resonaba en el aire, pero su reacción no fue lo bastante rápida y la bala le alcanzó en el brazo. Impactó con fuerza contra el suelo, y luchó por mantenerse consciente a pesar del dolor.

Emma sabía que había sido una locura salir a hurtadillas de la mansión de los Huntley, disfrazada con la ropa de mozo de cuadra que había robado de la sala de la colada, y poner rumbo a la peligrosa zona donde estaban los almacenes de Sanderson en un carruaje de alquiler.

Por no hablar del hecho de que en ese momento estaba en una callejuela oscura, oculta entre las sombras mientras un elegante carruaje se detenía frente a un almacén. La verdad era que le estaría bien empleado si acababa con el cuello rebanado por ser tan temeraria, pero se había marchado de Yabinsk dispuesta a hacer lo que hiciera falta, incluso arriesgar la vida, con tal de rescatar a Anya.

Permaneció oculta mientras dos hombres bajaban del carruaje y le dio un brinco el corazón cuando, a pesar de la distancia, se dio cuenta de que uno de ellos era Dimitri. Reconocería donde fuera aquellos hombres anchos y las cinceladas líneas de su perfil, no había ni un solo inglés que pudiera compararse a él; además, la recorrió aquella familiar tensión hormigueante que sentía cuando le tenía cerca. Sería capaz de intuir su presencia incluso con los ojos vendados.

El hecho de que él estuviera allí parecía indicar que sus esperanzas de que Anya y las demás estuvieran en uno de los almacenes de Sanderson estaban fundadas, así que hizo acopio de valor y avanzó con sigilo mientras ellos entraban en el almacén. Esperó hasta que oyó que sus pasos se adentraban en el edificio, y entonces entró sin hacer ruido. El corazón le martilleaba en el pecho y tenía la boca seca por el miedo que la atenazaba… aunque no habría sabido decir si era miedo a que la asesinara un rufián, o a que Dimitri la pillara.

Sería mejor evitar tanto una alternativa como la otra.

Frunció la nariz al notar el fuerte olor a tabaco seco y especias que imperaba en el enorme almacén. Había cajas apiladas en hileras por todas partes, y en la distancia alcanzó a ver la luz inconfundible de una lámpara de gas que no tardó en desaparecer al bajar lo que debía de ser un tramo de escaleras.

No se dio el lujo de pararse a pensar en todas las razones por las que debería huir de allí cuanto antes, y avanzó con cautela entre las cajas. Se detuvo al llegar a la estrecha escalera, y cuando se convenció de que los dos hombres no iban a aparecer de repente, bajó poco a poco y rezando para que los escalones de madera no crujieran a su paso.

Al llegar abajo quedó sumida en una oscuridad absoluta, y trastabilló un poco. Se dijo que no tenía de qué sorprenderse, que era normal que un túnel subterráneo fuera oscuro y húmedo, y avanzó vacilante por aquel suelo irregular con una mano extendida hacia delante. En el silencio sepulcral solo se oía el sonido quedo de su respiración acelerada.

Oyó voces en la distancia justo cuando empezaba a pensar que se había perdido en la oscuridad, y siguió avanzando con energía renovada. Se sintió aliviada al ver la luz que salía de una puerta que había al final del túnel, y al acercarse con sigilo se apretó contra la pared y oyó con claridad varias voces masculinas. Tardó unos segundos en entender lo que pasaba, pero el corazón le dio un vuelco cuando asimiló la situación.

Dios del cielo... lord Sanderson estaba apuntando a Dimitri con una pistola, y por si fuera poco, Anya estaba cerca y aquel tal Valik se había marchado para llevársela lejos.

Tenía que hacer algo, tenía que... su frenética mente aún estaba intentando idear un plan de acción cuando se oyó un disparo.

—Dimitri... —quedó presa de un terror visceral que la dejó helada, incapaz de reaccionar.

Ni siquiera se movió cuando lord Sanderson pasó trastabillando junto a ella y desapareció por el túnel, pero el pequeño gemido de Dimitri la arrancó de aquel estado de shock y entró a la habitación a toda velocidad; al verle tirado en el suelo, con los ojos cerrados y una mueca de dolor en el rostro, soltó una exclamación ahogada y se arrodilló junto a él.

—Dimitri... ¿me oyes? —le dijo, con voz suave, mientras posaba una mano en su mejilla.

—¿Emma...?

Sus espesas pestañas se alzaron y la miró con una lucidez sorprendente, teniendo en cuenta que acababan de dispararle... aunque lo más destacable era la furia que se reflejó en sus ojos al verla.

—¿Qué demonios haces aquí?

—Eso no importa —le recorrió frenética con la mirada, y contuvo el aliento al ver que le sangraba el brazo—. Estás herido, debemos llevarte a que te vea un médico.

Él se incorporó hasta sentarse mientras mascullaba una imprecación en voz baja, y le echó un vistazo a la herida antes de decir:

—No es más que un rasguño.

Se puso de pie, pero Emma se apresuró a sujetarle el otro brazo al ver que se tambaleaba un poco.

—¿Por qué tienes que ser tan terco?

Él la miró con ojos que echaban chispas al verla vestida con aquel abrigo de lana y el calzón de hombre, y le espetó:

—Ten por seguro que más tarde tendremos una larga conversación sobre quién de los dos es más terco, *milaya*, pero por ahora debo capturar a Sanderson antes de que escape.

Emma tardó un instante en entender a qué se refería, porque el terror de que pudiera estar herido de gravedad había borrado todo lo demás de su mente, pero en ese momento recordó la conversación que había oído.

—¿Quieres seguir a Sanderson?

—Sí, no puede estar muy lejos.

—¿Qué más da adónde vaya?

—Cuando confiese ante Alejandro Pavlovich, la perfidia de mi padre saldrá por fin a la luz ante toda la sociedad.

—Pero debemos ir tras ese tal Valik, ha dicho que va a llevarse a las muchachas de Inglaterra.

—No conseguirá escapar —le contestó él con impaciencia.

Emma abrió los labios para decirle que estaba dispuesta a seguir sola a aquel hombre si era necesario, pero en ese momento se oyó el sonido de pasos que se acercaban.

—Emma...

Al oír aquella voz tan familiar, Dimitri la miró con asombro y le preguntó:

—¿Le has pedido a Huntley que te traiga?

El duque apareció en ese momento en la puerta, y fue él quien contestó:

—No, no ha tenido ese detalle. Se ha escabullido a las primeras de cambio —parecía ridículamente fuera de lugar ataviado con un elegante abrigo y relucientes botas, pero su expresión era tan severa como la de Dimitri.

Ella le lanzó una mirada implorante antes de decir con voz atropellada:

—Por favor, Stefan, te ruego que me ayudes. Mi hermana...

Dimitri la interrumpió sin miramientos al empujarla con firmeza hacia el duque.

—Llévala de vuelta a tu casa, enciérrala en sus aposentos.

Stefan la agarró del brazo con fuerza antes de que pudiera escapar, y se limitó a decir:

—De acuerdo.

—¡No!, ¡tengo que encontrar a Anya! —exclamó, mientras luchaba en vano por liberarse.

Ellos no le prestaron ni la más mínima atención, y continuaron con su conversación como si nada.

—¿Qué piensas hacer tú? —dijo el duque.

—Debo impedir que Sanderson huya —Dimitri posó la mirada en Emma, que estaba observándolos con expresión belicosa, y añadió—: Después me encargaré de encontrar a las muchachas, y haré que las lleven a mi barco. Allí estarán a salvo.

—De acuerdo, mis criados te ayudarán.

Dimitri no apartó su adusta mirada de Emma al añadir:

—Gracias. No la pierdas de vista.

Ella apenas podía creer lo que estaba pasando; al ver que la llevaban sin contemplaciones hacia la puerta por la que había entrado a la carrera poco antes, justo en la dirección contraria que quería tomar, exclamó:

—¡Suéltame! —al ver que el duque no le hacía ni caso, fulminó con la mirada a Dimitri y le espetó—: Nunca te lo perdonaré, Dimitri Tipova.

Él apretó la mandíbula, y le contestó con firmeza:

—Estamos hablando de hombres despiadados, Emma. Matarán a cualquiera que les parezca una amenaza.

—¡Me da igual! ¡Anya está aquí, y no voy a marcharme sin ella!

Dimitri miró al duque, y se limitó a decir:

—Huntley.

—¿Estás seguro? —le preguntó él.

—Sí.

—Discúlpame, Emma —se la echó al hombro y se la llevó por el túnel con rapidez.

Ella empezó a soltar imprecaciones, a gritar y a patalear, pero sus esfuerzos fueron inútiles mientras se la llevaba de allí como si fuera un trasto innecesario.

Se dijo airada que no tendría que haberse parado a ver si Dimitri estaba vivo o muerto; si hubiera cruzado la habitación y se hubiera internado en la oscuridad, quizás estaría rescatando a Anya en ese mismo momento. Pero había vacilado por culpa de aquel ladrón cautivador, y debido a esa vulnerabilidad iba a perder la oportunidad de salvar a su hermana.

Se juró que no iba a volver a cometer ese error.

Luchó por recomponer su maltrecha dignidad, y dejó de debatirse mientras Stefan la sacaba del almacén y la llevaba al elegante carruaje negro.

—Es por tu bien, Emma —le aseguró, cuando se sentó frente a ella y el vehículo se puso en marcha.

Ella apretó los puños en el regazo y maldijo el día que había conocido a Dimitri Tipova.

—¿Qué harías si fuera tu hermana la que está secuestrada por unas bestias sin corazón que piensan subastarla al mejor postor?, ¿regresarías a tu casa sin rechistar y esperarías a que la rescataran?

Él la miró con una expresión comprensiva, y admitió con voz suave:

—En alguna ocasión me he visto obligado a tragarme mi orgullo y admitir que otro está más capacitado que yo para lidiar con un peligro en concreto —le acarició la mejilla en un breve gesto de apoyo antes de añadir—: Debes confiar en Dimitri.

Ella se volvió a mirar por la ventanilla, llena de resentimiento y decepción. Ya había cometido el error de confiar en Dimitri, a pesar de saber de forma instintiva que su deseo de venganza era mucho mayor que cualquier afecto que pudiera sentir por ella. Había sido una ingenua, una tonta.

—Dimitri está obsesionado por su sed de venganza contra su padre, estaría dispuesto a sacrificar a Anya con tal de lograr humillar al conde Nevskaya.

Stefan no pudo negar aquella realidad. Soltó un suspiro pesaroso, e insistió:

—En ese caso, confía en mis criados. No permitirán que esos criminales se lleven a las muchachas de Londres.

—Solo confío en mí misma, en nadie más.

—Emma...

—Basta de sermones, te lo ruego —le espetó, con voz tajante.

El tenso silencio posterior a esas palabras duró durante todo el trayecto de vuelta a la casa del duque. Emma se planteó en más de una ocasión saltar del carruaje en marcha y regresar al almacén, pero descartó esa locura por dos razones: en primer lugar, porque se arriesgaba a romperse el cuello en la caída, y en segundo lugar, porque los fornidos lacayos de Stefan la atraparían en un santiamén.

El duque la agarró del brazo cuando llegaron al fin, y la condujo hacia la casa sin soltarla ni un segundo.

—Voy a dar orden de que la servidumbre no te deje salir —le advirtió, cuando entraron en el elegante vestíbulo.

Ella alzó la barbilla, desafiante, antes de preguntar con rigidez:

—¿Soy una prisionera?

—Eres mi huésped y voy a protegerte, con tu aprobación o sin ella.

—Haz lo que creas conveniente, es lo que pienso hacer yo —sin más, dio media vuelta y se dirigió hacia la escalinata.

CAPÍTULO 15

El cielo estaba tiñéndose de los colores del amanecer cuando Emma oyó que la llave giraba en la cerradura de la puerta. Después de que el duque de Huntley la encerrara en la habitación había pasado la larga noche dando vueltas de un lado a otro, alternando entre maldecir a Dimitri Tipova por haberla tratado como a una inútil y rogar para que regresara cuanto antes con Anya.

Ella había atravesado medio mundo en busca de su hermana, ¿cómo se atrevía aquel hombre a apartarla de la búsqueda? ¿Cómo se atrevía a anteponer su sed de venganza al rescate de las jóvenes que estaban en manos de aquellos desalmados?

Su furia había ido avivándose con el paso de las horas hasta el punto de que estaba temblando por la tensión, por el ansia de escapar de aquella cárcel de oro. Llevaba muchos años cuidando de sí misma, era indignante que le arrebataran la independencia que tanto le había costado conseguir.

Quizás por eso no era de extrañar que no gritara, que ni siquiera intentara salir corriendo de la habitación cuando la puerta se abrió y vio al desconocido que la había secuestrado durante la fiesta de sir Jergen.

—¿Puedo entrar?

—Eh… —se humedeció los labios mientras intentaba pensar con claridad.

La voz de la prudencia le advirtió que los caballeros honrados no entraban a hurtadillas en casas ajenas ni se presentaban sin más en las habitaciones privadas de una mujer, pero hizo caso omiso y sostuvo la mirada de aquellos ojos negros al decir:

—Sí.

Él permaneció donde estaba, y esbozó una pequeña sonrisa.

—¿Podría cerrar las cortinas, por favor?

—¿Por qué?

—Hay una cantidad inusitada de criados merodeando por los jardines, vendrían a investigar de inmediato si vieran la sombra de un hombre en sus aposentos.

Emma se mordió el labio y asintió con nerviosismo. Era consciente del peligro que estaba corriendo al permitir que un desconocido entrara en su habitación, pero bastaría un solo grito para que un montón de criados acudieran a rescatarla. Aquel hombre había arriesgado la vida al ir a verla en semejantes circunstancias, así que fuera lo que fuese lo que deseaba de ella, seguro que era importante.

—Por supuesto.

Fue a cerrar las pesadas cortinas, más que consciente de que aún iba vestida con el calzón y la camisa de lino de un mozo de cuadra; por si fuera poco, tenía el pelo suelto y ensortijado, y el rostro sucio por el tiempo pasado en el almacén. Su apariencia contrastaba con la elegancia del desconocido, que estaba ataviado con una chaqueta negra y un calzón de satén y llevaba un alfiler de corbata con un enorme rubí. Parecía recién sacado de un elegante salón de baile.

Se rodeó la cintura con los brazos, y permaneció inmóvil mientras aquel hombre apuesto y misterioso entraba en la habitación y cerraba la puerta a su espalda.

—¿A qué ha venido? —le preguntó al fin.

—Tal y como le dije durante nuestro primer encuentro, nuestra presencia en Londres se debe a un mismo propósito.

—¿No cree que ya es hora de dejar de hablar con insinuaciones y medias palabras? Si tiene algo que decir, le ruego que no se ande con rodeos —lo dijo con aspereza, porque estaba muerta de preocupación por su hermana y tenía los nervios crispados.

—¿Quiere que hablemos sin tapujos?, de acuerdo —se acercó hasta tenerla frente a frente antes de añadir—: Sé por qué ha venido a Inglaterra.

Emma le miró con cautela durante un tenso momento. Aquellas palabras podían ser una trampa para que se confiara y le revelara sus secretos.

—¿Cómo lo ha averiguado?

Él se quitó el sombrero antes de contestar, y lo lanzó hacia una mesita cercana. Su pelo negro brillaba bajo la luz de las llamas que ardían en la chimenea.

—Un hombre puede conseguir toda la información que desee con el incentivo adecuado y suficiente paciencia.

Emma se estremeció al oír aquello. Estaba convencida de que los empleados de Dimitri jamás serían desleales por mucho que les ofrecieran, pero él había tenido que confiarles el motivo de su presencia en Londres a varios agentes gubernamentales, entre ellos el primer ministro, y estos a su vez tenían empleados que podrían haberse ido de la lengua.

—¿Por qué le interesa el motivo de mi presencia en Inglaterra?

El desconocido contempló su rostro en silencio, y fijó la mirada en sus labios al contestar:

—¿Aparte de la fascinación que siento por su belleza?

Ella sintió que le daba un brinco el corazón, y susurró con nerviosismo:

—No hable así, por favor.

—Permita que empiece por el principio —juntó las palmas de las manos, y la saludó con una solemne inclinación de cabeza—. Soy el califa Rajih.

—¿Califa? —intentó recordar lo que había aprendido de pequeña sobre el Oriente, pero lo cierto era que le habían enseñado muy poco sobre la realeza extranjera—. ¿Es un príncipe?

—Mi gente respeta mi autoridad —admitió, dándole la razón.

Quizás debería haberse quedado atónita (al fin y al cabo, ¿qué clase de príncipe merodeaba entre las sombras en vez de codearse con la flor y nata de la sociedad?), pero se sintió más resignada que sorprendida. Había sospechado desde el primer momento que era un hombre acostumbrado a dar órdenes y a que le obedecieran, porque tenía un aire de autoridad que se reflejaba tanto en su porte arrogante como en las líneas cinceladas de su rostro.

—¿De dónde procede?

—De Egipto.

Su mente se inundó de imágenes de dunas de arena bañadas por un sol ardiente, de tiendas agrupadas en un pequeño oasis. Se rumoreaba que los hombres forjados en el implacable desierto eran tan duros e inflexibles como la tierra donde habían nacido.

—Está muy lejos de casa —comentó.

—Usted también —él alzó la mano para acariciarle un rizo que le caía sobre la mejilla, y añadió—: Nos parecemos en muchas cosas.

Ella se apresuró a retroceder un paso para apartarse de aquella caricia tan perturbadora, y le preguntó:

—¿A qué ha venido a Londres?

Él la contempló en silencio durante un largo momento, con un brillo en la mirada que hizo que la recorriera un estremecimiento de inquietud, y al final se encogió de hombros y fue a apoyarse contra la repisa de la chimenea.

—No voy a aburrirla con la larga y a veces trágica historia de mi país, pero baste decir que por fin tenemos un virrey poderoso que está dispuesto a dejar atrás el pasado y mirar de cara al futuro —se sacó una cajita esmaltada de rapé del bolsillo, y enarcó una ceja al verla sonreír—. ¿Qué es lo que le hace tanta gracia?

Emma se sentó con cansancio en uno de los sofás. La larga noche en vela empezaba a pasarle factura.

—Salta a la vista que es un hombre del desierto, pero aun así, tiene un desconcertante aire inglés.

—Ah —abrió la cajita con desenvoltura, se puso una pizca de rapé en la muñeca, y lo inhaló antes de volver a guardarse la cajita en el bolsillo—. Mi padre me envió a estudiar aquí a los doce años; al igual que el pachá, considera que tener un vínculo mayor con Occidente es primordial para nuestra supervivencia. Estuve viviendo en este país hasta la muerte de mi padre, seis años atrás.

Aquello explicaba que hablara con tanta fluidez el idioma.

—¿Es un diplomático?

—Cuando la ocasión lo requiere, pero en esta ocasión he venido a Inglaterra con la intención de poner fin a una práctica arraigada que ha empañado la reputación de mi país.

—Me temo que no le entiendo.

—La trata de blancas.

—Ah. Pero creía que...

—¿Qué?, ¿que somos unos salvajes? ¿Que estamos desesperados por tener al alcance mujeres de piel tersa y blanca, y alentamos a los infieles a que vengan a vendérnoslas en nuestros mercados?

Ella frunció la nariz y no tuvo más remedio que admitir que estaba equivocada. ¿Cuántas veces había tenido que contener su rabia al oír que tachaban a los rusos de salvajes? Debería avergonzarse de tener esos mismos prejuicios.

—Discúlpeme.

Él pareció arrepentirse de su arranque de genio, porque alzó la mano y dijo contrito:

—No, soy yo quien le pide disculpas. Es cierto que nuestros agentes corruptos han permitido que los traficantes actúen con impunidad durante mucho tiempo, pero el pachá desea mejorar nuestra relación tanto con Inglaterra como con el continente y se ha propuesto erradicar la venta de mujeres en nuestros mercados.

Emma asintió con comprensión, porque gran parte de Rusia seguía anclada en el pasado a pesar de los esfuerzos de los Romanov. La gente solía ser reacia a aceptar los cambios, a pesar de que fueran por su bien.

—¿Qué tiene que ver todo esto con mi hermana?

—He notado un incremento de rameras rusas en los burdeles de El Cairo durante los últimos años; en un principio, busqué a los responsables en Rusia, así que podrá imaginarse la frustración que sentí al no encontrar indicios de barcos que transportaran cautivas desde allí hasta El Cairo.

Emma no tardó en atar cabos.

—Porque se las llevaban desde Inglaterra.

Él sonrió complacido, como si su rápida deducción hubiera cumplido sus expectativas, y murmuró:

—Es inteligente además de hermosa. Sí, las jóvenes se traen a Londres desde Rusia para vendérselas a ingleses adinerados, pero estos acaban por cansarse de sus nuevos juguetitos y desean deshacerse de ellos con la máxima discreción.

Emma sabía que se volvería loca si se paraba a pensar en la tortura horrible que podría estar soportando su hermana, así que hizo caso omiso del miedo que se le anudaba en el estómago y se concentró en la inesperada información que acababa de facilitarle el califa.

Era obvio que Dimitri había vuelto a subestimar a su padre. Habían dado por hecho que, a la larga, las mujeres acabarían en algún burdel del país cuando los ingleses que las habían comprado se hartaran de ellas, pero si el califa estaba en lo cierto...

Dios del cielo, tenía que encontrar a Anya.

Se puso de pie, llena de decisión renovada, y se apartó con manos temblorosas los espesos rizos que le caían sobre los hombros.

—¿Sospecha que las llevan a El Cairo?

—Aunque ya no sean vírgenes, hay muchos hombres en mi país a los que les cautiva una belleza tan pálida y perfecta.

Lo dijo con una voz profunda y ronca que la estremeció, pero se obligó a mantenerse centrada en Anya y en los hombres despiadados que la tenían presa.

—¿Cree que los hombres que las traen a Inglaterra son los mismos que las llevan después a El Cairo?

—Sí.

—¿Es que su depravación no tiene límites? —se llevó una mano al estómago, que se le había revuelto.

—Parece que no —su rostro moreno se endureció, y en sus ojos relampagueó una furia letal—. Por lo que he averiguado, los hombres del conde Nevskaya permanecen en Londres y recogen tanto a las jóvenes inglesas que son el pago por las rusas como a las rusas que se les han devuelto, y viajan a Egipto; una vez allí, venden a las rusas en los mercados antes de continuar rumbo a San Petersburgo con las vírgenes inglesas para el conde y sus amigos.

—No me extraña que Dimitri fuera incapaz de desentrañar ese sórdido negocio.

El califa se tensó, y dijo ceñudo:

—Tipova... no le mencione en mi presencia.

—¿Por qué?

—Me costó mucho esfuerzo preparar una trampa, pero Tipova lo echó todo a perder y mi presa logró huir —se apartó de la repisa, y fue hacia ella antes de añadir—: Junto con su hermana.

Emma le agarró el brazo de forma instintiva antes de preguntar con ansiedad:

—¿Usted sabe dónde está Anya?

Él le cubrió la mano con la suya, y su especiado aroma masculino pareció envolverla por completo.

—Si estaba entre las jóvenes que se han llevado del almacén, en este momento se encuentra a bordo de un barco llamado *Katherine Marie* que va rumbo a El Cairo.

Emma sintió que le flaqueaban las piernas, y se habría derrumbado si él no le hubiera aferrado los brazos para mantenerla en pie.

—Dios mío, le he fallado a mi hermana... —lo dijo con voz queda, y no se dio ni cuenta de que el califa la rodeaba con los brazos y la apretaba contra su pecho—. Por mucho que me esfuerce, siempre acabo fallándole.

—Aún no es demasiado tarde —le susurró él al oído.

Ella se echó hacia atrás para poder mirarle a los ojos antes de preguntar:

—¿Qué quiere decir?

—Mi barco está siendo alistado en este mismo momento, voy a partir rumbo a El Cairo en una hora —sus labios se curvaron en una sonrisa claramente retadora, y añadió—: ¿Quiere venir conmigo?

Cuando Dimitri entró agotado en la mansión de los Huntley, la ciudad estaba cubierta por una prístina capa de nieve. Las campanas de una iglesia sonaron en la distancia y se oyó el traqueteo de un carro de carbón avanzando por una calle adoquinada, pero la vecindad aún no había despertado; a pesar de que eran las diez de la mañana, los miembros de la alta sociedad seguían acurrucados en la calidez de sus camas, y aún tardarían horas en estar listos para iniciar la jornada.

Mentecatos inútiles...

Después de que el mayordomo se hiciera cargo de sus prendas de abrigo, se pasó los dedos por el pelo húmedo y subió la escalera. Todos sus instintos le instaban a que fuera a la habitación de Emma, en todas aquellas horas no había podido quitarse de la cabeza la furia y la angustia que había visto en sus ojos cuando Huntley se la había llevado del almacén.

Su propia reacción le enfurecía. Había hecho que Huntley se la llevara porque quería proteger a aquella fierecilla testaruda, a pesar de que parecía decidida a conseguir que la mataran. Dios del cielo, ¿qué clase de mujer se disfrazaría de mozo de cuadra y deambularía por un vecindario capaz de aterrar hasta al criminal más duro? Y después había intentado ir tras aquel matón ruso como si se creyera indestructible...

Estaba claro que a Emma Linley-Kirov le hacía falta con

urgencia un hombre que, además de estar dispuesto a refrenar los peligrosos impulsos que la caracterizaban, fuera capaz de hacerlo... lo que no entendía era por qué sentía una compulsión abrumadora de ir a verla cuanto antes y borrar la expresión de angustia que había visto en sus ojos, una expresión que revelaba que se sentía traicionada.

Siguió subiendo los escalones de mármol mientras le daba vueltas al asunto, pero el duque de Huntley le arrancó de sus pensamientos al aparecer de improviso en el rellano superior de la escalinata. Era obvio que había estado esperando a que regresara.

—Por fin llegas, Tipova —llevaba puesto un batín de brocado, su pelo oscuro estaba despeinado y aún no se había afeitado, pero le indicó que le siguiera al despacho con su habitual actitud imperiosa; una vez allí, señaló hacia el escritorio de nogal antes de cruzar la estancia para añadir otro tronco a la chimenea—. El brandy está sobre el escritorio.

—Prefiero mi vodka —Dimitri se sacó su frasco plateado, y se acercó a la ventana panorámica con vistas a la calle nevada.

Después de volver a colocar la pantalla de la chimenea, Stefan se acercó a él y comentó:

—Tienes muy mal aspecto.

—No me extraña, refleja cómo me siento.

—¿Quieres que llame al médico? —le dijo, después de lanzar una breve mirada hacia su brazo herido.

—Me he recuperado de heridas mucho peores —tomó un trago de vodka antes de preguntar—: ¿Has hablado con Emma esta mañana?

—Aún es temprano, sigue durmiendo en su habitación.

Dimitri frunció el ceño. Emma estaba muerta de preocupación por su hermana (y seguro que deseosa de verle a él para hundirle una daga en el corazón), así que apostaría hasta su último rublo a que estaba dando vueltas por su habitación, esperando ansiosa su regreso... suponiendo que no hubiera encontrado la forma de escabullirse de allí, a pesar de la vigilancia de los criados del duque.

—¿Estás seguro?

—Yo mismo la encerré allí con llave a pesar de las protestas de mi esposa. Cualquier deuda que pudiera haber entre nosotros está saldada con creces, Tipova.

Dimitri esbozó una sonrisa de conmiseración, porque había tenido que aguantar las «fervientes protestas» de Leonida durante la estancia de esta en San Petersburgo.

—Por supuesto.

—Cuéntame qué pasó cuanto me marché, ¿conseguiste encontrar a Sanderson?

Dimitri se frotó el dolorido cuello mientras seguía a la espera de la satisfacción que había esperado sentir, e intentó convencerse de que su falta de entusiasmo se debía a que estaba demasiado cansado para celebrar su victoria.

—Le atrapé cuando estaba a punto de marcharse de su casa en un carruaje; a juzgar por la cantidad de equipaje que llevaba, tenía intención de pasar fuera una buena temporada.

—¿Se resistió?

—Cayó de rodillas y se puso a llorar como un niño.

—¡Qué repugnante cobarde!

—Pero tuvo un golpe de suerte y consiguió dispararme, el muy canalla —la herida del brazo seguía doliéndole.

—¿Dónde le has dejado?

—Liverpool estaba esperándome cuando fui a entregárselo, gracias al mensaje que le enviaste. Me aseguró que estará encerrado y bien vigilado hasta que termine su confesión ante el rey.

—¿Y qué pasará después?

—Lo pondrán bajo mi custodia, para que me encargue de llevárselo a Alejandro Pavlovich.

—¿Qué ha pasado con sus compinches?

Dimitri se encogió de hombros y empezó a pasear de un lado a otro del despacho; a pesar de lo exhausto que estaba, sentía una extraña agitación... aunque quizás no era tan extraña. La incesante necesidad de estar con Emma era una comezón imposible de ignorar. Su instinto más primitivo insistía en que era él quien tenía el derecho y el deber de protegerla, no Huntley.

—Los guardias del rey han ido a apresar a Timmons y a Jergens, deberían estar bajo custodia en cuestión de horas —murmuró, desasosegado por las viscerales sensaciones que le quemaban por dentro—. Se tardarán semanas, puede que incluso meses, en aprehender a todos los implicados.

—De modo que ya está, lo has conseguido.

Dimitri se volvió a mirarle con expresión adusta, y admitió:
—No del todo.

—Claro, es verdad... Anya.

—Tus criados han estado buscando en los burdeles, pero no han encontrado nada hasta el momento.

—Qué desafortunado.

Dimitri soltó una carcajada seca y carente de humor antes de contestar:

—Es más que desafortunado. Emma me culpará a mí si no encuentro a su hermana.

Huntley esbozó una sonrisa de comprensión, y no se molestó en intentar animarle diciéndole que Emma iba a entender que él estaba haciendo lo mejor para ella. Los dos sabían que aquella mujer era incapaz de ser razonable en lo relativo a su hermana.

—No podrán permanecer escondidos para siempre, y te aseguro que tengo bien vigilados los caminos que salen de Londres. No burlarán a mis guardias.

—¿Qué me dices del puerto?

El duque se encogió de hombros, y fue a servirse una copa de brandy.

—He ordenado que se detenga a cualquiera que intente comprar pasaje para un grupo de jovencitas.

—Los contrabandistas no compran pasajes, Huntley —le dijo, ceñudo.

—Puede que no suelan hacerlo, pero no tenían planeado marcharse de Londres de forma inminente. Encontrar un barco que esté dispuesto a transportar un cargamento ilegal no es tarea fácil.

—Eso es cierto —aun así, estaba lejos de sentirse satisfecho.

Muchos capitanes de barco estaban dispuestos a transportar mercancía de contrabando con el incentivo adecuado, pero eran pocos los que aceptaban participar en la trata de esclavos. Valik iba a tardar unos cuantos días en conseguir pasaje para salir de Inglaterra, a menos que...

El frasco se le cayó de la mano, y el costoso vodka se derramó sobre la alfombra persa.

—¿Qué te pasa, Tipova? —le preguntó Huntley, ceñudo, mientras se apresuraba a ir hacia él.

—Es una tarea sencilla si ya se tiene un barco preparado —masculló entre dientes.

—¿Qué?

—El *Katherine Marie*.

—¡Dios del cielo!

—Espero que estéis muy satisfechos de vosotros mismos.

Se volvieron hacia la puerta al oír aquello y vieron entrar a Leonida, que estaba muy hermosa ataviada con un vestido color marfil ribeteado en marta cibelina y con su cabellera rubia peinada con primorosos tirabuzones; aun así, lo que centró la atención de Dimitri fueron sus acaloradas mejillas y las lágrimas que le inundaban los ojos.

—Querida, no es el mejor momento... —Huntley se calló de golpe cuando su mujer le señaló con el dedo.

—Se ha marchado.

—¿Qué has dicho? —Dimitri sintió que un miedo gélido le recorría la espalda.

Leonida se volvió hacia él, y le fulminó con una mirada acusadora y llena de furia.

—Como me niego a matar de inanición a mis huéspedes mientras se les mantiene cautivos bajo mi techo, he ordenado que le prepararan a Emma una bandeja con el desayuno, pero al entrar en su habitación he visto que la cama estaba sin deshacer y no había ni rastro de sus pertenencias. Se ha ido, y toda la culpa la tenéis vosotros.

CAPÍTULO 16

Emma estaba en la proa del barco contemplando las olas, que relucían como el mercurio bajo la luz del sol. La costa de Alejandría iba acercándose en la distancia, y al ver las exóticas siluetas de las cúpulas y los obeliscos no pudo evitar estremecerse y preguntarse si había sido una necia al aceptar viajar hasta allí; de hecho, esa era una pregunta que se había planteado infinidad de veces desde que había accedido a marcharse de la casa del duque de Huntley con el califa Rajih.

Lo cierto era que él no le había dado razón alguna para que se inquietara. Se había comportado como todo un caballero durante el viaje y solo solían coincidir a la hora de la cena, ya que él iba a cenar a su camarote y se despedía con un casto beso en los labios antes de regresar a cubierta.

Ella no sabía si su actitud distante se debía a que había tenido que centrarse en enfrentarse al mar bravío junto con su tripulación, o si solo había flirteado con ella en Londres para que se confiara y accediera a subir a su barco... o a lo mejor, a diferencia de otros hombres, la consideraba una mujer que se merecía algo más que una aventura que la convertiría en objeto de burla de la tripulación.

Apretó la barandilla con fuerza y apretó los dientes al pensar sin querer en Dimitri Tipova. No estaba dispuesta a perder tiempo pensando en el hombre que había sacrificado a Anya con tal de obtener la venganza que tanto ansiaba.

—Imponente, ¿verdad?

Se volvió cuando una suave voz masculina le susurró al oído aquellas palabras, y se sorprendió al ver a Rajih ataviado con la túnica blanca típica de su país. Estaba acostumbrada a verle vestido al estilo europeo, y no pudo evitar un pequeño estremecimiento de admiración al ver al implacable hombre del desierto que se ocultaba bajo la fachada de sofisticación.

Se dijo que su inesperada reacción era comprensible, que para cualquier mujer sería un deleite contemplar la belleza de aquellas facciones morenas y austeras y aquellos ojos en los que brillaba una aguda inteligencia, pero se sintió turbada y se volvió con brusquedad hacia la enorme ciudadela que Rajih estaba indicándole con un orgullo patente. Era una fortaleza de piedra clara que abarcaba gran parte de la isla, y se había construido para defender Alejandría.

—Es impresionante —admitió, mientras contemplaba las murallas y los castillos de aspecto imponente que seguro que habían aterrado a los potenciales invasores.

—Sí, pero es una lástima que el famoso faro que se alzaba en otros tiempos en este lugar acabara siendo destruido. Se dice que poseía un espejo enorme con el que podían verse ciudades lejanas y hacer arder en llamas a los barcos enemigos que se acercaban.

Su tono de voz suave y distendido hizo que se desvaneciera parte de la tensión que la atenazaba, y esbozó una sonrisa al darse cuenta de que eso era lo que él pretendía.

—¡Qué espejo tan sorprendente!

—Sí, pero acabó por perderse, como tantos otros tesoros de mi pueblo —su voz reflejaba la angustia y la indignación que sentía por el saqueo continuado al que había sido sometido su país, pero estaba claro que estaba decidido a retomar las riendas del futuro de Egipto—. Bueno, ya basta de hablar del pasado, tenemos el futuro ante nosotros —indicó con un gesto el muelle, que era un hervidero de actividad.

Emma contempló fascinada el gentío que abarrotaba aquel lugar. Había hombres con turbante, mujeres con el rostro cubierto con un velo, marineros, pescadores, vendedores ambulantes, niños... gente de todo tipo que generaba un bullicio impresionante.

Le resultaba desconcertante, completamente distinto a lo que estaba acostumbrada, y se permitió el lujo de saborear por un momento aquel caleidoscopio de sonidos y vivos colores. ¡Qué diferente era todo aquello de la fría e insulsa casa donde había vivido durante tantos años! Nunca, ni en sus más disparatadas fantasías, había llegado a imaginar que un día estaría en la proa de un barco, contemplando la costa de Egipto junto a un apuesto califa.

Sacudió la cabeza, y se recordó la razón por la que había viajado hasta tan lejos.

—Es fascinante, pero no esperaba semejante gentío. ¿Cómo vamos a encontrar a Anya entre tanta gente?

—No creo que los secuestradores permanezcan en Alejandría, obtendrán un precio mayor por su mercancía en El Cairo. De momento vamos a tener que contentarnos con disfrutar de los encantos de la ciudad —se acercó un poco más a ella, y esbozó una sonrisa al verla soltar una pequeña exclamación de entusiasmo—. ¿Qué has visto?

Ella señaló hacia unos animales que había arrodillados en la orilla, y le preguntó con los ojos como platos:

—Son camellos, ¿verdad? He leído sobre ellos.

Él se echó a reír al verla tan entusiasmada.

—Así es. Son tan necesarios para mi gente como los caballos para la tuya, pero te advierto que pueden ser tan temperamentales como una mujer testaruda.

—¿Ah, sí? —le lanzó una mirada ceñuda que dejaba claro que no le veía la gracia al comentario.

Él le tomó la mano y le besó los nudillos, pero la soltó y

señaló hacia el horizonte antes de que ella pudiera protestar ante semejantes libertades.

—¿Ves aquella cúpula de allí?

—Sí.

—Es el serrallo del pachá.

—¿Qué es un serrallo?

—Un harén —sonrió al ver su predecible expresión ceñuda, y desvió su atención hacia el obelisco—. Allí están tanto la Aguja de Cleopatra como Amud el-Sawari, que los franceses denominan «Columna de Pompeyo» —fijó la mirada en sus labios mientras le acariciaba la mejilla con los dedos, y añadió—: Podría llevarte a ver las catacumbas si te apetece, son muy populares entre los turistas.

Ella sintió que el corazón le daba un pequeño brinco. Una mujer tendría que estar en la tumba para no sentir la potente atracción de aquel hombre.

—Pero supongo que no vamos a demorarnos demasiado aquí, ¿verdad?

—Hasta mañana por la mañana no tendremos un barco listo para llevarnos a El Cairo.

Emma aferró con fuerza la barandilla. Había dado por hecho que estaban ganándoles terreno a los secuestradores de Anya, ¿cómo iba a hacer un recorrido por Alejandría como una mera turista mientras se llevaban a su hermana cada vez más lejos?

—¿No podríamos ir en camello...?

—Será mucho más rápido y cómodo viajar en barco, Emma.

Ella soltó un bufido de impaciencia, y le espetó:

—No soy una ociosa dama de sociedad, estoy acostumbrada al trabajo duro y a carecer de comodidades cuando es necesario.

—Pero en este caso no lo es —le puso un dedo sobre los labios para acallar sus protestas antes de añadir con firmeza—: No dudo de tu fortaleza, pero no estás preparada para soportar la dureza del desierto. Confía en mí.

Ella suspiró, frustrada e impaciente. No quería confiar en él... ni en Dimitri, ni en ningún otro. Lo que quería era encontrar a Anya y regresar a casa, pero por desgracia, no tenía más opción que depender del califa y rogar para que fuera sincero al decir que quería ayudarla a rescatar a su hermana de los monstruos que se la habían llevado.

Regresó a su camarote mientras el barco atracaba, se puso un sombrero del mismo pálido tono orquídea que el vestido, y se cubrió el rostro con el velo. Permaneció a un lado mientras un muchacho ataviado con un calzón abombado y un chaleco se ocupaba de su escaso equipaje, y al bajar a tierra Rajih la condujo hacia un carruaje que estaba esperándoles.

Le chocó ver que unos criados con turbante corrían delante del vehículo y apartaban sin miramientos a todo el que se interponía en su camino, pero se limitó a preguntar:

—¿Dónde vamos a pasar la noche?

—Poseo una casa en Alejandría —indicó con un gesto a los hombres que iban llenando las calles para verles pasar y gritaban lo que con toda certeza eran palabras de bienvenida, y añadió—: Es mucho más modesta que la que tengo en El Cairo, pero nos ofrecerá una grata comodidad después de tan largo viaje.

Ella estuvo a punto de pedirle que especificara cómo tenía pensado organizar la cuestión del alojamiento, pero se distrajo cuando el carruaje se detuvo por culpa de una caravana de burros montados por hombres que tocaban unos pequeños tambores. Tras ellos caminaba un grupo de personas ataviadas con túnicas de seda ribeteadas en oro.

—Dios mío.

Rajih le pasó un brazo por los hombros, y le dijo con voz suave:

—No tengas miedo, entiendo que pueda resultarle un poco abrumador a un extranjero.

—¿Solo un poco?

—Aunque las costumbres, la moda e incluso la religión varían según el país, la gente es más o menos igual vayas a donde vayas.

Ella respiró hondo y contempló las palmeras que bordeaban la estrecha calle, los edificios de piedra clara donde había tiendas, hoteles y cafeterías con mesas llenas de hombres fumando unas pipas altas, y admitió:

—Sí, supongo que tienes razón —se fijó en los caballeros ataviados con chaquetas hechas a medida y calzón que caminaban por la calle como si pertenecieran a la realeza, y comentó—: La verdad es que me sorprende ver a tantos europeos.

—Ten en cuenta que mi pueblo ha estado bajo el dominio del sultán Kebir.

—¿Te refieres a Napoleón?

Él asintió con tanta rigidez, que no hizo falta preguntarle lo que opinaba de los invasores franceses.

—Sí.

—¿Y aún tenéis que libraros de los invasores infieles?

Se lo preguntó con voz suave, y al ver la decisión férrea que se reflejaba en su mirada supo que el califa Rajih era un hombre dispuesto a sacrificar lo que fuera, incluso su orgullo, con tal de conseguir que su país resurgiera de las cenizas.

—De momento nos hacen falta sus conocimientos —admitió, ceñudo—. Nuestros eruditos, ingenieros y científicos no tenían parangón en el resto del mundo en el pasado, reinábamos sin que nadie pudiera interponerse en nuestro camino.

—¿Vas a conquistar el mundo? —le preguntó, en tono de broma, mientras el carruaje volvía a ponerse en marcha y se dirigía hacia las afueras de la bulliciosa ciudad.

—Hoy no, pero nuestra gloria quedará reinstaurada con el tiempo.

Emma frunció la nariz. Egipto no había sido el único país que había sido invadido por Napoleón, ni el único en haber sacrificado la vida de incontables soldados al intentar expulsar a sus tropas.

—Quizás se deba al hecho de que no soy más que una insignificante mujer procedente de un remoto pueblecito de Rusia, pero prefiero la paz a la gloria.

Él se relajó de forma visible, alargó la mano hacia uno de los rizos que habían escapado del sombrero, y le dio un tironcito juguetón.

—No tienes nada de insignificante, Emma. Mi tripulación cree que tienes el corazón de una leona por tu belleza dorada y tu valentía indomable. Eres tan especial como la esmeralda más preciada —bajó el dedo por su cuello, y lo deslizó por la línea de su escote.

Ella se estremeció y se apartó de forma instintiva de aquellas caricias tentadoras; por muy atractivo que fuera, su corazón le pertenecía a otro hombre... aunque dicho hombre fuera un zopenco desagradecido.

—Basta, Rajih.

Él sonrió pesaroso antes de decir con resignación:

—Él sigue ocupando tus pensamientos a pesar de la distancia, ¿verdad?

—¿A quién te refieres? —las mejillas se le tiñeron de rubor, pero intentó aparentar indiferencia.

—A tu ladrón ruso.

—No tengo deseo alguno de hablar de Dimitri Tipova —luchó por contener la dolorosa sensación de pérdida que le atravesó el corazón, y añadió—: Es una parte de mi pasado que quiero olvidar.

—Y a pesar de todo, sigues llevándole en el corazón —antes de que pudiera reaccionar, le tomó la mano y se la llevó a los labios—. No temas, querida, con el tiempo lograré que le olvides.

Como sabía por experiencia propia lo inútil que era discutir con hombres arrogantes, decidió cambiar de tema de conversación.

—Cielos, ¿por qué se acercan tanto esos niños a los vehículos?

A juzgar por el brillo de diversión que relampagueó en sus

ojos negros, estaba claro que era consciente de su treta, pero le besó los nudillos una última vez y se inclinó a abrir la ventanilla. Varios niños desgreñados se acercaron corriendo y le dieron unos paquetitos, y él lanzó un puñado de monedas a la calle antes de cerrar la ventanilla y volverse de nuevo hacia ella.

Abrió con cuidado la hoja de higuera que hacía las veces de envoltorio, y dejó al descubierto un montoncito de frutos oscuros.

—Ten, prueba uno —la instó, mientras alzaba uno hacia su boca.

—¿Qué son?

—Dátiles bañados en miel.

Ella tomó un bocadito con cautela, y cerró los ojos mientras saboreaba aquella dulce delicia.

—Mmm... es pura ambrosía —murmuró, antes de pasarse los labios por la lengua de forma inconsciente. Abrió los ojos al oírle inhalar con brusquedad, y vio cómo se oscurecía su mirada mientras bajaba la cabeza hacia ella.

—Permíteme —le dijo él, con voz ronca, antes de besar la miel que le había quedado en los labios—. Sí, la más dulce ambrosía.

Ella se sintió embriagada por su incitante aroma, por aquel olor exótico y especiado tan tentador como la fuerza de la mano que le enmarcaba el rostro. Sería tan fácil ceder y dejar que intentara reemplazar a Dimitri en su corazón... estaba convencida de que semejante hazaña sería imposible, pero seguro que el intento sería placentero.

Por suerte, era una mujer que aprendía de sus errores. Dimitri la había traicionado cuando había corrido el riesgo de depender de él, así que no iba a darle a ningún otro la oportunidad de decepcionarla.

Le puso las manos en el pecho y se apartó de él con firmeza antes de decir:

—Nos hemos detenido.

Él tensó la mano en su mejilla por un instante antes de echarse hacia atrás a regañadientes.

Guardaron silencio cuando un criado vestido con túnica se apresuró a abrirles la portezuela, y fueron hacia una casa con el exterior de estuco rodeada de palmeras y mimosas. Mientras él la conducía por el vestíbulo hacia las estancias interiores, contempló admirada los suelos embaldosados y las fuentes rodeadas de divanes bajos. No hacía falta que nadie le dijera que los tapices que cubrían las paredes eran reliquias familiares, ni que los delicados jarrones eran obras de arte de incalculable valor. Incluso una plebeya rusa como ella sería capaz de darse cuenta de la exquisitez que la rodeaba.

Cuando cruzaron una enorme puerta doble que daba a un jardín cuadrado, él se detuvo al fin y se volvió a mirarla. Hizo una pequeña reverencia, y le dijo con formalidad:

—Bienvenida a mi modesto hogar, Emma Linley-Kirov.

Ella enarcó las cejas al contemplar la pequeña corriente de agua que serpenteaba entre las plantas, los lechos de flores que perfumaban el aire, la enorme fuente central que lanzaba un chorro vertical de agua y estaba rodeada de bancos de mármol... aquel jardín interior era como una joya oculta, y el hecho de que su presencia fuera tan inesperada acrecentaba aún más su encanto.

—¿Esta casa te parece modesta? —le preguntó, con cierta ironía.

—Perteneció a mi abuelo.

Alzó la mirada al oír un ruido, y la recorrió un pequeño estremecimiento al ver a varias aves de presa silueteadas contra el brillante cielo azul.

—¿Hay un harén?

—Por supuesto —esbozó una sonrisa, y dio un paso más hacia ella antes de indicar con un gesto la profusión de flores de colores vivos—; de hecho, estos jardines forman parte del serrallo, creo que te encontrarás muy cómoda aquí.

Ella se humedeció los labios, y tomó conciencia de repente de que estaban completamente solos en el jardín.

—Creo que será mejor que me hospede en un hotel...

Él le quitó el sombrero, y en sus ojos se encendió un brillo ardiente al ver cómo le caía sobre los hombros aquella sedosa cascada de pelo color miel.

—¿Temes que te encierre y te convierta en mi concubina?

—Sería una necia si no me preocupara.

—Tienes razón —soltó una pequeña carcajada, y le rozó los labios con los suyos en un beso fugaz antes de decirle con obvia sinceridad—: Soy un bruto por atormentarte así. Durante la estancia en mi país debes alojarte en las habitaciones de las mujeres, tal y como manda nuestra tradición. Es por tu seguridad, Emma, pero te aseguro que jamás serás mi prisionera.

Dimitri estaba en la terraza norte del Castillo de Windsor, contemplando ausente el paisaje nevado que se extendía ante sus ojos. Un criado había intentado dirigir su atención hacia el Támesis, que discurría entre los prados, y hacia el conjunto de edificios que se veía en la distancia y que según él pertenecían al colegio de Eton; también había intentado entretenerle contándole la historia de la torre circular del castillo, que se había construido por orden de Enrique II, y le había descrito la arquitectura de la capilla de San Jorge, que según él poseía un techo abovedado de piedra y unos vitrales que no tenían igual en el mundo entero.

Cuando al fin se había dado cuenta de que aquel ruso de expresión adusta no quería entrar a disfrutar de la calidez del Gran Vestíbulo a pesar del frío que hacía fuera, y de que el castillo no le impresionaba lo más mínimo, el criado había retomado sus quehaceres y le había dejado solo para que siguiera sumido en sus sombríos pensamientos.

Jorge IV había ordenado que tanto lord Sanderson como sir Jergens fueran trasladados al castillo para mantenerles presos e interrogarles allí, y aunque a Dimitri no le habían explicado el porqué de aquella decisión, estaba convencido de que el rey quería evitar que se hiciera público que algunos miembros de la nobleza estaban involucrados en un negocio tan repugnante como la trata de blancas; al parecer, a la sociedad se le debían ocultar asuntos tan sucios como aquellos.

Él estaba ansioso por acabar con todas las formalidades para que aquellos hombres pudieran ser trasladados a Rusia y el zar escuchara sus confesiones, pero no era esa la razón por la que estaba paseando como una fiera enjaulada por aquella gélida terraza. No, el terror visceral que le corroía las entrañas tenía una única causante: Emma Linley-Kirov.

Sintió que un dolor desgarrador le atravesaba el corazón.

Hacía tres días que ella había desaparecido de la mansión de Huntley, tres días de búsquedas inútiles por todo Londres, de enviar a docenas de criados tanto a los alrededores de la ciudad como a París y San Petersburgo para que intentaran encontrar alguna información sobre su paradero, tres días de noches en vela e incontables botellas de vodka para intentar acallar la culpa que le atormentaba.

Quizás debería aceptar la decisión que Emma había tomado; al fin y al cabo, él había hecho todo lo posible por evitar aquella ridícula costumbre de lanzarse de cabeza al peligro, ¿no? Si estaba decidida a conseguir que le rebanaran el pescuezo, él no podía hacer nada para evitarlo.

Aun así se debatía entre, por un lado, una furia ciega por el hecho de que ella hubiera rechazado su protección y se hubiera puesto en peligro, y por el otro la angustia de saber que ella se había ido de su lado por culpa de lo obsesionado que estaba por destruir a su padre.

¿Dónde demonios estaba? ¿Estaba sola?, ¿había encontrado alguna pista que pudiera llevarla hasta Valik y su hermana? A lo mejor la habían capturado...

Se sintió aliviado cuando el sonido de pasos que se acercaban le arrancó de sus oscuros pensamientos, y al volverse vio que se trataba de Huntley. Esperó a que se acercara, y contuvo una sonrisa al verle rechazar con irritación a los criados que revoloteaban a su alrededor intentando ajustarle bien el abrigo y ponerle una bufanda; de hecho, él mismo había lidiado una batalla similar al llegar al castillo, y había estado a punto de propinarle un puñetazo al insistente lacayo que parecía empeñado en quitarle los guantes y el sombrero.

Menos mal que pronto regresaría a San Petersburgo, donde nadie le tomaría por un pusilánime miembro de la nobleza incapaz de vestirse y desvestirse solo.

Huntley siguió caminando con paso rápido al pasar junto a él, y fueron juntos hacia los escalones que bajaban hacia la calle. Los dos estaban igual de deseosos de marcharse de Windsor y regresar a Londres.

—¿Ha salido todo bien?

Huntley soltó un bufido despectivo, y el frío reinante convirtió su aliento en una bocanada blanca de aire.

—Sanderson ha confesado los detalles de su sórdido negocio entre sollozos y patéticas súplicas de clemencia.

—¿Qué ha pasado con Jergens?

—También lo ha confesado todo. Es una lástima que Timmons consiguiera evadir la situación como un cobarde antes de que le encontraran los guardias.

Habían encontrado al señor Timmons muerto en su dormitorio, con una bala en la sien; al parecer, había sido incapaz de enfrentarse al sórdido escándalo que iba a salir a la luz.

—¿Han confesado la participación del conde Nevskaya?

—Con todo lujo de detalles —Huntley soltó una sonora carcajada antes de añadir—: Según ellos, fue el conde quien les propuso el negocio hace un par de años, y no han sido más que un par de marionetas en manos del malvado ruso.

Dimitri esperaba sentir un torrente de júbilo ante semejante noticia. Era el momento que había estado esperando desde que se había enterado de la muerte de su madre, por fin podía demostrar ante el mundo entero que su padre era un canalla depravado que se aprovechaba de jóvenes inocentes. La sociedad en pleno le daría la espalda al conde Nevskaya, iba a convertirse en un paria hundido en el deshonor.

Era lo que había soñado durante mucho tiempo, pero la escasa satisfacción que sintió estaba teñida del frío y el vacío que reinaban en su corazón en ese momento.

Mientras bajaban la empinada cuesta que conducía al patio inferior, empezó a golpetear sus relucientes botas de montar con la fusta sin darse cuenta y comentó:

—No dudo que esté diciendo la verdad. Sanderson no posee la astucia necesaria para urdir un plan tan intrincado, pero mi padre siempre ha sido un hombre inteligente.

—Sí, además de inmoral.

—Eso no es inusual en los miembros de la nobleza.

Huntley enarcó las cejas ante semejante acusación, y contestó:

—Yo podría decir lo mismo sobre los ladrones y los granujas.

Tomaron una curva del camino, ajenos a la nieve que caía sin cesar y Dimitri preguntó:

—¿Has acordado con el rey cuándo van a enviarles a Rusia?

—Digamos que... —Huntley hizo una pequeña pausa, como si estuviera buscando las palabras adecuadas—. Estamos en plenas negociaciones.

Dimitri masculló una imprecación. Su rostro se tensó, y le dijo en tono de advertencia:

—Huntley...

Su amigo le dio una palmada en la espalda antes de decir:

—Ten paciencia, Tipova. El rey considera que Alejandro Pavlovich hizo varios desaires durante su visita a Inglaterra, y aún está resentido por ello.

Dimitri empezó a enfurecerse. Había sacrificado mucho, y no estaba dispuesto a permitir que su venganza se viera amenazada por un mamarracho petulante que estaba sentado en un trono.

—Eso fue hace años, Huntley —masculló.

—Jorge es rey tras la muerte de su padre, pero no ha superado su desafortunada tendencia a comportarse con rencor y mezquindad... el pobre Brummell es prueba de ello.

A Dimitri no le extrañó que bajara la voz al hablar, porque los dos eran conscientes de los numerosos criados que pululaban por los terrenos del palacio. Siempre le había sorprendido la cantidad de nobles que no le prestaban ninguna atención a la presencia de la servidumbre; de hecho, gracias a esa actitud tan estúpida él podía conseguir con facilidad cualquier información que deseara, y la información granjeaba poder.

—Me trae sin cuidado si Alejandro Pavlovich se meó en el trono del gordo de tu rey, no permitiré que se me niegue la justicia que merezco.

El duque le agarró el brazo con fuerza, y mientras le llevaba a toda prisa hacia los caballos murmuró:

—No seas necio, Tipova. Con un poco de diplomacia, en poco tiempo lograré convencer al rey de que la mejor forma de evitar un escándalo es mandar a esos hombres a Rusia y culpar de todo al conde Nevskaya, pero no lograremos nada si le enfurecemos. Tienes que ser sensato.

Él se sacudió su mano con brusquedad antes de mascullar:

—No estoy de humor para ser sensato.

—Pues sé paciente, solo serán un par de días. Por fin lograrás tu venganza.

Dimitri soltó una carcajada seca antes de decir con aspereza:

—Sí, mi venganza.

A Huntley le llamó la atención aquella actitud, y le preguntó con curiosidad:

—Es lo que deseas, ¿no?

—Eso es lo que he creído siempre —fijó la mirada en el foso, donde había jardines en vez de agua—. Durante los últimos veinte años, le he dedicado mi vida a un único propósito: destruir a mi padre.

—Es comprensible que odies al hombre que destruyó a tu madre, nadie te culparía por ello.

Dimitri se preguntó si alguna vez podría pensar en su madre sin que le atormentara aquella profunda angustia. Lamentaba el hecho de que el conde Nevskaya se hubiera fijado en ella, que hubiera sido tan testaruda y temeraria como para intentar chantajearle, que le hubiera abandonado a él cuando más la necesitaba... sintió una punzada de dolor al pensar en otra mujer que también le había abandonado cuando más la necesitaba.

—Emma sí que me culpa.

—Ah.

—Me responsabiliza de que perdiéramos la oportunidad de encontrar a su hermana.

—Aquella noche estaba furiosa y no pensaba con claridad, Dimitri. Es plenamente consciente de que no tuviste nada que ver en el secuestro de su hermana.

—Puede que no me responsabilice del secuestro, pero cree que permití que se llevaran a Anya delante de mis narices —recordó lo que había pasado en el almacén, lo ansioso que estaba por ir tras lord Sanderson antes de que aquel mentecato pudiera escapar, y admitió—: Y no se equivoca.

—Les atraparán en cuanto regresen a Rusia —le aseguró Huntley.

Dimitri esbozó una sonrisa al oír el tono imperioso de su voz. En su opinión, la mayoría de nobles a los que conocía merecían que les hubieran ahogado al nacer, pero Huntley era una excepción; aun así, tenía una arrogancia innata enorme y daba por hecho que todos sus deseos debían cumplirse.

—Tanto los soldados de Alejandro Pavlovich como tus hombres estarán buscándoles, no tendrán escapatoria —añadió Huntley.

—Pero no van a regresar a Rusia —dijo una ruda voz con acento inglés.

Los dos desenfundaron con una rapidez letal las pistolas que llevaban en el bolsillo del abrigo, y apuntaron al hombre que estaba apoyado en un muro bajo de piedra.

—No hay necesidad de usar la violencia, soy un hombre pacífico —les aseguró el desconocido, mientras alzaba las manos para mostrarles que estaba desarmado.

Dimitri siguió apuntándole con mano firme. El tipo era bajito y delgado y vestía una tosca ropa de lana que parecía indicar que era un criado, pero la astucia que se reflejaba en su enjuto rostro y la clara advertencia que brillaba en sus ojos de un pálido tono azul evidenciaban que era peligroso. Él tenía a muchos hombres así a sus órdenes... hombres despiadados, implacables, y leales a la persona que les pagaba el sueldo.

—¿Quién es usted? —le preguntó con aspereza.

—El señor Thomas Stroutt, a su servicio —se quitó el raído sombrero que llevaba y les saludó con una torpe reverencia.

Huntley avanzó un poco, y le apuntó al entrecejo antes de decir:

—Le sugiero que nos explique de forma convincente por qué se ha entrometido en una conversación privada.

Thomas carraspeó antes de contestar:

—Creo que tengo información que puede serles de utilidad, caballeros.

Dimitri le lanzó una rápida mirada a Huntley para decirle sin necesidad de palabras que era conveniente escucharle. Estaba claro que Thomas Stroutt era lo bastante inteligente como para no abordar al duque de Huntley sin una razón de peso.

—Hable de una vez, no nos haga perder el tiempo —le espetó, con tono de advertencia.

—El señor Peter Abrahams me contrató.

—¿Para qué?

—Digamos que se me da bien descubrir información que otros intentan mantener oculta.

Dimitri arqueó la ceja al oír aquello. Aquel hombre era un agente de Bow Street o un cazarrecompensas, y en cualquier caso, seguro que era un tipo al que no se le escapaba ni un solo detalle.

—¿Quién es Peter Abrahams?

Thomas volvió a ponerse el sombrero antes de contestar:

—El padre de lady Sanderson, un caballero muy poderoso que adora a su hija y quiere asegurarse de su bienestar.

—¿Por qué le contrató?

—Porque tenía la sospecha creciente de que lord Sanderson estaba vinculado a una serie de tipos que no son de fiar.

—¿Que no son de fiar?, esa descripción se queda muy corta —rezongó Huntley, en voz baja.

Thomas escupió a un lado antes de decir con expresión sombría:

—Sí, ya nos hemos dado cuenta de eso; por desgracia, no conseguimos la información a tiempo de evitar que la pobre lady Sanderson se convirtiera en víctima de la traición de ese hombre.

—Aún no me ha dado una buena razón para que decida no meterle una bala entre ceja y ceja —le dijo Huntley.

Thomas le miró con cierto nerviosismo, porque era lo bastante inteligente como para darse cuenta de que el duque no era uno de esos inútiles pusilánimes que abundaban en la alta sociedad.

—En el curso de mis averiguaciones, descubrí que Abrahams y ustedes no eran los únicos que estaban investigando el negocio de lord Sanderson.

Dimitri se tensó al oír aquello. Había pasado muchas horas aguantando la molesta compañía de lord Sanderson, ¿cómo era posible que no se hubiera percatado de que había más gente espiando a aquel canalla?

Se dijo con ironía que estaba volviéndose descuidado con la edad. A lo mejor había llegado la hora de retirarse a su finca privada y aprender a pescar... ¿qué se suponía que debían hacer los ladrones al envejecer?, ¿cuidar los rosales?

Se obligó a dejar a un lado aquellos pensamientos absurdos, y se centró de nuevo en Thomas.

—¿Quién más?

—Uno de esos orientales.

—¿Chino?

—No, creo que es turco o algo así —a juzgar por su tono de voz, era obvio que sentía el típico desdén de los ingleses hacia los extranjeros.

—¿Sabe cómo se llama?

—Es el califa Rajih.

Huntley soltó una exclamación ahogada, y le preguntó con incredulidad:

—¿Está seguro de lo que dice?

—Sí.

Al ver la expresión de sorpresa que se reflejaba en el rostro de su amigo, Dimitri le preguntó:

—¿Le conoces?

—Fuimos juntos al colegio. Es egipcio, pero pasó buena parte de su vida en Inglaterra y Europa hasta hace un par de años. Se dice que el pachá Muhammad Alí le tiene en gran estima.

—¿Qué interés puede tener en Sanderson?

Thomas lanzó una mirada a su alrededor para asegurarse de que no hubiera nadie cerca antes de contestar:

—Cuando las mujeres que Sanderson compra dejan de servir en Londres, se las llevan a los mercados de esclavos de El Cairo.

Dimitri sintió que le recorría un escalofrío, y apenas fue consciente de que agarraba la bufanda que Thomas tenía alrededor del cuello y le daba una pequeña sacudida.

—¿Dónde está el califa en este momento?

Thomas consiguió zafarse de él antes de contestar:

—Zarpó de Londres hace tres días —se frotó el dolorido cuello sin apartar la mirada del tenso rostro de Dimitri, y añadió—: Iba acompañado de una mujer que se parecía mucho a la que se hacía pasar por su esposa, señor Tipova.

CAPÍTULO 17

El viaje de Alejandría a El Cairo se había pospuesto durante tres días por culpa de una inesperada tormenta de arena que había azotado el desierto, y la impaciencia de Emma no disminuyó lo más mínimo cuando por fin estuvieron a bordo del velero que les condujo por las aguas amarillentas del Nilo.

El paisaje que encontraban a su paso era espectacular. A un lado tenían la alfombra rojiza del desierto y al otro extensos campos verdes, pero fueron las pirámides lo que más la impresionó. Aún le costaba creer que estuviera allí de verdad, que todo aquello no fuera un extraño sueño.

Cuando llegaron a Bulak fueron sin demora a la casa de Rajih, que estaba a las afueras de la ciudad... bueno, él lo llamaba «casa», pero a ella le dio la impresión de que era un verdadero palacio. Se trataba de un edificio de tres plantas con suelos de mosaico, delicados tapices, y ornamentadas arañas de luces, y llegó a ver tres patios interiores, una mezquita privada y un pabellón abovedado antes de llegar a los jardines privados que rodeaban las estancias de las mujeres.

Tras atravesar las enormes puertas custodiadas por criados armados, llegó a una serie de apartamentos que daban a los baños privados. Los mosaicos del suelo estaban pintados con un precioso diseño en azul y marfil, y los frescos que adornaban las paredes mostraban la imagen de mujeres postradas a los pies de un califa del pasado. Junto a los extensos jardines, había una encantadora estancia con divanes bajos y unos espejos con marcos dorados donde se reflejaban los vivos colores de las flores que había más allá del pórtico de entrada.

Rajih se despidió tras llevarla hasta allí con un pequeño beso en la mejilla y le advirtió que la tarde era muy calurosa y que procurara permanecer en la sombra, pero en cuanto él se fue, Emma se escabulló por la parte posterior del jardín.

Era un caballero encantador y educado que la había tratado en todo momento con respeto y consideración; de hecho, era justo el tipo de hombre con el que había soñado de niña en Yabinsk, y de no ser por lo preocupada que estaba por su hermana y por lo que sentía por Dimitri Tipova...

Se obligó a apartar de su mente aquellos pensamientos tan inútiles y aceleró el paso. Estaba en El Cairo por un solo propósito: encontrar a Anya.

Mientras caminaba con paso decidido, ataviada con un vestido de viaje en un tono lila claro y con el rostro cubierto por el tupido velo del sombrero, colocó mejor la pequeña pistola que llevaba metida en una de las mangas del vestido. No era estúpida, sabía que era muy peligroso que una mujer recorriera sola aquellas estrechas calles de tierra, pero no tenía otra opción.

Por muy atractivo y atento que fuera Rajih, por muy dispuesto que estuviera a complacerla, para él no era más que una mujer indefensa que debía acatar sus órdenes. Estaba decidido a buscar a Anya a su manera y según su propio criterio, y eso era inaceptable para ella.

Buscó por los bazares haciendo caso omiso de las miradas lujuriosas de los hombres, ignoró las risas estridentes de las mujeres que vestían reveladoras prendas semitransparentes y mostraban sus cuerpos sin pudor apoyadas en balcones de madera; de hecho, lo que más la inquietaba eran los perros que circulaban entre el gentío y los jóvenes montados en burro que parecían decididos a atropellar a los pobres peatones.

Al doblar una esquina sintió que le caía una gota de sudor por la espalda, y recordó que Rajih le había advertido que aún no estaba preparada para aguantar aquel intenso calor. Se detuvo de golpe al ver justo delante una puerta abierta que daba a un bazar cubierto, y le dio un brinco el corazón al notar el olor de un potente perfume.

Se sobresaltó cuando un brazo le rodeó la cintura desde atrás, pero su grito quedó ahogado por la mano que le tapó la boca. Se debatió en vano mientras la llevaban hacia atrás, de vuelta a la calle, y sintió un alivio enorme al reconocer el olor de la colonia de Rajih.

—Creo que será mejor dar por acabada tu pequeña excursión —le dijo él, después de meterla en su carruaje con enojo apenas contenido; después de sentarse junto a ella, le quitó el sombrero sin contemplaciones y lo lanzó al suelo—. Empiezo a solidarizarme con tu pobre cosaco, ¿no tienes ni el más mínimo instinto de supervivencia?

Ella entrelazó las manos sobre el regazo mientras luchaba por ocultar lo nerviosa que estaba, y alzó la barbilla antes de contestar en actitud desafiante:

—He venido a rescatar a mi hermana, no estoy dispuesta a permanecer oculta en tu harén.

—¿Acaso dudas que esté haciendo todo lo posible por encontrarla? —le preguntó, con el rostro rígido de furia.

Emma fijó la mirada en la ventanilla mientras intentaba encontrar las palabras adecuadas para hacerle entender la imperiosa necesidad que le quemaba por dentro.

—Anya es mi hermana y mi responsabilidad, no soportaría pensar que no he hecho todo lo que estaba en mis poder por protegerla —cerró los puños, llena de frustración, antes de añadir—: ¿Tanto cuesta entenderlo?

Tras un breve momento de silencio, él le puso la mano en la mejilla y la instó con suavidad a que se volviera a mirarle.

—Debo admitir que siento celos de tu hermana, *habiba* —admitió, con voz ronca.

—¿Por qué?

—Por la intensidad del amor que sientes por ella. Cualquier hombre se sentiría honrado de recibir un regalo tan escaso y preciado.

Ella hizo una mueca al pensar en los pocos hombres que se habían dignado a prestarle atención en toda su vida, y sostuvo sin vacilar la mirada ardiente de aquellos ojos oscuros al decir:

—Los hombres que he conocido hasta el momento no estaban interesados en lograr un puesto en mi corazón, sino en mi cama.

—Algunos hombres pueden ser rematadamente estúpidos —le contestó él con voz suave mientras le acariciaba el labio inferior con el pulgar.

—Sí, ya me he dado cuenta.

—Y a algunos les resulta más fácil revelar el deseo que siente su cuerpo que confesar los secretos que albergan en el corazón.

Ella sintió que su propio corazón le daba un pequeño vuelco. Aquella traicionera reacción revelaba el hecho de que, en el fondo, seguía anhelando creer que para Dimitri había sido algo más que un cuerpo en su lecho, y demostraba a las claras lo necia que podía llegar a ser.

—Da igual, no tengo intención alguna de ofrecerle mi corazón a nadie.

—¿Por qué?

—Porque cuando encuentre a mi hermana regresaré a Yabinsk con ella, y me dedicaré a cuidarla y a encargarme de mi negocio.

Él fijó la mirada en sus labios, y deslizó el pulgar hacia la comisura de su boca antes de decir:

—No creerás en serio que puedes retomar una existencia tan rutinaria, ¿verdad?

Emma prefería no pensar ni en su modesta casa de postas ni en la pequeña casa donde había vivido durante tantos años, y le preguntó con cierta amargura:

—¿Qué opción me queda?

—Podrías quedarte conmigo.

—¿En calidad de qué?, ¿de concubina?

Él le rozó los labios con los suyos en un beso breve y suave antes de contestar:

—¿Estás proponiéndome algo más formal?

—Por supuesto que no —se apresuró a decir, sonrojada—; de hecho, supongo que debes casarte por conveniencia política.

Él bajó la mano al oír aquello, y contestó con expresión velada:

—Obedeceré los deseos del pachá.

—¿Te desagrada la idea de casarte por motivos políticos? —era obvio que había dado con un tema delicado.

—Supe que iba a convertirme en un mero peón desde que mi padre me envió a Inglaterra para que me formara como diplomático.

—Eso no responde a mi pregunta.

Al ver que la miraba en silencio con expresión tensa, tuvo la impresión de que su persistencia le había tomado por sorpresa, pero su desconcierto le resultó comprensible; al fin y al cabo, estaba claro que no estaba acostumbrado a revelar sus sentimientos... quizás era algo que cabía esperar en alguien que era califa de nacimiento.

Se lo imaginó de niño, cuando se había visto obligado a presenciar impotente la ocupación de su país por parte de invasores infieles, y lo aterrado que debía de haberse sentido cuando le habían enviado a Inglaterra y había tenido que enfrentarse solo a aquel lugar tan diferente.

Cualquier persona en su lugar habría aprendido a guardar con celo sus emociones.

Él asintió tras un largo momento, y admitió:

—Sí, me desagrada sobremanera no poder disponer de mi propia vida como me plazca, pero acepto mi deber —su expresión se suavizó mientras contemplaba su rostro alzado, y añadió—: Aunque lo principal es que he descubierto lo importante que es aprovechar los escasos momentos de felicidad que se presentan en la vida.

Ella bajó la cabeza para no dar pie a que siguiera flirteando, porque tenía la impresión de que su caballerosa contención se esfumaría en cuanto le alentara lo más mínimo.

—¿No has averiguado nada sobre mi hermana?

Él soltó un sonoro suspiro, y corrió la cortina de la ventanilla del carruaje para que no entrara tanto sol.

—El *Katherine Marie* llegó al puerto de Alejandría dos días antes que nosotros, y la tripulación permaneció en la ciudad una noche como mínimo.

Emma se debatió entre el alivio de saber que aún estaba bien encaminada tras la pista de su hermana y la frustración de seguir teniéndola fuera de su alcance.

—¿Hacia dónde se dirigieron después?, ¿vinieron a El Cairo?

—Esa era su intención.

Ella se tensó al oír un extraño matiz en su voz, y se apresuró a preguntar:

—¿Qué es lo que pasa?

—El ruso que estaba a cargo de las jóvenes tenía mucha prisa por marcharse de Alejandría cuanto antes, quizás intuía que estaban siguiéndole.

—Rajih —le agarró el brazo y tuvo ganas de zarandearle hasta que le contara toda la verdad.

—Tal y como te dije, lo más conveniente es realizar el trayecto en barco, pero es el método más visible. Un contrabandista no correría el riesgo de llamar la atención de los guardias del pachá.

Aquello tenía sentido; al fin y al cabo, los secuestradores habían hecho gala de una innegable capacidad de permanecer ocultos.

—En ese caso, ¿cómo hicieron el trayecto?

—En caravana.

Ella le miró ceñuda. Desde su llegada a Egipto había visto numerosas veces largas líneas de camellos e incluso caballos en la distancia, y aunque no le parecía un método demasiado cómodo para viajar, sabía que era muy habitual en aquel lugar.

—No entiendo qué... —se calló de golpe al entender por qué parecía tan intranquilo—. ¡Dios mío, la tormenta de arena!

—Exacto.

—¿Sabes si...?

—Aún no se sabe nada de ellos, Emma. Es posible que la tormenta les desorientara y aún estén en el desierto, y he dado aviso a las tribus beduinas para que les busquen.

Ella se inclinó hacia delante y se cubrió el rostro con las manos mientras la atenazaba un miedo que estaba volviéndose demasiado habitual. La noche anterior había soñado que Anya aún era un bebé, que al ir a buscarla había encontrado su cuna vacía, que había empezado a correr por la casa a oscuras mientras gritaba pidiendo ayuda y nadie había ido a auxiliarla.

Se preguntó si había sido una premonición, si su hermana estaba muerta, y sintió que la obstinada convicción de que iba a encontrarla y a regresar a Yabinsk con ella se tambaleaba de repente.

—Es como si el destino se empeñara en mantenerme alejada de Anya —susurró, con voz estrangulada, mientras los ojos se le inundaban de lágrimas.

Rajih le pasó el brazo por los hombros y la apretó contra los fuertes músculos de su pecho antes de murmurar con voz tranquilizadora:

—Los encontrarán, ya lo verás.

Ella bajó las manos, y echó la cabeza hacia atrás para poder mirarle a la cara.

—He oído eso una y otra vez, pero sigo tan lejos de encontrarla como cuando salí de Rusia.

—Vamos, Emma, no es propio de ti perder la esperanza —la miró con preocupación, y le secó las lágrimas con el pulgar.

Ella negó con la cabeza. El calor que reinaba en el carruaje era agobiante, y se oyó en la distancia la llamada a la oración procedente de una mezquita... en ese momento fue más consciente que nunca de lo lejos que estaban tanto Rusia como la forma de vida por la que tanto había luchado.

—No se trata de perder la esperanza, sino de aceptar que carezco de la habilidad necesaria para ayudar a mi hermana.

El carruaje se detuvo en ese momento, y Rajih la condujo con actitud solícita hacia la casa; mientras cruzaban el jardín camino del serrallo, el frufrú de su túnica y el murmullo del agua de las fuentes contribuyeron a serenarla un poco.

—Estás cansada y hambrienta, seguro que mañana ya habrás recobrado las fuerzas y encontrarás nuevas formas de aterrarme.

Emma se dio cuenta de que tenía razón. Ni siquiera se acordaba de la última vez que había logrado dormir una noche entera.

—Sí, la verdad es que estoy cansada.

Él se detuvo en el pórtico que daba paso a los jardines privados del harén, y le hizo una indicación a una mujer esbelta y tapada con velos que se apresuró a acercarse.

—Ve con Samira, tiene unas manos milagrosas —se despidió de ella con un pequeño beso en la frente, y se fue sin más.

El peso de aquella fatiga tan inusual en ella era tan grande, que dejó que la mujer la llevara hacia el umbrío y fresco interior del harén. Quizás fuera por el calor, por las semanas llenas de tensión o por el largo viaje; fuera por lo que fuese, la cuestión era que en ese momento necesitaba disfrutar de unas horas de paz.

Se quitó el vestido y la ropa interior con la ayuda de Samira al llegar a las estancias interiores, y suspiró de placer al desprenderse de la pesada tela. No le extrañó que las mujeres del país usaran túnicas sueltas y pantalones de seda, hacía demasiado calor para vestir la ropa europea.

Dejó que la criada la condujera hacia los baños, se sumergió en el agua, y se tumbó con la cabeza apoyada en los azulejos del borde y la mirada fija en la bóveda de cristal del techo.

La tensión fue evaporándose poco a poco de sus músculos, y alejó de su mente tanto a Anya como a Dimitri y al califa Rajih. Quería olvidarse de sus problemas durante unas horas.

Salió de los baños tras una maravillosa hora de relajación, y tras envolverse en una fina toalla siguió a Samira hasta una estancia iluminada por una luz tenue. En el centro había apilados varios almohadones de terciopelo, y junto a ellos había una bandeja de plata que contenía varias botellas de aceites y unos cuantos incensarios encendidos.

Siguiendo las instrucciones que Samira le daba mediante gestos, se tumbó boca abajo sobre los mullidos almohadones, pero ocultó el rostro contra uno al notar que la mujer abría la toalla; a diferencia de las mujeres de la nobleza, ella no estaba acostumbrada a estar desnuda ante las criadas, y mucho menos a que la tocaran de forma tan íntima.

Oyó unos pasos suaves y el tintineo de botellas antes de notar que alguien se arrodillaba a su lado, y al cabo de unos segundos le echaron sobre la espalda un aceite cálido de aroma embriagador que se deslizó con sensualidad por su piel desnuda.

Aún estaba intentando asimilar aquellas extrañas sensaciones cuando sintió la inesperada pero placentera sensación de unos cálidos dedos masculinos acariciándole la espalda. Era pecaminoso, decadente... y maravilloso.

—Rajih —susurró, con voz entrecortada. No le hacía falta girar la cabeza para saber que era él, su aroma era inconfundible.

—¿Te complacen mis caricias? —murmuró él con voz suave.

—No deberías...

—Shhh... permite que alivie tu tensión —se lo susurró al oído, mientras le masajeaba los rígidos músculos de la base de la espalda.

—Creía que los hombres tenían prohibido entrar en las habitaciones de las mujeres a menos que fueran...

—¿Eunucos?
—Sí.
—Pero yo no soy un hombre cualquiera, Emma. Soy un califa —en su voz se reflejaba su arrogancia innata—. Voy adonde me plazca, y me place muchísimo estar aquí contigo.

Ella se estremeció, consciente de que debería exigirle que se marchara.

—No voy a convertirme en tu concubina.

—Quizás deberías esperar a que te ofrezca el puesto antes de rechazarlo.

—Pero... —su reprimenda la desconcertó tanto que le miró por encima del hombro, y se quedó sin palabras al verle mirándola con una sonrisa que indicaba que estaba bromeando.

Siempre estaba guapo, pero en ese momento estaba casi irresistible. La túnica que llevaba se le había aflojado y dejaba entrever su pecho fuerte y bronceado, y aquella sonrisa juguetona suavizaba sus cinceladas facciones.

—Se me ofrecen las mujeres más bellas del mundo —le recordó, mientras sus mágicos dedos seguían masajeándole la espalda—. Mujeres de pelo rojo como el fuego o negro como el azabache, desde las que han sido instruidas en el arte de dar placer a un hombre hasta las que han permanecido aisladas desde la infancia para salvaguardar su pureza.

Emma sabía que no estaba fanfarroneando a pesar del brillo burlón que se reflejaba en sus ojos. Era un príncipe entre su gente y un hombre de un atractivo extraordinario, así que estaba convencida de que cualquier mujer se sentiría honrada de llamarle la atención; además, seguro que tanto los jeques como los jefes de los distintos clanes le ofrecían sus mujeres más hermosas.

—Seguro que algunas de ellas son princesas —le siguió el juego, sonriente. Ni ella misma entendía por qué le resultaba indiferente su propia desnudez y el hecho de que él siguiera masajeándole la espalda, sabía que debería sentirse avergonzada.

—Sí, por supuesto.

—Ya veo —recorrió la estancia con la mirada, y comentó—: Y aun así, tus harenes están vacíos.

Él deslizó los labios por su hombro antes de que pudiera reaccionar, y contestó:

—Ya sabes que he pasado varias semanas lejos de mi país.

Ella aferró los almohadones con fuerza; a pesar de su renuente corazón, no pudo evitar que su cuerpo reaccionara ante aquellas expertas caricias.

—¿Y todas tus mujeres han conseguido escapar durante tu ausencia?, qué lástima.

—No temas, me bastaría con hacer saber que busco compañía para tener el serrallo repleto de mujeres hermosas y deseosas de complacer a su amo y señor —le aseguró, mientras avanzaba hacia su cuello dejando un reguero de mordisquitos a su paso.

Emma soltó un resoplido de indignación a pesar de que su cuerpo amenazaba con derretirse ante aquellas cálidas caricias, la mezcla de los aromas del incienso y los aceites la embriagaba y le resultaba difícil pensar con claridad.

—¿Amo y señor?

Él le mordisqueó el lóbulo de la oreja antes de contestar:

—Por supuesto. En el fondo sigo siendo un salvaje.

—En ese caso, es una suerte que no esté destinada a ser un miembro de tu harén. Ningún hombre será mi amo y señor.

Supo que había cometido un error en cuanto aquellas palabras salieron de sus labios. Rajih inhaló con brusquedad, hundió las manos en su pelo húmedo, y la instó a arquear el cuello para poder deslizar los labios por su garganta.

—Me desafías a que te demuestre lo equivocada que estás, *habiba* —le dijo, con voz ronca.

—No he... —sintió una oleada de calor en la boca del estómago cuando él alcanzó la sensible zona de unión entre cuello y hombro, y solo alcanzó a decir—: Oh, eso es trampa... —sintió la caricia de su aliento cuando él se echó a reír.

—¿Acaso tiene reglas nuestro juego?
—¿Crees que esto es un juego?
—Es una diversión encantadora.
—¿Me consideras un premio que hay que ganar? —se le encogieron los dedos de los pies mientras intentaba pensar con claridad.
—Estoy dispuesto a ser tu recompensa si lo deseas —le ofreció con caballerosidad, antes de cambiar un poco de postura para que notara contra el muslo el contacto de su dura erección—. Dime lo que deseas.
Emma se tensó de golpe, y se dio cuenta de que la situación había ido demasiado lejos.
—Rajih...
Ni siquiera ella sabía lo que iba a decir, pero dio igual, porque en ese momento una criada se arrodilló en la puerta y susurró:
—Mi señor...
Rajih masculló una imprecación ante aquella interrupción tan inoportuna, y se apresuró a tapar a Emma con la toalla y a colocarse delante de ella para ocultarla de la mirada de la criada.
—He ordenado que no se me interrumpa.
—Discúlpeme, califa, pero su ayudante ha insistido en que desearía hablar con Girard Bey —la cabeza gacha de la mujer tocaba el suelo—. Ha dicho que tiene información que puede interesarle.
Él se debatió durante un tenso momento entre ordenarle a la criada que se fuera y la curiosidad que sentía por la inesperada visita del recién llegado, y al final se pasó los dedos por el pelo en un gesto de frustración y aceptó lo inevitable.
—Ofrécele café y dile que enseguida voy.
—Como usted ordene, califa —la mujer se levantó y se esfumó en silencio.
Rajih miró a Emma con una sonrisa tensa y ojos llenos de deseo insatisfecho, y le dijo con rigidez:

—Discúlpame —se levantó con fluidez y elegancia, y se puso bien la túnica antes de añadir—: Me temo que debemos aplazar hasta después nuestro entretenimiento.

—Espera, por favor —se puso de pie a toda prisa mientras aferraba la toalla contra su cuerpo con firmeza, y le agarró el brazo para detenerle.

Él le cubrió la mano con la suya y la contempló con una mirada ardiente antes de decir:

—¿Tan impaciente estás, Emma? Te prometo que no te haré esperar demasiado.

Ella hizo caso omiso de sus sugerentes palabras, porque su mente volvía a estar centrada en Anya.

—¿Sabes si ese hombre tiene información sobre mi hermana?

Dio la impresión de que su orgullo se resentía un poco al ver que ella cambiaba de tema con tanta facilidad, pero le contestó con voz suave:

—No, Girard Bey vive en la ciudad. Son los habitantes del desierto los que pueden encontrar la caravana —le besó la mano antes de echar a andar hacia la puerta, y añadió—: Regresa a los baños, me reuniré allí contigo en cuanto pueda.

Emma se obligó a contar hasta cien antes de marcharse a sus aposentos privados, donde se puso a toda prisa la holgada ropa de un vivo tono azul y ribeteada en oro que le habían dejado preparada encima de la cama. Le resultó raro sentir el fresco satén contra la piel sin ropa interior, pero tenía demasiada prisa como para pensar en el recato.

Atravesó el harén con paso rápido, y no prestó atención ni a los guardias que custodiaban la puerta ni a los criados que la miraron atónitos mientras se dirigía hacia los salones formales de la casa. No sabía si a las mujeres se les permitía ir más allá del serrallo, pero estaba decidida a ir tras Rajih.

Aunque no tenía la sospecha de que él tuviera intención de mentirle de forma deliberada, le consideraba más que capaz de ocultarle información, incluso en el caso de que fuera algo relativo a Anya.

Fue el sonido de voces lo que la guió hacia un enorme salón situado en el otro extremo de la casa. Se detuvo en una puerta lateral, y al asomarse con cautela no pudo evitar darse cuenta de lo bello que era el mosaico del suelo y de la preciosa pintura de un oasis que adornaba el techo. Los divanes estaban tapizados en terciopelo rojo y salpicados de cojines de satén dorado, y como las altas ventanas tenían los postigos cerrados para impedir que entrara el sol, el lugar estaba bañado en sombras y reinaba en el ambiente un frescor muy agradable.

En uno de los divanes estaba sentado un caballero de mediana edad ataviado con una chaqueta de corte europeo de color verde claro y calzón negro. Tenía el rostro enjuto y unos ojitos redondos que recordaban a los de un roedor.

—Disculpe que le importune, califa —estaba diciendo en ese momento, con un marcado acento francés.

Ella se apretó contra el marco de la puerta al ver entrar a Rajih por una arcada con una bandeja de plata en las manos, y esbozó una pequeña sonrisa. El francés iba vestido a la última moda y tenía el aire típico de un noble acostumbrado a una vida llena de privilegios, pero Rajih le eclipsaba por completo a pesar de llevar puesta una túnica (una prenda que, para muchos hombres occidentales, sería poco más que un vestido), y de tener en las manos una bandeja como si fuera una doncella.

Había algo salvajemente masculino en el califa capaz de eclipsar a cualquier otro... exceptuando a Dimitri Tipova, claro.

Se apresuró a apartar aquel traicionero pensamiento de su mente, y se centró en los dos hombres que tenía delante.

—Mis puertas siempre están abiertas para usted, amigo mío —Rajih dejó la bandeja sobre la mesita que había frente al diván, y agarró la licorera de cristal—. ¿Le sirvo un jerez?

El desconocido se inclinó hacia delante, agarró un vasito... y Emma se quedó atónita al ver que se metía un fajo de francos en el bolsillo interior de la chaqueta.

—Conoce mis debilidades demasiado bien —dijo el tipo, con una sonrisa lisonjera.

Rajih se encogió de hombros, como si estuviera acostumbrado a ofrecer dinero junto con un vaso de jerez, y contestó con naturalidad:

—Los placeres no son debilidades, y es un honor para mí asegurarme de que se sienta cómodo durante su estancia en mi país.

—Muy amable de su parte.

—Supongo que ha venido a darme alguna información, ¿verdad?

—*Oui* —el hombre apuró su vaso de jerez y lo dejó sobre la mesita antes de decir—: Usted me pidió que le avisara si me enteraba de la llegada a El Cairo de algún ruso.

—¿Y bien?

—Tengo entendido que el embajador ruso acaba de recibir en su casa a un pequeño grupo de compatriotas.

Emma frunció el ceño al oír aquello. Se preguntó si el embajador también estaba involucrado en la trata de blancas, y de ser así, si era tan desvergonzado como para ordenar que llevaran a las jóvenes secuestradas a su propia casa. Le parecía un riesgo innecesario, teniendo en cuenta que el pachá se oponía de forma radical a aquella práctica tan deleznable.

—¿Puede darme algún nombre? —le preguntó Rajih.

—Dimitri Tipova —le contestó el francés, ajeno al hecho de que a escasa distancia de ellos Emma tuvo que taparse la boca con la mano para ahogar un grito de incredulidad—. De momento he averiguado que no tiene título nobiliario, pero a juzgar por el recibimiento tan solícito que se le ha dado, debe de tener muy buena relación con los Romanov. ¿Es el hombre al que busca?

Rajih bajó la cabeza y en su rostro se reflejó más resignación que sorpresa, como si no le extrañara que Dimitri hubiera viajado a El Cairo.

—Sí.

—No va a resultar fácil sacarle de El Cairo si está bajo la protección del embajador —le advirtió el francés.

—No se preocupe, Girard, yo me encargaré de Dimitri Tipova.

CAPÍTULO 18

Dimitri era consciente de que su habilidad de integrarse en cualquier ambiente era su mayor baza. Podía desenvolverse en los barrios bajos de Moscú con tanta naturalidad como en el salón de baile del Palacio de Invierno, y con la ropa adecuada, nadie sospecharía que era un impostor.

Aquel talento le había ayudado a avanzar en la vida, a dejar de ser un ladronzuelo pobretón y convertirse en el Zar Mendigo, pero aun así, en ese momento no se sentía nada cómodo.

Su incomodidad no se debía al hecho de que llevaba puesta una túnica en vez de su habitual ropa hecha a medida, ni a que tenía justo al lado a unos niños abanicando con hojas de palmera en un intento de aliviar el calor sofocante que reinaba en aquella casa baja de ladrillo con arcos en las puertas y mosaicos en los suelos. Había viajado varias veces por el Oriente Próximo, y se había acostumbrado a sus tradiciones.

No, su incomodidad se debía por entero al rechoncho caballero que estaba espatarrado en el diván que tenía enfrente.

No sabía la razón que había llevado a Alejandro Pavlovich a ofrecerle el puesto de embajador en Egipto a aquel hombre, pero tenía la sospecha de que lo había hecho para deshacerse de su vil presencia. No había otra explicación para el hecho de que le hubiera nombrado embajador, a pesar de que estaba claro que era un incompetente.

El barón Koman vestía ropa holgada, y estaba retrepado contra los cojines mientras fumaba en narguile y esperaba a que una atractiva doncella volviera a llenarle el plato. Su pelo rubio empezaba a escasear, y su orondo rostro estaba enrojecido e hinchado debido a años de libertinaje.

Aquel tipo le recordaba a las ruinas que había a las afueras de El Cairo, y le habría encantado que la arena del desierto lo barriera también de la faz de la tierra.

—¿Le apetece un poco de rabo de buey? —le ofreció Koman, ajeno a la antipatía que despertaba en él.

—No, gracias —Dimitri se levantó del diván mientras contenía a duras penas un estremecimiento de repugnancia, y se acercó a la fuente que había en el centro de la estancia. Se le estaba revolviendo el estómago por culpa del calor y del humo del narguile—. Prefiero comer algo más ligero a una hora tan temprana.

—Eso explica la buena figura que tiene —el barón soltó una carcajada antes de admitir—: Por desgracia, la mía revela lo mucho que me gusta lo que cocina mi chef y cuánto me desagrada hacer ejercicio. La culpa la tiene este dichoso calor, hay que ser un bárbaro para ir de un lado a otro cuando lo más sensato es sentarse a la sombra.

—Supongo que a los nativos les asombraría ver cómo nos abrimos camino entre la nieve en Rusia.

—Muy cierto, muchacho.

Dimitri permaneció en silencio mientras el barón se chupaba los dedos y le miraba con curiosidad. El tipo solo sabía que era un buen amigo tanto de Alejandro Pavlovich como del duque de Huntley, y que había ido a Egipto en busca de unas jóvenes rusas que habían sido secuestradas y vendidas como esclavas. No había necesidad alguna de explicarle que también era un peligroso ladrón que estaba bajo amenaza de muerte en varios países (en Egipto no, al menos de momento).

—Vivir en un país que no está civilizado del todo tiene sus ventajas —siguió diciendo Koman, con un brillo lascivo en los ojos—. Cuando acabe de comer iremos a los baños, un hombre puede disfrutar allí de cualquier placer que desee.

Por desgracia, Dimitri ya había visitado varios de los baños de la ciudad, así que era consciente de los placeres que se ofrecían allí.

—Es una oferta tentadora, pero me urge hablar con el califa.

—Mi querido Tipova, ya le advertí ayer que no se puede solicitar sin más una audiencia con él. Existe un rígido protocolo que hay que seguir a rajatabla.

Dimitri lamentó por enésima vez haber ido a ver al embajador. Durante el viaje le había parecido una decisión razonable contactar con él y solicitar su hospitalidad durante su estancia en El Cairo, ya que Huntley le había advertido que si irrumpía como un loco en la ciudad en busca de Emma no solo iba a granjearse la enemistad de los habitantes de la zona, sino que además iba a avergonzar a la mujer a la que había ido a recuperar, pero estaba claro que había cometido un error de cálculo.

Aquel orondo bufón no iba a mover ni un dedo para ayudarle, y además, él no estaba de humor para comportarse con diplomacia. La necesidad de encontrar a Emma era como un fuego salvaje que le quemaba las entrañas, y estaba dispuesto a tamizar hasta el último grano de arena de aquel dichoso país con tal de encontrarla.

—Tengo en mi poder una carta de presentación del duque de Huntley, ¿qué más puede hacerme falta? —masculló, ceñudo.

—Nunca se sabe con estos infieles, me pondré en contacto con el califa cuando llegue el momento apropiado. No se preocupe, le prometo que hasta entonces me aseguraré de que no se aburra. Mencionó que está interesado en los burdeles de la zona, ¿verdad? Conozco a una mujer que baila...

—Mi único interés reside en encontrar a las jóvenes rusas que fueron secuestradas.

Koman soltó un sonoro suspiro mientras luchaba por levantar su considerable mole del diván, y comentó con voz quejumbrosa:

—De Alejandro Pavlovich cabría esperarse esta tediosa falta de apreciación por los exóticos placeres que ofrece este país, pero usted me ha decepcionado, Tipova.

Dimitri esbozó una sonrisa antes de contestar con ironía:

—Al parecer, es mi sino decepcionar a todo el que se cruza en mi camino. ¿Ha oído rumores relativos a la venta de jóvenes rusas?

Koman hizo un simple gesto que bastó para que todos los criados se apresuraran a salir de la estancia, y esperó hasta que se quedaron los dos solos antes de contestar:

—La lucha de Muhammad Alí contra la trata de esclavas ha hecho que los traficantes se vuelvan muy cautos, ya no exhiben a las mujeres por el bazar para que las compren —se sacó un pañuelo de la manga, y esquivó su mirada antes de añadir—: Hay que recibir una invitación a las subastas privadas.

Dimitri se tensó al darse cuenta de que aquel malnacido estaba más que familiarizado tanto con los traficantes como con su delicada mercancía.

—Estoy convencido de que un caballero tan influyente como usted podría conseguir con premura la invitación necesaria.

—Sin duda, pero sería muy tedioso. Es mejor dejar que los agentes se ocupen de esos asuntos —esbozó una sonrisa forzada, y retrocedió hacia la puerta—. En fin, eh... si me disculpa...

—Por supuesto.

Dimitri no impidió que aquel idiota se escabullera de allí, no valía la pena tomarse esa molestia. Aquel tipo era un inútil y una vergüenza para Rusia, pero tenía que haber alguien en aquella casa que pudiera serle de utilidad.

Salió de aquella estancia llena de humo mientras intentaba recordar el breve recorrido que había hecho por la casa la tarde anterior. Había un edificio separado con funciones administrativas cerca de la ciudadela del pachá, pero Koman le había indicado sin demasiado interés un despacho antes de llevarle a sus estancias privadas.

Después de pasar de largo junto a la escalera que subía al piso de arriba, enfiló por un corto pasillo y entró en el espacioso despacho; además del escritorio con su silla correspondiente, había estanterías llenas de libros encuadernados en cuero a lo largo de las paredes, y el suelo estaba cubierto con una alfombra persa. Las puertas dobles que daban al patio interior estaban abiertas, así que aprovechó para respirar un poco de aire fresco; a pesar de que debido a su profesión debía pasar muchas noches en casas de juego llenas de humo, pecado y lujuria, cada vez le resultaba más desagradable mezclarse entre aquellos pobres diablos... otra prueba más de que estaba haciéndose demasiado viejo para aquel tipo de vida.

Sentado tras el escritorio había un hombre delgado y de cabello oscuro que se puso de pie al verle entrar. Estaba vestido con una modesta chaqueta gris y un chaleco negro, y a primera vista parecía un tipo sobrio de facciones anodinas y actitud reservada; aun así, Dimitri estaba acostumbrado a buscar la valía de un hombre más allá de su apariencia física, ya que él mejor que nadie era consciente de que una persona podía ocultarse bajo cualquier disfraz.

—Usted es Stanislav, ¿verdad? El secretario del barón Koman.

Después de rodear el escritorio, el hombre hizo una profunda reverencia y le miró con ojos que revelaban una aguda inteligencia.

—Así es, milord.

—Llámeme Tipova, por favor. No pertenezco a la nobleza.

—¿Puedo ayudarle en algo?

—Eso espero —Dimitri se cruzó de brazos. Stanislav era joven, pero en el despacho reinaban una pulcritud y un aire de eficiencia que brillaban por su ausencia en el resto de la casa—. Debe de haber al menos una persona al servicio del barón con la inteligencia y la ambición necesarias para conseguir que el zar no se dé cuenta de que su embajador en Egipto es un gordo inútil al que solo le interesan sus insaciables apetitos, y apuesto a que esa persona es usted.

—Señor...—empalideció de forma visible, y miró con nerviosismo hacia la puerta.

—El engaño llegó a su fin en cuanto yo pisé esta casa, pero usted va a tener que decidir si debo recomendarle a Alejandro Pavlovich que expulse de aquí a todos los habitantes de la casa o solo al barón.

El joven se quedó helado, y su expresión reveló un sinfín de emociones encontradas: la sospecha de que Dimitri estuviera intentando hacerle caer en una trampa, miedo de quedar empañado por la incompetencia del barón, y la esperanza de que las ambiciones que albergaba en secreto pudieran convertirse al fin en realidad.

Fue la esperanza la que acabó por imponerse. Le indicó con un gesto su habitación, que estaba anexa al despacho, y se limitó a decir:

—Sígame, por favor.

—Tiene una carrera prometedora por delante, Stanislav.

—Solo espero sobrevivir para recibir mi justa recompensa —cuando entraron en la pequeña habitación, en la que solo había una estrecha cama y un armario de madera, cerró la puerta y se volvió de nuevo hacia él—. ¿Qué es lo que quiere de mí?

—¿Sabe por qué estoy en Egipto?

—Se rumorea que busca a una mujer que secuestraron en Rusia y que podría haber sido traída a El Cairo.

Dimitri asintió antes de preguntar:

—¿Qué sabe de la mujer?

Stanislav entrelazó las manos a la espalda, y su expresión se nubló mientras pensaba en ello.

—En los últimos años se han vendido varias jóvenes rusas en los mercados de esclavos; por desgracia, para cuando logro encontrarlas están tan subyugadas que no se atreven a delatar a los hombres que han abusado de ellas. Es una lástima, porque me encantaría acabar con esos animales.

—No se preocupe, los responsables no tardarán en pagar por sus crímenes. Si el zar no se encarga de ello, lo haré yo mismo.

El joven enarcó una ceja al oír la decisión fría y letal que se reflejaba en su voz, y comentó:

—Dicen que enfadar a Dimitri Tipova es más peligroso que cruzarse con un lobo, y está claro que no son exageraciones.

Dimitri soltó una carcajada seca. Lo cierto era que se había comportado como un lobo y había estado acechando a su presa con paciencia y astucia, pero gracias a Emma se había dado cuenta de que su comportamiento no había sido mucho mejor que el de sus adversarios; al fin y al cabo, había sacrificado el bienestar de unas jóvenes indefensas con tal de saciar su sed de venganza.

—Lástima que no puedan decir también que soy un hombre inteligente —comentó con ironía.

—¿Disculpe?

—No pude evitar que los responsables huyeran de Inglaterra con varias jóvenes rusas.

—Ah —quizás intuyó que Dimitri no estaba contándole toda la verdad, pero tuvo la sensatez de guardarse sus pensamientos para sí mismo—. ¿Cree que tenían intención de venir a El Cairo?

—Sí. ¿Puede averiguar si ya están aquí?

—¿Conoce sus nombres?

—Uno se llama Valik.

—Un ruso —a juzgar por su expresión pensativa, era obvio que ya estaba ideando la mejor forma de conseguir la información—. Eso acotará mis averiguaciones, comenzaré de inmediato.

—Stanislav —le dijo Dimitri, al ver que abría la puerta y se disponía a marcharse.

—Dígame.

—Prefiero discreción, pero haga lo que sea necesario para localizar a esas jóvenes.

—Si están en El Cairo, las encontraremos, se lo aseguro.

Él sonrió al ver el firme convencimiento que se reflejaba en sus palabras, y comentó:

—El zar Alejandro ha elegido bien a sus diplomáticos.

Dimitri esperó a la puesta de sol antes de atravesar a pie las abarrotadas calles de El Cairo rumbo al palacio del califa Rajih. No desentonaba en absoluto en aquel lugar gracias a su pelo negro y a la tradicional túnica que vestía, y podía abrirse paso entre el gentío sin llamar la atención. Era una lástima que su vestimenta no le hiciera invisible, porque no había tenido que pasar ante las narices de unos guardias sin ser detectado desde que era niño.

Recorrió con sigilo el muro alto que rodeaba el palacio ocultándose entre las sombras para evitar que los numerosos guardias notaran su presencia, y al llegar al callejón trasero escaló la puerta y se dejó caer al patio empedrado que había junto a las cuadras.

Al ver que había tirado una pequeña estatua de mármol esbozó una sonrisa carente de humor, porque era un error que jamás habría cometido en su juventud, pero al menos había evitado romperse el cuello y de momento nadie se había percatado de su presencia.

Fue hacia los jardines con paso rápido, consciente de que su suerte podría cambiar de un momento a otro; gracias a sus anteriores visitas a El Cairo, sabía que los serrallos solían estar en la parte posterior de las casas y rodeados de otro muro. Los egipcios eran muy protectores con sus mujeres... de hecho, siempre le habían parecido demasiado protectores, tenían una obsesión demencial por mantener a sus mujeres recluidas.

Salvaguardar a las mujeres siempre le había parecido una

prioridad, pero no entendía que un hombre quisiera tener un harén. Había disfrutado de las mujeres que habían ido pasando por su vida, pero jamás había sentido el deseo de encerrarlas en casa. Ya tenía obligaciones de sobra sin añadir a un montón de esposas a las que tendría que cuidar durante el resto de su vida.

No, no tenía deseo alguno de mantener prisionera a una mujer... a menos que dicha mujer fuera Emma Linley-Kirov.

Apretó los dientes mientras luchaba por contener la furia que amenazaba con adueñarse de él. Según sus averiguaciones, ella se había ido por voluntad propia con el califa; de hecho, los estibadores a los que había interrogado le habían asegurado con total convicción que la mujer que acompañaba a Rajih se había mostrado impaciente por zarpar cuanto antes.

No se sentiría nada complacida si él irrumpiera en sus habitaciones de improviso, empezara a darle órdenes y se la llevara a rastras de allí, así que de momento no tenía más remedio que intentar convencerla de que podía serle de más utilidad que el califa en la búsqueda de Anya.

No iba a ser una tarea fácil, teniendo en cuenta que Emma le culpaba a él por el hecho de que se hubieran llevado a su hermana de Londres.

Después de pasar junto a un pequeño estanque rodeado de lotos, vio a escasa distancia la puerta enrejada que daba paso a la zona de las mujeres, pero se volvió como un relámpago hacia la fuente que había en el centro del jardín al oír un sonido apenas perceptible. Se tensó cuando un hombre moreno y esbelto emergió de entre las sombras, y supo sin lugar a dudas que era el califa Rajih al ver la suntuosa túnica que llevaba y su porte arrogante. Sintió unas ganas inmensas de machacar a puñetazos aquel bello rostro.

El tipo esbozó una sonrisa burlona y le saludó con una reverencia antes de decir:

—Bienvenido, Dimitri Tipova. Estaba esperándole.

Dimitri se tragó una imprecación, y se cruzó de brazos

mientras ocultaba su frustración tras una máscara de cortés indiferencia.

—Qué lástima, no sabía que fuera tan predecible.

—No se preocupe, casi todos los hombres lo somos cuando hay una mujer de por medio.

Al ver que se acercaba con total despreocupación, Dimitri tuvo la certeza de que había varios guardias apostados cerca.

—¿Emma está aquí? —tenía que estar seguro.

—Es una invitada de honor en mi hogar.

Él se debatió entre el alivio de saberla cerca y una furia irracional ante el hecho de que hubiera decidido abandonarle y depositar su confianza en aquel hombre.

—¿Está aquí en calidad de invitada? —masculló con aspereza.

—Por supuesto —Rajih soltó una carcajada antes de añadir—: ¿Prefiere creer que es mi prisionera y la obligué a venir a Egipto a la fuerza? Quizás se ha imaginado rescatándola de mi harén y granjeándose su eterna gratitud.

—No la conoce lo más mínimo si cree que mostraría gratitud al ser rescatada, incluso suponiendo que estuviera presa. Seguro que me pondría un ojo morado de un puñetazo y me preguntaría por qué no he llegado antes.

—Sí, tiene mucho carácter.

La emoción sincera que brilló en aquellos ojos negros le enfureció aún más, pero se obligó a mantener la calma y se limitó a decir:

—¿Es esa una forma cortés de decir que es obstinada, testaruda, y está dispuesta a ponerse en peligro con tal de rescatar a su hermana?

—Jamás sería tan poco caballeroso como para decir tal cosa.

Dimitri soltó una carcajada, y contestó con sarcasmo:

—Por suerte, yo no me crié en las elitistas aulas de Eton, sino en las calles de San Petersburgo, y tengo costumbre de decir lo que pienso sin cortapisas.

Rajih indicó el harén con un gesto de la mano antes de decir:

—Si Emma le supone una molestia tan grande, no entiendo por qué ha viajado hasta tan lejos y ha entrado a escondidas en mi casa, arriesgándose a despertar mi ira, con el propósito de encontrarla.

—Porque es mía.

El jardín quedó sumido en un silencio total, y fue Rajih quien lo rompió al echarse a reír y decir sonriente:

—Dudo mucho que ella esté de acuerdo en eso.

Dimitri dio un paso hacia él, atónito ante el primitivo sentido de posesión que le corría como un torrente por las venas. No entendía qué le pasaba, siempre se había preciado de ser un hombre que tenía una fría inteligencia y una lógica inflexible. Solo los necios se dejaban arrastrar por las pasiones, pero sentía un deseo abrumador de sacar la daga que tenía oculta bajo la túnica y hundirla en el corazón del califa Rajih.

—De momento lo que más me interesa es que usted se dé cuenta de esa realidad. Emma es mía —le espetó, con voz amenazante.

—Sus palabras me resultarían más creíbles si ella no hubiera decidido dejarle y venir conmigo.

—Está desesperada por encontrar a su hermana, sería capaz de hacer un pacto con el mismísimo diablo con tal de lograr su cometido.

—Soy consciente de la culpa y el miedo que reinan en el corazón de mi querida Emma, pero a diferencia de usted, estoy dispuesto a hacer lo que haga falta para aliviar su sufrimiento.

A pesar de que sabía que estaba acicateándole a propósito, aquellas palabras dieron de lleno en el blanco, porque era consciente de que le había fallado a Emma. Podía alegar un montón de razones para excusar las decisiones que había tomado, pero lo único que importaba era que ella ya no confiaba en que él pudiera ofrecerle lo que más deseaba y había decidido acudir a otro hombre.

—¿Qué es lo que quiere de ella? —le preguntó con aspereza.

—¿Lo pregunta en serio?

—¿Pretende convertirla en su concubina?

—Esa sería la elección más sensata —el califa miró hacia el harén, y su expresión se suavizó—. Es hermosa y muy deseable, pero no hay que olvidar que se trata de una extranjera sin contactos que no puede aportar ni poder ni dinero... por no hablar del hecho de que es una mujer obstinada, malgeniada e impulsiva.

—No juegue conmigo —le exigió, cada vez más furioso.

—De acuerdo —se volvió hacia él, y admitió con toda naturalidad—: La idea de tomarla como esposa se ha convertido en una tentación prácticamente irresistible.

Dimitri sintió que el corazón le daba un vuelco, y exclamó amenazante:

—¡Eso nunca!

—Tuvo la oportunidad de ganarse el corazón de la dama, pero le importó más su venganza.

—Usted no sabe nada al respecto.

—Ella tomó su decisión al subir a mi barco. Acepte su pérdida como un caballero, y márchese.

—Tengo la impresión de que paso una cantidad de tiempo asombrosa recordándole a los demás que no soy un caballero. Emma nunca será su esposa.

—Usted no puede hacer nada por impedirlo.

—Le veré en el infierno antes de permitir que me la arrebate.

—Ya se la he arrebatado —le recordó el califa.

—No por mucho tiempo —se abalanzó hacia aquel malnacido, dispuesto a matarle con sus propias manos. Emma era suya y nadie, ni siquiera un poderoso príncipe, iba a arrebatársela.

Un montón de fornidos guardias irrumpieron en el jardín en un abrir y cerrar de ojos, ataviados con túnicas y armados con espadas curvas que brillaban amenazantes bajo la luz de las antorchas, pero él continuó hacia su presa ajeno a todo lo demás; por una vez en su vida, su fría inteligencia se había evaporado y le cegaba una emoción primitiva y abrumadora.

Unos brazos musculosos le agarraron por detrás, y alguien le dejó inconsciente con un puñetazo en la mandíbula.

Cuando despertó estaba flanqueado por dos guardias que le sujetaban los brazos a la espalda, y que le llevaron con rudeza hacia la puerta trasera antes de lanzarlo hacia la calle.

Empezó a sacudirse el polvo de la túnica mientras se ponía de pie, y al alzar la cabeza vio a Rajih mirándole con una sonrisa burlona desde el otro lado de la puerta.

—Permita que le dé una pequeña advertencia, Tipova: la próxima vez que entre en mi casa sin permiso, ordenaré que le corten la cabeza.

—Va a arrepentirse de haberse interpuesto en mi camino —le espetó con voz amenazante.

Emma permaneció oculta tras una mimosa mientras le cerraban la puerta en las narices a Dimitri y Rajih regresaba al patio interior seguido de sus guardias. Había oído voces desde sus aposentos privados, pero para cuando se había puesto una túnica y había salido al exterior, los guardias ya tenían sujeto a Dimitri y estaban echándole del palacio.

De modo que permaneció oculta entre las sombras, observando al hombre al que no esperaba volver a ver. La tarde anterior se había quedado de piedra al oír la conversación de Rajih con el francés, porque la idea de que Dimitri viajara a El Cairo le parecía descabellada. Él ya había conseguido sus propósitos, tenía unos testigos dispuestos a confesar ante el zar que el conde Nevskaya estaba implicado en la trata de blancas, ¿qué razón podría tener para viajar a Egipto en vez de a San Petersburgo?

Aquella pregunta la había mantenido en vela durante toda la noche y la había atormentado a lo largo del día... y de repente le tenía allí, ante sus propios ojos.

Le vio golpear con la mano la maciza puerta de hierro forjado, y a pesar de que no alcanzaba a verle el rostro debido a la oscuridad, era obvio que estaba enfurecido por el hecho de que le hubieran echado del palacio con tanta rudeza. Era un hombre acostumbrado a dar órdenes y a que le obedecieran.

Esbozó una pequeña sonrisa mientras se le aceleraba el corazón y la recorría una cálida oleada de deseo; a pesar de lo furiosa que estaba con él, a pesar de la oscuridad y la distancia, era incapaz de resistirse al magnetismo de su presencia. Solo con verle la recorría un hormigueo de pura atracción.

Esperó a que Rajih se adentrara en la casa, y entonces fue hacia la puerta de hierro forjado sin prestar atención a la vocecita que le advertía que estaba siendo una necia. Se dijo que sería mucho más sensato regresar a sus habitaciones y fingir que Dimitri no estaba en El Cairo, que ya tenía problemas de sobra manteniendo a Rajih a la debida distancia e intentando localizar a su hermana, pero su curiosidad le impidió marcharse sin más (aunque quizás estaba intentando convencerse de que era por curiosidad porque no quería plantearse ninguna otra posible explicación).

La luz de una de las antorchas la bañó cuando llegó a la puerta, y preguntó con voz ronca:

—¿Qué haces aquí?

—¡Emma! —la recorrió de pies a cabeza con una expresión indescifrable en el rostro, y le dijo con apremio—: Abre la puerta.

—No —se rodeó la cintura con los brazos. Sentía una extraña vulnerabilidad al estar ante él vestida con aquella holgada ropa de seda y con el pelo suelto—. Respóndeme, por favor.

—Sabes bien lo que hago aquí, *moya dusha*. He venido a por ti.

Aquella voz profunda fue como una caricia tangible que la estremeció de placer, pero contestó con firmeza:

—En ese caso, tu viaje ha sido en vano.

—Viajaría hasta el fin del mundo por estar junto a ti.

—Tu comentario me parecería encantador si no te conociera tan bien, Dimitri.

—No sé por qué, pero me parece que no lo dices a modo de cumplido —comentó él, con una sonrisa llena de ironía.

—Tengo claro que no has venido tras de mí, seguro que

estás en este país por algún propósito personal —se acercó un paso más antes de preguntar—: ¿Sanderson consiguió escapar?

—Que yo sepa, aún sigue bajo la custodia del rey Jorge, aunque Huntley me prometió que le trasladarían a San Petersburgo para que confesara ante el zar.

Ella le miró ceñuda, porque le costaba creer que hubiera perdido de vista a Sanderson antes de que saliera a la luz la perfidia del conde Nevskaya.

—Entonces, ¿qué...? Ah, sí, claro.

—¿Qué es lo que tienes tan claro? —la miró con suspicacia, como si supiera de antemano que no iba a complacerle la conclusión a la que había llegado.

—Vas a necesitar a Valik, es el vínculo tangible entre tu padre y lord Sanderson. Si él confiesa, nadie podrá dudar de la culpabilidad del conde Nevskaya.

—Es cierto que pienso encontrar a Valik —alzó una mano al ver que iba a interrumpirle con algún comentario airado, y añadió—: Pero lo único que me motiva es que puede conducirnos hasta Anya.

Emma se indignó. ¿Acaso la creía tan crédula?

—Es demasiado tarde para que finjas que te preocupa mi hermana. Tuviste la oportunidad de rescatarla en Londres, pero preferiste saciar tus ansias de venganza.

Él se tensó al oír aquella acusación, y contestó con rigidez:

—Podría defenderme alegando que, al desenmascarar tanto a mi padre como a Sanderson y al resto de sus compinches, he evitado que más jóvenes inocentes sufran el mismo destino que tu hermana.

—Vete de aquí, Dimitri —no estaba de humor para atender a razones.

Él aferró con más fuerza la puerta, y en sus ojos relampagueó una advertencia muda que la estremeció.

—Jamás te librarás de mí, Emma. Vayas adonde vayas, por mucho que corras, siempre estaré cerca de ti.

CAPÍTULO 19

Emma se pasó el día siguiente paseando con nerviosismo por el harén; por un lado, le daba miedo que Dimitri volviera a colarse en el palacio e intentara llevársela por la fuerza, y por el otro, se sintió decepcionada al ver que no aparecía por ninguna parte.

Estaba claro que estaba perdiendo el poco juicio que le quedaba. Dimitri Tipova había hecho su propia elección en Londres, al igual que ella. No tenían nada que decirse.

Cuando empezó a caer la noche, se puso una túnica de seda color marfil bordada con hilo de plata y decorada con pequeñas esmeraldas; como aún tenía el pelo húmedo tras darse un baño, optó por dejárselo suelto, y se puso unas gotas del aceite de jazmín que Rajih le había mandado al harén aquella mañana.

Estaba harta de aquella sensación de soledad, así que salió a pasear al jardín; por muy hermoso que fuera aquel lugar, estaba acostumbrada a mantenerse ocupada con una tarea tras otra y a estar rodeada de gente. En la casa de postas apenas podía disfrutar de privacidad, y cuando estaba en casa siempre contaba con la compañía de Anya o de alguna de sus amigas.

Durante todas aquellas horas de silencio y soledad había tenido demasiado tiempo para imaginarse el horror y el miedo que debía de estar sufriendo su hermana... o peor aún, para recordar la conversación que había mantenido con Dimitri la noche anterior. No podía dejar de pensar en él, aquel hombre era como un imán que la atraía con una fuerza irresistible.

Al entrar en el jardín se acercó a la fuente, y se sintió aliviada al notar que había empezado a refrescar mientras el anochecer teñía el cielo de rosa, melocotón y fucsia. Contempló las distantes dunas, que adquirían un tono púrpura bajo la luz mortecina. Una hilera de camellos se silueteaba en el horizonte, y el canto de exóticas aves flotaba en el aire. Era una escena que parecía sacada de un sueño.

Se inclinó para deslizar los dedos por el agua que se acumulaba en la base de la fuente, y una familiar voz masculina la tomó por sorpresa.

—Buenas noches, Emma.

Se enderezó de golpe, y se sorprendió al ver que Rajih estaba ataviado con un uniforme oscuro con galones dorados y varias medallas en el pecho. Hasta el momento le había visto vestido con elegante ropa occidental y con las túnicas holgadas típicas de su país, pero verle con aquel uniforme le recordó que era un hombre poderoso y con una posición social elevada.

—Cielos, me has sobresaltado —le dijo, mientras se llevaba una mano al corazón.

—Discúlpame —hizo una pequeña reverencia, y se acercó un poco más a ella mientras la observaba con una sensualidad flagrante—. Estás tan hermosa como siempre.

—Tú, por el contrario, resultas intimidante —le contestó, sonriente—. ¿Por qué estás vestido así?

—Lamentablemente, he recibido la orden de hacer acto de presencia en casa de mi tío.

—¿Ha pasado algo? —había notado cierta aspereza en su voz que parecía indicar que no solo estaba irritado por la inesperada invitación a cenar.

—Mi tío me ha hecho saber que también van a asistir a la cena varios dignatarios extranjeros.

—Ah, ya veo... quiere tenerte a mano para que te encargues

de ganarte sus simpatías, ¿verdad? —su sonrisa se ensanchó aún más.

—Eso es lo que cabría pensar en circunstancias normales.

—¿Insinúas que estas no lo son?

Él se le acercó aún más, posó la mano en su barbilla, y le acarició el labio inferior con el pulgar antes de contestar:

—No, no lo serán mientras Dimitri Tipova esté en El Cairo.

—¿Dimitri está aquí? —lo dijo con fingida indiferencia, aunque el corazón le martilleaba en el pecho.

—Sí.

—Ah —se le habían secado los labios, y tuvo que humedecérselos con la lengua antes de preguntar—: ¿También está invitado a la cena?

—Lo más probable es que haya sido él el causante de que mi tío haya organizado esta cena e insista en contar con mi presencia.

—¿Cómo es posible que tenga tanta influencia en tu familia? —le preguntó, atónita.

—Tipova no tiene un título nobiliario, pero posee una inmensa fortuna y se ha asegurado de que la ciudad entera lo sepa... y algunos miembros de mi familia siempre están deseosos de entrar en contacto con gente adinerada.

Emma soltó un suspiro de exasperación. Dimitri Tipova era un experto en el arte de la manipulación, ya fuera mediante dinero, poder, o sexo.

—Suponiendo que fuera capaz de organizar una cena con tu tío, ¿de qué le serviría?

—Es obvio que quiere mantenerme ocupado.

—¿Para qué?

—Para sacarte de aquí, por supuesto —le pasó los dedos por el pelo en un gesto tierno pero posesivo.

—No digas tonterías.

—Está decidido a recuperarte, y no habrá forma humana de hacer que desista —sus ojos oscuros reflejaban la irritación que sentía.

Emma se rodeó la cintura con los brazos, y no pudo evitar la dicha que llenó por un momento su insensato corazón. Aún no estaba convencida de que Dimitri hubiera viajado a El Cairo para recuperarla. A lo mejor era cierto que había ido tras ella, pero por una mera cuestión de orgullo. Estaba convencida de que era la primera mujer que abandonaba su lecho antes de que él quisiera dar por terminada la aventura, y el hecho de que se hubiera marchado con otro hombre empeoraba aún más la situación.

—Si es tan tonto como para creer que puede sacarme de aquí sin más, me encargaré de que se dé cuenta de lo equivocado que está —masculló, enfurruñada.

Él tironeó de su pelo con suavidad, y contempló su rostro durante unos segundos antes de preguntar:

—¿Lo dices en serio?

—En lo que a mí respecta, Dimitri es tan malo como cualquier otro. Está dispuesto a usarme según le convenga sin preocuparse de lo que yo pueda querer.

—No condenes a todos los hombres, *habiba*.

Ella frunció la nariz al darse cuenta de que acababa de ser muy grosera con un hombre que siempre la había tratado con respeto y consideración, y le dijo con voz suave:

—No estoy condenando a nadie, Rajih, pero soy consciente de que solo puedo depender de mí misma —le puso una mano en el brazo, y la embargó una profunda tristeza—. Me han fallado tantas veces, que sería una locura volver a correr el riesgo de confiar en alguien.

El jardín quedó inmerso en un silencio en el que solo se oyeron el murmullo del agua y el batir de las alas de un pájaro que se posó en la rama de un sicómoro. Emma luchó por sostenerle la mirada a Rajih, aunque a juzgar por la intensidad que brillaba en aquellos ojos negros, daba la impresión de que estaba intentando verle hasta el alma.

—El hecho de que seas reacia a confiar en alguien no significa que hayas conseguido sacarte a Tipova del corazón —le dijo él al fin, con voz suave—. Tu vehemente reacción sugiere que aún albergas sentimientos hacia él.

Ella se puso roja como un tomate, y se apresuró a contestar:

—Lo que albergo es el deseo de que le lleven al desierto y se lo coman los chacales.

—No sabes cuánto lamento no despertar en ti tanta pasión, *habiba* —comentó, con una sonrisa pesarosa.

Ella frunció el ceño al oír aquello, ¿no acababa de decirle que le encantaría que a Dimitri lo devoraran los chacales?

—La furia y la pasión son cosas muy distintas, Rajih.

—Eres muy inocente.

La indignó que la tratara con semejante condescendencia, y le apartó con brusquedad la mano antes de retroceder un poco.

—Si lo que quieres decir con eso es que soy estúpida, debo darte la razón.

—He querido decir lo que ha salido de mis labios, nada más. Tienes una pureza innata que conservarás siempre, pase lo que pase en tu vida —se encogió de hombros, y la recorrió con la mirada antes de añadir—: Huelga decir que es algo que no te beneficia.

—¿Por qué no?

—Porque es una característica que atrae a granujas de la peor calaña —la agarró antes de que pudiera reaccionar, y la apretó con fuerza contra su musculoso pecho—. Eres irresistible para los hombres que tenemos el corazón endurecido.

—Rajih...

Él le puso un dedo sobre los labios para silenciarla al notar su renuencia, y le dijo con voz tranquilizadora:

—No voy a presionarte, *habiba*, pero quiero pedirte que me prometas algo.

—¿El qué?

—Que no te marcharás de mi casa sin hablarlo antes conmigo.

Ella se lo pensó antes de acceder. Era una persona que no daba su palabra a la ligera, porque para exigir que los demás cumplieran sus promesas había que empezar por cumplir las propias.

—Te lo prometo.

—Gracias, Emma; en fin, debo marcharme ya —le besó la frente a modo de despedida.

Ella le agarró el brazo para detenerle y le preguntó con apremio:

—Espera, ¿has averiguado algo sobre mi hermana?

—Aún no, pero mantén la esperanza. La encontremos, ya lo verás.

Emma permaneció de pie junto a la fuente cuando él se despidió con una inclinación de cabeza y se fue. Que mantuviera la esperanza... unas sencillas palabras, pero hacer lo que indicaban cada vez le resultaba más difícil.

Estaba tan absorta pensando en el tormento de su hermana, que no oyó el roce de alguien contra las ramas de la mimosa ni los pasos suaves que se acercaban por el camino empedrado, y no se dio cuenta de lo peligrosa que había sido su distracción hasta que unos brazos le rodearon la cintura desde atrás y la apretaron contra un pecho musculoso.

Le dio un brinco el corazón al notar el cálido aroma de Dimitri, el más mínimo contacto con él bastaba para que le reconociera. Ningún otro hombre podía estremecerla de excitación con el mero roce de la mano... era injusto que tuviera aquel efecto en ella.

Tenía claro que era él quien la sujetaba, y no le extrañó que hubiera sido capaz de entrar en aquel harén custodiado por guardias. Le creía capaz hasta de colarse en la ciudadela y robar las joyas del pachá si le viniera en gana.

Él apretó la palma de la mano contra su estómago y le susurró al oído:

—Estás jugando con fuego, *moya dusha*. Si vuelvo a verte alguna vez en los brazos de otro hombre, le mataré sin dudarlo.

Ella luchó por respirar mientras intentaba convencerse de que no estaba temblorosa por deseo, sino por rabia.

—De modo que Rajih tenía razón.

—No menciones su nombre —le espetó mientras la apretaba con más fuerza.

—Mencionaré los nombres que me venga en gana, no tienes autoridad alguna sobre mí.

Él se tensó, pero la sorprendió al cabo de unos segundos al relajarse un poco y recorrerle el contorno de la oreja con los labios.

—Tiemblas a pesar de tu valentía, ¿me tienes miedo?

Emma sintió una excitación creciente, y se le encogieron los dedos de los pies mientras un cálido torrente de deseo iba abriéndose paso por sus venas. Hacía una eternidad que no disfrutaba de las caricias de Dimitri, y una dolorosa frustración emergió de repente y se extendió por todo su cuerpo... aunque no estaba dispuesta a admitir lo que sentía ante aquel demonio exasperante que estaba dejando un reguero de besos ardientes en su cuello.

—Cualquier mujer tendría miedo si un hombre irrumpe en la casa donde se aloja y afirma estar dispuesto a matar a alguien.

—Sabes que jamás te haría daño alguno, Emma.

—Ya me lo hiciste —las palabras brotaron de su boca antes de que pudiera contenerlas.

Él se tensó, y susurró contra su cuello:

—Fue sin querer.

Emma no pudo evitar estremecerse al sentir la caricia de su cálido aliento, y se enfadó tanto por su propia reacción como por las ridículas palabras que él acababa de decir. Se arqueó para apartarse de aquellos labios cálidos y tentadores, y le espetó:

—No, fue queriendo. Siempre supiste que no permitirías que nada te impidiera lograr tu venganza, y tanto mi pobre hermana como yo carecíamos de importancia para ti.

—¿Qué pasaría si admitiera que lamento lo que hice?, ¿qué me dirías si te asegurara que tomaría una decisión muy distinta si estuviéramos de nuevo en aquel almacén de Londres?

—Te diría que resulta muy conveniente alegar tales remordimientos cuando uno ya ha conseguido lo que deseaba.

Él la obligó a girar hasta que quedaron cara a cara, y la devoró con la mirada antes de admitir con voz ronca:

—No tengo lo que deseo —la agarró de las caderas, y la apretó contra su miembro erecto.

—Detente ahora mismo —a pesar de sus palabras, no pudo evitar la traicionera calidez que le inundó la entrepierna.

—¿No te arrepientes de nada de lo que has hecho en tu vida, Emma?

—Claro que sí.

Giró la cabeza hacia un lado porque no podía pensar con claridad cuando le tenía tan cerca, pero él posó la mano en su mejilla y la instó con firmeza a que volviera a mirarle, y fue entonces cuando notó las profundas ojeras que tenía y lo mucho que se le marcaban los pómulos. Era obvio que había perdido peso, y no pudo evitar sentir una punzada de preocupación.

—En ese caso, ¿por qué te cuesta tanto perdonarme?

—Porque no quiero hacerlo —no sabía si estaba intentando convencerle a él, o a sí misma—. Lo único que quiero es encontrar a mi hermana y regresar a mi hogar.

—Tu hogar está a mi lado —lo dijo con una convicción plena e inquebrantable.

Ella sintió que se le aceleraba el corazón, pero dijo con testarudez:

—No.

—Sí, *moya dusha*.

Ella se apretó contra su pecho de forma instintiva. Era muy fácil convencerse a sí misma de que no quería saber nada más de él ni necesitaba sus cautivadores besos cuando le tenía lejos, pero cuando la abrazaba contra su cuerpo...

—No, no te necesito.

—A lo mejor soy yo quien te necesita a ti.

Ella soltó una sonora carcajada. Si Dimitri necesitaba a una mujer, solo podía ser para una cosa.

—¿Para que caliente tu cama?

—No voy a negar que estoy desesperado por tenerte entre mis brazos, pero es más que simple lujuria. Estás hecha para mí, para estar a mi lado.

—Mientras te complazca.

—Mientras nos complazcamos el uno al otro —la alzó en brazos, y la apretó contra su pecho mientras la llevaba hacia el pórtico de entrada de los aposentos de las mujeres—. Permite que te complazca, *milaya*.

Ella sintió que se le aceleraba el corazón con una mezcla de furia y de deseo, y se resistió a ceder a la tentación.

—No. Rajih...

Él la calló al adueñarse de su boca con un tempestuoso beso que la dejó sin aliento. Sabía a vodka y a deseo masculino, y aquella combinación embriagadora despertó en ella un deseo imparable que la tensó de pies a cabeza.

—Te he advertido que no le menciones —murmuró él contra su boca—. Yo soy el único hombre que va a haber en tu mente y en tus labios.

Ella hizo ademán de protestar ante aquella afirmación tan posesiva, pero volvió a besarla y un deseo irrefrenable la recorrió como lava. Le rodeó el cuello de forma instintiva, y abrió los labios en una invitación muda.

Era vagamente consciente de que habían entrado en el serrallo y la llevaba hacia sus aposentos privados, y aunque notó el olor del incienso y de los aceites corporales que había junto a los baños, no intentó liberarse de él. No tenía sentido tomarse esa molestia, la verdad era que le deseaba con desesperación.

Él encontró las habitaciones donde se alojaba con una facilidad sorprendente, y al entrar en el dormitorio cerró la puerta y fue soltándola poco a poco, dejando que fuera deslizándose contra su cuerpo hasta quedar de pie frente a él.

—Has invadido todos mis sueños, *milaya* —admitió, con voz ronca. Tenía el rostro acalorado, y el fuego que ardía en la chimenea le daba un brillo febril a sus ojos dorados—. Jamás en mi vida he deseado a una mujer tanto como a ti.

No pudo evitar la felicidad que la embargó al oír aquellas palabras. ¿Cuántas noches había llorado hasta quedarse dormida porque los hombres de su pueblo la trataban como si fuera una leprosa?, ¿cuántas veces se había escabullido avergonzada de una tienda al oír que sus vecinos se mofaban de su ropa raída y su aspecto demacrado?

Había mostrado ante el mundo una compostura imperturbable para poder encargarse de su negocio y proteger a Anya, pero había ocultado por dentro las heridas que no habían sanado... hasta que había conocido a Dimitri.

Él había sido el primero en ver más allá de los horribles vestidos de lana, el primero en descubrir a la vulnerable mujer que había debajo, el primero en hacerle sentir tan atractiva y deseable como cualquier otra mujer.

Era un regalo que atesoraría por siempre, incluso cuando él ya no formara parte de su vida.

Sintió una punzada de dolor ante la idea de no tenerle a su lado, pero en ese momento no quería pensar ni en la soledad inevitable que la esperaba en el futuro ni en traiciones pasadas. Aquella noche iba a aceptar el placer que él le ofrecía.

—Esto no significa nada, Dimitri —más que para él, lo dijo para convencerse a sí misma, y sin darse tiempo a pensárselo dos veces se quitó la túnica de seda y la lanzó a un lado. Lo único que llevaba debajo eran las zapatillas.

Él inhaló de golpe al verla desnuda. Estaba tan tenso que parecía una estatua, aunque ninguna estatua podría tener aquellos ojos en los que ardía un intenso fuego dorado.

—Emma... me has echado de menos, ¿verdad? —en su voz se reflejaba un profundo anhelo.

—No.

Él sonrió al ver que se negaba a admitir lo que sentía, y después de desnudarse con manos temblorosas y de quitarse a toda prisa las botas, le dijo con voz ronca:

—Tu cuerpo me dice lo contrario —echó a andar hacia ella con la mirada fija en sus pezones.

Ella se estremeció, deseosa de sentir aquellas manos fuertes sobre su piel desnuda, pero alzó la barbilla y admitió:

—No puedo negar que te deseo, pero entre nosotros no hay nada más.

Él tomó su rostro entre las manos y la contempló con expresión tensa, como si le doliera su indiferencia... pero la mera idea era absurda, ¿no? Al fin y al cabo, estaba convencida de que solo estaba interesado en su cuerpo, nada más.

—¿Deseas que mendigue tu cariño? —le preguntó con aspereza.

Ella soltó una carcajada antes de contestar:

—No digas tonterías, no tienes ni idea de cómo mendigar.

—Estás ofendiéndome —se inclinó hacia delante, y deslizó los labios sobre los suyos en una caricia tierna y juguetona—. Era uno de mis mayores talentos antes de que me mandaran a la escuela, con la mera ayuda de un bastón y de una venda para cubrirme los ojos era capaz de ganar una pequeña fortuna.

Emma no quiso imaginárselo de niño, luchando por sobrevivir en las duras calles de San Petersburgo. Ya se sentía demasiado vulnerable ante él.

—No me recuerdes lo bien que se te da manipular a la gente.

Él masculló una imprecación ante su terca resistencia, y le abrió los labios con la punta de la lengua antes de besarla con una pasión desatada que la dejó sin aliento y le aceleró el pulso. Se arqueó enfebrecida contra su cuerpo mientras hundía los dedos en aquella espesa cabellera satinada, y él soltó un gemido y la rodeó con los brazos. La hizo retroceder poco a poco, sin dejar de besarla, y cayeron juntos sobre el amplio diván.

Emma era incapaz de tener un solo pensamiento coherente, solo era consciente de aquel cuerpo masculino que la cubría. Notaba el acelerado latido del corazón de Dimitri contra los senos, y a pesar de que él tendría que haberle parecido demasiado pesado, demasiado abrumador, demasiado... masculino, saboreó la sensación de sentirse apretada contra los cojines de satén, disfrutó de la caricia del hirsuto vello de su pecho musculoso contra su piel desnuda.

Aquello no era una tierna seducción ni un dulce juego amoroso, era una pasión visceral e irrefrenable.

—Emma... —salpicó de besos su rostro mientras respiraba jadeante, y deslizó las manos por sus caderas—. Ha pasado demasiado tiempo.

Sí, había pasado demasiado tiempo, admitió ella para sus adentros, mientras se arqueaba hacia arriba. Necesitaba saciar aquel intenso deseo que la quemaba por dentro.

—En ese caso, ¿por qué pierdes el tiempo hablando? —le preguntó con rigidez.

No habría sabido decir de dónde había sacado aquel descaro, pero estaba demasiado impaciente como para preocuparse por eso. Había pasado demasiadas noches soñando que estaba entre los brazos de Dimitri, y no quería desperdiciar ni un solo momento.

Él soltó un gruñido salvaje, y deslizó los labios por su garganta y por la curva superior de sus senos antes de contestar con voz gutural:

—Como desees, *moya dusha* —tomó sus senos entre las manos y empezó a saborearlos con los labios, la lengua y los dientes.

Ella gritó de placer, abrió las piernas para que se colocara entre ellas, y se estremeció al notar su larga y dura erección contra la parte interior del muslo. Ya estaba húmeda de deseo.

—Dimitri...

—Paciencia —su boca fue descendiendo por su cuerpo,

pasó por la suave curva de su estómago y siguió bajando, y sus manos se deslizaron por sus nalgas para alzarla.

—Dios... mío —alcanzó a decir, temblorosa y jadeante, ante aquella vorágine de sensaciones.

Era atrevido, decadente, y tan hermoso como un dios de bronce bajo la luz de las llamas que ardían en la chimenea. ¿Qué mujer podría resistírsele?

Ella no, desde luego.

Se mordió el labio inferior para intentar contener los gemidos que amenazaban con escapar de sus labios, empezó a retorcerse de placer, y él la sujetó con firmeza mientras empezaba a mordisquearle la parte interior del muslo.

Su boca fue ascendiendo más y más hasta llegar a su sexo, y ella cerró los ojos extasiada y se aferró a su pelo al sentir la caricia de aquella lengua en su parte más íntima. La cabeza le daba vueltas, y sus suaves jadeos inundaron el aire. Él siguió saboreándola mientras el placer iba acrecentándose cada vez más, siguió acariciando la pequeña protuberancia oculta entre los pliegues como si le encantara oírla gemir de placer.

Cuando no pudo aguantar más, cuando estuvo al borde del éxtasis, le tiró del pelo y suplicó con una voz que ni ella misma reconoció:

—Por favor...

Él alzó la cabeza, y la miró con ojos en los que brillaba un deseo salvaje.

—¿Qué es lo que quieres de mí, Emma?

«Tu amor». No pudo evitar que aquellas palabras se le pasaran por la mente, pero se apresuró a apartarlas a un lado. No estaba dispuesta a echar a perder aquella noche con sueños imposibles.

—Te necesito —admitió, con voz queda.

—Sí —se echó hacia delante, y la penetró con una firme embestida.

Ella inhaló con fuerza, y deslizó las manos por los rígidos músculos de su espalda mientras él imponía un ritmo febril que la lanzó a las estrellas.

CAPÍTULO 20

Dimitri apretó a Emma contra su costado, y respiró hondo mientras intentaba que su corazón desbocado recobrara su ritmo normal... aunque le habría resultado más fácil conseguirlo si la irrefrenable pasión que sentía por ella no siguiera ardiéndole por dentro, si no sintiera la necesidad imperiosa de aprovechar al máximo aquella oportunidad de estar con ella.

Había pasado demasiado tiempo desde la última vez, una eternidad, y la necesidad de atiborrarse del placer de tenerla entre sus brazos le resultaba casi abrumadora; por desgracia, sintió que ella se tensaba al ir recobrando la cordura y le ponía las manos en el pecho para apartarle. Era obvio que empezaba a arrepentirse de lo que acababa de suceder.

—Te he echado de menos, *milaya* —murmuró, antes de besarle el pelo.

—Esto ha sido...

—¿Maravilloso?, ¿asombroso?, ¿un milagro?

—Un error, Dimitri.

—No, el único error fue que intentaras abandonarme. Debemos estar juntos.

—No te abandoné.

Deslizó los dedos por la satinada piel de su hombro, y empezó a excitarse de nuevo al sentir las cálidas curvas de su cuerpo apretadas contra el suyo.

—¿No?

—No —se incorporó un poco para mirarlo a los ojos con expresión seria antes de añadir—: Seguí a mi hermana, a pesar de que tú intentaste impedírmelo.

—Solo quería mantenerte a salvo —la apretó con más fuerza contra su cuerpo de forma instintiva.

—No era eso lo que yo quería de ti.

—Entiendo tu deseo de encontrar a Anya, incluso admiro tu valentía.

—Y aun así, me encerraste en casa de lord Huntley mientras permitías que se la llevaran de Londres.

Él se tragó un suspiro. ¿Cuándo había sido la última vez que le había rendido cuentas a alguien por sus decisiones? Seguro que muchos años atrás, cuando su madre aún vivía. Y sobraba decir que nunca se disculpaba, jamás... al menos, hasta que había conocido a Emma Linley-Kirov.

—¿Hasta cuándo piensas seguir castigándome por mi impetuosa decisión? —le preguntó, en voz baja.

—Mi intención no es castigarte, me limito a explicarte por qué no podemos ser amantes —le contestó, ruborizada.

Él recorrió con la mirada su cuerpo desnudo antes de decir:

—Y aun así, es lo que somos.

—No —le espetó, antes de echarse hacia atrás.

Se sintió frustrado ante su persistente negativa, pero luchó por mantener la calma. ¿Por qué tenía que ser tan condenadamente obstinada?

—Ya me he disculpado por no anteponer a Anya a mis planes de venganza, pero estaba convencido de que lograríamos encontrar a las muchachas en cuanto capturáramos a Sanderson. ¿Qué más quieres de mí?

Ella alzó la barbilla antes de contestar con firmeza:

—Que me prometas que me dejarás tomar mis propias decisiones aunque no estés de acuerdo con ellas.

—¿Estás diciendo que cuando quieras ponerte en peligro debo aceptarlo sin más?

—Estoy en mi derecho de hacer lo que me venga en gana.
—¡Es una locura!

Ella se apartó con brusquedad, bajó del diván, y volvió a cubrir su hermoso cuerpo con la túnica de seda antes de que pudiera detenerla.

Dimitri esbozó una sonrisa antes de levantarse y empezar a vestirse. En aquel lugar exótico y vestida así no se parecía en nada a la recatada solterona que había ido a verle a su cafetería de San Petersburgo, y se preguntó si ella era consciente de lo mucho que había cambiado en cuestión de unas semanas.

—¿No te das cuenta de que esta relación es imposible? —le dijo ella, mientras se trenzaba el pelo con manos temblorosas.

Él frunció el ceño y masculló:

—Maldita sea, Emma, quieres convertirme en un pusilánime.

—¿Por qué?, ¿porque no estoy dispuesta a ser una mujercita sumisa y manejable dispuesta a obedecer todas tus órdenes?

Dimitri se tragó una carcajada. Jamás había conocido a una mujer tan poco manejable como ella.

—Porque te niegas a permitir que te proteja.

—No quiero tu protección, sino... —se calló de golpe, y en sus ojos relampagueó algo parecido al pánico.

Él se puso alerta al ver su reacción, porque tenía la impresión de que había estado a punto de revelar algo que quería mantener en secreto, y se apresuró a preguntar:

—¿El qué?, ¿qué es lo que quieres?

Ella dio media vuelta y se acercó al enorme jarrón oriental que había en una esquina antes de contestar sin inflexión alguna en la voz:

—Da igual.

Dimitri estuvo a su lado en un abrir y cerrar de ojos. La agarró del brazo, y la instó a que se volviera para poder mirarla a la cara.

—Dímelo, *moya dusha*. ¿Qué es lo que quieres de mí?

—Algo que no puedes ofrecerme —sus ojos se habían oscurecido con una emoción indescifrable.

Él se negó a permitir que la convicción que se reflejaba en su voz le inquietara. Iba a recobrar la frágil confianza de aquella mujer, no tenía la menor duda. Ella acabaría por dejar atrás el pasado y mirar hacia el futuro que iban a compartir, solo era cuestión de tiempo. No estaba dispuesto a aceptar ninguna otra posibilidad.

—Yo no estaría tan seguro de eso —subió la mano por su brazo, y se la puso en la nuca en un gesto de lo más posesivo—. No he viajado hasta tan lejos para regresar a casa sin ti.

Ella se estremeció y el pulso de la base del cuello le palpitó acelerado, era obvio lo mucho que la afectaban sus caricias.

—La decisión no es tuya, Dimitri.

—Puede que no, pero no hay nada que me impida convencerte de que tu puesto está a mi lado.

—¿Por qué?

Él dudó antes de contestar al ver la preocupación que se reflejaba en sus delicadas facciones. Era obvio que aquella pregunta era importante para ella.

—¿Qué es lo que estás preguntándome exactamente, Emma?

—Has tenido otras amantes antes que yo.

—¿Quieres que me disculpe por ello? —tuvo la esperanza de que sintiera celos al imaginárselo con otra; al fin y al cabo, pensar en el califa Rajih había sido un tormento para él.

—Por supuesto que no, pero me cuesta creer que siempre seas tan reacio a dar por terminada una aventura.

Él se encogió de hombros, porque ella estaba en lo cierto. Jamás había intentado prolongar una aventura, porque no quería correr el riesgo de que la amante de turno empezara a albergar esperanzas de poder ocupar algo más que un puesto pasajero en su vida... aunque lo cierto era que nunca antes había conocido a una mujer capaz de seguir despertando su interés (y su deseo) durante tanto tiempo; a aquellas alturas, ya tendría que haberse cansado de ella.

A una pequeña parte de su ser le aterraba aquella necesidad abrumadora de tenerla cerca, porque cualquier hombre sabía de forma instintiva que estaba en serios apuros cuando una mujer le resultaba tan necesaria como respirar, pero al resto de su ser no le importaba ni lo más mínimo estar en apuros. La mera idea de vivir sin Emma le resultaba insoportable.

—Ninguna ha sido como tú —admitió, antes de besarle la frente.

Ella contuvo el aliento, pero echó la cabeza hacia atrás con obstinación para eludir sus labios antes de decir con expresión adusta:

—Seguro que porque no se resistieron a tu necesidad de ser su salvador. Si cometiera la necedad de ceder a tus exigencias y regresar a San Petersburgo, no tardarías en cansarte de mí.

Dimitri se preguntó por un instante si la indignación que sintió al oír aquellas palabras se debía a que podrían tener algo de cierto; al fin y al cabo, no podía negar que solía rescatar a mujeres en apuros y que le complacía la gratitud que obtenía a cambio, ya que paliaba un poco la culpa que sentía por no haber podido salvar a su madre.

Pero hacía mucho que Emma había dejado de ser una mujer que necesitaba que la rescataran y se había convertido en la única capaz de llenarle el corazón de felicidad. Era la hermosa y deseable mujer que estaba decidido a tener a su lado por toda la eternidad, y como no quería que ella pensara otra cosa ni por un solo momento, le dijo con firmeza:

—No tengo madera de salvador, Emma. Incluso mis amigos más queridos me consideran un pirata egoísta que se apodera de lo que quiere sin preocuparse de las posibles consecuencias, y te aseguro que no pienso cansarme nunca de ti.

Ella retrocedió y se rodeó la cintura con los brazos antes de contestar:

—Sería algo inevitable, Dimitri; en cuanto me tuvieras bajo tu protección, me verías como una carga y estarías deseando deshacerte de mí.

Él contempló su expresión velada, y se dio cuenta de que el miedo que la atenazaba iba más allá del hecho de que él pudiera cansarse de ella.

—Creo que empiezo a entenderte, Emma —comentó al fin.

—Lo dudo mucho.

—Tienes miedo.

—Por supuesto, lo tengo desde que descubrí que habían secuestrado a Anya.

—Tienes miedo de lo que sientes por mí —le apartó con ternura un rizo de la mejilla antes de añadir—: Por eso sigues inventando excusas absurdas para mantenerme a distancia.

Ella empalideció de forma visible bajo el baile de luces y sombras creado por el fuego que ardía en la chimenea. El olor a incienso era tan intenso, que resultaba un poco agobiante.

—No hay duda de que tienes una arrogancia pasmosa, Dimitri —le espetó con aspereza.

Él le acarició la mejilla, y saboreó la textura satinada y la calidez de su piel antes de contestar:

—Escúchame bien: puedes confiar en mí y poner tu corazón en mis manos, yo no te abandonaré como hicieron los demás —sintió que se tensaba, y vislumbró en sus ojos las heridas que luchaba por mantener ocultas.

—¿Por qué dices semejante ridiculez?

Sintió que le recorría una ternura muy peligrosa, y tuvo que contener el profundo anhelo de tomarla en sus brazos y llevarla a algún sitio donde nada ni nadie pudiera volver a lastimarla.

—Porque tus seres queridos murieron, te dejaron sola y sin su apoyo, y tuviste que asumir cargas demasiado pesadas —le trazó el labio inferior con el pulgar antes de añadir—: No me extraña que protejas tu corazón con tanto celo.

Por un esperanzador instante pensó que había logrado convencerla al ver que se inclinaba hacia él, pero se le cayó el alma a los pies al ver que sacudía la cabeza y retrocedía con la espalda rígida.

—Márchate, por favor.

Masculló una imprecación, pero estaba decidido a permanecer allí hasta haber rebatido todos los argumentos que ella pudiera inventarse. Había visto el anhelo que había relampagueado en sus preciosos ojos marrones, y por mucho que afirmara que deseaba seguir siendo una mujer independiente, él había visto la verdad que guardaba en el corazón.

La inesperada aparición en la puerta de una criada que le indicó con un gesto que la siguiera echó a perder su plan, pero se apresuró a disimular su incredulidad con una expresión de resignación para que Emma no se diera cuenta de lo que pasaba; después de besarla en la mejilla, retrocedió y se adecentó un poco el pelo.

—Puede que tengas razón.

—¿Qué? —le miró con asombro, y el enojo que había utilizado como método de defensa se tambaleó ante aquella inesperada capitulación.

—No es el lugar adecuado para mantener esta conversación —se obligó a decir.

—¿Te vas? —ella no pudo ocultar su decepción.

Dimitri sonrió a pesar de lo molesto que se sentía por la inoportuna interrupción de la criada, y se limitó a contestar:

—Es lo que deseas, ¿no?

—Sí, por supuesto —se apresuró a decir, con la cabeza gacha.

Él soltó una pequeña carcajada, y la besó en los labios con suavidad.

—Sueña conmigo, Emma —justo cuando estaba a punto de llegar a la puerta, una delicada figurita de porcelana pasó volando junto a su cabeza y se estrelló contra la pared de piedra.

—¡Eres un hombre insoportable! —le gritó, indignada.

Él siguió sonriendo mientras seguía a la criada hacia la parte trasera del harén, consciente de las ironías que tenía la vida. A lo largo de los años había conocido a muchas mujeres dispuestas a acatar sus órdenes y deseosas de complacerle, pero ninguna había despertado en él nada más que un efímero interés.

A lo mejor el destino había decidido castigarle por haber sido un pecador durante tantos años... aunque la verdad era que no parecía un castigo.

Contuvo un gemido al recordar el explosivo placer del que acababa de disfrutar con Emma; a pesar de lo exasperante que podía llegar a ser, estar con ella era lo más cercano al paraíso.

Al ver que la criada cruzaba una estrecha puerta que daba al jardín, se obligó a dejar de pensar en Emma y a centrarse en el asunto que tenía entre manos. Cruzó la puerta tras ella, y se detuvo al verla parada entre las sombras del muro alto de piedra que rodeaba el harén.

A primera vista no había nada en ella que llamara la atención. Debía de haber una docena de criadas ataviadas de igual forma por todo el palacio, aunque aquella era más alta de lo normal. Lo que le permitió reconocer a Josef a pesar de la ropa y del velo que le ocultaba la cara fue lo bien que le conocía, y el hecho de saber que su amigo estaría dispuesto a hacer lo que fuera con tal de pasar desapercibido; además, no había velo en el mundo capaz de ocultar por completo aquel rostro tan feo.

Josef se quitó el velo en cuestión, y comentó con una sonrisita burlona:

—Ya tienes otra amante satisfecha más en tu haber, ¿eh? Se te da muy bien lidiar con las mujeres.

—Lo que no se me daría bien sería vestirme como una —le contestó, en tono de broma, mientras le miraba de arriba abajo. Su amigo llevaba la ropa con toda naturalidad, era un actor fantástico capaz de representar cualquier papel—. Estás precioso.

—Ándate con cuidado, tengo varias dagas escondidas bajo la ropa.

Se tensaron al oír el distante sonido de voces, y Dimitri tomó conciencia de que estaban en los jardines de un hombre que el día anterior había amenazado con ordenar que le cortaran la cabeza; Josef debió de leerle el pensamiento, porque recorrió el muro con la mano hasta que se oyó un pequeño chasquido y se abrió una puerta.

—Por aquí, Tipova.

Dimitri le precedió, y al salir a la oscura calle adyacente al palacio se dio cuenta de que su amigo había descubierto una entrada secreta en aquel muro tan antiguo.

—Nunca dejas de asombrarme, Josef —murmuró.

—Prefiero una recompensa más tangible que el asombro —contestó, mientras se quitaba a toda prisa la ropa de mujer. Debajo llevaba una tosca túnica y los pantalones holgados que solían llevar los criados turcos.

—¿Te conformas con mi más sincero aprecio? —Dimitri se echó a reír al oírle rezongar, y añadió—: No te preocupes, recibirás tu merecida recompensa —se puso serio al mirar a un lado y otro del callejón para asegurarse de que estaban solos, y le preguntó—: ¿Qué has averiguado?

—Han visto a un hombre que concuerda con la descripción de Valik en una cafetería cercana a la ciudadela.

Justo lo que esperaba averiguar cuando le había pedido a Josef que indagara entre la población. Un hombre involucrado en el tráfico ilegal procuraría evitar a los soldados y a las autoridades, pero no le prestaría atención a la gente del pueblo llano. Las personas normales y corrientes que pululaban por los mercados, las cafeterías y los baños públicos solían ser buenas fuentes de información.

—¿Has ido a ese lugar?

—Sí, hace un rato, a tomarme una pasta.

—¿Has averiguado algo?

—Poca cosa. Varios clientes recordaban haber visto a un tipo fornido que podría ser ruso, pero se marchó mucho antes de que yo llegara y nadie sabe dónde se aloja.

—Maldita sea... en ese caso, seguimos sin saber nada.

—No exactamente. He investigado un poco por las inmediaciones de la cafetería.

—¿Qué has descubierto?

—Que hay tres burdeles a poca distancia de allí.

Dimitri no estaba dispuesto a llegar a conclusiones precipitadas que le impidieran ver otras posibles opciones. Ya había permitido una vez que Anya se le escapara cuando la tenía al alcance de la mano, y no iba a permitir que volviera a suceder.

—No sabemos si las subastas se celebran en un burdel, Josef. Es posible que las chicas estén presas en una vivienda.

—Sí, pero ten en cuenta que el pachá está en contra de la trata de esclavos. Hay menos gente dispuesta a estar en contacto con traficantes, porque se corre el riesgo de acabar en los calabozos de la ciudadela. Si se esconden en un burdel y les descubren, pueden alegar que no tenían ni idea de lo de la subasta; además, por algún lugar hay que empezar a buscar.

—Tienes razón —tuvo la impresión de que estaba omitiendo algo, así que le preguntó—: ¿Por eso has interrumpido mi velada con Emma? —al verle ocultarse un poco más entre las sombras, supo que había cometido alguna temeridad.

—He hecho una breve visita a los tres burdeles para averiguar cuáles son los placeres que ofrecen —admitió a regañadientes.

Dimitri se enfureció con aquel necio obstinado. Después de que su viejo amigo arriesgara el cuello para acabar con el asesino que había secuestrado a la duquesa de Huntley, había decidido que ya era hora de atajar su sed de aventura. Le había pedido que le acompañara a Inglaterra y a Egipto para contar con la ayuda de su mente sagaz, pero no quería que corriera riesgos innecesarios.

—¿Has entrado solo?

Josef señaló hacia el harén con un gesto de la cabeza, y contestó con calma:

—Como tú mismo acabas de admitir, estabas ocupado con otros menesteres.

—Tendrías que haber esperado hasta que pudiera acompañarte, Josef. No te he traído a El Cairo para que te rebanen el pescuezo y lancen tu cadáver al Nilo.

—Si quisiera una niñera, me agenciaría una más atractiva que tú, Tipova.

Dimitri lanzó una mirada hacia la ropa de mujer que su amigo acababa de quitarse antes de contestar:

—No eres el más indicado para insultar mi físico.

Josef soltó un resoplido de diversión, y esbozó una sonrisa antes de decir:

—Bueno, ¿quieres que te cuente de una vez lo que he averiguado?

—Por supuesto.

—En dos de los burdeles me han recibido encantados y se han mostrado deseosos de dejarme entrar para que conociera a las mujeres que ofrecen; de hecho, incluso me han permitido inspeccionar las instalaciones.

—¿No habíamos acordado evitar llamar la atención?

—Les he dicho que estaba buscando un burdel respetable para mi adinerado patrón, pero que dicho patrón siente una peculiar aversión hacia las pulgas. No les ha extrañado que quisiera revisar las habitaciones.

—Supongo que no has encontrado nada, ¿verdad?

—Solo pulgas.

—Qué bien —no pudo contener un pequeño estremecimiento de repugnancia, porque estaba muy familiarizado con la mugre y la miseria que podía haber en los establecimientos humildes—. ¿Qué me dices del tercer burdel?

—Me han dicho que esta semana no pueden atender a mi patrón... qué extraño, ¿verdad?

Dimitri se puso alerta de inmediato, y se apresuró a preguntar:

—¿Te han dado alguna explicación?

—Según ellos, hubo un incendio que afectó a varias de las habitaciones y están reparando los daños.

—Ningún burdel rechazaría a un potencial cliente ni aunque el establecimiento entero aún estuviera en llamas.

—Exacto.

Hubo un largo momento de tenso silencio mientras Dimitri contemplaba el callejón antes de volver la mirada hacia el palacio. Aunque al otro lado de aquellos gruesos muros Emma debía de estar maldiciéndole y lanzando contra la puerta objetos de incalculable valor, deseaba con toda su alma regresar junto a ella y tomarla entre sus brazos; aun así, si existía la más mínima posibilidad de encontrar a Valik y a las jóvenes secuestradas, no tenía más remedio que dejar a un lado sus deseos personales y salir en busca de aquel malnacido.

—¡Maldición!

A Josef pareció hacerle mucha gracia ver lo reacio que era a alejarse de Emma, porque esbozó una sonrisita y dijo en tono burlón:

—Si quieres regresar junto a la dama, ya me encargo yo solo de registrar el burdel. La verdad es que a tu edad es mejor evitar situaciones en las que se requiera agilidad.

—Los traficantes no son los únicos que pueden lanzarte al Nilo, amigo mío. Venga, llévame a ese burdel.

CAPÍTULO 21

Emma estaba hecha una furia, tenía ganas de estrellar contra la pared todos los objetos que se le pusieran al alcance de la mano. Intentó convencerse de que su reacción se debía al hecho de que Dimitri hubiera tenido el descaro de colarse en el palacio y seducirla, ¿no le había dejado claro la última vez que le había visto que quería que la dejara en paz? No tenía ningún derecho a imponerle su compañía a la fuerza...

Pero por muy enfurecida que estuviera, aún era capaz de razonar, y sabía que si de verdad le hubiera molestado su inesperada llegada habría podido pedir ayuda a gritos para que acudiera alguno de los numerosos criados. Dimitri era un adversario peligroso e incluso letal, pero ni siquiera él podría salir vencedor al enfrentarse a media docena de eunucos.

Además, era innegable que la seducción había sido mutua.

No pudo contener la excitación que la recorrió al recordar lo que había pasado. Le había deseado con una fuerza irrefrenable, y seguro que en ese mismo momento estaría deseosa de repetir la experiencia si él no hubiera cometido la grosería de abandonarla sin más.

No tuvo más remedio que admitir que aquella era la causa de su enfado: no la enfurecía que hubiera entrado a hurtadillas en el harén, sino que se hubiera marchado de allí.

Se apresuró a salir al jardín al sentir una súbita sensación de agobio entre aquellas paredes, y respiró hondo el aire perfumado mientras alzaba la mirada hacia el cielo tachonado de estrellas titilantes. Estaba claro que era una necia. Había tomado la firme decisión de no perdonar jamás la traición de Dimitri, pero en cuanto él la había besado, su sentido común se había esfumado y se había derretido entre sus brazos.

Se estremeció al sentir que una añoranza agridulce e inesperada le atravesaba el corazón, aunque quizás no era tan extraño que en ese momento deseara con todas sus fuerzas estar de vuelta en su humilde casita.

Su vida no había sido nada fácil tras la muerte de su madre, porque además de tener que sacar su casa adelante y cuidar de su hermana, se había visto obligada a dejar a un lado sus propios sueños de futuro. Pero a pesar de todos los sacrificios que había tenido que hacer, nunca se había sentido tan... tan perdida.

En Yabinsk sabía lo que le deparaba cada día, pero en ese momento se sentía como si estuviera intentando abrirse paso en medio de una ventisca sin saber dónde estaba, hacia dónde se dirigía, ni lo que la esperaba al final del camino.

Fue un alivio que el suave sonido de pasos que se acercaban a toda prisa la arrancara de sus oscuros pensamientos, y al volverse vio que se trataba de Samira.

—Estaba buscándola, señora —la joven lo dijo con voz suave pero cargada de apremio.

—¿Qué sucede?

—El califa está esperándola.

—¿Ya ha regresado?

—Está esperándola en un carruaje, en la calle de detrás del serrallo.

Emma la miró extrañada, y sintió que un escalofrío le recorría la espalda.

—No entiendo nada, ¿por qué está esperándome ahí?

—No lo sé, se ha limitado a ordenarme que viniera a por usted —recorrió el jardín con una mirada furtiva, como si temiera que alguien pudiera oírla—. ¿Desea que vaya a decirle que no le resulta conveniente?

—No, eh... —se dijo que no había razón alguna para que se intranquilizara. Rajih jamás le haría ningún daño, y a lo mejor había descubierto alguna información útil para encontrar a Anya—. Por supuesto que voy. Gracias, Samira.

Tras una pequeña vacilación, la joven hizo una inclinación de cabeza y la condujo entre las mimosas.

—Por aquí, señora.

Mientras recorrían el jardín en silencio, Emma lanzó alguna que otra mirada por encima del hombro para asegurarse de que Dimitri no estuviera acechando entre las sombras, y no pudo evitar preguntarse adónde había ido y por qué se había marchado de forma tan súbita.

A lo mejor algo le había alertado del regreso de Rajih y había optado por marcharse antes de que le descubrieran... o quizás, como ya había logrado lo que quería de ella, había decidido ir en busca de distracciones nuevas.

El dolor que sintió al imaginárselo en brazos de otra mujer fue tan intenso, que trastabilló y estuvo a punto de caer de bruces. Se dijo con firmeza que tenía que dejar de pensar en él, en lo fácil que le resultaba a aquel hombre enfurecerla y hacer que se le acelerara el pulso de excitación. Si seguía dándole vueltas a aquel asunto lo único que iba a conseguir era un dolor de cabeza, así que era mejor concentrarse en la misteriosa actitud de Rajih. ¿Para qué querría que fuera a hablar con él en el carruaje?

Cuando Samira se detuvo a abrir la puerta trasera, que estaba cerrada con llave, y le indicó que saliera con un gesto de la mano, ella se tomó unos segundos para intentar alisarse la túnica con las manos y se preguntó si Rajih sospecharía por qué tenía las mejillas sonrosadas y la ropa tan arrugada; aun así, aquella breve preocupación quedó relegada al olvido en cuanto salió a la calle, ya que al ver el carruaje negro que estaba esperándola sintió otro escalofrío.

Rajih tenía una cuadra llena de carruajes y de aquellos extraños aparatos que se ponían sobre los camellos para viajar por el desierto, pero todos sus vehículos eran estilizados, elegantes y caros, y el que tenía delante era voluminoso y era obvio que la funcionalidad había prevalecido sobre la belleza a la hora de construirlo.

Se detuvo, vacilante, mientras su inquietud iba en aumento. La extraña premonición que la alertaba era irracional, pero decidió hacerle caso y dio media vuelta para regresar al harén... y se sobresaltó al quedar frente a un fornido desconocido de facciones rudas y ojillos fríos y aterradores que parecía haber salido de la nada.

Abrió los labios para gritar, pero el tipo le cubrió la boca con su manaza antes de que pudiera articular sonido alguno y le rodeó la cintura con un brazo férreo.

—Qué amable por su parte acceder a venir, Emma Linley-Kirov —murmuró él en ruso.

El corazón se le encogió de terror. Un ruso que estaba en El Cairo y osaba atacar a una invitada del califa Rajih... no había duda de que se trataba de uno de los tratantes de esclavos.

Dio la impresión de que él le leyó la mente, porque la sujetó con más fuerza y la llevó al carruaje. Ni siquiera se inmutó mientras ella se debatía, pataleaba e intentaba agarrarle el pelo, y después de sentarla sin miramientos en el asiento de cuero, le alzó los brazos y le sujetó las manos con las esposas de acero que colgaban del techo (a juzgar por la eficiencia de sus movimientos, era obvio que tenía a sus espaldas años de experiencia en aquellas lides); cuando la tuvo bien sujeta se sentó frente a ella y le hizo un gesto al criado que esperaba fuera, y este a su vez cerró de inmediato la puerta del carruaje.

Emma se dio cuenta de que no había picaporte justo cuando el vehículo se puso en marcha, y el corazón empezó a martillearle cuando empezó a asimilar el hecho de que estaba a merced de su secuestrador. Se obligó a apartar su horrorizada mirada de las esposas que se le hundían dolorosamente en la delicada piel de las muñecas, y se volvió hacia el hombre que tenía enfrente... aunque aquello no contribuyó a tranquilizarla lo más mínimo, porque además de ser un tipo fornido y musculoso, en su rostro no se reflejaba emoción alguna.

Como estaba acostumbrado a secuestrar a mujeres, era obvio que no iba a poder influenciarle con lloros ni súplicas, así que no tenía más opción que fingir una seguridad que distaba mucho de sentir.

—Va a arrepentirse de esto.
—Pero si es justo lo que usted quería, ¿no?
—Por supuesto que no.
—En ese caso, ¿por qué lleva semanas tras de mí?

Aquellas palabras acabaron de un plumazo su vana y mínima esperanza de que aquello pudiera ser un terrible malentendido.

—¿Usted es Valik?

Las ventanillas tenían barrotes, pero la luz tenue de las antorchas de la calle se colaba por ellas y le permitieron ver la malicia que brillaba en sus ojos. Notó que el vehículo aminoraba la marcha al entrar en una calle con bastante tráfico, pero a pesar del bullicio de la gente y los gritos de los vendedores, era como si estuviera sola en el mundo con aquel hombre. De momento no tenía escapatoria.

—Ya veo que sobran las presentaciones —comentó él.
—¿Dónde está mi hermana?
—No se preocupe, va a verla en breve —le contestó, con una cruel sonrisa.

Ella hizo caso omiso de aquella amenaza velada, porque en ese momento estaba más preocupada por el bienestar de Anya que por el suyo propio.

—¿Ha sufrido algún daño?
—Está viva, eso es lo único que me interesa.
—¡Es un...!
—Ándese con cuidado, no diga nada de lo que pueda arre-

pentirse —aquel arranque de enojo era la primera emoción que dejaba entrever.

Ella alzó la barbilla con deliberación. Estaba claro que a aquel tipo le encantaba intimidar a las mujeres, y no estaba dispuesta a darle esa satisfacción.

—Es un necio, lord Sanderson ya ha confesado ante el rey Jorge y en este momento va camino de Rusia para hacer lo propio ante el zar Alejandro.

—Por eso he decidido reunirla con su hermana.

—No lo entiendo.

—Es muy sencillo, gatita —se inclinó hacia ella antes de añadir—: Nací en los bajos fondos, pero siempre he preferido llevar una vida más lujosa.

Emma frunció la nariz con desagrado al notar cómo apestaba a vodka y a sudor, y deseó que también hubiera preferido bañarse y llevar ropa limpia.

—¿Y lo consigue secuestrando y vendiendo a jóvenes indefensas?

Él volvió a reclinarse en su asiento y la recorrió con su repugnante mirada antes de contestar:

—Es una ocupación que da mucho dinero, y preferible a suplicar por un puñado de monedas en las gélidas calles de Moscú.

—Hay profesiones honestas —le espetó con indignación.

—No para un siervo bastardo como yo —soltó una carcajada seca antes de añadir—: Al imperio solo le servimos para entrar en el Ejército o estar enterrados en las minas de Siberia, y no me atraía ninguna de esas dos opciones.

Por desgracia, lo que estaba diciendo reflejaba una realidad. Los rusos que nacían en la pobreza casi nunca tenían la oportunidad de prosperar, y su vida solía ser una constante y brutal lucha por sobrevivir.

—Ha dado a entender que me ha secuestrado por alguna razón en concreto —le dijo, en un intento de volver al asunto más apremiante en ese momento.

—¿Además de para disfrutar de su encantadora compañía? —le contestó él, en tono burlón.

—Sí.

—Usted va a convertirse en el instrumento de mi venganza.

—¿A qué venganza se refiere?

—Dimitri Tipova ha destruido mi lucrativo negocio, y eso es imperdonable. Debo asegurarme de que reciba el castigo que merece.

Emma contuvo el aliento al ver el odio que se reflejaba en sus ojos. Ni siquiera se le había pasado por la cabeza que aquel loco tuviera intención de atacar a Dimitri, porque no hacía falta ser demasiado inteligente para darse cuenta de que uno no llegaba a ser el zar de los bajos fondos de San Petersburgo sin la capacidad implacable de derrotar a cualquier oponente, y en ese momento tuvo que luchar contra el pánico que amenazaba con adueñarse de ella.

—No conoce a Dimitri, no tiene ni idea de lo que es capaz de hacer. Le aconsejo que huya cuanto antes de aquí, él acabará con usted si le atrapa.

—Claro que pienso huir, pero antes voy a asegurarme de que Tipova sepa que tengo en mi poder a su amante y pienso compartirla con los hombres más depravados de Egipto.

Emma se movió un poco para intentar aliviar el dolor que sentía al tener los brazos alzados, pero su mente estaba centrada en Dimitri. No podía permitir que aquel desalmado le hiciera daño, la mera posibilidad de que resultara herido... o algo incluso peor... la enloquecía de miedo.

—Está equivocado.

—¿Ah, sí?

—Sí —carraspeó un poco, y se obligó a sostenerle la mirada—. Contraté a Dimitri Tipova para que me ayudara a encontrar a Anya, pero no es más que mi empleado.

—¿Está intentando convencerme de que el Zar Mendigo es un simple empleado?, ¿me toma por idiota?

Ella logró soltar un bufido desdeñoso, y dijo con altivez:

—No hay duda de que él tenía sus propias razones para acceder a ayudarme, pero eso no significa que fuéramos amantes. Soy una dama.

—Incluso las damas más recatadas pueden convertirse en rameras cuando se les presenta la oportunidad.

—¡Está ofendiéndome!

—Y usted está mintiéndome —le agarró la barbilla con fuerza, y añadió ceñudo—: Les vi juntos en aquel almacén de Londres. Ese hombre está tan loco por usted, que para él será un tormento saber que están usándola como a una ramera. A lo mejor dejo que los guardias se diviertan con usted un par de veces, casi nunca tienen ocasión de disfrutar de la mercancía.

—¿Es que no tiene conciencia? —alcanzó a decir, horrorizada. A pesar de que luchaba por mantener la compostura, su valentía flaqueó ante aquella amenaza tan vil.

—No, y le aconsejo que no lo olvide —al ver que el carruaje se detenía, se sacó una pistola del bolsillo interior de la chaqueta y le apuntó a la cara—. Ya hemos llegado, le sugiero que no luche contra mi sirviente. Preferiría saborear mi venganza, pero estoy dispuesto a matarla si hace falta.

—Espero que se pudra en el infierno, monstruo deleznable.

—Zorra.

El burdel se encontraba en una calle estrecha, y las palmeras lo ocultaban casi por completo. Había una terraza delantera con ventanas enrejadas que debía de utilizarse para que las mujeres se exhibieran y atrajeran a los potenciales clientes, y en la parte trasera había un ruinoso pabellón de madera y un callejón lleno de basura.

Habría parecido un burdel como cualquier otro de no ser por los guardias apostados en todas las entradas... y por la jauría de perros sarnosos que estuvieron a punto de hacer trizas a

Dimitri en cuanto se acercó al edificio. Subió a la terraza lateral mientras Josef se encargaba de ellos, y al cabo de unos veinte minutos su amigo subió con agilidad por el enrejado y se acercó a él. Estaba descalzo, y sus pasos apenas hacían ruido sobre el suelo de madera de la terraza.

—¿Te has encargado de los perros? —le preguntó, en voz baja.

—Sí. En la cocina de la cafetería de al lado había una buena cantidad de carne, la he usado para lograr alejarles —indicó con un gesto la estrecha ventana que Dimitri ya había usado para entrar en el burdel y buscar a las jóvenes, y le preguntó—: ¿Qué has averiguado?

—Hay cuatro estancias en la planta baja: un salón, un despacho, la cocina, y la despensa. En el segundo piso hay seis pequeños dormitorios —hizo una mueca antes de añadir—: En el piso superior está el ático, pero tanto la puerta como las ventanas están cerradas a cal y canto, así que seguro que las muchachas están encerradas ahí... si nuestras sospechas son ciertas y están en este sitio, claro.

—Interesante. ¿Cuántos guardias has visto?

—Demasiados para un simple burdel, he contado cinco de momento.

Josef se frotó la punta de la nariz mientras pensaba en las escasas opciones que tenían, y al final comentó:

—Es una situación peligrosa, a lo mejor deberíamos esperar hasta más tarde. Seguro que los guardias acaban por dejar sus puestos por un rato para disfrutar juntos de una botella de raki.

Dimitri no quería esperar más, quería atrapar a aquellos malnacidos y rescatar a las jóvenes para poder concentrarse en Emma. Seguro que en cuanto le viera aparecer con su hermana accedería a marcharse de aquel condenado harén y a regresar con él a San Petersburgo, ¿no?

Pero no era tonto, y sabía que si se precipitaba corría el riesgo de que aquellos tipos huyeran antes de que pudiera atraparles... o peor aún, podría caer en una trampa. Seguía sin decidirse cuando oyó un sonido procedente del callejón, y se asomó por la barandilla de la terraza para ver lo que pasaba.

—¿Qué sucede?

—Es un carruaje —le dijo Josef.

Los dos se tensaron, conscientes de que un vehículo jamás entraría en aquel callejón inmundo a menos que hubiera que mantener cierto secretismo. A lo mejor iba a celebrarse ya la subasta.

Dimitri se preguntó cuánto tiempo tardaría en convencer a las autoridades de que mandaran algunos soldados. Sería mucho más eficiente que se lanzara al ataque él mismo con la ayuda de sus propios hombres, pero por desgracia, no sabía si al pachá le parecería bien que un extranjero derramara sangre en las calles de El Cairo... en especial teniendo en cuenta que los caballeros que iban a asistir a la subasta debían de ser tipos influyentes que podían generar problemas políticos.

Observó en silencio mientras un criado se apresuraba a abrir la portezuela del carruaje y se inclinaba como si fuera a sacar algo de dentro, y entrecerró los ojos al oír varias voces masculinas y el grito lleno de furia de una mujer. La situación se complicaba si habían mantenido a las mujeres en otro sitio y estaban transportándolas al burdel en ese momento, porque de ser así, no tenía forma de saber si Anya ya estaba allí.

Se inclinó un poco más hacia delante y vio que el criado retrocedía mientras sujetaba con fuerza a una mujer que se debatía con furia, pero su atención se desvió por un instante hacia el hombre fornido que bajó del carruaje en ese momento, ya que se dio cuenta de inmediato de que se trataba del ruso del almacén londinense.

Se volvió al oír la exclamación ahogada de Josef y miró de nuevo hacia la mujer que seguía luchando en vano por liberarse. Se quedó helado al ver aquella cabellera color miel y las delicadas facciones bañadas por la luz de la luna.

—¡Emma!

La razón y la lógica se esfumaron y saltó de la terraza, arrastrado por la necesidad salvaje de destripar al hombre que había osado ponerle las manos encima. Dios, tenía que alcanzarla, tenía que...

Dio de bruces contra el suelo cuando Josef le derribó desde atrás de improviso, y masculló una imprecación al ver que su amigo le agarraba un brazo y se lo sujetaba a la espalda con fuerza para mantenerle inmovilizado.

—Maldita sea, Tipova, no me obligues a hacerte daño —le espetó, en voz baja.

Dimitri se debatió enloquecido, pero a pesar de ser más bajo y delgado que él, su amigo tenía la posición dominante y parecía dispuesto a romperle el brazo si hacía falta. Ladeó la cabeza, y escupió la tierra que se le había metido en la boca mientras contemplaba impotente cómo metían a Emma en el burdel por una puerta lateral. La esperanza de poder rescatarla de inmediato era cada vez más remota.

—Suéltame.

—¿Me prometes que no vas a cometer ninguna estupidez?

—Josef —el cuerpo entero le temblaba de furia.

—Deje que se levante, prometo dispararle si da un paso hacia el burdel —dijo una inesperada voz masculina.

Josef se levantó como un rayo de su espalda y apuntó con su pistola al califa Rajih, que emergió de entre las sombras del pabellón ataviado con un uniforme militar oscuro y armado con una espada curva. Dimitri se levantó con bastante menos fluidez, y apretó los puños al contemplar furibundo al recién llegado.

—Tendría que haber sospechado que usted estaba involucrado en este asunto tan deleznable —le espetó, con el cuerpo rígido de furia y angustia.

Emma estaba en manos de unos tratantes de blancas, y a pesar de que sabía que podría ponerla en peligro si se precipitaba e irrumpía en aquel lugar como un demente sin pensar en las consecuencias, la necesidad frenética de rescatarla cuanto antes era un tormento.

—Tanto su presencia en Londres como su interés en Emma eran demasiado convenientes —añadió.

Rajih se acercó como si le resultara indiferente que Josef siguiera apuntándole al corazón, y contestó con aspereza:

—Si vuelve a acusarme de estar involucrado en la trata de blancas, haré que su cabeza acabe ensartada en una lanza, se lo aseguro —tenía el rostro tenso, y el filo de su espada relucía bajo la luz de la luna.

Dimitri dio un paso hacia él, y apretó más los puños mientras contenía a duras penas las ganas de darle una paliza.

—¿Me cree tan estúpido como para creer que su presencia aquí es puramente casual?

—Yo podría decir lo mismo, Tipova. ¿Qué hacen ustedes dos en este burdel?

Se miraron ceñudos, intentando establecer su posición dominante como dos perros, pero Dimitri se tragó al final su orgullo al darse cuenta de que estaban perdiendo un tiempo muy valioso. Estaba dispuesto a hacer lo que fuera necesario con tal de salvar a Emma.

—Mi criado oyó rumores de que había un ruso en esta zona —admitió, en voz baja—, y al investigar se enteró de que en este burdel había habido un supuesto incendio.

—¿Ah, sí? —Rajih lanzó una mirada hacia el edificio. Era viejo, pero no había nada que indicara que se había quemado.

Fue Josef quien contestó:

—Eso fue lo que me dijeron.

—No es una mentira demasiado convincente —comentó Rajih.

—La verdad es que los empleados no me parecieron demasiado listos.

—Ya le hemos explicado por qué estamos aquí, califa. Ahora le toca a usted —Dimitri se cruzó de brazos y esperó a que diera su explicación.

—He regresado a casa tras una tediosa velada en casa de mi tío... por cierto, creo que debo agradecerle a usted la invitación.

Dimitri no pudo contener la fría sonrisa que le curvó los labios. Le había parecido un plan de lo más ingenioso conseguir que Rajih se ausentara del palacio para poder ir a ver a Emma.

—No le he mandado ninguna invitación, califa.

—Ya saldaremos esa deuda en un momento más oportuno.

Dimitri hizo caso omiso de aquella amenaza velada, y le instó a que continuara con su relato.

—Estaba diciendo que ha regresado a casa, y...

—Y al descubrir que Emma no estaba, he reunido a la servidumbre para ver si alguien sabía algo.

—¿Qué ha averiguado?

—Que había habido más de un visitante indeseado durante mi ausencia... otro agravio más que ya saldaré con usted a su debido momento. Lo único que importa ahora es que una de mis criadas ha confesado que aceptó dinero a cambio de llevar a Emma a un carruaje que esperaba cerca de la cuadra.

—Quizás debería ser más cuidadoso a la hora de contratar a sus sirvientes.

—Samira estaba celosa al ver el obvio afecto que siento por Emma, pero se arrepiente de lo que ha hecho.

—Se arrepentirá aún más si Emma sufre algún daño, se lo aseguro.

Rajih movió la espada un poco, lo justo para recordarle a Dimitri que la tenía en la mano, y tras aquella sutil advertencia le dijo con voz firme:

—Soy capaz de castigar a mis criados.

—Dígame todo lo que le haya dicho esa mujer.

—Samira ha podido darme muy poca información; al parecer, un ruso se le acercó en el bazar esta tarde y le pidió que le acompañara a una cafetería cercana, y ella accedió porque estaba enfadada.

—Valik —murmuró Josef.

—Fuera quien fuese, le ofreció varias piastras a cambio de que llevase a Emma al carruaje a las diez en punto. Le aseguró que ella era su hermana, que había huido de casa y él deseaba llevarla de vuelta a Rusia y al seno de su familia.

Dimitri miró hacia el burdel con impaciencia. Cada segundo que pasaba era un tormento.

—Eso no explica qué hace usted aquí —le espetó con aspereza.

—El carruaje partió momentos antes de que yo llegara a casa, y en cuanto obtuve una descripción pude localizarlo con rapidez gracias al intenso tráfico.

—Esto no tiene sentido —comentó Josef de improviso.

Dimitri le miró sorprendido, y le preguntó:

—¿Qué quieres decir?

—No entiendo para qué la ha secuestrado Valik.

—Está claro que descubrió que ella le había seguido hasta El Cairo, y le preocupaba que pudiera contarle al pachá lo de su sórdido negocio.

—Si logró enterarse de que ella estaba en la ciudad, no hay duda de que también sabía que tú estabas aquí; al fin y al cabo, no te has molestado en ocultar tu presencia, mientras que ella ha estado oculta en un harén. Tú supones una amenaza mucho más grande para Valik, así que no tiene sentido que haya corrido el riesgo de llevársela del palacio del califa cuando habría sido mucho más fácil pegarte un tiro por la espalda.

—Y mucho más gratificante —masculló Rajih por lo bajo.

Dimitri le fulminó con la mirada antes de volver a centrarse en Josef.

—Explícate de una vez, Josef.

—Un hombre solo arriesgaría el cuello por amor o...

—O por odio.

Se dio cuenta de que lo que estaba diciendo su amigo tenía sentido, porque sabía lo efectivo que resultaba manipular a los demás amenazando a sus familias. Un hombre podría negarse a pagar una deuda de juego aunque se le diera una paliza, pero estaría dispuesto a suplicar, pedir prestado el dinero o robarlo con tal de proteger a su mujer.

Si uno quería hacerle daño de verdad a un hombre... no se le amenazaba a él, sino a su amante.

—Seguro que le culpa a usted por interferir en su provechoso negocio, Tipova —le dijo Rajih.

—Sí —sintió que un miedo gélido le retorcía las entrañas. Si le sucedía algo a Emma, quedaría destruido—. Es la venganza perfecta.

Josef le agarró del brazo antes de advertirle con el rostro tenso de preocupación:

—Podría ser una trampa.

—Sí —Dimitri alzó la mirada hacia el burdel mientras un plan empezaba a tomar forma en su mente.

Ardía en deseos de entrar a la fuerza en aquel lugar y disparar a todo el que se interpusiera en su camino, pero conservaba la suficiente cordura para saber que matarían a Emma antes de que la encontrara. No, tenía que conseguir que aquel maldito Valik la soltara indemne, y había una única forma de convencer a un hombre de su calaña.

—Pero deja de ser una trampa cuando uno sabe que lo es —afirmó, pensativo.

Josef le miró ceñudo, y masculló:

—Maldita sea... vas a cometer una estupidez, ¿verdad?

Dimitri se volvió a mirarle, y le contestó con firmeza:

—Sí, y tú vas a ayudarme.

CAPÍTULO 22

—¡Ay! —Emma se frotó su dolorida cabeza. El tipo que la llevaba como si fuera un fardo por aquel sucio burdel ni siquiera se había inmutado al ver que se la golpeaba contra el marco de la puerta—. Si tiene que llevarme en brazos, ¿podría al menos tener cuidado y no golpearme contra las paredes?

Valik era quien abría la marcha entre los almohadones que había tirados por el suelo del salón y los divanes, y al oír aquello la miró por encima del hombro y le dijo con una sonrisita burlona:

—Pierde el tiempo si espera que mi criado le responda, le corté la lengua cuando le contraté.

Ella luchó por controlar el pánico que amenazaba con abrumarla, y alcanzó a decir:

—Dios mío, es un demente.

—Lo que soy es cauto; por mucho que esté dispuesto a pagarle a un hombre para que guarde mis secretos, nunca puedo saber con certeza si va a guardarme lealtad. Es mucho más efectivo asegurarme de que no pueda hablar.

Al hombre que la llevaba por aquel salón en penumbra de techo bajo e intenso olor a incienso parecía resultarle indiferente que hablaran de él como si no fuera más que un animal. Quizás estaba tan subyugado, que todo le daba igual.

—El mundo será un lugar mucho mejor cuando Dimitri le dé caza y le mate.

Valik se echó a reír, y se detuvo al pie de la escalera para mirarla con una sonrisa llena de malicia.

—Si es tan temerario como para venir a por mí, no tardará en darse cuenta de que no es el cazador, sino la presa.

—¿Qué...? —se dio cuenta de golpe de lo que pasaba, y un miedo abrumador le encogió el corazón—. Oh, Dios mío, quiere que él venga a buscarme.

Aquella sonrisa que rezumaba maldad se ensanchó aún más, y Valik señaló con un gesto el salón. El lugar aparentaba estar vacío, pero seguramente había guardias ocultos por todos lados.

—Digamos que estoy preparado por si se le ocurre venir a rescatarla, y si no es así... bueno, al menos tendré la satisfacción de saber que se culpará durante el resto de su vida por el destino degradante y doloroso que usted tiene por delante.

Ella no quería darle el gusto de ver cuánto estaba logrando asustarla, así que luchó por ocultar su miedo y le espetó:

—No tiene ni idea de cómo es Dimitri, no podrá evitar que acabe con usted.

—Resulta conmovedor ver cuánta fe tiene en su amante —le contestó él, con voz burlona.

—Tengo fe en el hecho de que usted no le llega ni a la suela de los zapatos.

Sus palabras parecieron enfurecerle, porque echó a andar escalera arriba con paso airado y masculló:

—No me extraña que su hermana tuviera tantas ganas de alejarse de usted, yo la habría ahogado con una almohada mientras dormía.

—¿Anya está aquí?

—¿Desea verla? No se preocupe, voy a llevarla encantado junto a ella.

Subió un segundo tramo de escaleras, y al llegar al descansillo se detuvo a abrir una pesada puerta que estaba cerrada con llave y que daba a otra escalera más. Subió hasta llegar al estrecho rellano, donde había una puerta a cada lado. Metió una llave en la cerradura de la de la derecha, y abrió con rapidez antes de volverse hacia ella con otra de sus sonrisitas maliciosas.

—Disfrute de su reencuentro, aunque le advierto que va a ser breve. Las dos van a ser subastadas esta misma noche.

Emma soltó una imprecación cuando el criado la dejó caer sin contemplaciones en la habitación, pero cerraron la puerta y oyó que giraban la llave en la cerradura antes de que pudiera reaccionar. Se puso de pie, y miró a su alrededor mientras se frotaba la dolorida cadera.

El lugar donde estaba no era gran cosa. El techo era bajo y plano, y tenía una trampilla a la que se subía por una escalerilla. Había varias almohadas tiradas por las tablas de madera del suelo, además de una lámpara de aceite que desprendía humo y una tenue luz desde el barril que había en una de las esquinas, pero no había muebles ni nada que mitigara aquel lóbrego vacío. Al otro extremo del estrecho habitáculo había una puerta en la que se había colgado una tela para ocultar la habitación que había al otro lado.

Se preguntó dónde estaban tanto Anya como el resto de muchachas que Valik tenía presas, lo normal sería que las oyera si estuvieran cerca. A lo mejor estaban atadas y amordazadas, o algún guardia estaba obligándolas a guardar silencio, o...

Se obligó a poner freno a aquellos pensamientos cada vez más aterradores, y fue hacia el centro de la habitación antes de decir con voz suave:

—Anya... Anya, ¿estás aquí?

Inhaló con fuerza cuando la tela que colgaba de la puerta a modo de cortina se apartó a un lado y su hermana entró en la habitación, y recorrió con una mirada llena de ansiedad aquellos rizos sueltos de un tono más claro que los suyos, aquellas facciones pálidas, aquellos ojazos azules que ella siempre había envidiado.

Sintió una punzada de sorpresa al ver que, a pesar de estar vestida con unos extraños pantalones abombados y un chaleco bordado que le dejaba el estómago al descubierto, estaba igual que la última vez que la había visto. A lo mejor esperaba que estuviera... diferente, que la aterradora aventura que había vivido la hubiera alterado de forma visible.

Pero Anya estaba igual y su actitud también parecía ser la misma, porque la miró con una expresión petulante muy típica en ella y alzó la barbilla en un gesto de rebeldía.

—¿Qué haces aquí, Emma? —le preguntó con sequedad.

Ella parpadeó para contener las lágrimas que le inundaban los ojos, y se dijo que su hermana estaba recibiéndola con tan poca cordialidad porque estaba impactada ante su inesperada llegada.

—Quería rescatarte, pero me ha salido todo al revés. ¿Dónde están las demás muchachas?

—Están preparándolas para la subasta en las habitaciones que hay al otro lado del descansillo.

Emma no pudo seguir conteniendo las ganas de tocar a su hermana, de asegurarse de que realmente estaba ilesa. Echó a correr hacia ella, y la abrazó con fuerza.

—¡Dios mío, cuánto me alegro de verte!

Anya pareció sobresaltarse ante tanta efusividad, y le exigió con aspereza:

—Suéltame, no puedo respirar.

—Perdona, es que estoy tan aliviada al saber que estás viva... ni te imaginas lo aterrada que estaba —se echó hacia atrás, y la recorrió con las manos como solía hacer cuando su hermana era pequeña y se caía—. Ven, deja que te vea. ¿Has sufrido algún daño?, ¿te han...?

—Por el amor de Dios, ¿quieres dejar de agobiarme de una vez? —le espetó, exasperada, antes de apartarse de ella con brusquedad.

Emma se mordió el labio y se preguntó si lo que le pasaba era que tenía miedo de que la sermoneara por haberse marchado con unos desconocidos. Anya siempre quería tener razón, y tendía a ponerse a la defensiva cuando se equivocaba.

—Por supuesto —le apartó un rizo de la cara con ternura,

y se lo colocó detrás de la oreja—. Dime al menos que estás bien.

—Estoy perfectamente bien —la apartó a un lado antes de añadir—: O lo estaría si dejaras de agobiarme.

Emma se rodeó la cintura con los brazos mientras intentaba ocultar cuánto le dolía aquel rechazo. No esperaba que su hermana se pusiera exultante al saber que había arriesgado la vida al ir en su busca, ni que le ofreciera un simple gesto de gratitud, pero al menos debería sentirse aliviada al ver que ya no estaba sola con los desalmados que la habían secuestrado, ¿no?

—No puedo evitarlo, he estado loca de preocupación desde que te marchaste de Yabinsk.

—Pues como puedes ver, estoy bien.

—Sí, supongo que sí —tras asimilar el hecho de que su hermana estaba indemne, pudo centrarse en la pregunta que no había podido quitarse de la cabeza desde que había descubierto su desaparición—. Anya, ¿por qué te...?

—Sabes bien por qué me fui —la interrumpió, mientras empezaba a pasearse por la reducida habitación con actitud tensa—. Puede que tú te conformes con ser una solterona excéntrica de la que todo el mundo se burla a sus espaldas, pero yo prefiero morir antes que sufrir un destino así.

Emma se sintió dolida ante aquella brutal descripción, y le contestó:

—Jamás di por hecho que fueras a seguir mis pasos, nada te impide casarte con un hombre decente y tener un hogar y una familia.

—¿Un hombre decente? —Anya sacudió la cabeza, y su cabello dorado relució bajo la tenue luz de la lámpara—. ¿Te refieres a Boris Glavori, que enterró a su primera mujer después de preñarla con doce hijos? ¿O al carnicero, que venía a visitarme con sangre bajo las uñas?

—Pero cualquiera de esas alternativas sería preferible a ser secuestrada por unos tratantes de blancas, ¿no?

—¡No tienes ni idea de nada!

—Pues explícamelo —cada vez estaba más desconcertada.

Anya encorvó los hombros, y mantuvo la mirada esquiva al decir:

—Es cierto que el conde Tarvek y su hermano resultaron ser unos seres despreciables a los que habría que cortarles la cabeza, no entiendo cómo pueden considerarse unos caballeros.

—Te aseguro que pronto recibirán su justo castigo.

—Pero no todos los empleados que tienen a sus órdenes son malos.

Emma se quedó helada, y sintió una punzada de inquietud.

—¿Qué quieres decir?

Anya le dio la espalda de golpe, y fue hacia la puerta tapada con la tela antes de contestar:

—No tendrías que haber venido a buscarme.

—¿Cómo puedes decir eso? Sabías que lo haría —fue tras ella, perpleja. Las cosas no iban tal y como las había imaginado. ¿Dónde estaban las otras muchachas?, ¿por qué estaba tratándola su hermana como si fuera una intrusa inoportuna en vez de una salvadora?—. Eres mi hermana, te quiero y te protegería con mi vida.

La habitación que había al otro lado de la tela era poco más grande que un armario, y contenía un camastro y un aguamanil descascarillado.

—Tú tienes la culpa de que Mikhail y yo aún no hayamos podido escapar, solo espero que no hayas vuelto a echar al traste nuestros planes —Anya sacó un hatillo de cuero de debajo del camastro, y lo apretó contra su pecho.

—¿Quién es Mikhail?

—Uno de los guardias —alzó la barbilla al ver su expresión de horror, y añadió desafiante—: Resulta que está locamente enamorado de mí.

—¿Es un traficante?

—Tendría que haber sabido que pondrías objeciones sin conocerle siquiera —su voz estaba cargada de desdén.

Emma tuvo ganas de agarrarla y zarandearla; a pesar del alivio que sentía por haberla encontrado al fin, estaba claro que seguía siendo la misma Anya de siempre. Seguía siendo testaruda, impulsiva, y muy egoísta.

—¿Has perdido el juicio? Por el amor de Dios, ese hombre secuestra a jovencitas y se las vende a depravados.

—Me ha mantenido a salvo cuando otros estaban dispuestos a lastimarme y piensa llevarme a Austria, es oriundo de allí.

Emma se tragó las palabras airadas que iba a decir, ¿para qué molestarse? Anya nunca le había hecho ningún caso... aunque quizás tendría que pararse a pensar en el calvario que su hermana había soportado. Seguro que se había sentido aterrada y sola al darse cuenta de que había caído en manos de unos tratantes de blancas, y si aquel guardia la había tratado con consideración y la había protegido de los demás, no era de extrañar que hubiera creado un vínculo con él.

—No estás pensando con claridad, querida —le dijo, con voz suave—. Es comprensible después de todo lo que has soportado, pero cuando regresemos a casa...

—¡No! —Anya retrocedió un paso, y la miró enfurruñada—. No regresaré jamás a Yabinsk, y no puedes obligarme a hacerlo.

—Podríamos visitar Inglaterra antes de regresar a Rusia, recuerda que tenemos familia allí —daba por hecho que iban a escapar de las garras de Valik, porque no estaba dispuesta a plantearse siquiera lo contrario.

Anya dio un fuerte pisotón en el suelo antes de exclamar:

—¡No has escuchado ni una sola palabra de lo que te he dicho!

—Claro que te he escuchado, pero no puedes pedirme que te deje en manos de un tratante de blancas. Es una locura, Anya.

—Es un buen hombre.

—Aún suponiendo que me convencieras de que es un santo, no permitiría que te fueras con él —le agarró los hombros, y deseó que mostrara algo de sensatez—. Eres una cría, y debes regresar a casa conmigo.

Se arrepintió de haber dicho aquello en cuanto las palabras salieron de sus labios, porque durante los últimos meses a Anya le había molestado cada vez más que se la considerara una jovencita en vez de una mujer.

—Siempre lo echas todo a perder, Emma —dio media vuelta como una exhalación, y regresó a la habitación más grande con las mejillas sonrojadas.

—Todo esto es absurdo —la siguió con los puños apretados, y añadió—: He viajado de San Petersburgo a Londres y después a El Cairo en tu busca, ya hablaremos de tu futuro cuando logremos escapar.

Anya siguió hacia el extremo del ático sin detenerse, y ni siquiera se volvió a mirarla al decir:

—Ya no tengo que obedecerte, Emma Linley-Kirov.

—¿Acaso lo has hecho alguna vez?

—Soy una mujer hecha y derecha, y voy a tomar mis propias decisiones —se volvió hacia ella al llegar a la escalerilla que conducía a la trampilla del techo, y la fulminó con la mirada—. No volveré jamás a aquella casucha horrible.

Aquellas palabras la hirieron en lo más hondo, porque lo había sacrificado todo con tal de darle un hogar estable.

—¿Tanto te desagradaba? —alcanzó a decir.

—Era horrible, como estar atrapada en la trampa de un cazador furtivo —Anya se estremeció, y sus bellas facciones se tensaron en una mueca de repugnancia—. Dios, solo había nieve, barro, y pueblerinos ignorantes que se pasaban el día amargándole la vida a los demás.

Emma la miró como si estuviera viéndola por primera vez, y quizás fuera así. Su padre le había advertido antes de morir que la mimaba demasiado, que a la pequeña le iría bien asumir alguna responsabilidad en la casa, pero ella había querido protegerla de aquellas tediosas tareas; al parecer, su esfuerzo por protegerla solo había servido para crear resentimiento en su hermana.

—Eso no es verdad, Anya.

—Sí, sí que lo es —sus ojos azules se oscurecieron con una

profunda animadversión—. Has disfrutado de tu papel de mártir desde que mamá murió, ¿sabes cuántas veces me decían que tenía que estarte agradecida por lo mucho que te sacrificabas por mí?

—¿Habrías preferido que te hubiera abandonado?, ¿que te hubiera llevado a un orfanato? —se rodeó la cintura con los brazos, como si así pudiera protegerse de los dolorosos reproches de su hermana.

—Podría haberles pedido ayuda a nuestros parientes, seguro que había alguien dispuesto a darnos una mensualidad decente para que no tuviéramos que vivir como siervas.

—No podía pedirles limosna a unos desconocidos.

—Porque tu orgullo te importaba más que mi felicidad; si hubieras tenido en cuenta mis sentimientos, el conde no habría logrado convencerme de que me fuera con él.

Emma fue incapaz de rebatir aquella acusación, porque sabía que su orgullo le había impedido pedirle ayuda a la familia que no conocía. ¿Cómo iba a saber que Gerhardt Herrick sería tan amable, que estaría tan dispuesto a tenderle la mano a una pariente lejana? En aquel entonces solo era consciente de que tenía la responsabilidad de sacar adelante a su hermana, y lo había hecho lo mejor que había podido.

—Anya... —se calló de golpe al oír un portazo procedente de abajo y el sonido de voces masculinas, y se tensó mientras un miedo gélido le recorría las venas. Valik le había advertido que la subasta iba a celebrarse aquella misma noche, a lo mejor estaba empezando ya—. ¿Qué es eso?

—Más problemas, seguro que por tu culpa —después de lanzarle una última mirada enfurruñada, Anya se volvió y empezó a subir la escalerilla.

—¿Adónde vas?

—Ya te he dicho que Mikhail me va a llevar a su casa.

—¿Cómo piensas escaparte?

—Me prometió que se encargaría de todo, acordamos encontrarnos en el tejado —llegó al final de la escalerilla, y abrió la trampilla con un empujón.

Emma la contempló atónita, porque no podía creer que siguiera comportándose con tanta temeridad después de todo lo que había pasado.

—¿Vas a confiar en un tratante de blancas que ni siquiera te ha contado su plan de huida? —le agarró el bajo del pantalón a toda prisa, y añadió—: Por el amor de Dios, quedarás por entero a su merced.

—¡Suéltame! —exclamó, antes de zafarse de su mano con una patada.

—Por favor, Anya, escúchame.

—No —sacó el hatillo al tejado por la pequeña trampilla, y salió tras él.

—¡Espera!

Emma agarró la escalerilla, dispuesta a subir tras ella, pero Anya se asomó por la abertura y la miró con el pelo cayéndole hacia delante y enmarcando su pálido rostro.

—Lo siento, Emma, pero no puedes venir con nosotros.

Emma la miró, atónita, y le preguntó con incredulidad:

—¿Vas a dejarme aquí sabiendo que van a venderme en una subasta de esclavas?

—No tendrías que haberme seguido.

—¡Anya!

La trampilla se cerró de golpe y Emma oyó como si estuvieran arrastrando algo y colocándolo encima para evitar que se abriera, pero aun así permaneció inmóvil en la escalerilla. Era incapaz de creer que su hermana hubiera escapado y la hubiera abandonado allí.

Fuera lo que fuese lo que había ocurrido en el pasado, era imposible que Anya pudiera ser tan cruel, ¿no?

Tardó casi un cuarto de hora en aceptar el hecho de que la crueldad de su hermana hubiera llegado a aquellos extremos. Había subido la escalerilla, había aporreado en vano la trampilla y la había llamado a gritos, pero al final no tuvo más remedio que darse por vencida al ver que Anya se negaba a contestar.

Apoyó la cabeza contra uno de los peldaños de madera de la escalerilla, y cerró los ojos antes de susurrar:
—Dios mío, que estúpida he sido.

Dimitri contuvo a duras penas su impaciencia mientras permitía que dos guardias le llevaran a rastras por el burdel hasta sentarle con brusquedad en un diván del salón. Le habían hecho falta tres intentos para que aquellos ineptos ridículos lograran atraparle al fin mientras fingía que estaba forzando la cerradura de una puerta lateral, solo le había faltado ir hacia ellos e invitarles a bailar un vals. Cabía suponer que semejante desidia se debía a que estaban hartos de custodiar a unas jóvenes con las que aún no habían ganado ni un solo rublo.

Miró hacia la puerta y vio entrar a Valik, que a juzgar por lo despeinado que estaba, parecía haber estado pasándose los dedos por el pelo con nerviosismo; aun así, la expresión de su rostro era de petulancia, como si estuviera vanagloriándose de haber conseguido lo que ningún otro había logrado.

Se detuvo justo delante del sofá, y le dijo con una sonrisita burlona:

—Mira quién está aquí, Dimitri Tipova. No sabe cuántas ganas tenía de hablar con usted.

Dimitri se acomodó contra los cojines, estiró las piernas, y cruzó los tobillos antes de contestar con calma:

—Habríamos hablado mucho antes si no hubiera huido aterrado de mí —lanzó una mirada hacia los dos guardias que permanecían erguidos como dos estatuas sin sesera, y añadió—: Aunque no me sorprendió su reacción, porque los hombres que están metidos en la trata de blancas son unos cobardes que se ocultan en la oscuridad y se aprovechan de los débiles.

—¿Se atreve a sermonearme? Usted tiene a sus órdenes a todos los criminales de San Petersburgo, incluyendo a no sé cuántas rameras. Dios, si hasta se rumorea que le corta las manos a cualquiera que le irrite... ¿acaso se considera superior a mí?

—No obligo a nadie a llevar una vida de pecado, solo exijo que acaten las normas que impongo y les ofrezco a cambio mi protección de los depredadores que carecen de honor.

—Es un bastardo arrogante.

—Sí, ya me lo han dicho en más de una ocasión.

—Puede que se crea superior a mí, pero soy yo el que se ha alzado con la victoria. He logrado capturar al célebre Dimitri Tipova.

—No creerá que he caído en una trampa tan obvia, ¿verdad? —le preguntó, en tono burlón—. No he alcanzado la posición que ocupo siendo estúpido... —volvió a lanzar una mirada hacia los guardias antes de añadir—: Ni descuidado.

La sonrisita de Valik se apagó un poco, y le ordenó a sus hombres:

—Dejadnos —esperó a que salieran del salón antes de volver a centrar su atención en Dimitri—. No me engaña, Tipova. Sé que está desesperado por rescatar a su amante.

Dimitri sintió una furia descarnada y brutal ante el hecho de que Emma estuviera en aquel sucio burdel, retenida en contra de su voluntad. Seguro que estaba aterrada.

—Pienso rescatarla, eso ni lo dude, pero de usted depende acabar este encuentro con suficiente dinero para empezar una nueva vida o como un cadáver —la suavidad de su voz enfatizaba sus letales intenciones, y contuvo una sonrisa al verle retroceder un paso.

—No está en condiciones de amenazarme —era obvio que estaba enfurecido por el pequeño gesto de cobardía que acababa de hacer.

—¿Eso cree? Le aseguro que solo cuenta con unos minutos para decidirse entre dos opciones: llegar a un provechoso acuerdo de negocios conmigo, o ser escoltado a la ciudadela del pachá por los guardias del califa Rajih —sintió una satisfacción enorme al ver que empalidecía ante aquella amenaza.

A Rajih no le había parecido bien su plan de entrar solo en el burdel, y había insistido en que era mejor esperar a sus hombres para poder rodear el edificio y llevar a cabo un ataque conjunto.

El traidor de Josef le había dado la razón a aquel malnacido, pero él se había negado a dar su brazo a torcer. No iba a haber guardias, ni ataques ni disparos hasta que Emma estuviera a salvo entre sus brazos.

—Está mintiendo.

—Si ha oído hablar de mi reputación, debería saber que jamás miento.

Valik apretó los puños, y su rostro se tensó con una expresión de suspicacia mientras iba de un lado a otro con nerviosismo.

—El califa no sabe de mi existencia, ni de la de este burdel.

—¿Cómo cree que he logrado localizarle?

—¿Espera que crea que le ha mandado él?

—No diga idioteces. El califa tuvo la osadía de arrebatarme a Emma mientras yo estaba ocupado en Londres, y la trajo a este país apartado de la mano de Dios —no tuvo que fingir el arranque de ira—. No pienso convertirme en su lacayo, sino castigarle.

—La verdad es que me extrañó que la mujer estuviera en el harén del califa.

—Un error que yo tenía intención de subsanar.

—Si no está confabulado con el califa, ¿cómo sabe que él planea enviar a sus guardias a este burdel?

—Estuve en el palacio hace un rato —Dimitri esbozó una pequeña sonrisa al añadir—: Aunque tuve la precaución de entrar sin que nadie se diera cuenta, por supuesto.

Valik soltó una carcajada, y dijo con voz burlona:

—Por supuesto.

—No había necesidad alguna de molestar a la servidumbre, soy perfectamente capaz de abrir una puerta o una ventana si hace falta. Así puedo descubrir información que de otro modo permanecería oculta.

—¿Qué información?

Dimitri empezó a golpetear con los dedos en los cojines

de forma inconsciente. Era normal que aquel necio mostrara algo de cautela, pero ¿acaso pensaba pasar toda la noche charlando? La paciencia de Rajih no iba a durar mucho, y en cuanto a Josef... la lealtad de Josef era absoluta, y si pensaba que él podía estar en apuros, haría lo que fuera por rescatarle... incluso poner a Emma en peligro.

—Lo más interesante fue la confesión entre lágrimas de una criada, que me habló de un ruso que la había sobornado para que llevara a Emma a un carruaje que la esperaba tras el harén.

—Zorra.

—Fue entonces cuando el califa mandó a un criado para que le siguiera, aprovechando el denso tráfico, mientras él reunía a sus guardias y se preparaba para atacar a los que habían osado secuestrar a su concubina favorita —se inclinó hacia delante, y no se molestó en ocultar la frustración que sentía—. Seguí al criado para llegar antes que Rajih y llevarme a Emma.

Valik se pasó los dedos por el pelo, y masculló desconcertado:

—¿Acaso están locos los dos? Esa mujer es una arpía deslenguada, cualquier hombre con la más mínima sensatez se alegraría de deshacerse de ella.

Dimitri se metió la mano en la manga de forma instintiva. Llevaba una daga sujeta al antebrazo, otra dentro de una bota, y una pistola enfundada bajo el brazo izquierdo, ya que los guardias ni siquiera se habían molestado en cachearle por si iba armado; por desgracia, no podía abrir en canal a Valik y dejar que los chacales se comieran su cuerpo, iba a tener que esperar a darse ese placer hasta que Emma y las demás estuvieran a salvo.

—En ese caso, se sentirá aliviado al dejarla a mi cargo.

—No. Usted ha destrozado mi vida, maldito bastardo, y va a tener que presenciar cómo usan a su amante todos los asistentes a la subasta antes de que le mate —le miró con una sonrisa llena de maldad antes de añadir—: Le advierto que algunos de los hombres pueden ser muy rudos, dudo que Emma sobreviva a la experiencia.

Dimitri no perdió los nervios ante aquella clara provocación a pesar de la furia salvaje que le ardía en el corazón, y se levantó poco a poco del diván. Una de las cosas que había aprendido de joven en las calles de San Petersburgo era que el hombre que sobrevivía era el que no perdía la cabeza ante los insultos y las pullas. La fría lógica siempre tenía ventaja sobre la furia descontrolada, y lo mismo podía decirse de la inteligencia respecto a la fuerza bruta.

Acabaría por tener la oportunidad de hacer sufrir a aquel malnacido, de someterle a un sufrimiento lento y agónico que tendría como único final posible la muerte, pero de momento tenía que convencerle de que él era su única vía de escape.

—¿Acaso está sordo? No va a haber ninguna subasta, Valik. El califa Rajih ya está preparando la ofensiva.

—En ese caso, les mataré a los dos y escaparé —tenía la frente perlada de sudor, y la respiración acelerada.

—¿Adónde piensa escapar? Está en un país extranjero, y apuesto hasta mi última piastra a que apenas tiene dinero; peor aún, sus socios adinerados están demasiado preocupados por salvar el pellejo como para echarle una mano a usted —miró hacia una de las ventanas. Los sonidos que entraban por allí... el rebuzno de los asnos, el distante aullido de los chacales... reflejaban a la perfección lo lejos que estaban de casa—. Es una pena.

—Venderé a las mujeres.

Dimitri soltó una carcajada antes de contestar:

—¿Va a poder vender a unas jóvenes aterradas mientras huye de los guardias del califa? Ni siquiera usted podría lograr semejante hazaña.

La bravuconería de Valik iba apagándose ante aquella incesante presión. Se secó el sudor de la frente con la mano, y le preguntó al fin:

—¿Qué es lo que ofrece?

—Va a permitir que me lleve del burdel tanto a Emma como a las demás, y después regresaré y le pagaré quinientos rublos.

—¿Quinientos? Es una suma muy pequeña para un hombre de su posición.

Dimitri había elegido una suma lo bastante grande para tentarle, pero que no pareciera excesiva. Valik era muy listo, y sospecharía que se trataba de una trampa si le ofreciera una fortuna.

—Es lo que tengo a mano, y le bastará para comprar pasaje en algún barco que salga de Egipto. Así tendrá la esperanza de poder huir.

—¿Lleva el dinero encima?

—Ya le he dicho que no soy ni estúpido ni descuidado. Mi criado está esperándome en la mezquita de Al-Hakim, él le entregará el dinero cuando esté seguro de que estoy a salvo.

Valik había empezado a negar con la cabeza incluso antes de que terminara de hablar, y comentó con suspicacia:

—Yo tampoco soy tonto, su criado podría pegarme un tiro.

A Dimitri no le tomó por sorpresa su negativa. Prefería dar órdenes y que le obedecieran, pero podía negociar con la habilidad de un comerciante cuando era necesario.

—Puedo acompañarle a la mezquita si lo prefiere. Si me tiene como rehén, mi criado no se atreverá a hacerle ningún daño hasta que me haya soltado.

Valik frunció el ceño, y paseó de un lado a otro mientras sopesaba el peligro que corría al aceptar la oferta y los posibles beneficios.

Dimitri esperó en silencio, consciente de que, si le presionaba demasiado, se arriesgaba a que aquel tipo se dejara llevar por su instinto y le disparara al corazón sin más; al fin y al cabo, le culpaba de haber destruido su próspero negocio.

En cualquier caso, no quedaba gran cosa por decir, porque no podía ofrecerle nada más. Había ideado aquel plan a toda prisa, y no había podido ser tan minucioso como de costumbre.

Valik se detuvo de repente, y se limitó a decir:

—No.

—¿No? —Dimitri sintió que un terror gélido le atenazaba las entrañas.

—No —se acercó a él, y le agarró el brazo con fuerza—. Tengo una idea mejor.

CAPÍTULO 23

Emma había aprendido, a base de práctica, a dejar a un lado el último desastre de turno y concentrarse en los problemas que iban surgiendo, así que primero buscó alguna vía de escape en el ático, y cuando se convenció de que estaba atrapada optó por buscar algo que pudiera usar a modo de arma.

¿De qué servía hundirse en la decepción que sentía por la traición de Anya?, ¿de qué servía dejarse arrastrar por el miedo a que la violaran salvajemente? No le servía de nada, así que tenía que centrarse en idear la forma de escapar de allí.

Como no encontró ningún objeto afilado, le quitó una pata al taburete que había bajo el camastro y se colocó tras la puerta armada con él. Tarde o temprano acabaría por aparecer alguien, y no iba a tomarla desprevenida.

Perdió la noción del tiempo mientras esperaba, y cuando oyó al fin el sonido de pasos que se acercaban aferró con fuerza el palo sin notar apenas lo agarrotados que tenía los músculos. Sabía que no podría vencer a un hombre que le doblara en peso y tamaño, pero esperaba pillarle por sorpresa. Solo necesitaba distraerle el tiempo justo para salir de aquella habitación antes de que pudiera atraparla, y después... la verdad era que aún no había planeado lo que iba a hacer cuando cruzara la puerta, pero de momento le bastaba con la primera parte del plan.

Alzó el arma sobre la cabeza, esperó con el aliento contenido mientras la puerta se abría, y se abalanzó contra Valik en cuanto le vio entrar.

El palo se rompió al golpear contra su hombro, pero el impacto no tuvo el efecto esperado; en vez de caer al suelo, el tipo se volvió hacia ella con el rostro morado de furia y alzó una mano con intención de golpearla.

—¡Maldita zorra!

Ella se encogió mientras esperaba el impacto del golpe de un momento a otro, y no vio que un segundo hombre entraba en el ático. Solo se dio cuenta del peligro al sentir que unos brazos la rodeaban desde atrás y la apretaban contra un pecho ancho y fuerte.

—¡No! —exclamó el hombre con aspereza, mientras giraba para protegerla del golpe.

Emma reconoció aquella voz de inmediato, y miró atónita por encima del hombro.

—¿Dimitri? —susurró, con voz queda.

Se preguntó si estaba viendo un espejismo, Rajih le había advertido que el desierto era un lugar traicionero donde uno creía encontrar lo que más deseaba y acababa por descubrir que no había sido más que una ilusión; aun así, Dimitri parecía muy real. Estaba mirándola ceñudo, como si le enfureciera que hubiera atacado a Valik, y la apretaba con tanta fuerza contra su pecho que apenas le permitía respirar.

—¿Qué haces aquí?

Él desvió la mirada hacia Valik, que estaba yendo de un lado a otro del ático con paso airado, y murmuró:

—Ya hablaremos de eso más tarde, *milaya*.

Valik apartó a un lado la cortina que hacía de separación entre las dos habitaciones, y masculló:

—¿Dónde está su hermana?

Emma se humedeció los labios mientras se inventaba a toda prisa una mentira que explicara su ausencia; al margen de lo que pudiera haber hecho, Anya era su hermana, la única familia que le quedaba, y estaba dispuesta a protegerla hasta su último aliento.

—Un guardia ha venido a por ella hace unos minutos —hizo caso omiso de la mirada interrogante de Dimitri y siguió centrada en Valik, que se acercó a ellos con actitud amenazante.

—¿Qué guardia?

—¿Yo qué sé? No me pareció que fuera momento de presentaciones.

Dimitri debió de intuir que estaba ocultando la verdad, porque se interpuso entre Valik y ella y dijo en tono de advertencia:

—Le aconsejo que no pierda el tiempo si quiere mantener la cabeza sobre los hombros, Valik.

—De acuerdo —el tipo se sacó una pistola del bolsillo, y apuntó a Emma—. No olvide ni por un segundo que la vida de su amante depende de usted, Tipova. La mataré al primer movimiento sospechoso que vea.

La expresión de Dimitri se endureció, pero permaneció callado y la mantuvo protegida contra su costado mientras bajaban la escalera. Ella estaba tan aterrada, que fue sin rechistar y apenas se dio cuenta de que recorrían el silencioso burdel.

No sabía si Dimitri la había seguido hasta allí, si Valik le había capturado; tampoco sabía adónde iban, ni lo que sucedería cuando llegaran... y en ese momento, le daba igual. Lo único que le importaba era que Dimitri corría peligro por su culpa.

Cruzó la estrecha puerta que daba al callejón posterior a trompicones, atenazada por el pánico. La recorrió un extraño hormigueo que le erizó el vello de la nuca y tuvo la sensación de que estaban observándola desde las sombras, pero tenía la pistola de Valik apretada contra la base de la espalda y no se atrevió a mirar a su alrededor.

—Al carruaje —Valik les condujo por delante del pabellón hacia el vehículo, y abrió la portezuela antes de ordenar con aspereza—: Entren.

Ella ya había empezado a sospechar lo que iba a ocurrir, así que entró a regañadientes y con la boca seca en el oscuro interior del carruaje; contempló en silencio a Dimitri, que se sentó frente a ella con expresión adusta, y supo sin lugar a dudas que el más mínimo acicate bastaría para que tuviera un insensato arranque de heroísmo.

Sus miedos se confirmaron cuando Valik entró y la agarró de los brazos, dispuesto a alzárselos para sujetarla de nuevo a las esposas que colgaban del techo, y Dimitri se abalanzó hacia delante para intentar impedírselo.

—¡No! —exclamó, enfurecido.

Valik le puso la pistola en la sien y le espetó con voz amenazante:

—Vuelva a sentarse, Tipova.

Emma estaba aterrada ante la posibilidad de que él pudiera sufrir algún daño, y susurró con labios rígidos de tensión:

—Dimitri... por favor.

Sus ojos dorados relampaguearon de furia, pero volvió a sentarse en el asiento de cuero y se volvió hacia Valik con expresión asesina.

—Eso no es necesario.

—Vamos a jugar siguiendo mis reglas, Tipova —acabó de esposarla, y salió del carruaje antes de cerrar con un portazo.

Dimitri masculló algunas de las imprecaciones más fuertes que existían en ruso al darse cuenta de que no había ni picaporte ni escapatoria posible, y volvió a soltar unas cuantas más al oír que Valik subía al pescante y el carruaje echaba a andar por la estrecha callejuela.

—¿Cómo me has encontrado? —le preguntó ella, tanto para intentar calmarle como por pura curiosidad.

Él apretó la mandíbula mientras luchaba por mantener la compostura. Había pasado los últimos veinte años forjándose un lugar en el mundo que le permitiera estar siempre al mando de cualquier situación, y estar a merced de otro era peor que una tortura.

—No te he encontrado, estaba en el burdel cuando has llegado con Valik —le contestó, con voz seca.

Emma le contempló pensativa, y se olvidó tanto del doloroso acero que le apretaba las muñecas como del traqueteo del carruaje. Aquella respuesta la había sorprendido.

—¿Se puede saber por qué estabas aquí?

—No por lo que estás pensando, te lo aseguro —se ladeó un poco para poder echar un vistazo por la estrecha ventanilla antes de añadir—: Josef se enteró de que un ruso fornido estaba por esta zona y sospechó que podría tener alguna relación con el burdel, así que vinimos a investigar.

—¿Y por eso...?

La miró al ver que se interrumpía, y la instó con voz suave a continuar.

—¿Qué?

Ella se ruborizó y deseó haber mantenido la boca cerrada, pero al final le preguntó:

—¿Por eso te fuiste del harén?

Sus ojos se llenaron de calidez, como si estuviera saboreando un recuerdo especialmente placentero.

—No me marché por voluntad propia, pero no podía dejar pasar la posibilidad de encontrar a Anya —la luz tenue de las antorchas que ardían en la calle iluminaba su apuesto rostro, que se tensó con una expresión sombría al añadir—: He aprendido la lección.

Emma sintió que una emoción agridulce le embargaba el corazón al pensar en su hermana; por un lado, le aliviaba que pareciera estar a salvo al cuidado del tal Mikhail, pero por el otro, tardaría bastante en poder pensar en ella sin sentir aquella dolorosa sensación de pérdida.

—Anya... —susurró, mientras bajaba las pestañas para ocultar el dolor que se reflejaba en sus ojos.

Dimitri se inclinó hacia delante, y le preguntó con apremio:

—Has podido hablar con ella, ¿verdad?

—Sí.

—¿Ha sufrido algún daño?

Las esposas que la sujetaban tintinearon cuando se encogió de hombros.

—Me ha dicho que no.

—¿Temes que te haya mentido para ahorrarte el sufrimiento de saber la verdad?

Ella no pudo contener una carcajada al oír aquello, y contestó con ironía:

—No, dudo mucho que quisiera ahorrarme sufrimiento.

Tras unos segundos de silencio, Dimitri le puso la mano en la barbilla y se la alzó con suavidad para que le mirara.

—¿Qué es lo que pasa, Emma?

Intentó enfadarse con él, se dijo que su relación con Anya era un asunto privado y que él no tenía derecho a presionarla; aun así, el tierno contacto de su mano en la barbilla estaba llenándola de una calidez que la reconfortaba, que aliviaba un poco el dolor que sentía por la traición de su hermana, y no pudo evitar que las palabras brotaran de sus labios.

—Tendría que haber prestado atención a tus advertencias.

—Empiezas a preocuparme, *milaya* —esbozó una pequeña sonrisa, pero sus ojos reflejaban preocupación—. ¿Te has dado un golpe en la cabeza?

—No, lo que pasa es que me he dado cuenta de que mis esfuerzos por cuidar de Anya solo han servido para alejarla de mí —parpadeó en un intento de contener las lágrimas, y añadió con voz estrangulada—: Como tú mismo dijiste, yo soy la única culpable de que me abandonen mis seres queridos.

—No hables así —le ordenó, ceñudo, mientras le sujetaba la barbilla con más fuerza.

—¿Por qué no? Creía que te sentirías satisfecho al saber que tenías razón.

Se puso nerviosa mientras la contemplaba en silencio, porque aquella penetrante mirada era demasiado perceptiva.

—Cuéntame lo que ha pasado.

—¿Qué más da?

—Por favor, Emma... cuéntamelo.

Cerró los ojos al sentir su cálido aliento en la mejilla, y saboreó su cercanía. Le horrorizaba que se hubiera puesto en peligro, pero una débil parte de su ser anhelaba que la abrazara y sentirse rodeada por su fuerza.

¿Dónde había quedado su orgullosa independencia?

—Anya estaba en el ático cuando me llevaron al burdel —se obligó a sostenerle la mirada, y admitió—: Digamos que no se ha mostrado nada complacida por mis intentos de rescatarla.

—¿Por qué no?

—Ya había planeado huir con uno de los guardias, y mi presencia ha sido una intromisión de lo más inoportuna —se estremeció al sentir que una tensión súbita inundaba el interior del carruaje.

—¿Un guardia? —le preguntó él, con una voz suave y letal.

Ella vaciló por un instante, porque seguía siendo reacia a revelar la perfidia de Anya. A lo mejor temía que dicha perfidia pudiera verse como un reflejo de su fracaso a la hora de inculcarle unos sólidos valores morales a su hermana.

En ese momento el carruaje dobló una esquina con brusquedad, y el dolor que sintió en las muñecas cuando las esposas se le hincaron con más fuerza le recordó de golpe la difícil situación en la que se encontraban. Dimitri lo había arriesgado todo con tal de rescatarla, y se merecía saber la verdad.

—Anya asegura estar enamorada de él; al parecer, le ha prometido llevársela a Austria. Es oriundo de allí.

Él le acarició la mejilla con cautela, como si temiera afligirla aún más, y le dijo con voz suave:

—Supongo que has intentado hacerle entender la estupidez que está cometiendo al confiar en un hombre así, ¿verdad?

Emma esbozó una sonrisa llena de amargura al recordar cómo le había suplicado a su testaruda hermana que fuera sensata.

—Claro que sí, pero ella se ha negado a atender a razones. Está convencida de que no hay peor suplicio que regresar a Yabinsk conmigo.

—Es muy joven, *milaya*. Si eres paciente, al final sabrá valorar todos los sacrificios que has hecho.

Emma negó con la cabeza; gracias al doloroso rechazo de su hermana, se había dado cuenta de lo ciega que había sido durante el último año. Por mucho que hiciera, por mucho que le ofreciese, su hermana jamás se daría por satisfecha.

—No, la he perdido para siempre.

—Emma, escúchame bien.

Al ver que bajaba la voz, Emma pensó que sería muy improbable que Valik pudiera oírles por encima del bullicio de la calle, y se preguntó de repente qué hora sería. ¿Medianoche?, ¿más tarde? Fuera como fuese, El Cairo seguía siendo un hervidero de gente.

—El califa Rajih está esperando junto al burdel —siguió diciendo él—. En cuanto sepa que estás a salvo, rescatará a las muchachas y capturará a los guardias restantes; por mucho que deteste a ese malnacido, estoy convencido de que Anya estará a salvo en sus manos.

Ella se sintió aliviada al saber que las otras jóvenes iban a salvarse, pero negó con la cabeza antes de decir:

—Anya ya se ha ido, Dimitri.

Él se tensó al oír aquello, y comentó ceñudo:

—Ya sé que le has dicho a Valik que un guardia había ido a por ella, pero pensé que estabas mintiendo.

—Ha sido lo único que se me ha ocurrido para evitar que la buscara.

—¿Dónde está? —le preguntó, con voz suave, mientras posaba una mano en su mejilla.

—Poco después de que yo llegara al ático, ha recogido su hatillo y ha huido por una trampilla del techo; según ella, su amado estaba esperándola.

—¿Y tú te has quedado en el ático?

Ella fue incapaz de sostenerle la mirada, y giró la cabeza hacia un lado antes de admitir:

—Es obvio que sí.

—¿Por qué?

—¿No tendríamos que estar ideando un plan de huida? —le preguntó, con la mirada fija más allá de los barrotes de la ventanilla. Se preguntó cuánto faltaría para llegar a la mezquita, a aquellas alturas ya debían de estar bastante cerca de allí.

Dimitri le sujetó la barbilla, y la obligó con firmeza a que se volviera a mirarle de nuevo.

—¿Por qué te has quedado en el ático, Emma?

Ella no pudo seguir aguantando la intensidad de aquellos ojos penetrantes que no daban tregua, y le espetó con aspereza:

—Porque Anya ha cerrado la trampilla en cuanto ha salido al tejado, ¿estás satisfecho ya?

No le sorprendió ver la furia y la indignación que tensaron aquel hermoso rostro; aunque muchos le consideraban un ladrón, Dimitri tenía un sentido del honor inquebrantable y le guardaba lealtad a todo aquel que estaba bajo su protección. Para él, el abandono de Anya sería la peor de las traiciones.

—No, claro que no estoy satisfecho —masculló, con ojos en los que se reflejaba una furia apenas contenida—. ¿Estás diciendo que esa mocosa desagradecida no solo te ha abandonado para poder escapar con su amante, sino que además ha bloqueado tu única vía de escape sabiendo que iban a venderte para prostituirte?

—Ya no importa —estaba cansada de la amargura y el desengaño que le envenenaban el corazón.

—Cuando logre atrapar a esa zorra...

—Dimitri, por favor —se sentía incapaz de oírle hablar así de Anya.

—Me da igual que sea tu hermana. Como vuelva a hacerte el más mínimo daño, tendrá que responder ante mí.

Ella intentó convencerse de que verle reaccionar con tanta

vehemencia no la complacía en absoluto, que sería una mezquindad sentir la más mínima satisfacción.

—Era mi única familia, me he quedado completamente sola.

Él enarcó las cejas al oír aquello, y le preguntó desconcertado:

—Es una broma, ¿verdad?

—Es la pura verdad —le extrañó ver que apretaba la mandíbula como si le hubieran enfadado sus palabras, porque lo que había dicho era cierto. Sus padres estaban muertos y Anya se había marchado, así que no le quedaba nadie.

—En ese caso te aconsejo que se lo digas a Herrick Gerhardt, que ha hecho público que eres su prima, y a Vanya, que te considera una querida amiga —su voz era cortante, y rezumaba sarcasmo—. Ah, y tampoco debemos olvidar a Leonida, que me amenazó con toda clase de terribles torturas si no te llevaba de vuelta a su casa indemne.

—No es lo mismo que...

—Supongo que también tendría que incluir al califa Rajih, maldita sea su alma, que está dispuesto a casarse contigo aunque el pachá se oponga.

Ella sintió que se ponía roja como un tomate, y no tuvo más remedio que darle en parte la razón. Era cierto que desde que había partido de Yabinsk había descubierto que en el mundo había personas buenas dispuestas a ayudarla, pero le resultaba difícil confiar en los demás después de cuidarse sola durante tantos años.

—Rajih no está pensando con claridad.

—Eso está claro; si tuviera la mente despejada, se daría cuenta de que me perteneces a mí.

Se le aceleró el corazón al ver la férrea determinación que brillaba en sus ojos, y echó la cabeza hacia atrás para apartarse de su mano antes de decirle con actitud desafiante:

—No soy tuya, Dimitri Tipova.

—Claro que lo eres —se reclinó en el asiento con los brazos cruzados, y añadió con calma—: No estás sola, Emma. No volverás a estarlo nunca más.

Ella sintió que un anhelo de lo más peligroso se abría paso en su interior. Aquel hombre podía hacerle flaquear con una facilidad pasmosa, pero tenía que ser fuerte... más fuerte que nunca.

—¿Quieres decirme de una vez si tienes algún plan de huida? —le espetó, con voz cortante.

Él soltó un sonoro suspiro lleno de frustración antes de contestar:

—Más que un plan, es una negociación. Josef está esperándonos en la mezquita con un dinero que pienso ofrecerle a Valik a cambio de que nos libere.

—¿Piensas sobornarle? —lo miró ceñuda, y se preguntó si estaba ocultándole el verdadero plan.

Él sonrió al ver su incredulidad, y se limitó a decir:

—Me ha parecido la mejor opción para asegurarme de que no sufrieras daño alguno.

—¿Qué pasará cuando le des el dinero?

—Con un poco de suerte, no tendremos que volver a soportar su desagradable compañía.

—¿Vas a permitir que escape?

Él le sostuvo la mirada al contestar con firmeza:

—Si tengo que hacerlo para asegurarme de que estés a salvo, sí.

—¿Qué pasa con tu venganza? —observó atenta su rostro sombrío, porque no acababa de creerle.

—¿Cuántas veces tengo que decirte que no hay nada que me importe más que tú? —se inclinó hacia delante, y se apoderó de su boca en un beso febril—. Nada.

Ella se olvidó de lo incómodo que era tener los brazos alzados y sujetos por las esposas, del hecho de que estaban a merced de un despiadado tratante de blancas, y se dejó llevar por completo. Necesitaba sentir la certeza de que no iban a volver a traicionarla y a abandonarla.

Siguió besándole con pasión, pero el corazón se le encogió de miedo al notar que el carruaje aminoraba la marcha, y se apresuró a echarse hacia atrás.

—El carruaje se está deteniendo, Dimitri.

Él masculló una imprecación, y fue incapaz de ocultar la preocupación que sentía.

—No tengo forma de impedir que Valik intente algo a la desesperada.

—¿Qué quieres decir?

El carruaje se detuvo, y oyeron que Valik bajaba del pescante y rodeaba el vehículo.

—Le he ordenado a Josef que te meta en el carruaje y te ponga a salvo en cuanto Valik te suelte —lanzó una mirada hacia la ventanilla antes de volverse de nuevo hacia ella, y añadió con apremio—: Pase lo que pase.

—¿Crees que Valik tiene intención de traicionarnos?

Él tardó unos segundos en contestar. Era obvio que estaba debatiéndose entre el deseo de tranquilizarla y el hecho de saber que ella prefería estar enterada de la verdad.

—De momento está desesperado por escapar, pero cuando tenga el dinero en sus manos recordará que yo soy el causante de todos sus problemas; en semejantes circunstancias, los hombres tienden a dejar a un lado el sentido común y a dejarse arrastrar por sus emociones.

Ella recorrió su rostro con la mirada, contempló aquellas facciones que tenía grabadas a fuego en la mente antes de preguntar con voz suave:

—¿Hombres como tú?

—Yo no me dejo arrastrar nunca por mis emociones.

Emma sintió una oleada de pánico al oír que Valik se acercaba, pero se obligó a mantener la calma.

—De ser así no habrías venido a rescatarme, ni estarías en este carruaje.

—Era la decisión más lógica.

—Era una locura —tenía un nudo en la garganta, y su voz

revelaba la emoción que sentía—. Dimitri, si llegara a pasarte algo...

—Tengo a mis órdenes a cientos de granujas, ladrones y carteristas, y todos ellos son mucho más peligrosos que Valik. Si sé que estás a salvo, seré más que capaz de ganarle la partida a un simple tratante de blancas.

—No eres tan invencible como crees.

—Claro que lo soy, no te desharás de mí con tanta facilidad.

Los dos se tensaron cuando la portezuela empezó a abrirse poco a poco.

—Dimitri... —su voz era apenas un susurro, y tenía la boca seca por el miedo.

—Recuerda que debes ir hacia Josef de inmediato, no te apartes de su lado —le ordenó, con voz apremiante.

Valik acabó de abrir la portezuela, y apuntó a Dimitri con la pistola.

—Salga poco a poco, Tipova —se mantuvo a un lado con cautela y el rostro perlado de sudor hasta que Dimitri bajó, y entonces alzó las manos para quitarle las esposas a Emma—. Ahora usted.

—Si le deja la más mínima marca en la piel, me aseguraré de que se convierta en un eunuco —le advirtió Dimitri, con voz letal.

Valik no contestó, y la agarró del brazo antes de sacarla del carruaje con brusquedad. Emma se dio cuenta de que aquel tipo estaba al borde de un ataque de pánico al ver que estaba tembloroso y que tenía la respiración acelerada, y supo que aquello podía desembocar en un verdadero desastre.

Sintió como si un puño enorme estuviera estrujándole el corazón y le lanzó a Dimitri una mirada frenética, intentando advertirle sin necesidad de palabras que no hiciera nada que pudiera alterar aún más a aquel majadero, pero él hizo caso omiso de la advertencia y observó a Valik con los ojos de un depredador dispuesto a atacar.

Valik siguió agarrándole el brazo con fuerza mientras rodeaban el carruaje, y al pasar por detrás del vehículo Emma alcanzó a ver la mezquita. La construcción era de ladrillo con fachada de piedra, y se había construido en 990 por orden del califa fatimí al-Aziz; según Rajih, Napoleón la había utilizado como fortaleza a pesar de la indignación de los leales ciudadanos de El Cairo.

Alcanzó a ver el portal central y los dos minaretes laterales que marcaban la entrada al patio rodeado de arcadas, pero la oscuridad le impidió apreciar la belleza de aquella antigua construcción en todo su esplendor... por no hablar del hecho de que un peligroso lunático la tenía en su poder, claro.

—¿Dónde está su criado, Tipova?

Dio la impresión de que Dimitri también había notado que la ansiedad de aquel tipo iba acrecentándose por momentos, porque tras una ligera vacilación se volvió hacia la mezquita y silbó.

Tras un momento cargado de tensión, un carruaje dobló la esquina y se detuvo al otro lado de la calle. Un criado delgado vestido con una camisa de lino y pantalones holgados bajó del pescante y ató las riendas antes de dirigirse hacia ellos, pero se detuvo en medio de la calle al ver que Valik alzaba una mano a modo de advertencia.

—¡No se acerque más!

Emma se preguntó si le había impresionado la cicatriz que el criado tenía en la mejilla, o si lo que le inquietaba era la violencia apenas contenida que se reflejaba en sus ojos.

Dimitri se colocó junto a Valik antes de preguntarle a su criado:

—¿Tienes el dinero, Josef?

—Sí —el criado alzó de inmediato una bolsita de cuero.

—Démela —le exigió Valik.

—Ni hablar, haremos el intercambio siguiendo mis normas —le espetó Dimitri con firmeza.

El tratante de blancas se tensó enfurecido, y Emma sintió

que la recorría un escalofrío al oír su respiración entrecortada y notar el acre olor de su miedo.

—Puede que controle las calles de San Petersburgo, Tipova, pero no tiene ninguna autoridad sobre mí —su voz rezumaba odio.

—Va a tener que obedecerme si quiere conseguir el dinero.

—¿Qué es lo que quiere?

—Que suelte a Emma. Josef le lanzará la bolsa en cuanto ella esté en el carruaje.

—No me fío de usted.

—Abre la bolsa, Josef.

El criado desató el cordón de cuero, y cuando abrió la bolsa la luz de las antorchas iluminó los rublos de plata que había dentro.

—¿Lo ve, Valik? Tal y como le prometí —dijo Dimitri.

—Ordenará que me disparen en cuanto su amante esté a salvo —Valik apretó a Emma contra su repugnante cuerpo de un tirón, y le rodeó la cintura con un brazo—. Ni hablar. Deme el dinero, y la dejaré cerca de la ciudadela.

CAPÍTULO 24

Dimitri se tragó una sarta de imprecaciones, y luchó por contener la furia salvaje que sintió al ver a Emma en manos de aquel mugroso. Su instinto le instaba a abalanzarse hacia él, arrancarla de sus garras y destripar a aquel malnacido, pero no tuvo más remedio que contenerse y esperar a que estuviera distraído. No podía correr el riesgo de que Emma sufriera algún daño.

Estaba improvisando sobre la marcha, porque el plan había consistido básicamente en intentar sacar a Emma del burdel sin que Valik les matara a todos.

—Cálmese, Valik. Teníamos un trato.

El tipo se apartó de él, y apuntó a Emma a la cabeza antes de contestar con aspereza:

—Quiero negociar otro trato.

Dimitri se tensó mientras intentaba ocultar tras una gélida compostura las emociones que se arremolinaban en su interior. Era más vital que nunca que pensara con calma y con lógica.

Hizo uso de la brutal disciplina que había perfeccionado tras la muerte de su madre, y le lanzó una breve mirada a Josef. No era la primera situación peliaguda a la que tenían que enfrentarse juntos, y a lo largo de los años habían desarrollado la habilidad de comunicarse sin necesidad de palabras; de hecho, aquella capacidad de adivinarse el pensamiento mutuamente resultaba un poco desconcertante a veces.

—Usted es un tipo listo, sabe que no voy a permitir que se marche con Emma —su voz era tan gélida como una noche de invierno en Siberia.

Valik se humedeció los labios con la lengua y miró a Josef, que dio un paso al frente en un gesto amenazante y se sacó una pistola del bolsillo de la chaqueta.

—Si da un paso más la mato.

—Josef —Dimitri fingió estar reprendiendo a su criado, pero en realidad había aprovechado la distracción de Valik para acercarse un poco más a él.

—Apuesto a que puedo meterle una bala entre ceja y ceja antes de que alcance a disparar a la mujer —le contestó Josef.

—No hace falta, seguro que Valik va a ser razonable —Dimitri dio otro paso más con disimulo antes de añadir—: ¿Verdad que sí, Valik?

—¡Deme el dinero! —lo dijo sin apartar la mirada de Josef, que seguía apuntándole con la pistola.

—¿Qué dinero?, ¿este? —Josef le provocó aún más al alzar la bolsa y balancearla de un lado a otro.

—Le sugiero que le ordene a su criado que me dé lo que quiero, Tipova, porque de no ser así, su amante va a acabar muy mal.

Dimitri estaba casi ensordecido por el atronador latido de su propio corazón, pero su mano se mantuvo firme cuando la deslizó bajo la manga para agarrar la daga que tenía allí. Su concentración era total, y todo lo que le rodeaba... el aroma de los perfumeros, el balanceo de las palmeras, el rebuzno de un asno, la fría brisa nocturna... se desvaneció de su mente. Estaba listo para atacar en cuanto tuviera la más mínima oportunidad.

—Josef no suele hacerme caso, solo le mantengo a mi servicio porque me resulta divertido.

El criado movió un poco el arma, lo justo para seguir siendo el centro de atención de Valik pero sin llegar a parecer demasiado amenazante, y comentó con indolencia:

—Yo creía que era por mi habilidad de deshacerme de los cadáveres que vas dejando a tu paso, Tipova.

—Tú también tienes unos cuantos cadáveres a tus espaldas.

—Sí, pero me deshago de ellos en persona —volvió a mover la pistola antes de añadir—: Supongo que también tendré que deshacerme de este majadero, ¿verdad?

—En San Petersburgo tienes que cavar a través de varias capas de hielo, pero aquí no hace falta. Bastará con que lo lleves al desierto y se lo dejes a los buitres.

Josef recorrió a Valik con la mirada antes de contestar ceñudo:

—Es tan grande como un buey, tendrás que contratar a alguien para que me ayude a llevarme el cadáver.

—A lo mejor pueden ayudarte los monos que deambulan por aquí.

Valik se movió con nerviosismo antes de decir:

—No va a hacerme creer que no le importa la mujer, Tipova.

Era obvio que estaba a punto de volverse hacia Dimitri y descubrir lo cerca que le tenía de la espalda, así que Josef se apresuró a llamar su atención; después de soltar una fuerte risotada, avanzó un poco más y exclamó:

—A mí no me importa, y como soy yo el que va armado con la pistola...

A Valik le sobresaltó aquel súbito movimiento, y se dejó arrastrar por el pánico. Apuntó a Josef con la pistola que hasta el momento había mantenido contra la sien de Emma, y gritó:

—¡Le he dicho que no se mueva!

Dimitri esbozó una sonrisa letal y aprovechó para atacar.

Aquel malnacido había cometido dos errores: el primero era pensar que Josef era el adversario más peligroso y el segundo dejar de apuntar a Emma, ya que él jamás se habría atrevido a atacar mientras ella pudiera correr peligro.

Le rodeó el cuello con el brazo al clavarle la daga en la espalda, le apartó de Emma con brusquedad, y le lanzó al suelo mientras hundía aún más el arma. Había conseguido pillarle desprevenido con aquel súbito ataque, así que aprovechó para sacar la daga y volver a clavársela en la base de la espalda; como tenía experiencia en aquellas lides, el arma no dio en las costillas y entró hasta el fondo.

Valik estaba sangrando copiosamente, pero a pesar de que cualquier otro se habría rendido al verse herido de muerte, él era un tipo fornido y estaba decidido a aferrarse a la vida con uñas y dientes. Soltó un grito mientras alzaba el brazo con furia, y logró darle un codazo brutal en la mandíbula.

Dimitri masculló una imprecación, y Valik aprovechó su momentáneo aturdimiento para rodar a un lado; aun así, Dimitri siguió aferrando la daga con fuerza, y su adversario soltó un grito de dolor cuando el arma le desgarró aún más al salir de golpe de su cuerpo.

Por un extraño momento que pareció quedar suspendido en el tiempo quedaron tendidos en el suelo, frente a frente, con el espectro de la muerte cerniéndose sobre ellos. A diferencia de Valik, que parecía desquiciado y tenía los ojos llenos de furia y los labios salpicados de sangre, Dimitri mantenía una gélida determinación y estaba dispuesto a morir con tal de salvar a Emma.

Aquel breve momento de inmovilidad acabó de golpe cuando los dos atacaron a la vez.

Dimitri echó el brazo hacia atrás antes de lanzarlo hacia delante para asestarle otra cuchillada. Le sorprendió que Valik no intentara defenderse, pero cuando oyó el ensordecedor disparo de una pistola se dio cuenta de que su adversario seguía empuñando su arma y acababa de dispararle.

Por alguna extraña razón, no sintió miedo. Aceptó con resignación que iba a recibir el castigo merecido por la vida de pecado que había llevado, y sintió un profundo dolor ante la idea de dejar tan pronto a Emma.

Pero no estaba dispuesto a ir solo al infierno. Hizo acopio de todas sus fuerzas, y hundió la daga en el corazón de Valik.

Notó cómo se deslizaba con fluidez a través del pecho de aquel malnacido, y en ese momento sintió como si un caballo enorme y enfurecido acabara de darle una coz en el hombro. El impacto de la bala le dejó sin aliento y le lanzó hacia atrás.

Oyó en la distancia las imprecaciones de Josef y los gritos de Emma, pero la neblina que iba nublándole la mente le impedía pensar.

Sintió dolor, un dolor intenso y candente, y también frustración al ver que su cuerpo se negaba a obedecerle, que se negaba a moverse para poder asegurarse de que Valik estaba muerto y no se disponía a volver a dispararle. Pero también estaba la pasmosa certeza de que no estaba a punto de realizar su inevitable trayecto al infierno.

¿Cuántas veces le habían disparado a lo largo de su vida?, ¿media docena? Las suficientes para saber diferenciar una herida superficial de una mortal.

No iba a morir... bueno, al menos de momento.

El alivio apenas acababa de pasarle por la mente cuando oyó el sonido de pasos que se acercaban a la carrera y Emma se arrodilló a su lado. Una reconfortante calidez le inundó el corazón al ver su rostro macilento, al ver el terror y la preocupación que se reflejaban en aquellos preciosos ojos marrones.

—Maldita sea, Dimitri, sabía que era un plan absurdo —le dijo, frenética, mientras fijaba la mirada en la sangre que le teñía la túnica.

Él sonrió mientras saboreaba la sensación de aquellos dedos apartándole el pelo de la frente con ternura, y no hizo ni caso del dolor que le atravesó cuando ella presionó la rodilla contra su brazo herido sin darse cuenta.

—Ya te dije que no era un plan, sino una negociación.

—Fuera lo que fuese, era absurdo.

—Mi arpía de lengua afilada —deslizó la mirada por sus delicadas facciones, que estaban enmarcadas por un halo de rizos color miel, y comentó sonriente—: Me parece que tendrías que estar ofreciéndote a besarme para aliviar mi dolor en vez de regañarme por mi fallido rescate... aunque debo decir que ha sido todo un éxito, a pesar de tus protestas.

—¿Un éxito? ¡Te han disparado!

Ella le miró como si hubiera enloquecido, y quizás tenía algo de razón. Estaba tumbado de espaldas en el suelo de una calle de El Cairo, con el hombro sangrándole por una herida de bala (que por cierto, era la segunda que sufría aquel mes), y con el tipo contra el que acababa de enfrentarse a escasa distancia, pero lo único que le importaba en ese momento era saber que su tiempo de vida junto a aquella maravillosa mujer aún no había llegado a su fin.

—Pero tú estás a salvo, Emma —le contestó, con voz suave.

Ella le miró ceñuda y sacudió la cabeza antes de decir con frustración:

—Eres el hombre más exasperante...

Se interrumpió al ver que Josef aparecía junto a ella, con la pistola aún en la mano.

—¿Qué ha pasado con Valik? —le preguntó Dimitri.

—Está muerto, ¿qué quieres que haga con el cadáver?

—Déjaselo a los chacales —luchó por pensar con claridad a pesar del dolor, y añadió—: En este momento me interesa más largarme de aquí, desangrarse en una calle mugrienta no es agradable.

—Hay que llevarte a un médico —le dijo Emma con preocupación.

—¿Tantas ganas tienes de verme muerto? —cualquiera que hubiera viajado por el mundo sabía el peligro que se corría al ponerse en manos de los matasanos, porque siempre acababan por empeorar más la situación.

—Por supuesto que no, pero estás herido.

—No llevaría ni a mi perro a un médico de por aquí —apostilló Josef.

—Pero...

—Josef me ha cosido heridas en más de una ocasión —le aseguró Dimitri.

Ella hizo una mueca, y miró con cierto recelo al criado antes de comentar con ironía:

—Supongo que ha tenido mucha práctica en ese sentido, ¿verdad?

Fue Josef quien le contestó con obvio orgullo:

—La suficiente.

—No me parece algo de lo que haya que enorgullecerse —Emma se volvió de nuevo hacia Dimitri, y le preguntó—: ¿Qué pasa si aún tienes la bala en el hombro?

Fue el criado el que se encargó de responder de nuevo.

—Se la sacaré.

—¡La herida podría infectarse!

Dimitri hizo caso omiso del dolor que sentía, y le agarró la mano para intentar calmarla; aquella mujer era tan obstinada, que sería capaz de ir a por el médico si creyera que era lo mejor para él.

—No tengo de qué preocuparme, *milaya*. Te tendré a ti a mi lado, y con tus cuidados no tardaré en recuperarme.

Ella le miró enfurruñada, pero siguió acariciándole la frente con una ternura exquisita.

—¿Cómo puedes estar tan seguro de que no voy a dejarte a merced de los buitres?

—Porque está en tu forma de ser preocuparte por los demás aunque no se lo merezcan —se arrepintió de haber pronunciado aquellas palabras al ver el dolor que se reflejaba en sus ojos, ya que le había recordado sin querer a su despreciable hermana.

—A lo mejor he aprendido que preocuparse por la gente es peligroso, que no compensa el dolor que se sufre —lo dijo con voz queda y llena de amargura.

—Emma...

—Se acercan unos guardias —Josef sujetó la pistola con más fuerza, y su cuerpo entero se tensó.

—¿Son del califa? —le preguntó Dimitri, mientras intentaba incorporarse a pesar de las protestas de Emma.

—No, del pachá... y no parecen demasiado amigables.

—Maldición.

Al ver que Emma le pasaba un brazo por la espalda con cuidado y no prestaba ni la más mínima atención a los guardias armados con rifles y espadas que se acercaban, Dimitri se tragó un suspiro de resignación. Aquella absurda mujer siempre se preocuparía más por el bienestar de los demás que por su propia seguridad... y por eso pensaba dedicar el resto de su vida a protegerla.

—Su presencia nos beneficia, ¿verdad? No hemos hecho nada malo —dijo ella.

Dimitri luchó contra un súbito mareo mientras observaba a los cinco hombres que se acercaban, y se le cayó el alma a los pies al ver su paso marcial y la naturalidad con la que empuñaban sus armas. Estaba claro que no eran unos mercenarios de tres al cuarto, sino unos soldados bien entrenados que habían combatido en la guerra.

—Hemos derramado sangre en las calles de El Cairo, Emma. Dudo que al pachá le parezca bien —murmuró, sin apartar los ojos de ellos.

—Pero Valik es... era un tratante de blancas, un criminal.

—¿Y yo qué soy? —le preguntó, con ironía, antes de mirar a Josef—. ¿Crees que podremos huir?

—Vosotros sí. Marchaos en el carruaje, yo me encargo de distraerles.

Dimitri no estaba dispuesto a poner en peligro a aquel hombre que era su criado más leal además de su amigo, y le contestó con firmeza:

—Ni hablar; en todo caso, dudo que el pachá se ponga de mejor humor si matamos a sus soldados.

Emma inhaló con fuerza, y le preguntó atónita:

—¿Vas a permitir que te arresten?

—No me queda más remedio —repasó a toda velocidad sus escasas opciones. No tenía forma de huir de los soldados sin ponerla a ella en peligro, así que solo cabía esperar que la hospitalidad del pachá fuera tolerable hasta que encontrara la forma de escapar—. Vete y reúne a los hombres, Josef. Sácales de la ciudad, y si ves que en una semana no nos han soltado...

Emma le interrumpió al decir con voz tensa:

—¡Espera! Vas a necesitar a Josef, tengo un plan mejor.

—Emma...

—Confía en mí —antes de que pudiera detenerla, echó a correr hacia las palmeras cercanas y se perdió entre las sombras.

Dimitri apretó los dientes y Josef masculló lo que opinaba sobre las mujeres demasiado tercas, pero los dos sabían que debían evitar que la atención de los guardias se desviara hacia ella, así que se miraron con resignación y se dispusieron a permitir que los soldados del pachá Muhammad Alí les arrestaran.

Emma corrió por las calles de El Cairo como una loca, ajena al peligro que suponían los borrachos y las manadas de perros que deambulaban por la ciudad. Lo único que le importaba era obtener ayuda antes de que los soldados se llevaran a Dimitri.

Se le cayó el alma a los pies cuando llegó al fin al palacio de Rajih y le dijeron que él no había regresado aún, pero como no sabía a quién más acudir, dejó que la condujeran al harén para esperarle allí; al fin y al cabo, no podía presentarse sin más ante el pachá y exigirle que soltara a Dimitri, ¿no?

Los minutos se le eternizaron mientras se paseaba de un lado a otro con impaciencia, y soltó una exclamación de alivio al oír por fin el sonido de voces procedentes del jardín interior. Salió a la carrera de sus habitaciones privadas, pero se detuvo en seco al ver que Rajih no estaba solo.

Se ocultó tras una de las columnas de mármol tallado, y observó en silencio mientras él le indicaba a varias criadas que se ocuparan de cinco muchachas que se aferraban las unas a las otras. Las pobres tenían el rostro sucio y demacrado, y estaban ataviadas con unos finos pantalones y unos chalecos diminutos que apenas cubrían sus cuerpos temblorosos. Saltaba a la vista que estaban aterradas, que no acababan de creerse que estaban a salvo en manos de Rajih.

Era normal que se sintieran así después de pasar semanas retenidas en contra de su voluntad, después de que las llevaran de un lado a otro y de tener que soportar el miedo constante de que alguien las violara o algo peor. Era posible que fueran incapaces de volver a confiar en alguien en lo que les quedaba de vida.

Sintió que una pena enorme le constreñía el corazón al verlas, y se alegró más que nunca de que Dimitri hubiera atravesado con una daga el negro corazón de Valik. Lástima que el resto de implicados en aquel repulsivo asunto no fueran a seguir su misma suerte.

Esperó a que las criadas se llevaran a las muchachas hacia la parte posterior del harén, y entonces salió de detrás de la columna; Rajih se volvió de inmediato al notar su presencia, pero antes de que pudiera reaccionar, ella se lanzó a sus brazos y le abrazó con fuerza.

—Emma.

—¡Gracias a Dios que estás aquí, Rajih!

Él le rozó la coronilla con los labios antes de echarse hacia atrás, y la contempló con atención antes de comentar:

—No sé si alegrarme o alarmarme ante un recibimiento tan efusivo.

—¿Son las muchachas del burdel?

—Sí.

—¿Qué va a ser de ellas?

—Tipova me dio a entender que el embajador no es de fiar, así que voy a ordenar que varios de mis hombres las lleven a San Petersburgo.

—Eso es muy generoso de tu parte. Eres un buen hombre, califa Rajih.

Él negó con la cabeza, y le colocó tras la oreja un ensortijado rizo antes de advertirle con expresión seria:

—No sé si vas a mantener esa buena opinión de mí, porque me temo que tengo malas noticias.

Emma se echó hacia atrás al darse cuenta de que él había arriesgado su vida con tal de rescatar a las jóvenes, seguro que había tenido que enfrentarse a los guardias que Valik había dejado en el burdel.

—No te han herido, ¿verdad?

—No, estoy bien —su expresión se suavizó al verla tan preocupada.

—En ese caso, ¿qué es lo que ha pasado?

Él tardó unos segundos en contestar, y al final admitió con renuencia:

—Tu hermana no está entre las jóvenes que he rescatado del burdel. Les he preguntado a las demás por ella, pero afirman que sus captores la habían mantenido apartada del resto desde que partieron de Inglaterra y que no tenían ni idea de su paradero —la abrazó con más fuerza, como si temiera que pudiera salir corriendo—. Varios de mis hombres están buscándola, pero de momento parece haberse esfumado. Lo siento, no tendría que haber tardado tanto en hacer entrar a mis hombres en ese sitio —era obvio que se sentía culpable por haberle fallado.

—No, Rajih, Anya huyó antes de que pudieras entrar en el burdel. Lo único que importa es que has logrado rescatar a las demás.

—No te entiendo, ¿ha huido sola?

Emma encorvó los hombros, angustiada y avergonzada por la traición de su hermana pequeña, y admitió:

—No, con uno de los guardias. Se supone que van camino de Austria.

—¿Quieres que mande a mis hombres tras ellos?

—No, ella ya ha tomado su propia decisión.

—Emma...

Después de tragar el nudo que le obstruía la garganta, se apartó de él y alzó la barbilla en un gesto de determinación. Dimitri dependía de ella, no tenía tiempo de pensar en el egoísmo de su hermana.

—Necesito que me ayudes, Rajih, pero no tiene nada que ver con Anya.

—Dime.

—Los guardias del pachá Muhammad Alí han apresado a Dimitri, debemos liberarle.

Él la contempló en silencio durante un largo momento antes de cruzarse de brazos y decir con calma:

—Cuéntame lo que ha sucedido.

Ella le contó con la máxima concisión posible el trayecto en carruaje desde el burdel hasta la mezquita, el hecho de que Valik se había negado a soltarla, y relató con voz temblorosa la lucha de Dimitri con aquel hombre deleznable. Jamás iba a poder quitarse de la mente la vívida imagen de Dimitri en el momento de recibir el disparo, ni aquel momento agónico de no saber si estaba vivo o muerto.

Logró mantener la compostura con esfuerzo, y al explicarle la situación tan peliaguda en que le había dejado enfatizó el hecho de que los soldados que se disponían a arrestarle eran muy fornidos y estaban armados hasta los dientes.

Tras oír su explicación, Rajih empezó a pasearse por el perfumado jardín bañado en sombras, y al final le preguntó con expresión ilegible:

—¿Está herido de gravedad?

—El disparo le ha alcanzado en el hombro, pero la bala aún podría estar dentro y ha perdido mucha sangre.

—No temas, el pachá tiene varios médicos a sus órdenes.

—No sé si Josef permitirá que se le acerquen —comentó, con un bufido burlón.

Rajih se detuvo, y se volvió a mirarla antes de contestar con firmeza:

—La elección no estará en sus manos.

Ella sintió que un estremecimiento le recorría la espalda, porque aquellas palabras le habían recordado el hecho de que estaban en un país extranjero con sus propias leyes y tradiciones. Dimitri y Josef estaban a merced del pachá.

—Rajih... ¿crees que Dimitri está en peligro?

—No lo sé con certeza.

Para ella fue un alivio que la conociera lo suficiente como para ser sincero, porque en ese momento no podría soportar que la trataran como si fuera una inútil sin sesera a la que había que proteger.

—Al pachá no va a complacerle que un extranjero haya cometido un asesinato en las calles, a la vista de todo el mundo —añadió él.

—¡Pero si Valik era un tratante de blancas, y me tenía como rehén!

—Sí, pero los oficiales prefieren que tales asuntos se resuelvan con discreción. Al pachá no le gusta tener que explicar las muertes violentas de extranjeros.

Emma lo entendió hasta cierto punto, porque el país había sido invadido demasiadas veces y el pachá no quería correr el riesgo de ofender a posibles aliados, pero a pesar de todo, no estaba dispuesta a permitir que sacrificara a Dimitri por culpa de aquella debilidad política.

Se acercó a Rajih, y le puso una mano en el antebrazo antes de preguntarle con voz suave:

—¿Podrías hablar con el pachá, convencerle de que Dimitri es inocente?

Él bajó la mirada, y contempló en silencio aquellos dedos que descansaban sobre la manga de su chaqueta militar; al cabo de unos segundos, esbozó una enigmática sonrisa y murmuró:

—Podría hacerlo, pero iría en contra de mis intereses.

—¿Qué quieres decir?

—Si no me equivoco, Tipova tiene intención de llevarte lejos de Egipto.

Ella sintió que el corazón se le constreñía con una emoción

que no habría sabido describir, algo parecido a una profunda pesadumbre, y dijo con firmeza:

—Pienso regresar a Rusia con Dimitri o sin él.

—¿Por qué?

—Porque es mi hogar.

Él le cubrió la mano con la suya con ternura antes de decir:

—Estás equivocada. Rusia es el lugar donde naciste, pero tu hogar estará donde tú lo desees.

A oír aquello, le vino a la mente el lejano y casi olvidado recuerdo de sus padres sentados frente a la chimenea de su modesta casa; que ella recordara, había sido una velada como cualquier otra, pero la imagen de sus padres acurrucados muy juntos en el sofá, con las manos entrelazadas y rostros en los que se reflejaba un profundo amor, había llenado de calidez su joven corazón.

Eso era lo que creaba un hogar.

—Sí, supongo que tienes razón.

Dio la impresión de que Rajih intuyó sus agridulces recuerdos, porque le enmarcó el rostro entre las manos y la miró con expresión grave.

—Quiero que te quedes conmigo.

—¿Como tu concubina?

—Como mi esposa.

Se quedó boquiabierta al oír aquello, y le miró con incredulidad mientras se preguntaba si se había vuelto loco. Rajih era un hombre increíblemente apuesto que tenía una intensa virilidad capaz de hacer que a cualquier mujer le flaquearan las piernas; de hecho, ella misma había visto cómo le miraban todas por las calles de El Cairo. Por no hablar del pequeño detalle de que era un adinerado califa que poseía un sinfín de propiedades por todo Egipto.

La mera idea de que pudiera desear a una solterona malgeniada y deslenguada era...

No pudo contener la risa, y alcanzó a decir:

—Esto es absurdo.

—¿Mi proposición te parece divertida? —a juzgar por su expresión ceñuda, era obvio que su reacción le había ofendido.

—Me parece increíble —se mordió el labio mientras luchaba por recobrar el control de su frágil compostura.

—¿Qué quieres decir? —se acercó a ella, y le agarró los hombros con firmeza.

Ella no quería que la malinterpretara, quería hacerle entender que se sentía profundamente honrada por su proposición, así que se apresuró a explicarle:

—He sido objeto de lástima o de burla durante la mayor parte de mi vida, Rajih. No me resulta fácil asimilar el hecho de que un hombre me considere digna de ser su esposa, y menos aún uno al que se le ofrecen las mujeres más hermosas del mundo.

Él se relajó al oír aquello, y deslizó la mano por su espalda en una cálida caricia.

—Eres una mujer leal y valiente, son cualidades que deseo que tengan mis hijos.

Emma sintió que le daba un vuelco el corazón y le dio la espalda con brusquedad. Nunca se había permitido plantearse la posibilidad de tener hijos, porque le resultaba demasiado doloroso; al fin y al cabo, sabía que estaba destinada a ser una vieja solterona.

—¿Por eso quieres casarte conmigo?

—Sabes bien por qué deseo tomarte como esposa —le contestó, con voz ronca. La abrazó por la cintura, y posó la cabeza en la curva de su cuello—. La cuestión es lo que deseas tú, Emma.

CAPÍTULO 25

Dimitri recordaba vagamente que un grupo de rudos soldados le había rodeado y le había llevado con brusquedad a la ciudadela; por suerte, había perdido la consciencia poco después de pasar entre las enormes torres circulares construidas en la muralla que protegía la fortaleza, porque preferiría no darse cuenta de la humillación que suponía que le llevaran a los calabozos como si fuera un vulgar ladrón.

Por desgracia, no pudo permanecer inconsciente cuando Josef empezó a sacarle la bala del hombro con una daga. El dolor era tan intenso, que seguro que le habría despertado aunque estuviera muerto.

Abrió los ojos con dificultad, y le miró ceñudo. Josef estaba arrodillado junto al diván donde le habían tumbado.

—Maldita sea... estás hurgando en mi hombro, no es un pedazo de carne —se enfadó al oír que su propia voz era apenas un susurro.

Después de girar la daga una última vez con un movimiento seco, el criado se echó hacia atrás hasta quedar de cuclillas, y le miró sonriente al mostrarle la bala que acababa de extraerle.

—El pachá ha preguntado si quieres que alguna de sus muchas criadas se encargue de tus heridas, seguro que ellas te parecerían lo bastante cuidadosas —dejó a un lado sus instrumentos de tortura, agarró su petaca de plata, y vertió una buena cantidad de brandy sobre la herida.

Dimitri apretó los dientes para contener un grito de dolor, y se preguntó por qué demonios dolía más la extracción de una bala que recibir el balazo.

Notó que estaba a punto de perder de nuevo la consciencia, y luchó por concentrarse en lo que le rodeaba. El techo abovedado estaba decorado con azulejos en azul y blanco, y a juzgar por su belleza y la calidad del trabajo, era obvio que no estaba en los calabozos... así que aquel día desastroso parecía mejorar un poco.

Volvió la cabeza lo suficiente para echar un vistazo a su alrededor, y vio que estaba en una amplia estancia llena de los divanes y los almohadones tan típicos de la zona, tapizados en seda amarilla y verde. Las paredes estaban cubiertas de paneles de madera tallada, había una enorme chimenea con repisa de mármol verde, y la luz de primera hora de la mañana entraba por las ventanas arqueadas.

Hizo una mueca al darse cuenta de que había pasado inconsciente más tiempo del que creía, y se preguntó dónde estaba Emma... y más importante aún, si estaba a salvo.

—Sería preferible verlas a ellas, eso está claro —masculló.

Después de vendarle la herida, Josef le colocó una tira de tela alrededor del hombro a modo de cabestrillo.

—¿Quieres que pida que venga alguna?

Dimitri seguía distraído pensando en Emma, pero soltó una carcajada que le provocó una punzada de dolor y contestó:

—Acabas de sacarme una bala, y de forma innecesariamente dolorosa. No me apetece que tengan que sacarme otra.

Josef soltó un bufido de diversión, y se puso a lavarse las manos en la palangana de cerámica llena de agua que tenía al lado.

—Dudo mucho que las mujeres del harén del pachá vayan armadas, Tipova.

—Ellas no, pero Emma me metería una bala en el trasero si se enterara de que había permitido que me tocara una hermosa mujer —le sorprendió ver que el rostro de su criado se suavizaba con una expresión de afecto al oír aquello.

—Es demasiado honorable para dispararte por la espalda, seguro que te hundiría una daga en el corazón.

—Gracias, eso me tranquiliza muchísimo —intentó incorporarse, y se sintió aliviado al ver que el hombro ya no le dolía tanto. Permitió sin rechistar que Josef le ayudara a ponerse una túnica azul claro, y tomó un buen trago de la petaca que le dio antes de comentar—: Me sorprende tu actitud.

—¿Por qué? Ni me acuerdo de todas las veces que te he cosido una herida —recogió los trapos ensangrentados y la daga, y lo dejó todo en una bandeja de plata.

—No, lo que me sorprende es no tener que aguantar un sermón sobre la estupidez de los hombres que se dejan atrapar por una mujer.

Josef fue a dejar la bandeja sobre una mesita con incrustaciones de bronce antes de contestar:

—Ya sabes lo que opino.

—Por eso no entiendo por qué no estás regañándome como si fuera un idiota sin sesera.

—Si tienes que acabar siendo el perrito faldero de alguna mujer, prefiero que la elegida sea Emma Linley-Kirov.

Dimitri se quedó boquiabierto al oír aquello. Se conocían desde que eran un par de muchachitos desharrapados que luchaban por sobrevivir en las calles de San Petersburgo, y Josef siempre había mostrado desconfianza hacia el sexo opuesto; no era de extrañar, teniendo en cuenta que su madre le había dado una paliza que había estado a punto de matarle y le había dejado tirado en una calle inmunda.

—Dios mío, Josef, ¿estás diciendo que una mujer cuenta con tu aprobación? —le preguntó, en tono de broma.

Su amigo se volvió a mirarle, y contestó con firmeza:

—Es diferente a las demás.

—Sí, eso es cierto.

—¿Viste cómo mantuvo la calma mientras Valik le apuntaba

a la cabeza con la pistola? —sus labios se curvaron en una sonrisa, y admitió—: Ni yo lo habría hecho mejor.

Dimitri sintió que un profundo terror le encogía el corazón al recordar aquel momento, y dijo con voz ronca:

—Es una imagen que se me ha quedado grabada en la mente, te lo aseguro.

—La mayoría de las mujeres se habrían desmayado o habrían empezado a gimotear y a suplicar, pero Emma no es así.

Dimitri contuvo una mueca de exasperación al oír la admiración que se reflejaba en su voz. A su amigo le complacían la impulsividad y la valentía de Emma porque no era él el que vivía con el temor constante de que se metiera en algún problema del que no pudiera salvarla.

—Ella desafiaría hasta al mismo diablo... al igual que mi madre.

—Eso es positivo, ¿no?

—Estaba convencido de que prefería a las mujeres que entendían que era responsabilidad de un hombre protegerlas, no esperaba sentirme atraído por una que...

—Una de la que cualquier hombre se sentiría orgulloso.

Dimitri fingió resignación, pero en realidad sintió una profunda satisfacción. Sí, siempre se sentiría orgulloso de Emma, era una mujer única.

—Lástima que esté destinada a llevarme a la tumba antes de tiempo.

—Aún estás a tiempo de apartarte de ella.

—No, mi destino quedó sellado desde el mismo momento en que llegó a San Petersburgo —se llevó la petaca a la boca, y sintió una punzada de dolor en el hombro—. Maldición.

Josef se apresuró a regresar junto a él, y le preguntó ceñudo:

—¿Cómo te sientes?

—Como si tuviera un agujero en el hombro, pero sobreviviré —alzó el frasco en un brindis, y añadió—: Otro buen trabajo más, viejo amigo.

Josef miró hacia las puertas dobles que había en el otro extremo de la habitación al oír el débil sonido de voces, y murmuró:

—Después del trabajo que me he tomado para sacarte esa bala, esperemos que el pachá no ordene que te corten la cabeza.

Dimitri se levantó del diván con dificultad, y le agarró del brazo para evitar caerse cuando la cabeza empezó a darle vueltas. Iba a enfrentarse a su destino cara a cara y de pie.

—Aún no nos han llevado a los calabozos, así que de momento nos consideran invitados y no prisioneros.

—Yo no estaría tan seguro —le dijo Josef en voz baja—. Al otro lado de las puertas hay dos guardias enormes, no será nada fácil escapar de aquí.

—Prefiero evitar insultar a nuestro anfitrión de momento —se lo dijo en tono de advertencia, porque sabía que su amigo podría hartarse de la hospitalidad del pachá y decidir tomar la iniciativa de un momento a otro—. A lo mejor nos sueltan en cuanto tenga oportunidad de explicarle al pachá por qué hay un ruso muerto en una de las calles de la ciudad.

—Y a lo mejor decide que seríamos muy apetitosos para el tigre que tiene por mascota —masculló, ceñudo.

Dimitri ocultó una sonrisa. Su amigo tenía la extraña convicción de que Egipto era un país plagado de tigres, leones, y todo tipo de animales peligrosos, pero no se molestó en intentar explicarle que estaba equivocado.

—Lo dudo.

—Lo que tú digas —era obvio que Josef no estaba nada convencido.

Dimitri apretó con más fuerza el brazo de su amigo al ver que se abrían las puertas, y al ver entrar a dos esbeltas criadas vestidas con ropa casi transparente y con pequeñas joyas colgándoles de la nariz se limitó a decir:

—Paciencia, Josef.

Seis horas después, a Dimitri se le había olvidado por completo que había decidido comportarse como un caballero racional y respetuoso de la ley. No les habían tratado mal, todo lo contrario.

Las criadas que les habían llevado hasta los baños eran hermosas y solícitas... demasiado solícitas, se dijo con ironía, al recordar lo sorprendidas que se habían mostrado cuando él se había negado a permitir que le bañaran y le masajearan con aceites aromáticos. Cuando había regresado junto a Josef a la habitación, habían encontrado varias bandejas que contenían un copioso festín.

Después de comer, se había obligado a tumbarse en el diván para descansar, porque a pesar de que cada vez tenía mejor el hombro, aún tardaría algún tiempo en recobrar las fuerzas; aun así, su intento de esperar con paciencia se había evaporado como la ondulante neblina de un espejismo conforme habían ido pasando las horas. A pesar de estar rodeado de lujos y comodidades, no sabía si Emma estaba a salvo.

Ella se había internado en las peligrosas calles de El Cairo, sola y de noche, con la suerte como única protección, y la preocupación que le atormentaba era como una espina clavada en el corazón.

Estuvo paseando como una fiera enjaulada durante un buen rato, y al final se acercó a una de las ventanas con vistas al recinto sur de la ciudadela y contempló la enorme cúpula verde del Tribunal de Justicia; más allá estaba el palacio de mármol negro y amarillo construido por orden de Muhammad An-Nasir, donde el pachá se encargaba del gobierno diario de su imperio.

Seguro que el pachá estaba cerca, ¿por qué tardaba tanto en hacerle llamar para que explicara la muerte de Valik?

Masculló una imprecación y se volvió a mirar ceñudo a Josef, que también estaba paseándose de un lado a otro con impaciencia.

—¿Dónde demonios está el pachá?

—Fuiste tú el que dijo que había que tener paciencia, Tipova.

—Necesito asegurarme de que Emma está a salvo.

—No se preocupe, Emma está bajo mi protección —dijo una inesperada voz masculina desde la puerta.

Dimitri se volvió como una exhalación, y vio al califa Rajih entrar en la habitación. El tipo iba vestido con una túnica blanca bordada con hilo de oro y turbante a juego, y llevaba al cinto una espada curva; a juzgar por el filo bien afilado y el desgaste del cuero de la empuñadura, estaba claro que no era un mero adorno, sino un arma letal, y la naturalidad con la que la llevaba indicaba que estaba más que acostumbrado a usarla.

A diferencia de él, Dimitri no tenía arma alguna. Alguien se había llevado su pistola y sus dagas mientras dormía, y también la daga con la que Josef le había sacado la bala. No le hacía ninguna gracia sentirse vulnerable... aunque quizás era la sonrisita petulante de aquel tipo lo que le molestaba; fuera como fuese, tuvo ganas de agarrarle el pescuezo y estrujárselo.

—¿Dónde está Emma? —le preguntó con aspereza.

—Visitando el serrallo del pachá.

Dimitri sintió un alivio abrumador al saberla a salvo, pero le enfureció la idea de que estuviera en el harén.

—¿La ha traído a la ciudadela?

—No me culpe a mí. Se ha negado a quedarse en mi palacio, y me ha amenazado con venir por su cuenta si no permitía que me acompañara.

—Ah —a pesar de su indignación, no pudo evitar sonreír al verle tan frustrado—. Le comprendo a la perfección.

—Tendría que haberla encadenado a su cama, pero me preocupaba que otro de los enemigos que usted se ha granjeado pudiera estar al acecho y aprovechara mi ausencia para llevársela.

Dimitri no se dejó acicatear por aquella pulla deliberada. Pronto podría llevarla de vuelta a San Petersburgo y ella ocuparía el puesto que le correspondía en su hogar, en aquella casa de construcción reciente de la que tanto se enorgullecía.

—Mis supuestos enemigos van a huir de El Cairo como las ratas de un barco que se hunde.

—Yo no estaría tan seguro de eso.

Dimitri se tensó al oír la clara advertencia que se reflejaba en su voz, y le preguntó ceñudo:

—¿Qué quiere decir?

—Yo prefiero que usted permanezca encerrado entre estas paredes, pero Emma ha insistido en que le pida al pachá que le libere.

—Debe de haber sido muy persuasiva —comentó, con una sonrisa de oreja a oreja. Sabía por experiencia propia lo obstinada que podía llegar a ser.

—Ella sabe que haría lo que fuera por complacerla.

—¿Y lo que le complace a Emma es mi liberación? Seguro que eso ha supuesto una dolorosa desilusión para usted, califa.

—Emma tiene un corazón tierno y se siente culpable de que esté encerrado aquí, pero acabará por darse cuenta de lo equivocada que está y de que yo puedo ofrecerle mucho más que un ladrón ruso, por muy adinerado que sea.

Dimitri sintió que un estremecimiento le recorría la espalda, porque en aquellas palabras había algo de verdad. Se enorgullecía de lo que había logrado a lo largo de los años (al fin y al cabo, ¿cuántos mendigos harapientos conseguían crear su propio imperio?), pero a pesar de todos sus logros, no podía negar que era el hijo bastardo de una ramera... y aún peor: un ladrón implacable que, a pesar de sus incontables propiedades y su vasta fortuna, estaba al nivel social de un humilde siervo.

Cualquier mujer con el más mínimo sentido común preferiría a un apuesto califa que, además de dinero, también podía darle la oportunidad de mezclarse con la crema y nata de la sociedad.

Irguió la espalda, y se obligó a dejar a un lado aquellas dudas tan angustiosas. Sí, era cierto que la mayoría de mujeres aprovecharían la oportunidad de casarse con Rajih, pero Emma era una excepción. Ella deseaba muchas cosas... una familia, sentirse independiente, un hogar... pero no le interesaban ni las riquezas ni la posición social.

Él podía ofrecerle todo lo que deseaba.

—Ella jamás será suya —apretó los puños con fuerza, y fue hacia aquel maldito entrometido.

Josef se apresuró a interponerse entre los dos, y le dio en el pecho con el índice al decirle con exasperación:

—Oye, Tipova, ¿te importaría posponer tus ganas de desafiar al hombre que ha venido a pedir que nos suelten? Espera al menos hasta que estemos lejos de aquí. Son pocas las prisiones de las que no puedo escapar, pero esto es una fortaleza.

Dimitri soltó el gruñido letal de un depredador a punto de atacar, pero se dio cuenta de que su amigo tenía razón. Iba a tener que tragarse su orgullo de momento y aceptar la ayuda que Rajih quisiera ofrecerles, así que masculló a regañadientes:

—¿Ha hablado ya con el pachá?

—Sí.

—¿Le ha explicado que Valik estaba en el país para subastar a unas jóvenes?

—Sí.

—¿Y qué ha pasado? —tenía la sensación de que aquel tipo no había ido a decirles que podían marcharse de allí.

—Por desgracia, no he sido el único peticionario que ha venido a hablar con el pachá sobre usted —se acercó a una mesita lateral y se sirvió un poco de brandy.

—¿Peticionario? —Dimitri se tensó, y se preguntó si aquella palabra tenía un significado diferente en la política egipcia—. ¿Qué quiere decir?, ¿qué ha pasado?

Rajih apuró su vaso de un trago antes de decir:

—Cuando me han llevado ante el pachá para defender su inocencia, he descubierto que alguien se me había adelantado, pero asegurando que es culpable.

Los temores de Dimitri se confirmaron, su liberación se había complicado; aun así, no entendía cómo era posible que alguien se hubiera enterado de que el pachá le tenía retenido, ni qué pretendía esa persona al ir a acusarle.

—¿Quién?

—El barón Koman.

—¿El embajador ruso? ¡Maldito sea!

Rajih no se molestó en ocultar cuánto le divertía verle tan frustrado, y sonrió de oreja a oreja antes de comentar:

—A juzgar por su reacción, deduzco que le conoce.

—Sí, por desgracia —empezó a pasear de un lado a otro con nerviosismo mientras le daba vueltas a aquella complicación tan inesperada—. Ese malnacido debe de haberse enterado de que iba a hablar con Alejandro Pavlovich para que le quitara el puesto.

—¿Tanta influencia tiene sobre el zar? —le preguntó Rajih, atónito.

—No es una cuestión de influencia, ese tipo es un incompetente.

—No del todo. Ha sido muy elocuente al afirmar que usted es un infame ladrón ruso, y que decidió hace poco tomar el control del negocio de la trata de blancas.

Dimitri se detuvo de golpe. Estaba convencido de que detrás de lo que estaba pasándole había mucho más que un noble ruso indolente y corto de entendederas.

—De ser así, no tendría sentido que matara a Valik y dejara a las jóvenes en sus manos, califa.

—Se sugirió que había sido una lucha de poder, sería normal que deseara deshacerse de la organización previa antes de poner en marcha la suya.

—¿Koman ha dado a entender eso? —sus sospechas pasaron a ser una total certeza.

Rajih dejó a un lado el vaso al notar la súbita tensión que había llenado el ambiente, y le preguntó con calma:

—¿De qué se sorprende?, acaba de admitir que ese hombre tiene razones de peso para querer deshacerse de usted.

—Sí, pero es un holgazán estúpido que apenas es capaz de levantarse del diván —se acercó a él con el rostro lleno de tensión.

—Se parece mucho al resto de diplomáticos extranjeros que hay en El Cairo —en los ojos de Rajih apareció una amargura que arrastraba desde hacía mucho.

—La cuestión es que Koman podría enfurruñarse, quejarse e incluso amenazar con vengarse, pero sería incapaz de cometer la temeridad de presentarse ante el pachá por iniciativa propia —estaba enfurecido, y deseó tener un arma a mano—. Y no hay duda de que carece de la inteligencia necesaria para idear una forma tan astuta de implicarme en la trata de blancas.

—Le aseguro que acabo de verle testificando en su contra, Tipova.

—No pongo en duda ni la presencia del barón ni sus motivos, pero seguro que su visita a la ciudadela está motivada por algo más que la venganza.

A Josef no le hizo ninguna gracia que se mostrara tan seco y hostil, porque le lanzó una mirada de advertencia antes de intentar aliviar un poco la tensión que reinaba en la habitación.

—¿Qué puede ser más poderoso que el deseo de venganza? —preguntó con calma.

Dimitri se cruzó de brazos antes de contestar con convicción:

—El miedo.

—¿Crees que teme perder su posición de embajador? —le preguntó, pensativo, mientras se pasaba un dedo por la cicatriz de la mejilla.

—No, tiene que ser una amenaza aún mayor —Koman era un cerdo autocomplaciente al que solo le interesaban sus propios placeres.

—¿Teme perder su dinero?

—Sí, o la vida.

Rajih soltó una exclamación de impaciencia, y le espetó:

—Lo que dice carece de sentido, Tipova. ¿Qué beneficio se podría obtener al obligar a Koman a testificar en su contra?

Dimitri le miró ceñudo. Sus sospechas iban afianzándose cada vez más, y sintió que se le formaba un nudo de tensión en el estómago.

—¿Qué es lo que ha decidido el pachá?

—El pobre se encuentra en una situación difícil —Rajih hizo una pequeña pausa, como si estuviera sopesando sus palabras, y al final añadió—: Me considera un consejero de confianza desde hace mucho, pero de cara al exterior no puede dar la impresión de que hace caso omiso de un embajador ruso que además es un poderoso miembro de la nobleza.

Dimitri esbozó una sonrisa fría y carente de humor. Tenía una mente despierta y astuta, y ya había empezado a trazar varios planes de huida que no incluían al califa Rajih.

—Entiendo el dilema del pachá, pero sigo sin saber lo que piensa hacer conmigo.

—Y conmigo —murmuró Josef.

—Ha enviado a un consejero a San Petersburgo para que hable con el zar Alejandro, su decisión dependerá de lo que diga el zar.

Dimitri intercambió una mirada de sorpresa con Josef. Se preguntó si su misterioso enemigo no estaba enterado de que Alejandro Pavlovich le debía varios favores, si daba por hecho que el zar dejaría que se pudriera en una cárcel extranjera... o quizás era una táctica dilatoria.

Al principio había pensado que Koman se había presentado como peticionario ante el pachá para intentar vengarse de él, pero el verdadero culpable podría ser un adversario que deseaba distraerle por alguna oscura razón... y tenía muy claro de quién podría tratarse.

—Es una forma muy práctica de eludir la responsabilidad, califa —su tono de voz era burlón, pero en su rostro se reflejaba una expresión amenazante.

Rajih se llevó la mano a la empuñadura de la espada antes de contestar:

—Debería estar agradecido, podría haberme asegurado de que le ejecutaran.

Dimitri no estaba de humor para agradecimientos.

—¿Voy a permanecer retenido aquí mientras ese consejero esté en Rusia?

—Va a quedarse en calidad de huésped.

—Un huésped que no puede salir de la ciudadela, ¿no?

—Es lamentable, pero necesario —se movió ligeramente, y aferró con más fuerza la empuñadura.

Dimitri no se dejó intimidar, a pesar de que era una estupidez enfrentarse desarmado a un hombre que tenía una espada, y dijo con aspereza:

—Y también es predecible.

—¿Qué quiere decir?

—Después de que un embajador me acusara de tratante de blancas y de asesino, el pachá no tenía más remedio que insistir en que me quedara bajo custodia.

Josef carraspeó y miró a uno y otro con nerviosismo antes de preguntar:

—¿Quién podría querer que permanecieras atrapado aquí?

Dimitri recorrió con la mirada a Rajih con deliberada lentitud antes de contestar:

—Solo se me ocurre un posible candidato.

Rajih desenfundó el arma con la fluidez de un espadachín avezado, y colocó la punta contra la barbilla de Dimitri antes de decirle en tono de advertencia:

—Si deseara deshacerme de usted, no me molestaría en urdir un plan tan complicado. El desierto está sembrado de los cuerpos de mis enemigos.

Dimitri notó con claridad diáfana la suave brisa que entraba por las ventanas, el ligero olor a aceites perfumados que emanaba de su túnica, y el reguero de sangre que le bajaba por el cuello desde la barbilla. Un solo paso en falso, y acabaría con el pescuezo rebanado.

—A lo mejor su intención no era matarme, sino impedirme regresar a Rusia con Emma. Si estoy encerrado en la ciudadela, usted tendrá oportunidad de ofrecerle... —tensó la mandíbula, y añadió con rigidez—: consuelo.

Dio un pequeño respingo cuando la espada se hundió aún más, pero ignoró el dolor y se concentró en la indignación que relampagueaba en los ojos de Rajih. Aquella no era la expresión de un hombre que estuviera intentando ocultar su culpabilidad, era obvio que se sentía ofendido... y mucho.

—Nos insulta tanto a ella como a mí —masculló el califa—. No estoy tan desesperado como para tener que conquistar a una mujer a base de engaños, y Emma no es tan débil como para tener que aferrarse al primer hombre que tenga a mano.

Dimitri no tuvo más remedio que aceptar el hecho de que aquel tipo no era el causante de su dilema. Era una lástima, porque le habría encantado tener que vengarse de aquel arrogante hijo de chacal.

—Tiene razón, le ofrezco mis disculpas.

—¿Está burlándose de mí?

—No. Debido a mis negocios, debo saber discernir si alguien miente o está siendo sincero, y el orgullo herido no se puede fingir.

Rajih bajó la espada y retrocedió un poco, aunque era obvio que habría preferido tener una excusa para cortarle la cabeza.

Josef fue a servirse un vaso de brandy, y lo llenó hasta el borde antes de bebérselo de un trago; a juzgar por su expresión, saltaba a la vista que culpaba a Dimitri de aquel momento de tensión.

—Si no es el califa, ¿quién puede ser?

—Hay otros que desearían verle... indispuesto —comentó Rajih.

La verdad era que la lista de potenciales enemigos era muy larga. Dimitri había conseguido la posición que ostentaba usando la astucia, engaños, coacciones, y una gran cantidad de fuerza bruta. ¿Cuántos de ellos sabían que estaba en El Cairo, y bajo la custodia del pachá?, ¿cuántos tenían el poder suficiente para obligar al barón Koman a obedecerles?

Sacudió la cabeza con frustración, consciente de que se le escapaba algo.

—¿De quién sospecha? —le preguntó a Rajih.

—Los guardias de Valik huyeron en cuanto él se fue del burdel, les encantaría que usted permaneciera retenido mientras ellos intentan salir de Egipto.

—Sí, es posible.

—O a lo mejor se trata de un adversario desconocido, que está manipulando el asunto desde las sombras —Rajih esbozó una sonrisa antes de añadir—: Usted parece tener talento a la hora de granjearse enemigos.

Josef dejó a un lado el vaso vacío antes de afirmar:

—Podremos averiguar de quién se trata cuando salgamos de aquí.

Dimitri tardó unos segundos en contestar, pero al final asintió a regañadientes y le preguntó a Rajih:

—¿Cuánto tardará en convencer al pachá de que nos suelte?

—No hay nada que hacer hasta que reciba respuesta del zar Alejandro.

—¡No puede ser!

—No queda otra elección.

—En ese caso, encontraré la forma de salir de aquí por mi cuenta.

—No sea necio, Tipova —Rajih alzó la espada en una clara advertencia antes de añadir—: Si atrapan a sus hombres intentando entrar a hurtadillas, les matarán de inmediato, y usted correrá la misma suerte si le pillan intentando escapar.

—No esperará que me quede atrapado aquí como una rata...

Dimitri se calló de golpe al entender lo que pasaba. Acababa de describir su situación: estaba atrapado, atrapado y sin recursos. Si él fuera aquel misterioso enemigo, ¿por qué querría que su presa estuviera en esas circunstancias?

—¿Qué estaba diciendo? —le preguntó Rajih con suspicacia, antes de acercarse un poco más a él.

Dimitri esbozó una sonrisa forzada, y se limitó a contestar:

—De acuerdo.

Josef masculló una imprecación, y le agarró el brazo con fuerza.

—Tipova...

—Está claro que debemos esperar a que el zar exija nuestra liberación, Josef.

—Estás dando por hecho que no va a decirle al pachá que nos sirva en bandeja de plata a su tigre —le espetó, con voz cortante y llena de desaprobación.

—¿Qué tigre? —le preguntó Rajih, desconcertado.

—Da igual —Dimitri se tragó su orgullo mientras pensaba en los peligros que entrañaba aquella situación, y le dijo con rigidez—: Debo pedirle un favor, califa —le vio vacilar por un instante antes de dar su palabra, y ese detalle le gustó. Jamás podrían ser amigos, pero respetaba su integridad.

—Depende del favor.

—Le aseguro que no voy a pedirle que tome la ciudadela por asalto.

—De acuerdo, dígame lo que desea.

—Lo que deseo es que Emma regrese a San Petersburgo, donde estará a salvo —no le sorprendió ver que se tensaba y se ponía ceñudo; al fin y al cabo, Rajih no había ocultado en ningún momento que quería que Emma fuera suya.

—Es ella la que debe tomar esa decisión.

—No, debe ser firme con ella, los dos sabemos lo obstinada que puede llegar a ser. Insistirá en permanecer aquí mientras tema que estoy en peligro, a pesar de que mis enemigos podrían intentar usarla para vengarse de mí.

—¿No me cree capaz de mantenerla a salvo?

Dimitri controló con esfuerzo su instinto de posesión; en ese momento, lo único que importaba era sacar a Emma de El Cairo.

—En San Petersburgo estará bajo la protección de Herrick Gerhardt, el consejero de mayor confianza del zar. Pero lo principal es que estará lejos de aquí, y no podrán utilizarla para hacerme daño. Es la única forma de mantenerla a salvo.

Después de reflexionar sobre su petición durante unos segundos, Rajih sonrió con ironía y asintió.

—Haré lo que pueda, pero soy incapaz de hacer milagros.
—Eso es todo lo que le pido.

Rajih fue hacia las puertas dobles, y al llegar se volvió a mirarle de nuevo y comentó con voz suave y clara anticipación:

—Hace muchos años que no piso Rusia, será todo un placer pasar unas cuantas semanas en el Palacio de Invierno.

Dimitri apretó el puño con fuerza mientras le veía salir de la habitación, y se dijo que tendría que haberle arrebatado la espada a aquel malnacido para cortarle en dos.

Era obvio que a Josef no le importaba lo más mínimo su volátil estado de ánimo, porque se puso frente a él con las manos en las caderas y le espetó:

—¿Te has vuelto loco?

CAPÍTULO 26

El serrallo del pachá era una maravilla, conservaba el encanto de épocas pasadas a pesar de que lo habían restaurado recientemente. El techo abovedado estaba decorado con azulejos azules y dorados que formaban un cielo nocturno, y en el centro del suelo de mármol había una enorme fuente tallada. La pared interior estaba cubierta de delicados tapices y tenía una puerta que daba a los jardines privados, y en la pared opuesta había unas ventanas arqueadas cubiertas con enrejados dorados. En aquel ambiente chocaba un poco que los muebles fueran de estilo europeo. Había varios sofás, y un escritorio de manzano situado bajo un espejo enmarcado.

Pero a pesar de la belleza de aquel lugar, Emma era más que consciente de que eunucos armados patrullaban la telaraña de pasillos y estancias privadas. Sería imposible escapar de semejante fortaleza, y esa realidad la tenía con el corazón en un puño.

Hizo caso omiso de los refrigerios que le ofrecieron varias criadas, y se limitó a pasear de un lado a otro con ansiedad mientras esperaba a que Rajih regresara; al cabo de lo que le pareció una eternidad la condujeron a la cuadra, y su intranquilidad no se calmó lo más mínimo cuando Rajih le pidió que entrara en un carruaje y le explicó que Dimitri iba a permanecer allí hasta que el zar solicitara su liberación.

—¡No, no pienso marcharme hasta que sepa que está a salvo! —se zafó de un tirón de la mano que le sujetaba el codo, y alzó la barbilla en un gesto de terquedad.

Rajih volvió a agarrarle el codo y la condujo hacia el otro lado del carruaje, porque el patio estaba lleno de criados y prefería mantener aquella conversación en privado.

—Te prometo que corre menos riesgo como huésped del pachá que en San Petersburgo, donde debe de tener multitud de enemigos.

—No es un huésped, sino un prisionero.

Rajih hizo una mueca, y miró de soslayo a un mozo de cuadra que pasó cerca de ellos antes de contestar:

—Si no quieres que nosotros corramos la misma suerte que Tipova, te sugiero que bajes la voz.

Ella se mordió el labio, porque era consciente de que tenía una deuda de gratitud impagable con aquel hombre; además de arriesgar la vida para salvar a las jóvenes del burdel la noche anterior, había sacrificado su orgullo al pedir la liberación de Dimitri.

Sabía que lo había hecho por ella, y que no era el único que había sufrido con tal de ayudarla.

—Perdóname, Rajih, no era mi intención ponerte en una situación tan difícil. Ya he causado bastantes problemas.

Él la tomó de la barbilla para alzarle la cabeza, y contempló ceñudo su rostro alicaído.

—Tú no tienes la culpa de nada de todo esto, *habiba*.

Ella deseó poder creerle, quizás así se aliviaría la culpa que la atormentaba.

—Si no me hubiera empeñado en encontrar a Anya, Dimitri estaría disfrutando de su vida en San Petersburgo y tú no habrías tenido que arriesgar tu amistad con el pachá al pedir su liberación.

—La culpa la tienen los hombres que secuestraron a esas muchachas para venderlas como si fueran animales, no tú.

—Aun así...

Él le puso un dedo sobre los labios para silenciarla, y la contempló con una extraña expresión anhelante antes de decirle con voz firme:

—El pasado no se puede cambiar, Emma. Debemos pensar en el futuro.

Ella respiró hondo a pesar de la peste a caballo y a sudor que reinaba en aquella zona. Las lamentaciones iban a tener que esperar hasta que tuviera el tiempo y la ocasión de enmendar sus errores. Le tomó la mano, y contestó con determinación:

—Sé que tienes razón, pero eso no significa que esté dispuesta a abandonar a Dimitri.

En los ojos de Rajih relampagueó algo que podría ser decepción, pero adoptó de inmediato una expresión ilegible.

—No estoy sugiriéndote que le abandones, sino que uses tu influencia para lograr que se demuestre su inocencia.

Ella retrocedió al oír aquello, porque no alcanzaba a entender lo que estaba diciéndole.

—¿Quieres que hable con el pachá?

—No. Estoy convencido de que le parecerías encantadora, pero en este país se considera que la mujer debe guardar silencio y permanecer tras las paredes del serrallo. No se te permitiría testificar a favor de Tipova.

—¡Eso es una barbaridad!

—Son las costumbres de mi gente.

—En ese caso, ¿cómo puedo ayudar? —se retorció las manos en un gesto de frustración. Le resultaba insoportable aquella sensación de impotencia, saber que no podía hacer nada por rescatar a Dimitri—. Tú mismo has admitido que el barón Koman ha resultado ser un traidor.

—Sí, esa es una complicación inesperada.

A juzgar por su expresión adusta, estaba claro que pensaba asegurarse de que el barón recibiera su justo castigo.

—¿Sabe Dimitri por qué ha testificado en su contra el barón?

—Él dice que no.

—A lo mejor estaba implicado en el tráfico de blancas, y quiere que sea Dimitri quien cargue con la culpa.

—Sí, sería una treta conveniente para que otro pagara por sus pecados, pero Tipova está convencido de que está actuando obligado por alguien.

Emma soltó una carcajada burlona antes de afirmar:

—Dimitri quiere que los demás piensen que es infalible, pero no es así.

—Admito que tiene una arrogancia descomunal —le contestó Rajih, sonriente.

Ella miró hacia la enorme ciudadela, y a pesar de que era una tarde de sol y de que la túnica color marfil y bordada con perlas que vestía era gruesa, no pudo evitar estremecerse.

—Si no puedo hablar ni con el pachá ni con el barón Koman, ¿a quién se supone que debo influenciar?

—Al zar Alejandro.

Emma le miró boquiabierta, y se preguntó si le había oído bien. ¿Acababa de sugerirle con toda naturalidad que le pidiera al zar de Rusia que liberara a un conocido ladrón de los calabozos del pachá Muhammad Alí?

—Lo dices de broma, ¿verdad?

—En absoluto.

Ella sacudió la cabeza, atónita, y contuvo las ganas de echarse a reír.

—Me temo que tienes una idea muy equivocada de mi importancia, Rajih.

—Eso es imposible —su expresión se suavizó, y le apartó un rizo de la cara.

—No, no lo es. Me conociste en Londres en compañía de los duques de Huntley, pero solo porque estaban en deuda con Dimitri. Fingí ser una dama de la alta sociedad, fue puro teatro.

—No sabes cuánto me alegro, teniendo en cuenta que fingiste ser la esposa de Tipova —le dijo él, en tono de broma.

—Lo que quiero decir es que en realidad no soy quien aparentaba ser —quería que él supiera la verdad, que no hubiera equívocos.

—¿Y quién eres en realidad, Emma? —le preguntó, con voz cálida.

—Soy... —le dio la espalda de golpe antes de afirmar con voz queda—: No soy nadie.

—Emma...

Notó que él le ponía las manos sobre los hombros, pero siguió mirando con expresión ausente la ciudad, que se extendía ante sus ojos.

—Es la pura verdad. No soy más que una plebeya procedente de un pueblecito de Rusia, e incluso allí era objeto de burlas. Carezco de influencia.

No habría sabido decir qué reacción esperaba ante aquella confesión, pero la tomó por sorpresa que él soltara una suave carcajada antes de decirle al oído:

—Estás muy equivocada, *habiba*. Estoy convencido de que Alejandro Pavlovich estaría dispuesto a exigir la liberación de todos los prisioneros de Egipto a los cinco minutos de conocerte —le rozó la mejilla con los labios antes de añadir—: Pero no será necesario que lo hagas.

—¿Qué quieres decir?

—Tipova me ha comentado que estás emparentada con Herrick Gerhardt.

Aquellas palabras la tomaron por sorpresa. Se apartó de él, y se volvió a mirarle ceñuda.

—Es un pariente lejano, pero no habíamos tenido trato alguno hasta que fui a San Petersburgo y le pedí que me ayudara a encontrar a Anya.

—Aun así, es un consejero de confianza del zar.

—Herrick ha sido muy amable conmigo, pero no sé si estaría dispuesto a interceder en mi favor ante el zar.

—¿Qué es lo que pasa, Emma? ¿Te cuesta pedir ayuda? —era obvio que no entendía su actitud vacilante.

—La verdad es que antes me resultaba imposible hacerlo —frunció la nariz al recordar lo terca que había sido al negarse a contactar con los parientes lejanos que quizás habrían podido ayudarla, y admitió—: Para mí era esencial valerme por mí misma, conservar mi independencia.

—Es comprensible que desearas ejercer algo de control sobre tu vida después de sufrir tantas pérdidas, cualquiera en tu lugar habría sentido lo mismo... —alzó la mirada hacia las aves de presa que surcaban el cielo, y apretó la mandíbula mientras luchaba por contener sus emociones—. De hecho, te entiendo a la perfección.

—Ah, sí, tú también has perdido a tus padres.

—Y también perdí a mi país —su mirada se volvió hacia las pirámides, que se alzaban majestuosas en la distancia, y añadió con firmeza—: Ahora haría lo que fuera con tal de protegerlo.

Emma esbozó una sonrisa agridulce, porque ella misma había estado dispuesta a hacer cualquier sacrificio con tal de proteger a su familia... hasta que su hermana la había abandonado en aquel burdel.

—Me alegra que me entiendas, Rajih. Lástima que Anya no fuera tan comprensiva.

Su rostro se endureció al oírle mencionar a su hermana, y le contestó con firmeza:

—No sigas culpándote por la mezquindad de tu hermana, siempre has hecho todo lo posible por darle un hogar estable. Ahora es ella la responsable de su vida y de su futuro.

—Sí.

—¿Vas a hacer el esfuerzo de pedirle ayuda a Gerhardt?

Ella vaciló por un instante antes de contestar.

—Sí, por supuesto. Haré todo lo posible por ayudar.

—Y aun así, noto tu renuencia.

Ella esbozó una sonrisa, y se obligó a mirarle a los ojos antes de decir:

—No soy una completa estúpida, Rajih. Es obvio que Dimitri me quiere lejos de los peligros de El Cairo, y que te ha pedido que te encargues de que regrese a Rusia cuanto antes.

Al verle vacilar, tuvo la impresión de que él estaba planteándose la ridiculez de mentirle, pero al final la tomó de la mano y le dijo con voz suave:

—No vas a lograr nada quedándote aquí, Emma. Una mujer, en especial una soltera, no tiene ni poder ni libertad en El Cairo —esbozó una sonrisa de lo más incitante antes de añadir—: A menos que quieras permanecer escondida en mi harén, claro.

Emma no tuvo más remedio que darse por vencida, porque sabía que era cierto que no iba a lograr nada estando allí. No tenía un ejército con el que atacar la ciudadela, y ni siquiera era capaz de burlar la vigilancia y ayudar a escapar a Dimitri. Estaba casi convencida de que pedirle ayuda a Herrick Gerhardt sería una pérdida de tiempo, pero estaba dispuesta a intentarlo.

—Empiezo a creer que estás intentando deshacerte de mí, Rajih —comentó, en tono de broma.

Él esbozó una enigmática sonrisa, y le besó la mano antes de contestar:

—Todo lo contrario.

—¿Qué quieres decir?

—Que voy a acompañarte a San Petersburgo.

Dimitri esperó a que la servidumbre se llevara las bandejas de la cena y preparara las camas, y cuando se quedó a solas con Josef agarró varios almohadones de la antecámara y los colocó bajo las sábanas de seda.

—Este plan no me gusta nada —masculló su amigo, mientras hacía lo mismo en su cama.

Dimitri se limitó a sonreír, porque llevaba horas oyéndole rezongar. El hecho de que no les hubieran encerrado en los calabozos no quería decir que no se les considerara unos presos, pero conocía bien a su amigo y sabía que no estaba tan malhumorado por el hecho de estar retenido en la ciudadela como por temer que las sospechas que él le había confesado fueran ciertas.

Josef sería capaz de enfrentarse a un pelotón de fusilamiento sin inmutarse, pero la posibilidad de que alguno de sus amigos pudiera estar en peligro le desquiciaba.

—No es un plan, Josef. Es lo primero que se me ha ocurrido para evitar que nos maten mientras dormimos.

—Sigo sin entender por qué estás convencido de que van a atacarnos.

—Es la única explicación que tiene sentido.

—¡Nada de esto tiene sentido, Tipova! —se incorporó después de colocar los almohadones, y alzó las manos en un gesto de exasperación—. Si alguien quisiera matarte, ¿para qué querría tenerte encerrado en esta fortaleza? sería mucho más fácil pegarte un tiro por la espalda mientras vas tan tranquilo por la calle.

—Sí, pero así tiene la ventaja de saber dónde estoy.

—Eso también podría lograrlo secuestrándote.

Dimitri sonrió al recordar todas las trampas que había sorteado a lo largo de su vida. En las calles de San Petersburgo había más de uno que estaría dispuesto a jurar que tenía poderes mágicos.

—Son muchos los que han descubierto a lo largo de los años que no es nada fácil capturarme.

Josef no pudo rebatir ese argumento, pero siguió igual de malhumorado. Era obvio que no iba a darse por satisfecho hasta que estuvieran bien lejos de Egipto.

—Es imposible que alguien supiera que ibas a matar a Valik, y que los hombres del pachá te traerían a la ciudadela. ¿Crees que se trata de un adivino?

Dimitri retrocedió un paso, y observó con ojo crítico la cama. En ese momento saltaba a la vista que lo que había debajo de las sábanas eran unos almohadones, pero a oscuras y desde cierta distancia daría la impresión de que había alguien tumbado... al menos, eso era con lo que contaba para distraer a su enemigo por un instante y poder atacar.

Teniendo en cuenta que estaba desarmado, que no sabía ni quién iba a atacarle ni a cuántos enemigos iba a tener que enfrentarse, y que tenía un brazo herido que seguía doliéndole a rabiar, aquella táctica era la mejor que se le había ocurrido.

—No, no es un adivino, sino un hombre que ha sabido aprovecharse de la situación; al fin y al cabo, es la primera vez que alguien intenta hacer que me arresten...

—Que nosotros sepamos.

—Sí, es cierto, pero está claro que alguien quiere aprovechar el hecho de que ahora esté retenido aquí.

—¿Crees que quiere matarte?

Dimitri fue a apagar las velas que ardían en los candelabros, la luz de la chimenea bastaría para ver a un intruso.

—¿Quién sabe? A lo mejor quiere regodearse al verme sufrir, o huir antes de que yo pueda interferir en sus planes, o... las posibles razones son innumerables, y una de ellas podría ser el deseo de verme muerto —apretó la mandíbula, y añadió con aspereza—: Pero pienso estar preparado.

Josef hizo ademán de seguir protestando, pero suspiró con resignación al ver la obstinación que se reflejaba en su rostro y le preguntó:

—¿Qué quieres que haga yo?

— Las puertas parecen ser las únicas vías de entrada a la habitación, pero prefiero no arriesgarme a que nos pillen desprevenidos —indicó con un gesto los enrejados de hierro forjado que ya había examinado antes. Daba la impresión de que estaban sujetos con firmeza a la piedra de la construcción, pero no había sobrevivido tantos años sin una buena dosis de cautela—. Quiero que te quedes cerca de las ventanas.

Josef hizo una mueca, pero obedeció de inmediato y comentó:

—Va a ser una noche muy tediosa.

Después de apagar todas las velas, Dimitri se colocó junto a la puerta y contestó:

—Es preferible a oírte roncar.

A partir de ese momento, guardaron silencio y se limitaron a esperar... y a esperar... y a seguir esperando.

Conforme fueron pasando los minutos y las horas, Dimitri permaneció en su puesto y no bajó la guardia. Estaba acostumbrado a tratar con ladrones, matones y piratas que llevaban a cabo sus asuntos de noche y según sus propios horarios; además, si fuera un asesino, querría esperar hasta asegurarse de que su víctima estuviera dormida antes de entrar en la habitación.

Fue pasando el peso de un pie al otro para mantenerse alerta, y se quedó inmóvil al oír el sonido quedo de la puerta al abrirse poco a poco. Al ver que un hombre entraba con sigilo y se acercaba a la cama con una pistola en la mano, sintió una satisfacción enorme... no por el hecho en sí, ya que le resultó un poco inquietante presenciar a distancia su propio intento de asesinato, sino por el hecho de que sus sospechas se confirmaran.

Sus instintos seguían tan aguzados como siempre, aunque lo cierto era que había empezado a hartarse de aquella vida llena de riesgos.

Esperó a que el intruso estuviera a escasa distancia de la cama, y entonces se acercó a él por la espalda sin hacer ruido y le arrebató la pistola de improviso. Le puso el cañón del arma contra la sien mientras le rodeaba el cuello con el brazo, y lo apretó contra su cuerpo para que dejara de debatirse.

Josef se apresuró a encender las velas, y la luz reveló que el desconocido era un egipcio que vestía el uniforme de estilo europeo de la guardia del pachá.

—¿Hablas inglés?, ¿ruso? —Dimitri le apretó con más fuerza el cuello, y notó con repugnancia que apestaba a miedo; fuera quien fuese, estaba claro que no era un criminal experimentado—. Contéstame si no quieres que te estrangule.

—Yo me encargo de que hable —Josef se agachó ante ellos,

y esbozó una malvada sonrisa que enfatizó aún más su cicatriz al descubrir el cuchillo que el tipo llevaba sujeto al tobillo. Le acercó el arma a la entrepierna, y añadió amenazante—: Contéstale.

—Malnacidos —lo dijo en inglés, pero con un acento muy marcado.

—¿Quién eres? —le preguntó Dimitri.

—Fawzi.

—¿Te importaría explicarnos qué haces en nuestra habitación?

—Por favor... —tenía la respiración jadeante, y se estremeció de forma visible.

El corazón le martilleaba con tanta fuerza, que hasta Dimitri lo notó; al darse cuenta de que aquel necio estaba a punto de ponerse histérico, miró a Josef y comentó con calma:

—Creo que nuestro visitante está dispuesto a ser razonable.

—¡Sí, sí! —cuando Josef apartó el cuchillo de su entrepierna, el tipo tragó con dificultad y les aseguró—: Solo ha sido un lamentable error.

—Estoy de acuerdo en lo de lamentable, pero no se trata de un error —le contestó Dimitri, en tono burlón.

—Ha sido un gran error, se lo aseguro. Me ha parecido oír un ruido, y he entrado para ver si se encontraban mal.

—Qué considerado de tu parte.

—El pachá desea que estén cómodos durante su estancia en la ciudadela.

Dimitri le obligó a que se volviera hacia él, y le apuntó al corazón. Para saber si alguien estaba mintiéndole, necesitaba verle el rostro.

—En ese caso, quizás deberíamos ir a hablar con él. Le complacerá saber cuánto te preocupas por nuestro bienestar.

Fawzi se humedeció los labios, y lanzó una mirada hacia la puerta antes de contestar con nerviosismo:

—A estas horas estará durmiendo.

—Estoy dispuesto a despertarle.

—¡No!

Dimitri sonrió al verle empalidecer de golpe. Estaba claro que no era el pachá quien quería asesinarle.

—¿Podrías averiguar con discreción qué ha sido de nuestros guardias, Josef?

Su amigo fue hacia la puerta con un sigilo que muy pocos podían conseguir, y salió después de asomarse con cautela. Regresó al cabo de unos minutos, y dijo sin inflexión alguna en la voz:

—Están los dos en el suelo.

—¿Muertos?

—Narcotizados.

Dimitri tensó el dedo en el gatillo de la pistola, y miró a Fawzi con ojos penetrantes al decir:

—Sería muy fácil echar algo en la cena, sobre todo si quien la trae desde las cocinas es un compañero de ellos —intuía que bajo la mirada de aquel tipo había tanto astucia como malicia. Era como una rata, y podría ser muy peligroso al verse acorralado.

—Sí, creo que será mejor que despertemos al pachá —dijo Josef.

—Por favor —Fawzi alzó las manos en un gesto de súplica, y añadió con voz lastimera—: ¿Qué es lo que quieren de mí?

Dimitri contempló su rostro enjuto, los ojos negros y hundidos y la descuidada barba negra, y al cabo de unos segundos llenos de tensión le preguntó:

—¿Por qué has narcotizado a los guardias y has entrado aquí a hurtadillas? —movió la pistola con actitud amenazante antes de exigir con sequedad—: Quiero la verdad.

Dio la impresión de que el tipo estaba sopesando el peligro que entrañaría decir una mentira, pero al final hizo una mueca y admitió:

—He venido a matarle.

—¿Por alguna razón en concreto, o es que odias a todos los infieles?

—Un hombre se me acercó cuando regresaba de ver a mi madre, y me ofreció una fortuna a cambio de que acabara con usted.

—¿Qué hombre?

—No sé quién era —juntó las manos, suplicante, y se apresuró a añadir—: No, espere... me llamó desde un carruaje cuando yo estaba a punto de entrar en la ciudadela, y mantuvo la cortinilla cerrada. No llegué a verle la cara.

Dimitri sintió una profunda frustración. Claro que no le había visto la cara, era lo que cabía esperar; a aquellas alturas, era una utopía pensar que las cosas empezarían a ir bien y podría descubrir la verdad con facilidad.

—¿Era egipcio?

—No. Era extranjero, como usted.

—¿Ruso?

—Puede ser.

—¿Qué fue lo que te dijo? —dio un paso hacia él con actitud amenazadora, y le espetó—: Quiero hasta la última palabra.

—¡No me acuerdo de todo!

—Pues esfuérzate al máximo por recordarlo.

—Me preguntó si era un guardia de la ciudadela, y si podría entrar en la habitación donde se alojaban los dos prisioneros extranjeros del pachá —le caían gotas de sudor por el rostro, y bajó la mirada hacia la pistola que le apuntaba al corazón—. Cuando admití que podía moverme con libertad por la ciudadela, me prometió una bolsa de monedas de plata.

—¿Y le creíste?

—Me dio unas cuantas para demostrarme que era sincero, y me aseguró que me daría el resto cuando le llevara una prueba concreta de que usted estaba muerto.

—¿Qué prueba?

El tipo carraspeó con nerviosismo antes de contestar:

—Quería que le arrancara un ojo a usted y se lo llevara.

—¡Dios bendito! —susurró Josef.

—Me advirtió que no intentara engañarle, que sabría con certeza si el ojo era suyo.

Dimitri tragó con dificultad el nudo que se le había formado en la garganta. Había tenido una vida llena de tribulaciones en la que había tenido que luchar duro por sobrevivir, así que pensaba que nada podría impactarle, pero lo que acababa de oír le había dejado atónito. ¿Quién podría odiarle con tanta saña?

—¿Te ha explicado por qué desea mi muerte?

—No.

—¿Estabas dispuesto a asesinar a un hombre dormido y a arrancarle un ojo por una bolsa de monedas de plata?

El tipo esbozó una sonrisa lastimera, y se llevó la mano al pecho.

—Mi madre está enferma, necesito el dinero para comprarle medicinas.

—Claro, pobrecilla —lo dijo con voz burlona, pero se puso serio al darse cuenta de que aquella piltrafa podía serle útil—. Creo que es hora de que vayamos a por tu recompensa.

Josef le agarró el brazo de golpe, y le preguntó con aspereza:

—¿Te has vuelto loco?

—Lo descubriremos en breve —le contestó con calma, sin apartar la mirada de Fawzi—. ¿Dónde debes encontrarte con tu misterioso compinche?

CAPÍTULO 27

Dimitri se aseguró de mantener la pistola a la vista mientras Fawzi les conducía por la silenciosa ciudadela, porque le parecía prudente recordarle lo que le pasaría si cometiera la necedad de intentar huir o de alertar a los guardias que patrullaban por los oscuros pasillos; el tipo conocía bien aquel laberinto de estancias, así que no tardaron en salir de la zona principal y entrar en la de la servidumbre.

Hicieron una breve parada para que tanto Josef como él se cambiaran de ropa, y cuando estuvieron ataviados con las toscas túnicas de lino y los pantalones abombados que llevaban los mozos de cuadra, salieron del edificio principal y se dirigieron hacia la enorme torre que custodiaba la entrada más cercana.

El centinela les dio el alto, y pasaron un tenso momento mientras Fawzi intentaba darle una apresurada explicación en árabe. Dimitri no podía seguir la conversación, y no tuvo más remedio que confiar en que el cuchillo que Josef mantenía apretado contra la espalda de Fawzi bastara para evitar que este intentara delatarles.

Cuando cruzaron al fin las gruesas murallas que rodeaban la ciudadela y empezaron a bajar por la cuesta hacia la ciudad, respiró hondo con alivio. Apenas podía creer que hubieran logrado escapar de allí.

Si hubiera estado pensando con claridad, habría dejado inconsciente a Fawzi y habría huido de El Cairo a toda velocidad junto a Josef, pero en vez de optar por la opción más sensata, empujó al tipo con el cañón de la pistola para que acelerara el paso hacia el palmeral al que se dirigían.

Cuando se adentraron entre las palmeras y estuvieron al amparo de las sombras, le agarró del brazo y le acercó de un tirón para poder susurrarle al oído:

—¿Es ese el carruaje?

Señaló hacia el vehículo negro en cuestión, que estaba parado frente a un edificio abandonado y no parecía tener nada distintivo. El fornido lacayo egipcio que estaba de pie junto al caballo estaba fumando un puro, y su actitud negligente era una clara invitación a que alguien le noqueara con un buen golpe en la cabeza.

Saltaba a la vista que quien había ideado aquel plan no tenía ni entrenamiento militar ni las destrezas necesarias para sobrevivir en las calles.

—Sí, reconozco al criado —le contestó Fawzi.

Josef se colocó junto a él, y masculló ceñudo:

—¿Hace falta que te recuerde que esta es la decisión más estúpida que has tomado en tu vida, Tipova? Sin olvidar aquella noche en que te enfrentaste a tres hombres armados con espadas a la vez, claro.

Dimitri esbozó una sonrisa al recordar aquello. A lo largo de los años le habían desafiado muchas veces, porque debido a sus modales refinados y a su preferencia por la ropa elegante, había majaderos que pensaban que no podía ser tan peligroso como indicaba su reputación.

En el pasado había disfrutado demostrando su valía, pero afortunadamente, había alcanzado una edad en la que estaba listo para dejar atrás aquella estupidez tan temeraria... seguro que porque por fin tenía algo (o mejor dicho, alguien), por quien vivir.

—Lo que cuenta es que gané, ¿no?

Estaba claro que a Josef no le hizo ninguna gracia que tratara el asunto con tanta ligereza, porque le fulminó con la mirada antes de contestar:

—Maldita sea... hemos escapado de la ciudadela, deja que vaya a por los demás y estaremos lejos de El Cairo antes de que el pachá se dé cuenta de nuestra huida.

—Antes quiero averiguar quién está tan deseoso de verme muerto.

—¿Qué más da eso?, lo importante es que no ha conseguido acabar contigo.

—Lo más probable es que vuelva a intentarlo —recorrió con la mirada los edificios cercanos por si había algún peligro al acecho, y añadió—: No pienso pasar el resto de mi vida con miedo.

—Siempre has tenido enemigos, y nunca te ha importado.

—Ahora debo tener en cuenta el bienestar de otra persona —le dijo, con expresión grave. Su tono de voz dejaba claro que lo principal para él era la seguridad de Emma—. No voy a marcharme de aquí hasta que elimine esta amenaza.

—Pero...

—La decisión está tomada, Josef. Fawzi...

—Dígame.

—Quiero que te acerques al carruaje y que finjas que has completado con éxito tu misión.

—No, hasta ahora he hecho todo lo que me ha pedido —protestó, alarmado—. Si me presento ante ese hombre sin la prueba que me ha exigido, seguro que me pega un tiro.

Josef blandió el cuchillo frente a sus narices, y le espetó:

—Si lo que necesitas es un ojo, yo puedo conseguirlo.

Fawzi soltó un gritito mientras retrocedía a toda prisa. Tenía el rostro bañado en sudor.

—Detente, Josef. Le necesito —dijo Dimitri.

—¿Por qué?

—Porque puede servir de distracción mientras tú te encargas del lacayo.

—¿Y qué piensas hacer tú?

—Ir a ver a nuestro misterioso oponente.

Josef apretó la mandíbula al oír aquello, y no se molestó en ocultar su desaprobación.

—¡No seas idiota, no sabemos cuántos hombres hay dentro de ese carruaje!

Dimitri admitió para sus adentros que existía ese riesgo, pero no le quedaba otra opción.

—No, pero cuento con el factor sorpresa —contestó, con aparente calma.

—La sorpresa no te servirá de nada si te disparan.

—Confía en mí.

Se miraron ceñudos durante unos segundos, pero Josef acabó por darse cuenta de que estaba decidido a enfrentarse al desconocido enemigo y soltó un suspiro cargado de frustración.

—Maldito seas, Tipova.

Dimitri sujetó con firmeza a Fawzi mientras le llevaba hacia el borde del palmeral, y le ordenó con sequedad:

—Cuenta hasta veinte, y entonces ve hacia el carruaje.

—¿Qué le contesto a ese hombre cuando me pregunte si le he matado?

—Usa la imaginación, quiero que le mantengas ocupado —le apretó el brazo con más fuerza en una clara advertencia antes de añadir—: Ah, por cierto...

—¿Qué?

—Si intentas revelar nuestra presencia, no solo te pegaré un tiro, sino que haré que te corten en pedacitos y le envíen tus restos a tu pobre y enferma madre —la gélida sonrisa que asomó a sus labios había aterrado a hombres mucho más valientes que aquel—. ¿Está claro?

Fawzi tardó unos segundos en recobrar la compostura necesaria para asentir tembloroso.

—Sí.

—Perfecto. Josef, ve a encargarte del lacayo.

Su amigo empezó a mascullar imprecaciones en varios idiomas, pero se alejó con sigilo por la calle para sorprender desde atrás al lacayo. Dimitri le siguió a varios pasos de distancia, y esperó cerca de la esquina a que Fawzi cruzara la calle.

Hizo una mueca de desagrado al verle trastabillar y tambalearse, porque semejante falta de disciplina le parecía deplorable, pero le alegró ver que aquellos andares tan peculiares servían para atraer la atención del lacayo, que no se dio ni cuenta cuando Josef se le acercó por detrás y le golpeó la cabeza con la empuñadura del cuchillo.

Su amigo agarró las riendas del caballo para evitar que el carruaje se moviera cuando el tipo se desplomó, y fue entonces cuando Dimitri echó a andar con la mirada fija en Fawzi, que estaba hablando en voz baja con la persona que estaba al otro lado de la cortina que cubría la ventanilla.

Después de asegurarse de que tenía el arma a punto, abrió la portezuela de golpe, entró en el carruaje, y apuntó al pecho del hombre que estaba sentado junto a la ventanilla.

—Te sugiero que te quedes sentadito y alces las manos para que pueda verlas.

Esperó a que obedeciera antes de registrarle con la mano libre, y encontró una pistola de duelo con empuñadura de marfil en el bolsillo del abrigo y otra más pequeña oculta en una de las relucientes botas. Estaba convencido de que había más armas escondidas por el carruaje, pero de momento le bastaba con saber que aquel tipo no tenía ninguna a mano.

Sin dejar de apuntarle al pecho, se sentó frente a él y comentó con una pequeña sonrisa:

—Creo que ha llegado la hora de las presentaciones de rigor.

Tras un tenso silencio, el hombre se quitó el sombrero que llevaba y lo dejó a un lado antes de contestar.

—Pues yo creo que sobran las presentaciones.

Dimitri se tensó. El impacto fue tan grande, que sintió que se le paraba el corazón y se quedaba sin aliento; a pesar de la oscuridad que reinaba en el vehículo, la cortinilla había quedado echada a un lado, y la luz de la luna bañaba el pelo canoso y las facciones cinceladas de aquel hombre... facciones en las que una vida llena de excesos había dejado una profunda huella.

No, no podía ser... intentó asimilar lo que estaban viendo sus ojos, apenas podía creerlo; aun así... aun así, era más que posible que aquel momento estuviera predestinado desde que el conde Nevskaya había llevado a la fuerza a su lecho a la inocente hija de un humilde zapatero.

El odio que relampagueó en aquellos ojos dorados idénticos a los suyos sirvió para arrancarle de aquella neblina de incredulidad.

—Hola, padre. Qué sorpresa tan desagradable —lo dijo con voz fría y firme, porque había desarrollado la capacidad de enfrentarse a cualquier situación con total compostura; además, empezaba a sospechar que el destino le había ofrecido una oportunidad única que sería una idiotez desaprovechar.

—Lo mismo digo, tendrías que estar muerto.

—Y tú tendrías que estar pudriéndote en los calabozos del zar Alejandro.

Nevskaya esbozó una tensa sonrisa mientras se colocaba bien el anillo que llevaba en el meñique. Parecía resultarle indiferente tener una pistola apuntándole al corazón... y a lo mejor no se trataba de indiferencia fingida.

Dimitri había pasado años aprendiendo a gobernar sus emociones porque era una habilidad necesaria para poder sobrevivir en las calles, pero tenía la impresión de que su padre no estaba ocultando lo que sentía, que era incapaz de sentir nada más allá de ira y odio.

Era la única explicación posible para el hecho de que hubiera sido capaz de echar a la calle a su amante embarazada, lo único que explicaba que fuera capaz de abusar de jóvenes indefensas sin remordimiento alguno.

—Está claro que los dos nos hemos llevado una decepción, ¿qué haces en El Cairo?

—Valik mandó un mensajero a San Petersburgo para alertarme de que Dimitri Tipova le había seguido hasta Londres y estaba destruyendo el negocio que tantos años me había costado crear.

—¿Esperas una disculpa? —le preguntó, con una sonrisita cínica.

Nevskaya frunció la nariz como si el interior del carruaje apestara, y le exigió con firmeza:

—Lo que espero es que te centres en tus actividades delictivas y me dejes en paz.

—Es que no deseo dejarte en paz —contestó, sin apartar la mirada del rostro que le había atormentado durante tantos años—. Quiero que sufras una agonía insoportable todos y cada uno de los días que le queden a tu miserable existencia.

—Qué melodramático, es una pena que te parezcas tanto a tu madre.

Dimitri tensó el dedo en el gatillo, y en algún rincón de su mente se dio cuenta de que el sonido de pasos que se alejaban a la carrera indicaba que Fawzi había aprovechado para huir.

Se preguntó cuánta satisfacción llegaría a sentir si metía una bala en el negro corazón de aquel depravado, y le dijo con aspereza:

—Eso me lo tomo como un cumplido. Mi madre era una mujer hermosa y valiente a la que destruyó un degenerado repugnante, no eres digno ni de mencionarla.

—Era una plebeya que tuvo la suerte de llamarme la atención.

Sí, una bala directa al corazón sería lo ideal.

—Sí, vaya suerte que tuvo. La violaron, la dejaron embarazada y la echaron a la calle, es incomprensible que no sintiera una gratitud abrumadora.

—¡Bah!

Dimitri se tragó las palabras airadas que le quemaban por dentro, porque era una pérdida de tiempo esperar que su padre sintiera la más mínima culpabilidad. La única forma de hacerle daño de verdad era hiriendo su orgullo, así que se obligó a reclinarse en el asiento y dijo con sarcasmo:

—Aunque es innegable que fue más lista que tú.

—No digas sandeces.

—Qué furioso te pusiste cuando se presentó en tu casa y

te exigió que costearas la educación de tu hijo, pero ella no se dejó amilanar —soltó una carcajada sincera al recordar el atrevimiento de su madre, lo orgullosa y decidida que se había mostrado mientras el conde profería todo tipo de amenazas.

—Tendría que haberme deshecho de vosotros dos, no erais más que unas alimañas.

—Sí, es una lástima que fueras un cobarde patético que se dejó manipular por una simple ramera.

Dimitri se puso alerta al ver que sus ojos se encendían de furia y su rostro se teñía de un desagradable color rojizo, y deseó con todas sus fuerzas que atacara. No le gustaba disparar a un hombre desarmado por mucho que se lo mereciera, pero no vacilaría ni un instante en defenderse.

Pero el conde logró recobrar su gélida compostura haciendo un esfuerzo visible, y dijo con arrogancia:

—No tardó en lamentar su temeridad, me enteré de que la mataron en una calle mugrienta.

Dimitri no se dejó acicatear por aquella deliberada provocación, y esbozó una sonrisa al contestar:

—Y tú estás a punto de sufrir su misma suerte.

Nevskaya bajó la mirada hacia la pistola que le apuntaba antes de volver a alzarla hasta su rostro. Fue solo por un instante, pero bastó para convencer a Dimitri de que no estaba tan tranquilo como quería aparentar.

—¿Crees que le tengo miedo a la muerte?

—Sí, creo que te da pánico. Es comprensible, los hombres que abusan de criaturas están destinados a acabar en lo más profundo del infierno.

—Soy un noble, estoy por encima de cosas tan tediosas como la moralidad —su voz destilaba desdén.

Dimitri se habría reído si no supiera que Nevskaya estaba realmente convencido de que su posición social le permitía cometer con impunidad cualquier pecado. Y lo peor de todo era que muchos miembros de la nobleza compartían esa arrogante certeza.

A pesar de los esfuerzos de Alejandro Pavlovich por conseguir que Rusia dejara de considerarse un país de bárbaros, los nobles seguían pensando que tenían el derecho divino de tratar a la plebe como les diera la gana; de hecho, se rumoreaba que el consejero militar del zar había matado a golpes recientemente a uno de sus criados.

Aun así, existía un descontento cada vez mayor por aquel comportamiento tan inadmisible, porque el zar cada vez era más pío y había ido llenando su corte con sus partidarios más conservadores.

Sacudió la cabeza, y se obligó a centrar sus pensamientos en asuntos más importantes.

—Aún no me has explicado a qué has venido a El Cairo.

—Cuando me enteré de que habían arrestado al idiota de Sanderson, supe que era cuestión de tiempo que revelara mi implicación en...

—¿En el tráfico de jóvenes?

—Es un simple negocio.

—No lo entiendo —Dimitri ladeó un poco la cabeza, y le miró con una sonrisita burlona—. Si los nobles están por encima de la moralidad, ¿qué más te da que tus pecados salgan a la luz?

—A diferencia de sus orgullosos antepasados, Alejandro Pavlovich es un gobernante débil e inútil que se ha convertido en un mojigato de lo más tedioso. Su padre se habría sentido avergonzado al saber que había engendrado a semejante pusilánime.

El zar Pablo había sido un hombre brutal y estúpido, además de un gobernante corrupto cuya inestabilidad había ido acrecentándose hasta que había sido asesinado. Cabía esperar que Nevskaya prefiriera a alguien así, alguien que había derogado las leyes que la emperatriz Catalina había creado para proteger a la plebe.

—Yo no le llamaría pusilánime; al fin y al cabo, consiguió llegar al trono cuando era poco más que un niño. Fue una muestra de atrevimiento.

—Clavar un cuchillo por la espalda es de cobardes.

—Hay que acabar con un perro rabioso sea como sea —no le extrañó ver su cara de desaprobación, porque sabía que a Nevskaya le importaba más su pervertido sentido del honor que la moralidad más básica.

—No me extraña que opines así, los plebeyos no sabéis lo que es el honor.

Dimitri contempló al hombre que tenía delante mientras intentaba poner orden al barullo de emociones que se arremolinaban en su interior. El conde Nevskaya había sido el demonio que había planeado sobre su vida durante años. Las decisiones que había tomado, los sacrificios que había hecho, la necesidad de alcanzar un puesto en el mundo donde no pudiera convertirse en una víctima... todo ello lo había motivado su padre.

Pero en ese momento, al estar frente a frente con aquel degenerado, se preguntó por qué le había concedido tanto poder sobre su vida. Seguía sintiendo un odio visceral hacia él, por supuesto, y deseaba que acabara ardiendo en el infierno, pero empezó a darse cuenta de que el conde Nevskaya no era más que un tipo frío e insignificante, un majadero que años atrás se había condenado por cuenta propia a una vida de soledad y mezquindad.

Era un hombre que ya no tenía el poder de hacerle daño.

Sintió un alivio abrumador, como si acabaran de quitarle un peso enorme de los hombros... o del corazón.

—¿De verdad te crees superior a mí por algo tan fortuito como haber nacido en el seno de una familia determinada?

A su padre pareció ofenderle que pudiera poner en duda tal cosa.

—Soy el conde Nevskaya. Es un título noble y con siglos de historia, por mis venas corre sangre real.

—Y a pesar de tus rimbombantes títulos y de la sangre real de tus venas, has despilfarrado tu fortuna y te has convertido en un pedigüeño que tiene que pedirle limosna a su cuñado para evitar que la casa se le venga abajo —sintió una enorme satisfacción al recordarle aquello—. Por no hablar del hecho de que tienes que secuestrar a jóvenes inocentes con la ayuda de bufones ridículos como Sanderson, para poder continuar con tu libertinaje —esbozó una sonrisa antes de añadir—: Yo, por el contrario, he amasado una enorme fortuna, y he comprado más de una docena de propiedades que están al cuidado de una servidumbre leal.

—Eres un zafio, un bárbaro.

—Y aun así, soy bienvenido en el Palacio de Invierno... a diferencia de ti, que te has convertido en motivo de vergüenza. Ni un solo miembro de la alta sociedad te permitiría cruzar el umbral de su casa.

Sintió una oleada de satisfacción al ver el revelador respingo que no pudo contener, al ver lo macilento que se había quedado su enjuto rostro; para alguien tan orgulloso como su padre, el hecho de que sus iguales le dieran la espalda era la peor de las torturas.

—Este escándalo quedará en el olvido con el tiempo.

—No será así si estás preso en los calabozos del zar Alejandro, y por eso huiste de Rusia en cuanto te enteraste de que Sanderson estaba confesando tus sórdidos secretos.

—No sabes nada.

—Admito que no entiendo por qué decidiste venir a El Cairo.

Dimitri fue vagamente consciente del sonido de un carro que pasó traqueteando cerca de allí mientras le daba vueltas a las distintas posibilidades. Egipto era un país muy conveniente para un fugitivo, ya que se podía vivir con comodidad en el anonimato si se disponía del dinero necesario, pero parecía muy improbable que el exigente conde Nevskaya estuviera dispuesto a vivir entre «salvajes».

—¿Esperabas que Valik te diera cobijo como a un perrito perdido? —le preguntó, ceñudo.

—Esas mujeres me pertenecen.

Por supuesto, ¿cómo había podido ser tan estúpido? Tendría que haberlo entendido mucho antes.

—Esperabas poder encontrar a Valik para subastarlas, y desaparecer con las ganancias. ¿Adónde pensabas huir cuando tuvieras el dinero? ¿A las Indias?, ¿a América? —no se molestó en intentar ocultar la repugnancia que sentía.

—¿Acaso importa?

—No, supongo que no —respiró hondo, y se recordó que las jóvenes estaban a salvo y fuera del alcance de aquel ser tan vil—. He conseguido echar abajo tus planes de nuevo, debe de resultarte muy frustrante que tu hijo bastardo demuestre ser más listo que tú una y otra vez.

—Puede que hayas escapado de los guardias del pachá, pero jamás te permitirán que salgas de Egipto. Acabarán llevándote de nuevo a la ciudadela —le espetó con furia.

Regresar a la ciudadela era la menor de las preocupaciones de Dimitri en ese momento, pero la amenaza le recordó una pregunta que tenía pendiente.

—Por cierto, ¿cómo has logrado que Koman se levantara del diván y fuera a acusarme ante el pachá?

Tras unos segundos de silencio, el conde se alisó con gesto distraído los pliegues del pañuelo que llevaba anudado al cuello; después de pasar los dedos por el rubí del alfiler, que brillaba como una gota de sangre contra la tela blanca, contestó al fin:

—El barón tiene una hija que vive con su madre en San Petersburgo.

—¿Y qué?

—Y le comenté que una jovencita de tan buena cuna valdría una fortuna en el mercado negro.

Dimitri lo miró con repulsión. Koman era un tipo despreciable e indolente, pero nadie merecía que le amenazaran con violar a su hija.

—Y es a mí a quien llaman bastardo insensible, ¿no tienes conciencia ninguna? Ah, claro, a los nobles les resulta innecesario tener decencia.

Su padre no le dio importancia a sus críticas, y dijo con altivez:

—Me limité a hacerle un comentario, fue Koman quien lo interpretó como una amenaza.

—Eres realmente sorprendente, ¿no te responsabilizas de nada?

Su padre se inclinó hacia delante, y le miró con odio al decir:

—No eres quién para juzgarme.

—¿Por qué?, ¿porque soy hijo de una ramera?

—Porque te pareces mucho a mí.

Dimitri estuvo a punto de apretar el gatillo en ese momento, pero se contuvo gracias a los años de rígida disciplina que tenía a sus espaldas.

—Te arrancaré la lengua como vuelvas a compararme contigo —su gélido tono de voz revelaba que estaba dispuesto a cumplir con su amenaza.

Su indignación complació a su padre, que esbozó una sonrisita maliciosa y comentó:

—Pero si lo que he dicho es la pura verdad. Has dedicado tu vida a planear la forma de vengarte de mí, y los dos sabemos que habrías estado dispuesto a cometer cualquier pecado, por muy despreciable que fuera, con tal de destruirme —se inclinó un poco más hacia delante antes de añadir—: Yo habría hecho lo mismo.

Dimitri vio aquel rostro tan parecido al suyo bajo la luz de la luna... la frente ancha, la nariz aguileña, los pómulos prominentes, los labios carnosos... siempre había dado por hecho que aquellas similitudes físicas eran lo único que tenía en común con el conde Nevskaya; al fin y al cabo, aquel hombre era un monstruo depravado que había destruido a infinidad de jóvenes, y sería insoportable pensar que compartían algo más que la sangre. Pero una vocecilla interior le advirtió que había estado a punto de convertirse en un ser tan vacío y amargado como su despreciable padre.

Su obsesiva cruzada en pos de la venganza había consumido su vida, y el conde no se equivocaba al decir que había estado dispuesto a hacer lo que fuera con tal de destruir al responsable de la muerte de su madre.

Había estado a punto de sacrificar su propio corazón, y había sido Emma quien le había rescatado. Ella le llenaba el corazón de amor, y lograba que se desvaneciera el odio que había estado a punto de destruirle.

Esbozó una sonrisa, y contestó con satisfacción:

—La diferencia es que mi venganza ha tenido éxito, mientras que la tuya ha sido un completo fracaso.

—No estés tan seguro de eso, aún no has logrado escapar de Egipto.

—Aún suponiendo que me capturaran y volvieran a llevarme a la ciudadela, no será más que una molestia pasajera. Los dos sabemos que el zar Alejandro exigirá mi liberación de inmediato.

—Pero estarás atrapado hasta que lo haga, y te aseguro que Fawzi no es el único al que he contratado para que te mate. Alguno acabará por conseguirlo.

Dimitri no pudo evitar admirar su tenacidad. Su padre era consciente de que su plan de venganza había fracasado, pero seguía intentando salvaguardar su maltrecho orgullo.

—No te creo.

—¿Por qué iba a mentirte?

—Si fuera cierto que hay más asesinos, lo habrías mantenido en secreto. Confesarme su existencia les arrebataría su mejor baza.

—¿A qué baza te refieres?

—A la posibilidad de pillarme por sorpresa —había jugado al ajedrez lo bastante a menudo para saber cuándo tenía a su oponente en jaque mate—. No, padre, estás derrotado. Completa y totalmente derrotado.

Dimitri vio cómo se tensaba de golpe, vio cómo se desmoronaba su gélida compostura al aceptar al fin que su propio hijo le había ganado la partida. En ese momento no era el sofisticado conde Nevskaya, ni la astuta mente que manejaba desde las sombras a los tratantes de blancas, ni el padre que le había mirado con desdén cuando su madre le había llevado a su elegante mansión.

No, en ese momento era un hombre que se enfrentaba a la ruina, un hombre en cuyos ojos dorados ardía una mirada desquiciada y que tenía saliva en las comisuras de la boca.

—Pagarás por esto —le espetó, antes de alargar la mano hacia la portezuela del carruaje.

Dimitri pensó por un momento que estaba intentando escapar, porque estaba claro que era un hombre incapaz de aceptar su culpabilidad con dignidad. Había huido de San Petersburgo como un desertor sin agallas y había dejado en la estacada a sus compinches, que iban a tener que cargar con sus culpas.

Pero se dio cuenta de repente de que en realidad estaba metiendo la mano en un bolsillo lateral, y tuvo la impresión de que el mundo entero se ralentizaba mientras le contemplaba con un extraño distanciamiento.

Sabía cuáles eran las intenciones de su padre, porque él mismo tenía bolsillos similares en sus propios carruajes para tener siempre una pistola a mano. Las calles podían llegar a ser muy peligrosas, nunca se sabía cuándo podría hacer falta un arma.

Su dedo se tensó en el gatillo, pero no disparó. Había dado por concluida su cruzada para destruir a su padre, el pasado carecía de importancia cuando su futuro prometía ser una aventura gloriosa junto a Emma Linley-Kirov.

Solo debía asegurarse de que el pachá supiera que el conde estaba en Egipto y que había estado involucrado en la trata de blancas, eso bastaría para que acabara recibiendo su justo castigo tarde o temprano.

Pero mientras él se lanzaba hacia la otra portezuela, el conde sacó la pistola y le apuntó con ella; al verle apretar el gatillo, tuvo un instante para decirse con ironía que estaba claro que su padre no tenía los mismos escrúpulos que él, y justo entonces la bala le rozó su hombro herido.

Reaccionó disparando de forma instintiva, pero con mucha

más puntería: la bala impactó de lleno en el centro del pecho de su padre. Hacía años que no fallaba un disparo.

Al olor a pólvora que inundó el carruaje se le unió la sensación de que lo que acababa de ocurrir estaba predestinado. Dimitri vio cómo se derrumbaba en el asiento, cómo soltaban la pistola sus dedos sin vida, y aunque sabía que debería sentir algo, lo que fuera... triunfo, pena, alivio... lo único que se le pasó por la mente fue que esperaba que aquella nueva herida de bala sanara antes de que llegara a San Petersburgo, porque a Emma no iba a hacerle ninguna gracia enterarse de que se las había ingeniado para que volvieran a dispararle.

Josef interrumpió sus absurdos pensamientos al abrir la portezuela de golpe y asomarse cuchillo en mano; después de evaluar la situación con una rápida ojeada, fijó la mirada en Nevskaya mientras agarraba la pistola del suelo y masculló:

—Maldita sea, Tipova, me has dado un susto de muerte —indicó al conde con la mano que sujetaba la pistola, y añadió—: ¿Está...?

—Muerto —le contestó con sequedad, antes de indicarle que retrocediera para poder bajar del carruaje.

Respiró hondo en cuanto pisó la calle, y aunque fue vagamente consciente del olor a jazmín que reinaba en el ambiente y del paso marcial de unos guardias que regresaban a la ciudadela en la distancia, no les prestó ni la más mínima atención. Estaba deseando dejar atrás el exótico esplendor de Egipto.

Josef se colocó a su lado antes de preguntar:

—¿Qué quieres que haga con el cadáver?

—Me da igual, deja que se lo coman los buitres.

—Esa rata inmunda de Fawzi ha huido, por supuesto. ¿Quieres que ordene que lo busquen?

—No, se acabaron las venganzas.

Josef le observó en silencio durante un largo momento, y al final le preguntó:

—¿Y ahora qué?

—Ahora regresamos a casa, Josef.

CAPÍTULO 28

San Petersburgo

Emma respiró aliviada al entrar en un silencioso saloncito situado en la parte posterior de la casa de Vanya Petrova; a primera vista, notó que las paredes estaban cubiertas de paneles forrados de damasco verde, pero lo que le llamó la atención fue el jardín rehundido de rosas que se veía a través de la ventana.

Mientras iba hacia allí, oyó el suave roce de su vestido contra el suelo de madera, y se pasó las manos distraída por la preciosa tela. Vanya la había sorprendido aquella misma mañana con aquella prenda color marfil y ribeteada con encaje dorado... al parecer, se había dado cuenta de que pensaba refugiarse en su habitación con la excusa de que no tenía ropa adecuada para la boda.

Le alegraba mucho que Vanya se hubiera casado al fin con Richard Monroe, su devoto amante, y le había llegado al alma que se hubiera tomado la molestia de posponer la ceremonia hasta que ella regresara a San Petersburgo; al fin y al cabo, no formaba parte de la familia ni era una amiga cercana. No era más que una pueblerina que le había impuesto su presencia a aquella pobre mujer.

Aquello había estado carcomiéndola por dentro durante los últimos días, ¿por qué permanecía en San Petersburgo? La imagen de un rostro moreno y delgado con ojos dorados irrumpió en su mente... Dimitri. Aquel condenado hombre aún no había hecho su regreso triunfal.

Sintió que un dolor brutal le desgarraba el corazón, pero se apresuró a dejar a un lado aquella emoción tan inútil. Herrick le había contado que Dimitri había logrado escapar del pachá y se había visto obligado a matar a su padre, pero lo único que había recibido de él había sido una escueta nota de lo más impersonal.

Se dijo a sí misma que le daba igual, que ya estaba convencida de que Dimitri Tipova y ella eran incompatibles. El problema radicaba en convencer a su traicionero corazón.

Hizo caso omiso de las risas procedentes del salón principal mientras contemplaba el jardín, que estaba bañado por la débil luz del sol de febrero, y se frotó los brazos desnudos al notar un extraño estremecimiento. Se dijo que no era más que una reacción normal a aquel clima frío tras aguantar el calor de El Cairo, pero justo cuando estaba intentando convencerse de que no creía en premoniciones, oyó el sonido de pasos que se acercaban y se volvió hacia la puerta con el corazón en un puño.

Contuvo la respiración por un instante al pensar que podría tratarse de Dimitri, aunque se dio cuenta de que era una idea absurda; aún suponiendo que él ya hubiera llegado a San Petersburgo, no habría razón alguna para que se presentara en casa de Vanya... no, ninguna razón en absoluto.

La duquesa de Huntley entró en el saloncito, ajena a la estúpida desilusión que se adueñó de Emma. Estaba deslumbrante, el vestido que llevaba puesto era del mismo tono azul claro que sus ojos y tenía una redecilla salpicada de zafiros que debían de costar una fortuna.

—¡Qué boda tan bonita! —comentó Leonida, sonriente, mientras se acercaba a ella.

Al ver la determinación que se reflejaba en su rostro, Emma supo sin necesidad de preguntar que Vanya la había mandado en su busca para asegurarse de que no se había dejado arrastrar por la melancolía. En los últimos días había notado las miradas de preocupación de Herrick y de Vanya, e incluso el altivo duque de Huntley la había reprendido por estar ojerosa y demacrada, como si ella tuviera la culpa de pasar las noches en vela.

—Sí, y Vanya es una novia radiante —se esforzó por sonreír, porque sabía que Leonida tenía las mejores intenciones.

—Por eso cabe preguntarse por qué ha torturado al pobre Richard durante tantos años al negarse a casarse con él, es obvio lo mucho que le adora.

Emma no conocía los pormenores de la complicada relación que había mantenido la pareja, aunque había oído varios comentarios sobre los ingeniosos planes que había ideado Vanya a lo largo de los años para proteger el reinado de Alejandro Pavlovich.

—A lo mejor no estaba preparada para perder su independencia —comentó.

—Puede ser. Es una mujer muy inteligente, y ha tenido una vida fascinante —Leonida soltó una pequeña carcajada, y su melena rubia brilló bajo la débil luz del sol—. Espero que algún día nos cuente algunas de sus aventuras más emocionantes.

Emma lanzó una mirada hacia los delicados jarrones que Vanya había adquirido durante su viaje a China, y admitió:

—Siento una profunda admiración por ella.

—Yo también —su amiga la observó con ojos penetrantes antes de añadir—: Aun así, una mujer no tiene por qué renunciar a su independencia cuando se casa.

Emma se tensó a pesar de que ya había sospechado que la conversación acabaría centrándose en Dimitri Tipova.

—Dices eso porque tienes la suerte de estar casada con un hombre que está dedicado en cuerpo y alma a hacerte feliz —

comentó, mientras se apartaba con gesto distraído un rizo que había escapado del elegante recogido alto que le habían hecho—. La mayoría de mujeres no tienen más remedio que acatar las órdenes de su marido, al margen de lo que ellas puedan desear.

—Por eso hay que tener mucho cuidado a la hora de elegir marido.

Emma negó con la cabeza; aunque una mujer pudiera elegir marido a su antojo, no podía decidir de quién enamorarse y de quién no.

—Ojalá fuera tan sencillo.

Leonida le agarró la mano, y le preguntó ceñuda:

—¿Qué es lo que te preocupa?

—Nada —irguió la espalda en un gesto de determinación, y añadió con voz firme—: De hecho, mi vida vuelve a estar encarrilada, así que regresaré en breve a Yabinsk.

—¿De verdad piensas irte tan lejos?

—Les he prometido a Vanya y a Herrick Gerhardt que vendré de visita a San Petersburgo de vez en cuando.

—¿Y qué pasa con Dimitri?

Emma se zafó de su mano, y fue con nerviosismo hacia la estufa de cerámica que había en una de las esquinas.

—No entiendo a qué te refieres, Leonida.

—No estoy ciega. Está claro que él te ama, y estoy convencida de que tú le correspondes.

Emma se mordió el labio, porque sabía que sería inútil mentir. Leonida no era estúpida a pesar de ser una dama de la alta sociedad, y en cualquier caso, a ella se le daba fatal ocultar sus sentimientos... a diferencia de otros a los que se les daba muy bien.

—¿Qué importa lo que yo sienta?

—El amor es un regalo que no se le concede a todo el mundo, Emma —se acercó a ella, y la miró con preocupación—. No entiendo por qué estás decidida a darle la espalda a Dimitri.

—No es que vaya a darle la espalda, pero...
—Dime.

Emma encorvó los hombros y deseó que Leonida regresara al salón junto al resto de invitados; por mucho que valorara su amistad, no estaba acostumbrada a compartir sus sentimientos con nadie.

—Jamás seríamos felices juntos.

Leonida vaciló por un instante, como si estuviera pensándose bien lo que iba a decir, y al final le preguntó:

—¿Te preocupa que se viera obligado a convertirse en un ladrón?

—Por extraño que parezca, la verdad es que no.

Emma no pudo evitar esbozar una pequeña sonrisa. A lo mejor le escandalizaría el pasado de Dimitri si ella misma fuera una persona más recta, pero la vida le había enseñado a no juzgar al prójimo; al fin y al cabo, ella había tenido que soportar la constante censura de sus convecinos.

—No soy una ingenua, soy consciente de que ha tenido una vida brutal y que ha sacado provecho de los pecados ajenos, pero también sé que tiene un corazón tierno y generoso y que daría su vida por proteger a sus seres queridos.

—Y también es increíblemente apuesto y tiene una fortuna incalculable, ¿qué más podrías desear?

—La cuestión no es lo que yo desee, sino lo que desee él —enarcó las cejas al ver que se echaba a reír, y le preguntó sorprendida—: ¿Qué es lo que te hace tanta gracia?

—Mi querida Emma... cada vez que te ve, Dimitri hace acopio de toda su fuerza de voluntad para contener las ganas de echarte sobre su hombro y llevarte a su guarida como el pirata que es. Solo hace falta verle la cara cuando te ve aparecer.

Emma se puso roja como un tomate. Lo que la ruborizaba no era el hecho de que él no se hubiera molestado en disimular cuánto la deseaba (¿a qué mujer no le complacería que un hombre tan apuesto la mirara como si fuera la más bella del mundo entero?), sino el recuerdo de los vívidos sueños que la atormentaban todas las noches.

Carraspeó con delicadeza antes de decir:

—No me refería a su lujuria.

—¿No?

—No, me refería a la pasión que pone a la hora de proteger a sus seres queridos.

Leonida frunció la nariz, como si estuviera más que familiarizada con hombres dominantes, y admitió:

—Lamentablemente, todos los hombres tienen un instinto protector —en sus ojos apareció un brillo travieso, y añadió—: Una mujer inteligente deja que su marido diga lo que quiera, y después hace lo que le apetece.

—Puede que eso baste con casi todos los hombres, pero no con Dimitri —se rodeó la cintura con los brazos, y se estremeció al sentir una profunda sensación de pérdida—. Se culpa de la muerte de su madre.

—Qué horror...

—Es algo que le ha atormentado durante toda la vida.

—Razón de más para que te necesite a su lado, tú podrías ayudarle a sanar sus heridas.

Leonida no tenía ni idea de que sus palabras fueron como una puñalada en el corazón para ella.

—No, lo que necesita es una mujer que se contente con depender de él, alguien a quien no le importe que su vida la maneje otra persona.

—Creo que debería concedérseme el derecho de decidir por mí mismo qué clase de mujer prefiero, Emma Linley-Kirov.

El saloncito quedó sumido en un completo silencio, y al volverse poco a poco hacia la puerta contemplaron boquiabiertas al apuesto caballero de pelo negro como el azabache que caminaba hacia ellas. La chaqueta azul persa, el chaleco plateado y el calzón negro enfatizaban la perfección de su cuerpo esbelto, el pañuelo que llevaba al cuello tenía un nudo perfecto y entre sus pliegues brillaba un alfiler de diamante, y llevaba el pelo sujeto en una coleta a la altura de la nuca.

Emma le devoró con la mirada, y sintió que el corazón se le llenaba de felicidad. Era un hombre de una belleza tan espléndida, tan peligrosa...

—Dimitri... —fue lo único que alcanzó a salir de sus labios.

Leonida carraspeó con delicadeza, y esbozó una enigmática sonrisa antes de decir:

—Si me disculpáis, le prometí a Stefan que le reservaría un vals.

Emma apenas se dio cuenta de que se marchaba; de hecho, si el techo se le hubiera desplomado sobre la cabeza en ese momento, lo más probable era que apenas lo hubiera notado. Las piernas amenazaban con fallarle, y le costaba respirar.

Él se detuvo cuando estuvieron frente a frente, y la contempló con una mirada penetrante que la puso más nerviosa antes de preguntar:

—¿Recibiste mi mensaje?

Sus palabras quebraron aquella extraña sensación de irrealidad en la que estaba sumida, y le recordaron que había estado esperando un doloroso día tras otro a que aquel hombre diera alguna indicación de que no se había olvidado por completo de ella.

—«Espérame» no es un mensaje, Dimitri. Es una orden —le contestó con rigidez.

Él no logró contener del todo una pequeña sonrisa, y comentó con calma:

—Lo que tengo que decirte no podía expresarlo en una carta.

Emma bajó la mirada al darse cuenta de que estaba revelando más de lo deseado, y se apresuró a desviar la conversación.

—Herrick me contó que...

—¿Que le pegué un tiro en el corazón a mi padre?

Alzó la mirada, y observó en silencio su expresión velada. Su tierno corazón se rebeló ante la idea de que él pudiera culparse por la puerta de su padre, así que no dudó en corregirle.

—Que te viste obligado a protegerte.

Él esbozó una sonrisa mientras le apartaba un rizo del rostro y se lo colocaba detrás de la oreja, y comentó:

—Tal y como cabía esperar, das por hecho que obré bien.

—Si hubieras deseado matar a tu padre, ya lo habrías hecho en estos últimos veinte años. ¿Te siguió hasta El Cairo? —se preguntó si realmente estaba tan tranquilo como quería hacerle creer.

En aquellos ojos dorados apareció una súbita impaciencia, y le enmarcó el rostro entre las manos mientras la miraba con determinación.

—El conde Nevskaya no tiene ninguna importancia; de hecho, lo único que me importa eres tú.

Emma se apresuró a apartarse, y sintió que se le aceleraba el corazón mientras luchaba por mantener la compostura.

—Espera, debo decirte algo.

Él se quedó inmóvil, y entrecerró los ojos con suspicacia al verla tironear con nerviosismo del lazo color zafiro que tenía bajo el pecho.

—No sé por qué, pero tengo la impresión de que no va a gustarme lo que me vas a decir.

Ella se humedeció los labios antes de admitir:

—Mañana por la mañana parto rumbo a Yabinsk.

Se preparó para un inminente arranque de furia, porque Dimitri era un hombre acostumbrado a decidir por los demás y a que sus órdenes fueran acatadas... por eso la asustó aún más el rígido control que mostró.

—¿Por qué?

—Porque allí está mi hogar.

—¿Piensas pasar el resto de tu vida sola en tu casita?

Emma contuvo a duras penas un respingo al oír aquellas palabras que reflejaban una dura verdad. El resto de su vida sola... era el peor de sus miedos, pero no tenía elección.

—Mi casa de postas me mantendrá ocupada, y puede que Anya recobre la sensatez y...

—Los dos sabemos que tu hermana no regresará jamás a ese sitio.

Al ver que se interponía entre la puerta y ella, se preguntó cómo había adivinado que estaba pensando en huir.

—No hace falta que seas tan cruel, Dimitri.

—Claro que hace falta, tu obstinación es irracional —su rostro reveló la frustración que sentía.

Ella alzó la barbilla y le miró con indignación. En el fondo sabía que era absurdo tener la esperanza de que Anya pudiera regresar a Yabinsk, y lo cierto era que no estaba segura de poder perdonarla del todo por haberla traicionado, pero aun así, Dimitri Tipova no tenía derecho a criticar sus decisiones.

—Si esa es tu opinión, te alegrará deshacerte de mí.

Dimitri se acercó a ella, y su expresión se suavizó al agarrarla de los brazos y decirle contrito:

—Perdóname, *moya dusha*, pero quiero que entiendas que el hecho de regresar a Yabinsk no te devolverá a tu familia.

—Soy plenamente consciente de que mi familia ya no existe, no hace falta que me lo recuerdes —le espetó, mientras sentía una familiar punzada de dolor en el corazón.

—En ese caso, ¿por qué te vas?

Ella soltó un suspiro de resignación, era increíble que aquel hombre se atreviera a decir que era ella la obstinada.

—Porque no puedo quedarme en San Petersburgo.

—¿Te desagrada la ciudad?

Le miró ceñuda antes de contestar con impaciencia:

—Por el amor de Dios, Dimitri... eres consciente de que Vanya se ha casado hoy mismo, ¿no?

—Claro que sí, ha pasado el último cuarto de hora sermoneándome porque no he asistido a la ceremonia.

—En ese caso, supongo que entenderás que no puedo quedarme bajo el mismo techo que unos recién casados.

—No son unos recién casados a la antigua usanza, han sido amantes durante los últimos veinte años como mínimo.

Emma se negó a ceder; al fin y al cabo, la boda de Vanya no era más que una excusa conveniente para marcharse de San Petersburgo cuanto antes.

—Aun así, estoy de más.

Se miraron ceñudos durante un tenso momento, y de repente él esbozó una sonrisa inquietante y su intensa mirada recorrió su rostro y bajó hasta su escote.

Emma se estremeció, y la piel le cosquilleó como si el contacto de aquellos ojos dorados fuera una caricia palpable.

—Vanya no estaría de acuerdo en esa apreciación, pero de todas formas, mi intención nunca fue que vivieras aquí.

—Tus intenciones son irrelevantes, no está en tus manos decidir dónde voy a vivir...

Él hizo gala de su habitual arrogancia al hacer caso omiso de su advertencia y apretarla contra su pecho; antes de que ella pudiera reaccionar, bajó la cabeza y se adueñó de su boca en un beso apasionado y posesivo.

Emma sintió que pequeñas sacudidas de placer la recorrían de pies a cabeza, y encogió los dedos de los pies de forma instintiva. Dimitri sabía a champán y a hombre indómito, y la estremeció un deseo creciente mientras él la saboreaba con la lengua y deslizaba las manos por sus brazos desnudos.

Llevaba semanas anhelando las caricias de aquel hombre, el contacto de aquellas manos recorriéndole el cuerpo, la calidez de aquella boca devorándola y despertando en su interior un deseo ardiente. Llevaba semanas ansiando oír su voz susurrándole al oído palabras llenas de pasión... por eso tuvo que tragarse un gemido de protesta cuando él se echó hacia atrás y contempló en silencio su ruborizado rostro.

—Si prefieres vivir en el campo, tengo una finca cerca de Moscú y otra cerca de Kiev.

Ella le miró con perplejidad, e intentó asimilar lo que acababa de oír mientras su cuerpo seguía temblando de deseo.

—¿Quieres que viva contigo?

—Por supuesto, estamos hechos el uno para el otro.

—No puedo ser la mujer que tú quieres, Dimitri.

—No, eres la que necesito.

—¿Qué quieres decir? —le preguntó, vacilante.

—Antes de que llegaras a mi vida, creía que me bastaba con rodearme de personas necesitadas, y llenaba el vacío que había en mi corazón con el odio que sentía hacia mi padre.

—No deberías restarle importancia a todo lo que has conseguido, Herrick me ha hablado de toda la gente que has rescatado de las calles.

—Soy un pecador, no un santo —la miró con expresión sombría mientras le acariciaba la mejilla con ternura, y admitió—: He empezado a darme cuenta de que en parte necesito ejercer de salvador porque así puedo mantener a los demás a distancia.

—No lo entiendo —frunció el ceño al ver que soltaba un suspiro y se dirigía hacia el centro del saloncito, porque había vislumbrado en sus ojos dorados una vulnerabilidad que la había sorprendido.

—Cuando la gente depende de mí, solo debo ofrecerles mi protección, y mi corazón permanece a salvo. Pero tú te negaste a aceptar mis normas.

—Por eso mismo somos tan incompatibles.

Él se volvió a mirarla, y le contestó con firmeza:

—No, por eso somos perfectos el uno para el otro.

—Lo que dices no tiene sentido, Dimitri. Siempre estamos discutiendo.

Él vaciló mientras sopesaba bien sus palabras, y al cabo de un instante irguió la espalda, la miró a los ojos, y dijo con decisión:

—La respuesta es muy sencilla: te amo, Emma Linley-Kirov.

Emma retrocedió un paso, boquiabierta, y se llevó una mano al pecho en un inútil intento de calmar su acelerado corazón. Estaba claro que el sol del desierto había dañado la mente de aquel hombre.

—No, no es posible...

Él enarcó las cejas y esbozó una sonrisa irónica al ver aquella reacción tan poco entusiasta a su declaración de amor, y se limitó a decir:

—¿No es posible?

—No.

Se acercó a ella como un depredador al acecho, y no se detuvo hasta tenerla acorralada contra una pared.

—¿Te importaría explicarme por qué? Yo estoy muy seguro de lo que siento —en su voz suave se reflejaba una sinceridad total.

Emma no lograba salir de su asombro. Sacudió la cabeza, y solo alcanzó a decir:

—No tenemos nada en común.

—Sí, supongo que en eso tienes razón. Tú eres toda una dama, y yo no soy más que un ladrón y el hijo de una ramera. Estás muy por encima de mí.

Ella soltó una exclamación ahogada y le miró con incredulidad. Le resultaba inconcebible que él pudiera creer semejante sandez.

—Sabes bien que no era eso lo que quería decir, Dimitri.

—En ese caso, ¿podrías explicarte mejor?

—No soy hermosa, ni sofisticada, ni fascinante.

—Emma...

—No —le cubrió la boca con la mano para silenciarle. Ansiaba con todas sus fuerzas dejar a un lado la cordura y aceptar su declaración de amor, pero lo que la hacía vacilar era el temor a ser incapaz de ofrecerle lo que él necesitaba para sanar sus heridas—. Soy una mujer normal y corriente que desea una vida tranquila, ya he tenido aventuras de sobra.

Él le besó la palma de la mano antes de apartársela a un lado con ternura, y la miró con una intensidad casi febril antes de decir:

—Por extraño que parezca, yo también quiero llevar una vida tranquila a partir de ahora.

La mera idea bastó para hacerla sonreír, y dijo con voz cargada de ironía:

—¿Quién, tú?

—Debo admitir que estoy tan sorprendido como tú, *milaya* —comentó, en tono de broma, mientras le acariciaba con el pulgar la parte interior de la muñeca—. Jamás imaginé que un día le entregaría a otro las riendas de mi imperio.

—¿Estás diciendo que...?

—Que a partir de hoy mismo, Josef es el nuevo Zar Mendigo —lo dijo con orgullo, y añadió sonriente—: Y yo ya no tengo que cargar con la infinidad de responsabilidades que entraña ese puesto, no soy más que un hombre normal y corriente.

Le miró atónita mientras intentaba asimilar todo aquello. Estaba resultando ser un día repleto de sorpresas.

—¿Por qué has tomado esa decisión?

Él le rozó los labios con los suyos antes de contestar:

—Porque pienso dedicarme en cuerpo y alma a mi esposa y mis hijos.

CAPÍTULO 29

Dimitri notó bajo el pulgar el pulso acelerado que palpitaba en la muñeca de Emma, y pensó con cierta ironía que parecía más próxima a desmayarse que a saltar de felicidad. No alcanzaba a entender que una mujer que se había enfrentado sin vacilar a criminales, secuestradores y tratantes de blancas estuviera a punto de dejarse arrastrar por el pánico ante su proposición de matrimonio.

—¿Qué quieres decir, Dimitri? —le preguntó, con voz trémula.

—Estoy pidiéndote que accedas a ser mi esposa.

—¿Tu... tu esposa?

Él no pudo evitar esbozar una pequeña sonrisa. Quizás tendría que haber ensayado su proposición, porque saltaba a la vista que no estaba saliéndole demasiado bien.

—¿No estoy expresándome con claridad?

—Entiendo las palabras, pero no puedo asimilar el hecho de que Dimitri Tipova, el azote de San Petersburgo, pueda darse por satisfecho viviendo en alguna remota finca campestre y pasando el día sentado frente a la chimenea.

—Es que pienso mantenerme muy ocupado.

—¿Con qué?

Él bajó la mirada hacia su tentador escote. Estaba deslumbrante con aquel vestido color marfil, pero estaría incluso más hermosa completamente desnuda.

Se tragó un gemido mientras su cuerpo se tensaba de deseo, y contestó con voz ronca:

—Se me ocurren varias actividades de lo más placenteras.

—No puedes pasar el día entero en la cama, Dimitri.

Él se echó a reír ante aquella ridícula acusación, y dijo sonriente:

—No subestimes jamás lo mucho que te deseo, *milaya*.

—No estoy bromeando.

Él notó bajo el pulgar que el pulso le daba un brinco, pero aun así siguió indecisa, como si no quisiera bajar la guardia por temor a quedar hecha añicos.

Sintió una punzada de ternura, y posó una mano en su mejilla antes de decir con voz suave:

—Yo tampoco, pero lo cierto es que tengo otros planes.

—¿Cuáles?

—Para empezar, debo aprender las obligaciones que debe asumir un caballero de campo —al ver que le miraba como si estuviera loco, le dijo con fingida indignación—: No te rías de mí. No tengo intención alguna de empuñar una azada ni de meterme en una pocilga, pero jamás emprendo un nuevo negocio sin averiguar lo que hay que hacer para que sea provechoso —esbozó una sonrisa llena de determinación; por sorprendente que pudiera parecer, estaba deseoso de iniciar aquella nueva vida en el campo. Le encantaba emprender nuevas aventuras, y crear una familia con Emma iba a ser la más gloriosa de todas—. No tardaré en saber el precio de todas y cada una de las semillas que se planten, dónde hay que comprar las herramientas más modernas para la agricultura, y cuáles son los criados que han estado robando la plata.

—Sí, no hay duda de que eso te mantendrá ocupado —Emma no pudo evitar sonreír.

—También tengo que aprender a realizar las típicas actividades lúdicas de un caballero ocioso.

—Me da un poco de miedo preguntar.

—Soy un experto a la hora de tirar los dados y robar billeteras, pero jamás aprendí a cazar, ni a pescar, ni a jugar a la boca de dragón.

—¿Para qué quieres aprender a jugar a eso? —le preguntó, desconcertada.

Dimitri vaciló por un instante. Tenía las palmas de las manos sudorosas y la boca seca, nunca se había sentido tan nervioso... ni siquiera cuando le había tomado como rehén un agresivo salteador de caminos.

Aunque su reacción era comprensible, porque nada le había importado tanto en toda su vida.

—Para poder enseñarle el juego a nuestros hijos —le dijo, con voz ronca.

Ella abrió la boca, pero solo alcanzó a decir:

—Ah.

—Quieres tener hijos, ¿verdad?

—Sí, lo deseo con toda el alma —admitió, mientras parpadeaba para contener las lágrimas.

Él contempló aquellos arrebatadores ojos castaños, y supo que jamás sería merecedor de aquella hermosa y valiente mujer.

—Ya sé que no soy el hombre que la mayoría de mujeres elegirían como padre de sus hijos... —no pudo contener una pequeña sonrisa al verla fruncir el ceño y alzar la barbilla con determinación. Ella siempre veía el lado positivo de la gente, y esa era una de las muchas razones por las que le resultaba tan cautivadora.

—Estás muy equivocado, Dimitri.

—No es posible, yo nunca me equivoco —contestó, en tono de broma.

—Ni siquiera alcanzo a imaginar un hombre más honorable que tú.

—Me crié en las calles odiando al hombre que había violado a mi madre, no tengo ni idea de lo que hay que hacer para ser un buen padre.

Ella cubrió con su mano la que él mantenía posada en su mejilla, y le dijo con firme convicción:

—Has estado cuidando y protegiendo a otras personas desde la muerte de tu madre; además, lo que un padre debe ofrecerles a sus hijos se resume en una sola cosa.

—¿El qué?

—Amor.

Él soltó un gemido, y la abrazó con fuerza contra su pecho.

—Si les amo la mitad de lo que amo a su madre, seré el mejor padre de toda Rusia.

—Oh, Dimitri... —echó hacia atrás la cabeza, y le miró con toda la emoción que había estado ocultando bajo su precaria compostura—. Yo también te amo.

Él sintió que le embargaba una felicidad irrefrenable, y todos aquellos años de amargura quedaron en el olvido. Jamás había imaginado siquiera que llegaría a sentir aquella dicha... y menos aún junto a una mujer obstinada, enérgica e independiente que se negaba a dejarle en paz.

—Siempre sospeché que eras una mujer inteligente —comentó, con una sonrisa llena de satisfacción.

—¡Qué modesto eres!

—Aún no me has contestado, *moya dusha* —se puso serio, y le preguntó con formalidad—: ¿Te quieres casar conmigo?

Esperó su respuesta con el aliento contenido, y ni siquiera se dio cuenta de que entraba en el saloncito un elegante caballero de pelo canoso ataviado con una chaqueta color burdeos y chaleco negro con botones de plata.

Bueno, no se dio cuenta de su presencia hasta que el tipo tuvo la audacia de interrumpir aquel trascendental momento.

—Creo que será mejor que oigas lo que tengo que decir antes de darle una respuesta, Emma.

Al oír aquella voz tan familiar, Dimitri se planteó sacar su pistola y pegarle un tiro (aunque sabía que a Vanya no le complacería lo más mínimo que su boda sufriera semejante interrupción), pero al ver el rubor que tiñó las mejillas de Emma la rodeó con un brazo en un gesto protector y se volvió hacia aquel dichoso entrometido.

—Es una conversación privada, Gerhardt —masculló, ceñudo.

El recién llegado hizo caso omiso de su advertencia, y se acercó a ellos con total naturalidad; a pesar de su edad, seguía siendo un hombre atractivo, y teniendo en cuenta que era el hombre más poderoso de Rusia después del zar, su arrogancia estaba justificada.

—¿Estoy siendo inoportuno?

—Sí, lárgate.

—Dimitri —Emma le reprendió con la mirada al ver que trataba con tanta grosería a uno de los escasos familiares que le quedaban.

Herrick notó de inmediato la intensa frustración que atenazaba a Dimitri, y comentó sonriente:

—Tengo una razón de peso para entrometerme en un momento tan íntimo.

—Sí, que deseas acabar en una tumba antes de tiempo —rezongó Dimitri, en voz baja; al ver que su sonrisa se ensanchaba aún más, le miró con suspicacia y se preguntó a qué demonios estaba jugando aquel hombre.

—De hecho, acabo de mantener una conversación muy interesante con Alejandro Pavlovich.

—¿Por qué debería importarnos lo que hables con él?

—Se ha alegrado mucho al enterarse de que no solo te has dado cuenta de que ibas por el mal camino, sino que has decidido dejar atrás la vida pecaminosa que llevabas hasta el momento.

Dimitri se quedó atónito al oír aquello, porque habría apostado hasta su último rublo a que Josef era el único que estaba enterado de su decisión de abandonar su ocupación anterior.

—¿Cómo has descubierto mis planes?

—Todos tenemos nuestros propios talentos —le contestó Herrick con indolencia, mientras se colocaba bien el encaje que le asomaba bajo el puño de la chaqueta.

A Dimitri le dejó pasmado la increíble habilidad que tenía

aquel hombre para descubrir incluso los más oscuros secretos; si no fuera tan racional, creería que era cosa de magia.

—Eres un tipo inquietante, Herrick Gerhardt.

Emma se apartó de él antes de preguntar con desconcierto:

—¿Has venido a decirnos que al zar le parece bien que Dimitri se convierta en un caballero de bien?

Herrick volvió a esbozar aquella sonrisa tan preocupante antes de contestar:

—No es eso exactamente.

—Quizás sería mejor que habláramos tú y yo en privado —le dijo Dimitri.

—No, creo que a Emma le interesará la decisión que ha tomado el zar —Herrick soltó una carcajada antes de añadir—: No me mires tan ceñudo, Tipova. No están a punto de llevarte ante un pelotón de fusilamiento, aunque no sé si con el tiempo pensarás que ese destino habría sido preferible.

Emma le puso una mano en el brazo, y le suplicó con voz un poco trémula:

—Herrick, por favor, dinos de una vez qué es lo que sucede.

Herrick la miró contrito al darse cuenta de que la había preocupado sin necesidad, y le dio unas palmaditas tranquilizadoras en la mano.

—Discúlpame, querida, no era mi intención preocuparte. Lo que pasa es que un viejo como yo debe saborear al máximo los momentos de entretenimiento que le ofrece la vida, y estoy deseando ver la cara que pone Tipova cuando le cuente que Alejandro Pavlovich ha decidido crear un nuevo título nobiliario.

Dimitri retrocedió un paso de forma instintiva, y tuvo un mal presentimiento.

—¿Qué título?

—El de barón Voglevich —Herrick le saludó con una reverencia antes de añadir, sonriente—: Espero que te guste.

Dimitri se quedó sin palabras. Había realizado varias tareas muy peligrosas para proteger al zar de potenciales levantamientos y había llevado al Palacio de Invierno información que había recabado en las calles, pero a pesar de saber lo imprevisible que podía llegar a ser el soberano, jamás había pensado que llegaría a recibir un título nobiliario; de hecho, nunca había deseado tener uno.

Los hombres de la alta sociedad le parecían unos bufones inútiles que solo servían para que él les desplumara en sus casas de juego.

Fue Emma la que rompió al fin el silencio que se había creado.

—¿Estás diciendo que...?

—Que serás la baronesa Voglevich cuando os caséis —le dijo Herrick con voz suave.

Dimitri apretó los puños, y respiró hondo para calmarse antes de preguntar:

—¿Por qué?

—El zar es consciente de las numerosas tareas que has realizado por el imperio, y es su forma de demostrarte su gratitud.

—Habría preferido una buena cantidad de rublos.

—Ya posees una fortuna incalculable, y para serte sincero, las arcas reales están bastante vacías —Herrick lanzó una mirada elocuente hacia Emma antes de añadir—: Además, ahora tienes una futura esposa a la que debes tener en cuenta.

Emma apartó la mano de su brazo, y le miró con los ojos como platos antes de afirmar con firmeza:

—No me hace falta ningún título.

—No digas tonterías, Emma, pronto te acostumbrarás a formar parte de la alta sociedad; además, también debes pensar en tus futuros hijos, en todas las oportunidades que tendrán en la vida gracias a su posición social.

Ella se debatió contra la astuta manipulación de Herrick, pero Dimitri soltó un suspiro de resignación al darse cuenta de que no había escapatoria posible.

Al cabo de unos segundos, Emma soltó una carcajada y comentó:

—No juegas limpio, Herrick.

—Nunca —juntó las palmas de las manos, y esbozó una sonrisa llena de satisfacción—. Creo que deberíamos brindar para celebrar vuestra buena fortuna.

—Tengo una idea mejor —Dimitri señaló hacia la puerta, y le dijo con firmeza—: Regresa a la entretenida fiesta de Vanya, y yo me concentraré en complacer a mi futura esposa.

Como había conseguido su objetivo, Herrick fue hacia la puerta sin rechistar, pero comentó sin volverse a mirarlos:

—Por cierto, supongo que debería mencionar también que el zar Alejandro ha empezado ya los preparativos de vuestra boda, junio le parece un buen mes para celebrar el enlace —siguió andando a pesar de las protestas de la pareja, y añadió con total naturalidad—: He solicitado que tus parientes ingleses asistan a la ceremonia, Emma. No sabía que fueran tantos, esperemos que no tarden mucho en regresar a su país después de la boda.

Después de dejarles boquiabiertos con aquellas palabras, salió del saloncito sin más.

—Dios mío... —alcanzó a decir Emma al fin.

—Parece ser que en breve tendrás toda la familia que desees —lo dijo en tono de broma, pero al ver lo pálida que estaba se apresuró a abrazarla y empezó a acariciarle la espalda—. ¿Qué te pasa?

—Voy a ser una baronesa... —parpadeó con perplejidad, y se aferró a sus hombros para mantenerse en pie—. La cabeza me da vueltas.

—¿Aún me amas? —le preguntó, antes de besarla con suavidad.

—Claro que sí.

—Pues es lo único que importa —le dio un beso mucho más largo y profundo, y deslizó la lengua entre sus labios para saborear a conciencia su dulzura.

Cuando se echó hacia atrás al cabo de un largo momento, se sintió satisfecho al ver que tenía las mejillas sonrosadas y sus ojos brillaban de excitación.

—¿Qué se siente al ser un caballero respetable, Dimitri Tipova? —le preguntó, con una sonrisa traviesa.

Él le aferró las caderas y la apretó contra su cuerpo antes de contestar:

—En este momento siento una felicidad inmensa.

—Espero que no te vuelvas civilizado del todo —se puso de puntillas, y dejó un reguero de besos por su mandíbula—. Echaría de menos a mi osado ladrón.

Dimitri sintió que un deseo irrefrenable estallaba en su interior. Fue a toda prisa a cerrar la puerta del saloncito con llave antes de que ella pudiera recobrar la cordura, y sin perder ni un solo instante volvió hacia ella y la alzó en sus brazos.

Mientras iba hacia el sofá, bajó la mirada hacia el rostro de la mujer que le había robado el corazón al mayor ladrón de toda Rusia, y dijo sonriente:

—Quizás debería demostrarte lo osado que puedo llegar a ser.